大明長歌

卷四

小重山

酒徒 著

目次

第一章 使者

「大捷，啟稟經略，選鋒營左部在朝鮮咸鏡道崗子寨取得大捷，斬首倭寇一千四百餘，朝鮮叛軍不下兩千！」六日後的上午，顧君恩在一隊騎兵的護送下，抵達九龍城，將告捷文書，當著正在議事所有武將和文官的面兒，呈交給了大明右都御史，備倭總經略宋應昌的案頭。

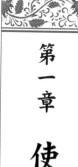

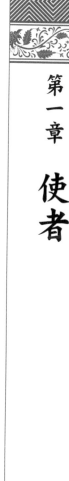

「多少？可都是真倭？」宋應昌猛地站起身，卻因為腦部缺血，眼前忽然一陣發黑。雙手扶住桌案停頓了片刻，才繼續追問，「你可說的是選鋒營！將士們傷亡如何？李、張二位游擊二人可否受傷？」

「正，正是選鋒營！」顧君恩被問得滿頭霧水，花費了一些力氣，才明白對方嘴裡的李、張兩位游擊，說的正是李彤和張維善。然後強壓住心中的厭惡，喘息著回應，「將士們陣亡一百五十六，傷一百七十二。李、張兩位游擊都沒有受傷。不過前來助戰的朝鮮義軍，陣亡了一千三百……」

「那就好，那就好！」作為大明的備倭經略，宋應昌才沒心思去管朝鮮義軍死傷多少，手拍桌案，笑逐顏開，「老夫就知道，他們兩個不會辜負陛下的知遇之恩！老夫當初之所以派他們渡江，就是看中他們年少有為，勇於擔當。」

「當初也不知是誰，將朝廷對他們兩個人的獎賞扣在手裡，遲遲不肯給他們升遷！」周圍的將領們聞聽，紛紛在肚子裡嘀咕。但是，大部分人臉上，卻努力裝出一副恍然大悟模樣。彷彿六日前的那場勝仗，是在宋應昌親自指揮下打出來的一般。雖然，雖然他們心裡都清楚，宋經略恐怕到現在，都沒弄清楚崗子寨在哪！

「老夫今天正在與李提督商討平倭之策，卻苦於無法判斷倭寇的真正實力。」終究是個正經的讀書人，備倭經略宋應昌也知道，自己剛才的言辭有些過於貪功，笑了笑，迅速轉移大夥的注意力，「顧守備，你既然剛剛與倭寇交過手，不妨就當眾說一下，那倭寇的實力與戰力，究竟如何？」

「這……」顧君恩又愣了愣，再度費了一點兒勁兒，才反應過來，自己的官職，居然也跟著水漲船高。

「這什麼這？你儘管實話實說就是！朝廷褒獎李子丹和張守義奪回太祖皇帝所賜金印之功，給他們兩個都破格升了游擊。你和那個愣頭愣腦的劉繼業，也跟著沾了光。各自往上蹭了一到兩級。」提督李如松的話，迅速從宋應昌身側傳來，提醒的意思毫不掩飾。

「黃贊畫不會是迷路了吧，哈哈哈，崗子寨那地方，甭說是他，祖某初次聽說，都在輿圖上足足找了一夜，才大致琢磨清楚了它究竟在哪。」祖承訓的聲音緊跟著傳了過來，每一句都特別的大聲。

「莫非你等都沒受到朝廷的褒獎與新的官職文憑？」備倭經略宋應昌的臉上微微發燙，趕緊朝著顧君恩笑了笑，大聲詢問。「這黃贊畫，老夫早在半個月之前，就叫他帶著褒獎和文憑出發了，他，他居然直到現在還沒與你等會合！」

「沒，沒收到！」一邊是備倭經略宋應昌，一邊是自己的舊主祖承訓，顧君恩被夾在中間好生尷尬。只好彎起了腰，硬著頭皮大聲補充。「從這裡到崗子寨頗為遙遠，最近又總是下雪。黃贊畫被風雪所阻，路上多耽擱些時日也是正常。不過……」

抬頭快速看了一眼李如松，他繼續說道：「不過卑職已經從李將軍口中，得知了朝廷對大夥的恩遇。只是，只是路上匆忙，還沒來得及找熟人確認而已。」

「李將軍！哪個李將軍？」這回，終於輪到宋應昌滿頭霧水了，皺著眉頭，快速發問。

「是，是李如梓將軍。選鋒營之所以能大獲全勝，首先依賴於經略您的信任有加，其次，則依賴於李將軍率部及時前來增援。」顧君恩又不得不彎下了腰，斟酌著大聲解釋。

這句話，回答得四平八穩。頓時，讓備倭經略宋應昌和提督李如松兩個，先後大笑著擺手，「荒唐，爾等苦戰之功，怎能歸在老夫頭上。此言休要再提，否則，老夫絕不輕饒！」

「小顧，你這張嘴巴啊，簡直是塗蜜。怪不得李子丹會派你回來報捷。放心，該是誰的功勞，就是誰的功勞。宋經略和老夫，都不會捨了老臉，從爾等頭上分潤。」

「卑職不敢，的確全賴經略的信任，和李將軍及時來援。」顧君恩偷偷擦了把汗，繼續大聲謙讓。同時對李彤佩服得五體投地。

六日前選鋒營左部在崗子寨大獲全勝，統計完了戰果之後，派誰回去報捷，還曾有過一番爭執。原本大夥都希望委派劉繼業，一方面照顧此人的身體情況，另外一方面，則是讓此人順路向其姐姐，李彤的未婚妻劉穎報個平安。誰料，李彤卻力排眾議，堅持把重擔壓在了顧君恩身上。

當時，顧君恩還曾經笑李彤多此一舉。自己雖然是祖承訓的結義兄弟，在提督李如松面前，卻從來都沒有說話的資格。而李提督的記憶中，估計也從沒有過一個姓顧的家丁。更何況，自己跟李提督的關係越近，越犯宋經略的忌，一不小心，就有可能弄巧成拙。

而現在看來，李彤當初的決定，真的算得上未卜先知。今天這場合換了劉繼業或者另外一個官場經驗稍差的人，絕對沒那麼容易應付過去。更沒那麼容易，得到李提督的善意回護。

「怪不得現在，讀書人容易做大官。他年齡比我還小了五、六歲，卻遠比我懂得做事。我先前若是有他一半聰明……」猛然間想到自己和李彤的年齡，顧君恩心中更是感慨萬千。就在此時，耳畔卻又傳來了祖承訓那洪鐘般的聲音，「怎麼，在偷偷計算自己能分到多少功勞嗎？連宋經略的問話，也顧不上回了？」

「不敢，卑職不敢！卑職，卑職只是路上，路上累，累得有些厲害。」顧君恩激靈靈打了冷戰，立刻意識到自己剛才不小心走了神兒，慌忙躬身向宋應昌謝罪，「卑職非故意怠慢，還請，還請經略寬恕。」

「無妨，無妨！」宋應昌心情正好，笑了笑，非常大氣地擺手，「你跟倭寇拚命死戰了一場，緊跟著又沒日沒夜地趕路，不累才不正常。來人，給顧守備搬個座位來！讓他坐下休息一下之後，慢慢說。老夫需要知道，整場戰鬥的全部細節，切莫錯漏了其中任何一處。」

「最初選鋒營左部受經略、監軍和提督之命，入朝查探敵情……」顧君恩在路上就想好了具體措辭，定了定神，開始詳細講述選鋒營左部渡過鴨綠江後的所有作戰歷程。

前面有幾場戰鬥，上次家將李盛帶著倭寇的頭顱回來報捷之時，已經向宋應昌等人講述過一次。但是，此番從顧君恩嘴裡說出來，卻有著完全另外一番味道。

與以前從沒當過官的李盛相比，顧君恩也更知道，話該怎麼說，才能讓上司順耳。當然，至於李盛與顧君恩二人誰的說法更接近於事實，就仁者見仁，智者見智了。反正，已經有幾大車倭寇的人頭在倉庫裡凍著，外邊又盛傳那兩個幸運的傢伙，名字已經直達天聽。大夥沒必要非得在雞蛋裡挑骨頭。

「果然如經略和提督所料，倭寇表面上將主力盡數撤往了平壤，事實上，卻一直在朝鮮咸鏡道駐有大軍。並且每日不斷地劫掠地方，將搶來的糧食物資送往平壤積存，準備依靠堅城，與我軍主力一分高下！」當然，顧君恩也不敢沒完沒了地給自己人塗脂抹粉，短短總結了先前發生的情況之後，迅速將話題轉向剛剛結束的那場惡戰。

「李千總擔心倭寇積聚太多輜重，對我軍光復平壤不利，就著弟兄們在吉州、端川、洪原三城之間，攔截倭寇的輜重隊。因為屢戰屢勝，終於惹怒了倭寇在咸鏡道的大頭目鍋島直茂。此人調集八千倭寇，兩萬朝鮮新附軍，傾巢而出。」

「多少？」明知道此戰的結果是大獲全勝，奉命前來為宋應昌謀劃軍務的兵部職方主事袁黃依舊被嚇了一跳，確認聲脫口而出。

「真倭至少八千，朝鮮新附軍兩萬有奇！」顧君恩看了他一眼，平心靜氣地補充。

「嘶——」袁黃倒吸了一口冷氣，用力點頭。「李游擊真勇將也，明知敵軍是自己這邊數十倍，亦敢正面撼之！」

「其實我們也不想打，可當時若是一走了之，未免會墜了大明兵威，又讓前來助戰的朝鮮義軍失望。故而，只能勉強為之！危急時刻，自千總以下，將士們個個都存了以身殉國的念頭。」顧君恩的語鋒急轉，忽然變得無比低沉，隨即，又快速拔高，宛若裂帛，「所幸天佑大明，我軍竟出乎預料大獲全勝！」

「天佑大明！」祖承訓立刻揮舞起手臂，大聲高呼。

「天佑大明！天佑大明！天佑大明！」霎那間，高呼聲響作了一片。自提督李如松之下，凡是跟祖承訓和顧君恩兩個有一點交情的將領，包括剛剛從南方調來的幾個浙軍游擊，都群起相和。

「上賴皇上洪福，下賴將士用命！此戰，的確打出了我大明天兵的威風，老夫派人核驗過真倭的首級之後，定然會為爾等請功！」聽眾武將喊得熱烈，經略宋應昌也不願意在這個節骨眼上，給所有人潑冷水。站起身，對著西南方連連拱手。

「皇上洪福，吾等必效死力！」提督李如松見了，只好也站起身，拱手朝北京城所在的方向遙遙施禮。

頓時，上一次場惡戰的第一功臣，就變成了萬曆皇帝朱翊鈞。雖然此人遠在北京，到現在為止恐怕還不知道戰鬥的發生。

「因為有朝鮮義兵和義民，感念皇上的恩德，主動前來示警。我軍才於出征的半路上，得知倭寇繞路來襲。當即，李游擊將弟兄們分成兩路，一路留下來，由劉繼業把總帶領騷擾敵軍，使得敵軍無法快速行進。另外一路，則跟著李、張兩位游擊，星夜返回崗子寨，以砂石與冷水澆築冰牆……」

「冰牆！」兵部職方主事袁黃又將眼睛瞪了個滾圓，驚叫連連，「可是《三國演義》之中，曹操克西涼騎兵的辦法？李游擊不愧為國子監出來的大材，居然連此計都能活學活用。」

「沒辦法，我軍全部加起來，只有六百多人。前來助戰的朝鮮義兵雖多，卻不堪硬仗。」顧君恩對此人的感覺大好，拱了下手，笑著謙虛，「所以，只能先築起一道牆來，擋住倭寇的腳步再說。」

「那負責擾敵的將士，豈不是也被擋在了外面？」袁黃越聽越投入，立刻又為替劉繼業擔起心來。

「劉把總熟悉地形，比倭寇搶先一刻鐘，帶著弟兄們，從專門為他們留出來的缺口回了崗子寨。隨即，我軍就用冰塊將缺口封死。並且在崗子寨南北兩側的山坡上，也潑滿了冷水。」難得有人如此貼心地替自己捧梗兒，顧君恩非常耐心地解釋。

「哦——」袁黃像個女人般，拍著自家胸脯，長長吐氣。隨即，又歪著頭，繼續刨根究柢，「為何要在山上潑水？也築了冰牆豈不是更好？」

「的確也築了，但是因為時間緊迫，沒能築得太高。所以，將靠近山脊的山坡上潑滿融化出來的雪水，就能將山坡凍滿了冰，令倭寇難以攀爬。只能從崗子寨的正面發起進攻。」

「哦——」袁黃誇張地點頭，「高明，真的高明。如此一來，倭寇的兵力再多，也無法分成數路。而我軍人手不夠的難處，則大為緩解。」

「您老說得極是！」顧君恩不知道袁黃的名字，卻通過袍服，判斷出此人官職遠在自己之上，因此，非常客氣地拱手。

「那正面交起手來，倭寇又如何動作？顧守備剛才說過，倭寇傾巢而至，想必不會全都是不入流的雜兵！」袁黃聽得心癢難搔，繼續大聲追問。

「卑職不才，敢請經略賜下一副米籌！」顧君恩這次，卻沒有直接回答他的問話，而是將面孔轉向宋應昌，鄭重行禮。

「馮贊畫，取一份米籌來！」宋應昌也想知道，在敵我數量如此懸殊的情況下，李彤是怎麼打贏的，因此，毫不猶豫地大聲吩咐。

被點名的贊畫高聲答應著走向後堂，不多時，就與四名親兵抬著一盤專門供排兵布陣的米籌入內。顧君恩也不多囉嗦，向宋應昌道過了謝之後，立刻走到了盤前，堆米為山，豎籌為兵，將當日戰場基本形勢，向所有人展示了個一清二楚。

提督李如松，寬甸堡總兵佟養正以及祖承訓、王有翼等人，都是老行伍，一眼就能看出來，雖然明軍占據了地利和天時，但依舊不具備絲毫的優勢。而經略宋應昌、兵部職方主事袁黃等文官，也頓時對敵我雙方的情況有了直觀印象，不再兩眼一抹黑。

「倭寇的主將，名叫鍋島直茂，據我方全力打探，得知其為日本國的肥前節度使，年俸三十六萬石。此番侵朝，做的是第二路軍副帥，輔佐加藤清正攻略咸鏡道。此人在倭國，還素負智將之名，因此，一上來並未派遣倭寇發動進攻，而是主動歇息兩日，到了第三天，才派朝鮮新附軍扛著趕製出來的雲梯，蟻附攻城。其麾下的倭寇，則集中了一千兩百餘鳥銃手，朝著城頭亂銃齊發……」

談到真正的戰鬥過程，顧君恩一反先前的浮誇。幾乎是原封不動地，將當時的情況，如實用米籌復盤。

提督李如松、寬甸堡總兵佟養正以及祖承訓、王有翼等人知兵，聽到一半兒處就明白，此戰贏得其實非常僥倖。倭寇的真實戰鬥力，絕非傳說中那麼差。而倭國將領鍋島直茂非但老謀深算，並且心黑手狠，大夥以後若是在戰場上與此人相遇，絕對得打起一百二十分精神。

宋應昌等文官，雖然只聽了個似懂非懂，在顧君恩說到倭寇和朝鮮偽軍憑藉人多，硬生生用鑿子將冰牆鑿垮之際，也個個緊張得額頭冒汗。不知不覺間，心中對李彤、張維善和劉繼業三人的評價，就又提高了數寸！

待聽到李如梓率領騎兵，在最後關頭突然出現在冰牆之外，中軍議事堂內，吐氣聲此起彼伏。不光是文官，很多武將都扶額相慶。

「李將軍與我家千總，我家兩位游擊合兵一處，準備趁機擴大戰果。所以，不敢分神。特地命卑職回來向經略與提督報捷。倭寇的頭顱已經裝車，最多十天之內，便可運回九龍城。朝鮮新附軍的首級沒用，所以李千總為了避免前來助戰的朝鮮義兵物傷其類，特地准許他們將所有朝鮮人的屍首拖到山上入土為安！」顧君恩的聲音繼續響起，帶著無法掩飾的嘶啞。

眾人紛紛從米籌上抬頭，這才注意到，此人的衣服已經看不出顏色來，臉上也沾滿了灰塵，很顯然，趕路趕得極為辛苦。

「顧守備辛苦了，你儘管放心，為選鋒營請功之事，老夫絕對不會耽擱。來人，送顧守備下去休息。」宋應昌雖然好鬥，卻不會去故意刁難一個小小的守備，果斷下令，讓親兵將顧君恩扶出了堂外。

眾武將和文官們，看得好生羨慕。都知道經此一戰，李彤和張維善兩個算是重新走回了經略大人的法眼之中。非但以前的所有冒犯都被一筆勾銷，今後只要宋應昌在經略的位置上一天，二人的前途就一片坦蕩。輕易不會有誰敢再給他們小鞋兒穿，也不會再有誰試圖去冒領他們兩個的功勞。

「各位同僚也都辛苦了！」將所有文官和武將的表現盡收眼內，宋應昌又笑了笑，向著大夥輕輕拱手，「既然選鋒營左部，僅憑區區六百將士，就能擋住倭寇數萬大軍。那倭寇即便在朝鮮陳兵百萬，又怎可能擋住我朝兵馬傾力一擊？故而，老夫主張，不必再瞻前顧後，大軍趁著江面封凍，提前入朝。力爭一個月之內，趕至平壤城下，殺倭寇一個措手不及！」

剎那間，整個議事廳內，冰火兩重天。

幾乎所有文職官員，和所有從江浙抽調而來的南方武將，都熱烈響應。恨不得立刻殺到朝鮮去，將所有倭寇，一夜之間全部消滅乾淨。而原本就隸屬於遼東一脈將領，卻全都選擇了沉默不作聲。

經略宋應昌政鬥手段強悍，鬥走了太監張誠之後，立刻將矛頭轉向了提督李如松。而後者為了拿到對麾下將士的絕對掌控權，也一改先前忍讓，開始針鋒相對。這節骨眼上，南方來的武將可以站隊，遼東本地的將領卻不能。南方來的將領們打完了仗可以拍屁股就走，遼東本地將領們，今後卻還要在李如松的帳下效力，誰也保證不了對方會不會對自己另眼相看。

「壞了，上了姓宋的這老傢伙的當了。他根本不是想聽此戰的經過，而是借機奪取平倭之戰的指揮權。」已經走到門口的顧君恩身體打了個踉蹌，差點兒一頭栽倒於地。

然而，無論心裡再後悔，他也無法再掉頭而回。更無法將先前說過的話，換成相反的方向再說一遍。所以，只能強撐著將身體站穩，繼續邁步走得更遠。

走得遠了，就能暫時聽不見中軍議事堂內的喧囂。走得遠了，就避免了兩大之間做小的尷尬。忽然間，顧君恩又開始羨慕李彤。後者當初主動請纓渡江查驗敵軍虛實，表面看似危險，事實上，是何等的明智？倭寇再狡詐，也只能在正面與大夥相對。而遼東這邊，卻時時刻刻要提防來自背後的「冷箭」！

「提督，你意下如何？」宋應昌「偷襲」得手，立刻再接再厲，將目光迅速轉向李如松，笑著發問，「皇上在聖旨裡，可是已經催了兩回。先前提督認為敵情不明，大軍不可輕動。而眼下，選鋒營左部已經查明倭寇主力都退到了平壤，留在咸鏡道的，只剩區區一路。你我若是再不有所動作，恐怕聖上那裡，很難有所交代！」

「經略所言極是！」出乎所有人意料，先前一直與宋應昌意見相左的李如松，居然笑著點頭，「先前李某之所以不敢輕易派大軍渡江作戰，與經略同樣，是因為糧草輜重儲備不足，擔心與倭寇開戰之後，各項供應難以為繼。另外，便是因為敵情不明，不敢重蹈郝巡撫的覆轍。如今，糧草儲備已經足夠支撐半年以上，也探明了平壤以北敵軍的兵力空虛，我軍當然要儘快過江，以免錯過戰機。」

「嗯——」沒想到與自己鬥了一個多月的李如松，忽然變得如此好說話，宋應昌預先準備好的一肚子說辭，立刻全都浪費在了自家肚子裡。借著長吟聲努力調整了一下心態後，才又笑著補充：「那就有勞提督按照先前所議方略，帶領大軍梯次過江，先取了……」

「不必，有道是，兵無定勢，水無常形！」李如松用力擺了下手，笑著打斷，「先前你我所爭論未定的方略，全都以倭寇會在平安、咸鏡兩道屯留重兵為設想，而此刻既然已經知道倭寇只留了九路大軍中的一路，並且主要集中於朝鮮東海岸，我軍就該隨機應變，而不是把時間都浪費在攻取沿途那些毫無價值的彈丸之地上。」

「若是沿途各城倭寇殺出了，斷我大軍後路，豈不是危險？」宋應昌大急，皺著眉頭高聲提醒。

「可派勇將滅之！」李如松毫不猶豫地給出答案，「選鋒營左部以區區數百壯士，尚能擋住兩萬倭寇。李某就不信，我軍之中，找不出第二個李子丹！」

這句話，說得極為霸氣，頓時，就將所有武將的勁頭都調動了起來。而經略宋應昌，即便再不願意，也無法當著所有將領的面兒，說他們都遠不如一個剛剛領兵不到四個月的新晉游擊。因此，只能憋著一肚子氣，乾笑著點頭，「提督此言倒也沒錯，我軍宿將雲集，即便只分出部分兵馬去看守後路，也能打得倭寇丟盔卸甲。只不過……」

「沒什麼只不過的，審時度勢，就這麼簡單。」李如松又用力揮了下手臂，再度高聲打斷，「經略當初拒絕張監軍冒險出兵的動議，乃是由於時機不合。在張監軍走後，李某之所以遲遲不願意如經略所期，立刻率部渡江，同樣是由於時機不合。眼下既然時機已到，就無需再瞻前顧後。兵貴神速，弟兄們用今明兩天時間做準備，後天一早，大軍就可以出發。」

「嗯哼，嗯哼，嗯哼！」宋應昌被憋得大聲咳嗽，臉色也瞬間漲得一片通紅。

先前他跟太監張誠兩個針鋒相對，理由就是明軍的準備還不夠充分，出征的時機未到。而在張誠被調回北京之後，他就迅速改弦易轍，積極求戰。而先前從不表態的李如松，反倒一再要求謹慎。

作為一名知兵且學富五車的大明文官，宋應昌理所當然地認為天下武將無論官職大小，都理應在文官的指揮下衝鋒陷陣。而提督李如松，卻堅持要求所有兵馬都歸自己調遣，文官只負責統計戰果，並且在後方為前線輸送糧草輜重。
所以，今天在聽取顧君恩報捷之時，宋應昌才故意揣著明白裝糊塗，任由袁黃與對方一吹一捧，肆意發揮。在顧君恩下去休息之後，他就又立刻順水推舟，主張大軍儘快過江。
如果李如松依舊堅持要跟他對著幹，他就有足夠的藉口，上表彈劾此人，並且要求朝廷做出裁決，平倭之戰，盡歸他這個經略掌控。而如果李如松接受了他的主張，他就可以順勢調兵遣將，造成提督也受經略指揮的事實。
只是，他萬萬沒有料到，李如松竟然以退為進，先欣然對他的主張表示了贊同，隨即，就對具體出兵方略發起了質疑。並且搬出他先前對付張誠那句「時機未到」來，提醒他，不要總是出爾反爾。
「提督，雖然說兵貴神速，但兩天時間準備，是不是過於倉促了些？」終究同氣連枝，兵部職方主事袁黃，不忍心眼睜睜地看著宋應昌被一個武夫懟得說不出話來，主動站出來，替對方幫腔，「並且提督連出兵的具體路線和作戰次序，都不與經略相商，萬一您率軍渡江之後，朝廷派遣使者來詢問戰況，經略這邊，該如何向皇上彙報？」
「簡單！」李如松為了達到統一指揮權，避免令出多門的目的，連宋應昌這個經略都敢應付，更甭提一個職方司主事。大手一擺，迅速給出答案，「本提督每至一地，就會派遣親兵飛馬回來，向經略傳訊。如此，大軍去了哪裡，經略必然會瞭若指掌。無論是誰問起來，都能應對自如！」
「這……」兵部職方司主事袁黃不通軍務，頓時就找不到更多的藉口。
贊畫姚貴見狀，趕緊上前接應，「提督恕罪，非姚某多嘴。南兵畏寒且不善騎馬，如果連個簡單的方略都不預先做出，萬一他們途中沒有跟上提督的腳步……」

「你家經略剛才曾經說過，一個月之內，平壤城下見！」李如松迅速將頭轉向他，目光如電，「他們如果跟不上大軍腳步，儘管繼續沿著官道向南走就是了。看到了平壤城，自然就追上了本提督。」說罷，也不看姚貴紫黑的臉色，將目光又迅速轉回宋應昌，「經略若是捨不得南兵受苦，也罷，可以將他們作為第二路。李某後日一早，帶著遼東子弟先行過江。待李某將通往平壤的道路蕩平之後，他們再慢慢從後面跟上來。反正從這裡到平壤，沿途也沒有什麼高城大池。遇到倭寇，李某親自帶著騎兵衝陣便是。」

「提督不可，我等自當努力整頓麾下弟兄，與提督同行，萬萬不敢拖了大軍後腿。」眾南方抽調而來的將領人人臉上變色，趕緊拱起手，大聲向李如松表態。

他們當中的絕大多數，雖然在宋應昌與李如松兩個人「鬥法」之時，都站在了宋應昌那邊。卻心裡頭都知道輕重，誰也沒膽子因為接受的宋應昌的拉攏，就故意不跟大軍一道行動。

那樣做的話，如果李如松始終毫髮無傷還好，有宋應昌照顧，誰都無法治他們消極避戰之罪。可萬一李如松在跟倭寇交手之時受了傷或者不幸醉臥沙場，朝廷追究下來，所有責任，可就全得他們來承擔。

「經略，你意下如何？」這回，輪到李如松出招了。將目光迅速轉向宋應昌，用先前對方同樣的語氣發問。

「既然眾將都說來得及，老夫自然樂見其成！」經略宋應昌想了想，疲憊地點頭。「只是提督且不可過於急於求成，選鋒營在崗子寨之勝，其實非常僥倖。提督身負皇上厚望，萬一吃了敗仗，哪怕只是小挫，也會令朝野震動，進而影響朝廷日後的決斷！」

「李某曉得，經略放心，李某既然決定帶兵渡江，所有後果，自然獨自承擔！」見宋應昌終於讓步，李如松也不為己甚，主動表態，縱使不幸吃了敗仗，也絕不向對方推卸責任。

經略宋應昌聽了，心中除了羞惱之外，憑空又多出幾分憂慮。惱的是，自己今天急於求成，反倒讓對方圖謀得逞，大權獨攬。憂的則是，李如松表面上對誰都客客氣氣，骨子裡卻驕傲異常，自己這個經略的提議，他都不願意聽取分毫。出兵之後，其他人更甭想能夠左右他的決定。

而萬一李如松哪天熱血上頭，輕敵冒進，身邊眾將又沒人攔阻得住，未免就會被倭寇所乘。朝堂中，原本就有很多重臣反對出兵援救朝鮮，若是聽說李如松也吃了敗仗，整個平倭之戰，極有可能就半途而廢。

「經略還有什麼指教沒有，若是沒有，李某可就要帶著弟兄們去準備出兵事宜了？」正愁得腸子打結之時，耳畔卻又傳來了李如松的聲音，隱約帶著幾分得意。

「提督儘管去，諸位將軍也儘管去。後日一早，本經略會親自到鴨綠江畔，為諸位壯行。」宋應昌心中的擔憂，迅速又被憤怒取代，抬起頭，大聲向所有人回應。

眾將領答應一聲，紛紛告退出門。眾文官雖然憤憤不平，卻也都不願意在這當口，留下來給宋經略添堵。眼看著中軍議事堂變得空空蕩蕩，宋應昌忽然歪了下頭，朝著一根柱子側後方沒好氣地詢問，「袁主事，你遲遲不肯離開，可是有什麼話，要當面指點老夫？」

「不敢！」兵部職方司主事袁黃笑著從柱子後走了出來，鄭重向宋應昌拱手，「時祥兄何必如此生氣，那李如松想要獨攬兵權，讓他獨攬便是！總歸您是備倭經略，他再專橫跋扈，也不能繞過您去，單獨向朝廷請功。」

「老夫所爭的，哪裡是什麼兵權！」宋應昌老臉一紅，隨即氣得鬍鬚亂抖，「老夫是擔心他因為屢戰屢勝，生了輕敵之心。慶遠你又不是不知道，朝廷裡邊如今亂成何等模樣？原本決定出兵就很勉強，萬一連李如松這等悍將也吃了敗仗……」

「未料勝，先料敗，時祥兄果然知兵！怪不得被皇上寄予厚望，更怪不得朝中諸君鬥得那麼厲害，卻對時祥兄出任遼東經略一事，毫無異議。」袁黃也不著急，只管笑呵呵地拍宋應昌馬屁。直到看見對方又將眼睛瞪了起來，才收起笑容，快速補充：「既然時祥兄擔心李如松吃敗仗，就未雨綢繆便是。總好過坐在這裡生悶氣。」

「說得好聽，連南兵都被他帶走了，老夫拿什麼去未雨綢繆？」宋應昌狠狠瞪了袁黃一眼，沒好氣地數落。

「大明乃萬乘之國，得折損多少兵馬，才會真正傷筋動骨？而兩國交戰，勝負卻不僅僅取決於沙場。」袁黃一改先前對著顧君恩時的迷糊模樣，說出來的話，句句清醒無比。

「傷筋動骨倒不至於，但終究有損於大明天威。」彷彿已經看到了李如松吃敗仗一般，宋應昌嘆息著搖頭。「至於勝負不僅僅取決於沙場的道理，老夫當然知曉。可巧婦終究難為無米之炊。」

「時祥兄，莫非忘記了，崮子寨那邊，還有兩個新晉的游擊。」袁黃搖了搖頭，笑呵呵地提醒。

「他們！」宋應昌的眼神頓時一亮，旋即又快速黯淡，「你莫非真的以為，他們帶著區區幾百兵馬，就能擊敗倭寇兩萬大軍？真實倭寇數量，能有他們說的三成，老夫就心滿意足了！這大明軍中，虛報戰功乃是慣例，老夫先前只是為了鼓舞士氣，才故意沒有戳破而已。」

「至少勝利做不得假，倭寇的人頭也做不了假。」袁黃絲毫不覺得氣餒，笑了笑，大聲強調。「此外，他們兩個剛剛經歷了一場惡戰，李如松總不能立刻就逼著他們再去廝殺。而如果經略將他們調回來補充兵馬，關鍵時刻將選鋒營派出去，也許就能收到出人意料的效果。」

「嗯……」宋應昌聽得意動，沉吟了片刻，卻又輕輕搖頭，「他們兩個，跟李如梓相交莫逆。縱使不做李如松的嫡系，也很難全心全意為老夫所用。先前太監張誠逼著他們站隊，他們就乾脆俐落地選擇一走了之。老夫何必再試一次，再惹一次笑話？還是罷了，免得讓人嘲笑老夫，連兩個讀書的晚輩都容不下。」

「那就只能另闢蹊徑了，經略可還記得，當初為了拖延時間，兵部特地派出的那個假使者？」袁黃又笑了笑，臉上忽然寫滿了詭秘。

「假使者？」宋應昌被問得滿頭霧水，本能地反問。隨即，眼前忽然一片雪亮，「你說的，你說的是那個故意派去平壤送死的商販，叫，叫什麼沈，沈……」

「沈惟敬！」袁黃接過話頭，大聲強調，「他現在可不是什麼商販，而是弄假成真，變成了我大明堂堂正正的使臣。官拜水師游擊！宋兄想要在沙場之外，另有建樹，眼下便要著落在他身上！」

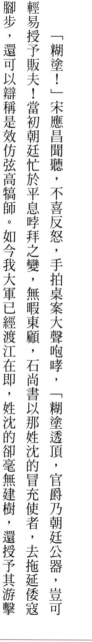

第二章 騙子

「糊塗！」宋應昌聞聽，不喜反怒，手拍桌案大聲咆哮，「糊塗透頂，官爵乃朝廷公器，豈可輕易授予販夫！當初朝廷忙於平息哱拜之變，無暇東顧，石尚書以那姓沈的冒充使者，去拖延倭寇腳步，還可以辯稱是效仿弦高犒師。如今我大軍已經渡江在即，姓沈的卻毫無建樹，還授予其游擊之職，豈不是畫蛇添足？此事不被東征將士知曉尚好，若是被東征將士得知，他們捨生忘死為國而戰，居然還比不上一介商販動動嘴皮，將置軍心於何地？置士氣於何地！」

也不怪他生這麼大的氣，雖然沒記全沈惟敬的名字，對於此人來歷，他卻知道得一清二楚。此人乃是兵部尚書石星的鄉黨，因為常年參與海上走私而學會了倭語，並且在其故鄉攢下了偌大的家業。倭寇大舉入朝，朝鮮兵敗如山倒，哭哭啼啼向大明求援，而大明在北方的可戰之兵，都忙著追隨李如松征剿哱拜。兵部尚書石星無奈之下，才給自己的這位老鄉沈惟敬臨時委任了一個芝麻大小的官職，要求他代表自己去向倭寇表明態度，如果不立刻停止對朝鮮的吞併，大明天朝一定會予以嚴懲。

當時朝堂之上，凡是還沒老糊塗的人，無論主戰還是主和，都不看好兵部尚書石星的這一「奇招」。大夥兒都知道，那倭虜既然以傾國知兵進攻朝鮮，就不可能被幾句大話給嚇退。但鑑於當時巧婦難為無米之炊的情況，也只能勉強同意讓石星放手一試。

而後來又發生的一系列事情，也證明了，兵部尚書石星派遣使者斥退倭寇的想法，屬於異想天開。倭寇接到沈惟敬的警告之後，雖然對他本人客客氣氣，卻絲毫沒放緩對朝鮮的進攻。直到前鋒抵達了鴨綠江南岸，無限接近於大明領土，才施施然停住了腳步。

所以，宋應昌一直以為，沈惟敬鎩羽而歸之後，就會被直接剝奪了官職，打發回家。卻萬萬沒有想到，此人在兵部尚書石星的支援下，竟然搖身一變，直接變成了大明朝廷的正式使者，並且還擁有了一個正式的游擊身份。

「時祥兄，時祥兄，何必這麼大火氣！」見宋應昌臉色都被氣得發了黑，身體也不受控制地顫抖，兵部職方司主事袁黃趕緊拱起手來，大聲開解，「不過是一個游擊將軍，方便他在倭寇面前說話而已，又沒有真的讓他領兵。先前朝廷破格提拔李彤和張維善兩個做游擊將軍，也沒見你……」

他不勸還好，一勸之下，宋應昌心頭的怒火更加控制不住，拍打的桌案，高聲斷喝：「呸，一派胡言！不過是一個游擊將軍，我朝總計才多少游擊將軍？尋常士卒，少壯應募，直至白髮蒼蒼，有幾個能做到游擊將軍？至於李子丹與張守義，姓沈的一介販夫，怎麼能跟大明國子監貢生相比？我朝功名，何時變得輕賤如斯？」

「這……」袁黃膽子再大，也沒勇氣將大明國子監貢生與商販同列，頓時，一肚子的說辭都憋回了嗓子裡。

備倭經略宋應昌見他無言以對，也不再多說廢話。立刻命人取來筆墨，準備親自上書，請求朝廷收回對沈惟敬的任命。

也不怪他固執，誠然游擊將軍這個職位，與他這個大明右都御史比起來，只能算芝麻綠豆。可尋常武夫要想爬上游擊之位，至少得在軍中苦戰十年以上，並且屢屢立下戰功。最典型的就是先前奉命趕回來報捷的顧君恩，有著遼東李氏為靠山，從十六、七歲就在陣前廝殺，一直殺到將近三十歲，才勉強爬上了守備之職，距離游擊依舊差著一大級。

像李彤和張維善兩個，則完全是特例中的特例。首先，二人原本就是貢生，只要熬到畢業，就可以授予八品，甚至七品文職。其次，二人投筆從戎之後，四個多月來，衝鋒陷陣，從不落後，功勞的確顯赫。再次，二人雖屬於旁支，背後卻終究站著英國公府和臨淮侯府，輕易不會有人貪墨他的功勞。最後，也是最重要的一點，二人運氣爆棚，居然被當朝皇帝記住了名姓，屢次親自過問，這種情況下，兵部如果還連兩個游擊職位都捨不得給，等同於直接說萬曆皇帝有眼無珠。

而沈惟敬被授予游擊將軍職位，又憑的是什麼？僅僅是因為他跟兵部尚書石星是鄉黨，並且會幾句倭語？此人若也像李彤和張維善兩人那般，以貢生身份投筆從戎，也說得過去，朝廷好歹還可以說是千金買馬骨。偏偏此人又是個不入流的商人，還是商人裡頭最不乾淨的那種海商。朝廷在用人之際，對他以往通倭的舉動，睜一隻眼閉一隻眼，已經是開恩，豈能在他寸功未立的情況下，就讓他爬到百戰餘生的勇士頭頂上！

對於大明朝的文官來說，寫一份文筆通暢，且義正辭嚴的摺子，乃是基本功中的基本功。只用了不到一刻鐘，宋應昌就將奏摺書寫完畢。低下頭，強忍怒氣仔細檢查了一遍，確信沒有任何錯字，也沒用錯典故，便又派親兵將贊畫姚貴喊了進來，命令此人親自帶著自己剛剛寫好的奏摺趕赴北京。

「不可，萬萬不可！」兵部職方司主事袁黃大急，再也不敢繼續保持沉默，快步上前，一把按住剛剛晾乾的奏摺，「時祥兄，慎重！你要彈劾沈惟敬，什麼時候不能彈劾？此刻他身在平壤，正為我大明舌戰群雄，你這一道摺子上去，多少人的心血都要前功盡棄？」

「怎麼，你還真相信，沒有大軍壓境，光憑著一個販夫的口空白牙，就能嚇退數十萬倭奴！」宋應昌心中陡然升起一股警兆，迅速抬起頭，目光犀利如刀。

先前袁黃借著打壓李如松氣焰和未雨綢繆兩大由頭，向他推薦沈惟敬，已經讓他感覺非常困惑。如今又不顧身份，力阻他彈劾此僚，更是讓他心中疑竇叢生。這姓袁的，跟姓沈的到底是何種關係？為何一而再，再而三替其出頭？

按理說，大明朝文人，最看不起的就是商販，巴不得距離那些滿身銅臭的傢伙越遠越好。而袁黃作為清流名宿，道德君子，為何偏偏反其道而行之？

「時祥兄，時祥兄勿怪！」被宋應昌看得心裡發虛，袁黃訕訕地收回壓在奏摺上的手，笑著解釋：「小弟畢竟是兵部職方司主事，而沈惟敬兩番出使，都是石尚書在力主。他在平壤，無論能不能說得倭寇罷兵，都不耽誤大軍渡江。而萬一倭寇因為他的到來，誤會我軍開春之前不會南下，李提督那邊也會打得輕鬆許多。」

「哼！」宋應昌不肯相信他的解釋，撇著嘴大聲冷哼，「本經略雖然與李提督不睦，卻從未懷疑過他的本事。除非他輕敵冒進，否則，倭寇想堂堂正正地擋住他的兵鋒，簡直是白日做夢。」

「但終究能讓我朝將士少損失一些。」袁黃一個理由說不通，立刻換上下一個，「況且只要我軍打到朝鮮城下，倭寇必然知道沈惟敬與他們會面，只是為麻痺他們，給大軍爭取主動。屆時，不勞時祥兄彈劾，倭寇也會殺了他。」

這個理由，倒有幾處頗令宋應昌動心。眉頭雖然依舊緊鎖，目光卻漸漸變得柔和。

袁黃立刻將宋應昌的態度變化看在了眼裡，迅速給出了第三個理由，「況且石尚書因為堅決主張派兵援助朝鮮，已經遭到了許多同僚的彈劾。時祥兄這道摺子遞上去，能不能讓朝廷收回沈惟敬的官職不說，卻足以給予石尚書最後一擊。而石尚書若是被迫告老，東征必然會無疾而終。非但將士們的性命被白白浪費，我朝威名，也會因此一落千丈。如此親者痛，仇者快的結果，想必也非時祥兄的初衷。」

這個理由，比先前的理由，更加充分，不由得宋應昌皺著眉頭深思，「嗯——」

「第四，也是在下剛才為何提起沈惟敬的緣由。在下也知道，光憑著空口白牙，勸不走倭寇。可若是李提督連番大勝，令倭寇人心惶惶，沈惟敬的空口白牙，恐怕就未必沒有任何作用。」不愧為清流翹楚，袁黃口才絕對一等一。接著先前的話頭，繼續侃侃而談：「而哪怕他只說動了九路倭軍中的一路退兵，也等同於對倭寇釜底抽薪。朝廷從頭到尾，所付出的，不過是一個游擊將軍的空白告身，所收穫的，卻是無數種希望和可能。時祥兄又何必膠柱鼓瑟，非得盯住沈惟敬的出身不放？」

「就憑他？」宋應昌無法否認袁黃的話有道理，冷笑著撇嘴。

「時祥兄最多再等上兩三個月，就可看到結果。若是屆時此人依舊寸功未立，又沒死在倭寇之手，想要剝奪他的官職，不過是時祥兄一句話的事情。甚至都可以先剝奪了，再上報朝廷，何必非得趕在現在，還如此大動干戈？」

袁黃抬起頭，與他四目相對，渾身上下，每個毛孔彷彿都寫著「坦誠」。

「啟稟游擊，有一個姓沈的，自稱是大明朝廷派去跟倭寇議和的使者，要求見您！」數百里外的崗子寨，當值的總旗劉巴，匆匆跑到臨時中軍帳內，大聲彙報。

「議和，仗還沒正式開打，議的哪門子和？」饒是李彤涵養好，也立刻怒上眉梢，「給我直接亂棍打出去，十有七八是個騙子！」

「一刀咔嚓算了，省得像蒼蠅般煩人，這些天來，咱們這都快成鬼市了，來來往往全是騙子！」張維善也好不耐煩，皺著眉頭快速提議。

「即便不殺了他，也得先抓起來，打個屁股開花。否則，離開這裡之後，不知道他還會弄出什麼貓膩來！」劉繼業知道自家姐夫心軟，在一旁大聲補充。

也不怪張維善和他二人如此憤怒，最近幾天，選鋒營這邊的確是騙子盈門。弄得大夥煩不勝煩。從數日前擊敗了大股倭寇的進攻之後，選鋒營的名頭，就徹底在朝鮮傳播開來。李彤最初夢想的各路豪傑紛紛主動派人前來聯絡的情況，終於如願以償。但同時迎來的一個後果就是，打著各種旗號的騙子，也紛紛登門。或者說自己已經跟朝鮮某某地方的偽軍約好了克日反正，請求大明天兵前去接應。或者聲稱自己是朝鮮國王遺落於民間的兒子，請求大明天兵協助自己收復國土，並願割讓大同江以北領土相謝云云。林林總總，不勝其煩。

但那些騙子再膽大，始終都在朝鮮國內打轉。誰都沒膽子把身份跟大明聯繫在一起，更沒膽子冒充朝廷的使臣。

而今天這個，非但打著使臣的旗號招搖撞騙，並且還號稱負責大明與倭寇之間的和談，就實在囂張得太過頭了。

令人更為震驚的是，還沒等李彤下定決心給騙子一個教訓，軍營內，已經響起了一陣惱人的喧囂。緊跟著，剛剛升職為千總的老何，滿臉鐵青地衝了進來。「游擊，那個自稱朝廷議和特使的騙子，強闖軍營，穿著和您一模一樣的袍服，手裡還拿著一份文憑！」

「管他穿的什麼袍服，先拿下了再說。」李彤終於忍無可忍，拍打著桌案命令。

「我去，免得弟兄們被他身上的假官袍嚇住。」剛剛接到游擊將軍任命沒幾天的張維善，主動請纓。

大明朝軍中等級森嚴，如果騙子身穿游擊將軍袍服的話，的確會讓很多不知真相的士兵有所忌憚。所以，千總老何氣急敗壞，卻沒膽子立刻出手，實屬正常。而換了游擊將軍張維善出馬，結果就完全不同了。即便真的抓錯了人，也是游擊將軍與游擊將軍之間的誤會，沒有任何人以下犯上。

「我跟你一起去吧，此事恐怕有些古怪。」就在張維善一隻腳已經踏出中軍帳門之際，先前一直沒有開口的李如梓，忽然大叫著追上出來。

「六哥你的意思是……」李彤、張維善和劉繼業三人同時一愣，看向李如梓的目光中充滿了困惑。

三人都是讀書人出身，即便學業再差，也知道大明任命使節出訪番邦，會有一套極為嚴格的程序。而使節通常也都是文官，很少由武將出任，更不會輪到一個水師游擊頭上。

所以，外邊的騙子，身上破綻百出。由張維善出面去收拾他，已經是牛刀殺雞。無論如何，都犯不著讓一個李如梓這個指揮同知親自出馬。

「你們莫非忘了，先前姓黃的贊畫奉命前來給你們送官袍和印信，在路上是如何故意耽擱？」李如梓迅速看了三個好兄弟一眼，年輕的臉上，隱約現出了幾分無奈，「非常之時，什麼怪事兒都會出現。我去了，無論抓對抓錯，至少還有家兄頂著。」

「這，那乾脆就一起去！」李彤猶豫了一下，卻不願什麼事情都勞煩李如梓，果斷作出決定。也不怪他小題大做，眼下的確是非常時期，怪事不斷。就拿三人的升遷來說吧，早在一個半月，甚至兩個月前，朝廷其實就已經作出了決定。然而，聖旨和官服、印信送到遼東之後，居然被經略宋應昌扣在了手裡，遲遲不向下落實。直到太監張誠被調回，新來的聖旨裡頭，又提到了李彤和張維善的名姓，宋應昌才終於不再故意拖延。而奉命前來傳達對有功將士獎賞的黃贊畫，卻又在途中「迷路」，直到五天前無意間與從遼東返回的李盛「巧遇」，才不情不願地被後者「護送」到了軍營。

既然不合程序的事情屢屢發生，眼下忽然冒出個朝廷特使來，就算不得過於離奇了。三人的前程好不容易才開始變得明朗，犯不著為了一些雞毛蒜皮的小事，再被陰雲籠罩。

懷著一肚子迷惑與憤懣，兄弟四個連袂出了中軍帳，快步前行。還沒等走多遠，就看有個五短身材，滿臉市儈的傢伙，站在一排當值的弟兄們面前，揮舞著手臂大聲咆哮：「讓開，全都給本官讓開。爾等不認識本官，還不認識這身游擊袍服，還有本官手裡的聖旨！告訴你們，本官可是奉了皇上的命令，專門說服倭寇退兵的。爾等若是耽誤了本官的大事，本官一定會稟明皇上，將爾等全都抄家滅族。」

「抄家滅族，那可是對謀反的處置！呵呵，李某倒是要看看，誰有那本事，無緣無故，將我選鋒營將士抄家滅族？」饒是李彤涵養再好，也不能容忍一個外人，在自己的軍營裡威脅自己麾下的弟兄，急行數步，朝著來人大聲冷笑。

「你……」來人先是勃然大怒，旋即，就看到了李彤和張維善身上，跟自己一模一樣的游擊袍服。愣了愣，囂張的氣焰迅速下降，「你們可是李千總，張千總？恭喜二位高升，本官沈惟敬，乃是大明派往朝鮮，專門負責勸說倭寇退兵的特使。這裡是本官的文憑和兵部石尚書給本官的手令。」

「拿來我看！」李彤對此人的身份將信將疑，停住腳步，大聲吩咐。

「我家千總，不，我家游擊說了，要先驗明你的正身！」先前攔在騙子沈惟敬面前的百總劉康，立刻有了底氣。劈手從此人手裡搶過文憑的手令，快步轉送到李彤面前。

李彤接過文憑和手令，與李如梓、張維善、劉繼業三人反覆核驗，越看，越覺得好生荒唐。文憑是真的，手令也是真的，上面都有相應的印簽為證。可文憑和手令上的內容，卻令人不忍卒讀。

首先，游擊將軍乃是武將，必然要寫明品級、所領兵馬數量，以及相關兵馬的營號。沈惟敬的文憑上，卻沒有任何涉及，等同於只是一個空頭銜。其次，沈惟敬既然充任了使者，給他下達命令的，就得以朝廷的名義，再不濟也得是專門負責與番邦交涉的禮部鴻臚寺，無論如何，也輪不到兵部尚書石星。

很顯然，兵部尚書石星，是故意在利用沈惟敬的無知。給了他兩個空頭銜，任由他肆意發揮。如果能成功嚇走倭寇，自然會有人誇讚石尚書英明睿智，知人善任。萬一沒有將倭寇嚇住，沈惟敬也一無所獲，石尚書就可以拿游擊將軍任命文憑和手令上故意留下的破綻，為他自己開脫，甚至直接下令殺人滅口。

「這姓沈的官迷兒，還洋洋得意，卻不知道自己一隻腳已經踏入了鬼門關！」心中偷偷感慨了一句，李彤瞬間怒火全消。

然而，沈惟敬卻不需要任何人憐憫。快步湊上來，滿臉倨傲地大聲威脅：「驗過了沒有？文憑和手令可否為真？李游擊，如果你確信文憑和手令不是假造出來的，就趕緊帶領麾下弟兄們退往義州。否則，破壞了沈某的退倭大計，後果你肯定承擔不起。」

「退倭大計，就憑你！」見過能吹牛的，卻沒見過像沈惟敬這麼能吹的，劉繼業頓時按捺不住，上前半步，大聲奚落。

「你是何人？」沈惟敬翻翻眼皮，傲慢之色立刻湧了滿臉，「你家游擊平素就是這般管教手下的？連等級尊卑都不要，在上司議事時胡亂插嘴！」

「老子是你老子！」劉繼業被氣得火冒三丈，揮起拳頭，直接沈惟敬臉上砸了過去。

「千總，不要動怒，不值得，跟這種人不值得！」百總劉康手疾眼快，趕緊橫跨了半步，用自家肩膀擋住了劉繼業的拳頭，「豬被殺之前都會胡亂叫喚，您犯不著為此生氣。」

「繼業，別衝動，不值得！」李彤擔心劉繼業下手沒輕沒重，也趕緊大聲出言勸阻。「你儘管退在一邊，他既然是指名道姓衝著我來的，就由我來招呼他。」

「嗯！」當著外人的面兒，劉繼業不願意讓自家姐夫難堪，冷哼著後退數步，向沈惟敬怒目而視。

沈惟敬原本已經被嚇得用雙手抱住了腦袋，此刻發現劉繼業居然被李彤和另外一個小頭目攔下，心中頓時勇氣陡升。放下手臂，撇著嘴大聲冷笑，「呵呵，呵呵呵，果然是一群驕兵悍將，居然敢當眾折辱朝廷的談判使臣。你莫非以為，打過一場小小的勝仗，就可以占山稱王了不成？」

「沈游擊，這話說得可就沒分寸了。李某和麾下弟兄到底怎麼樣，自有經略和提督看在眼裡。還輪不到您一個水師游擊來指手畫腳。」李彤心中，對於沈惟敬的憐憫，徹底變成了厭惡。狠狠横了此人一眼，與其針鋒相對。

「休要扯經略和提督的大旗，他們兩個英明睿智，絕不會准許你縱容屬下，對朝廷不敬！」沈惟敬的一身本事，過半兒都長在嘴巴上，立刻咬住李彤的話頭，大聲威脅。

「李某只聽到某個水師游擊，無緣無故跑到我陸師選鋒營信口雌黃。可沒聽到自家下屬，對朝廷有任何不敬！」李彤冷笑著看了此人一眼，輕輕搖頭，「沈游擊如果對李某不滿，盡可去兵部上告。休要在李某的軍營裡咆哮，自討沒趣！」

說罷，再也沒興趣跟沈惟敬囉嗦，迅速朝百總劉康點了下手，大聲吩咐：「你，帶著當值的弟兄，送沈游擊出營。李某領兵在外，沒有將令，不敢隨意接待任何來歷不明之輩！」

「是！」百總劉康，早就忍得拳頭都發癢了。答應一聲，帶著二十幾名弟兄快步擁上，將沈惟敬連同他身後的隨從們，用力推向軍營大門。

「住手，住手，姓李的，沈某今天到這裡來，有要事向你曉諭！」

「住手，住手，姓李的，耽誤了朝廷退倭大計，你有幾顆腦袋也不夠砍！」

「住手，住手……」

沈惟敬被氣得火冒三丈，跳著腳大聲威脅。然而，無論他叫嚷得多大聲，李彤卻都充耳不聞。

轉過身，與李如梓，張維善和劉繼業三個，大步流星往中軍折返。

「李游擊且慢！」見用狠話嚇不住李彤，沈惟敬果斷改變策略。扯開嗓子，大聲宣布：「倭寇已經答應沈某罷兵了，倭寇已經答應沈某罷兵了。你不能為了自己的功勞，就破壞了沈某，破壞了朝廷的撫倭大計！」

「荒唐！」李彤撇嘴冷笑，依舊頭也不回。

連續幾個月來，他先後跟小野成幸、十時連久、九鬼廣隆和鍋島直茂等倭寇頭目交手，對倭寇的貪婪、狡詐和陰狠秉性，已經有了很清楚的印象。心中早就得出結論，除非在戰場上把倭寇打垮，否則，指望倭寇主動退兵，無異於癡人說夢。

「明明憑藉沈某的舌頭就能令倭寇退兵，你何必非得讓弟兄們徒增傷亡？戰場上刀劍無眼，弟兄們也都是爹娘生的，憑什麼為了你的功勞，賭上自家的性命？」沈惟敬急火攻心，愈發地口不擇言。

「一派胡言！」事關軍心，李彤不得不轉過身來，認真應對。「憑藉你的舌頭，就能讓倭寇退兵，你那舌頭，莫非是開過光的？那豐臣秀吉為了吞併朝鮮，差不多把傾國之兵都發出來了，什麼都撈不到就白跑一趟，他就不怕將士們回去之後造反？」

「當然不僅僅是憑沈某的舌頭，還有，還有我大明歷代皇帝的仁德！」終於等來了李彤的回應，沈惟敬立刻打蛇隨棍上，「我大明自立國之初，就將東倭列入不爭之國。兩百二十餘年來，倭國上下，無不感念我大明恩德……」

「呸！」見對方又開始滿嘴跑舌頭，李彤啐了一口，再度轉身。

「李游擊且慢，李游擊且慢。當然，當然主要還是倭寇那邊，沒有絕對取勝的把握，想要見好就收！」沈惟敬知道自己不拿出幾分乾貨，絕對無法說服李彤帶兵離開。分開人群追了幾步，大聲補充，「至於好處麼，當然是多少要給倭寇一點兒，但我大明也不會吃虧。倭寇那邊的提議是，大明與倭國以平壤為界，平分朝鮮。」

「你說什麼！」李彤再度停住腳步，右手緩緩按住腰間刀柄，「你再說一遍！」

「姓沈的，休要信口雌黃！」張維善也快速轉過身，從側面向沈惟敬快步包抄。

因為經略宋應昌只是派麾下贊畫送來了朝廷對有功將士的褒獎，卻沒有按照李彤和張維善兩人的新職位，給選鋒營內補充兵卒。如今選鋒營內，有接近七成的空缺，都是由主動留下來的朝鮮義勇填補。並且其中不少朝鮮低級軍官，都能聽得懂漢語。如果任由沈惟敬剛才這句話傳播開去而不做任何批駁，根本不用倭寇派兵來打，選鋒營自己就可能在一夜之間分崩離析。

「倭寇，倭寇的提議是，大明與倭國以平壤為界，平分朝鮮！」不愧為一個經驗豐富的海商，沈惟敬對於危險非常敏感，立刻停住腳步，緩緩後退，「當然，這，這只是倭寇一廂情願。就像做生意，漫天要價，著地還錢。最後，最後的和議到底什麼樣，沈某，沈某還會繼續與他們討價還價。總，總不會讓大明吃虧！李游擊，你，你拔刀幹什麼！李游擊，沈某跟你平級，沈某還是朝廷的使者，你針對我，就是針對朝廷。救命啊，有人要殺大明使者——」

最後一句話，他哭著喊出來的，喊過之後，撒腿就跑。李彤和張維善怒不可遏，繼續提著戚刀追上去，用刀背朝此人屁股，大腿等處招呼，眨眼間，就將此人抽得倒在地上，抱著腦袋四下亂滾。

「保護將軍，保護將軍！」沈惟敬帶來的家丁，慌忙叫囂著上前搶人。奈何本領太差，被劉康等兵卒三拳兩腳，就全給打成了滾地葫蘆。

「子丹，守義，算了。別讓這騙子髒了你們倆的手！反正他嘴裡說出來的鬼話，也不會有人相信！」擔心李彤和張維善急火攻心，真的將沈惟敬給活活打死，李如梓快步上前，出言勸阻。

隨即，又迅速將面孔轉向百總劉康，「別打了，這種人，直接叉出去就是！不過是想立功想瘋了而已，他無論答應倭寇什麼，都是自說自話，根本做不得數！」

「是！」終究怕擔上擊殺同僚的罪名，劉康等人暗暗鬆了一口氣。大聲答應著，將沈惟敬和此人的家丁從地上拖起來，大步拖向營外。

「姓李的，我記住你了，我記住你了！」沈惟敬卻不肯離開，一邊掙扎，一邊破口大罵：「你個有人養沒人教的孽孫，居然敢當眾毆打沈某。有種你今天就將沈某打死，否則，此仇不報，沈某誓不為人！」

「不想死，你就閉上嘴巴滾蛋！」見此人如此無賴，李如梓氣得追上去，抬腳就踹，「無令私闖別人的軍營，還高聲喧譁，今日即便宰了你，也不過分！滾，別挑戰老子的耐心！」

「你，你敢踹我！」沈惟敬對於軍隊內的服色等級瞭解有限，見李如梓的官袍好像跟自己不太一樣，還以為他是李彤的下屬，立刻瞪圓了眼睛大聲威脅，「別以為有姓李的撐腰，老子就沒法拿你怎麼樣？待他被一擼到底，老子就來做這選鋒營的管營，到時候，有你好看！」

「那李某可等著你了！」發現對方居然連自己官職多高都看不出來，李如梓頓時被氣樂，又狠狠補了一腳，將此人踹得更遠，「記住了，老子是禦倭參將，遼東都指揮同知，姓李名如梓。你升官之後，千萬別找錯地方！」

他之所以自報名姓，是準備與李彤、張維善兩個共同進退，以免沈惟敬找上頭去告狀。誰料，沈惟敬聽到參將兩個字，立刻態度大變。不管肩膀的大腳印子，快速爬起來，長揖及地：「原來是參將在上，請恕沈某有眼無珠！倭軍的確真心想要議和，兵凶戰危，還請參將速速下令，讓選鋒營離開朝鮮。否則，一旦倭方以我軍主動挑起戰端為由，拒絕議和，大明肯定得不償失！」

「滾！」李如梓一腳將沈惟敬踹翻在地，破口大罵：「滾去平壤告訴倭寇，他們如果不滾，儘管等著，李某自然會與弟兄們親手將他們送回老家！」

「參將，參將，大明不吃虧，不吃虧啊！」沈惟敬官職比李如梓低，不敢對他進行威脅，只敢大聲「曉以利害」，「反正都是朝鮮的土地，無論大明怎麼分，都不吃虧，不吃虧啊！」

「放屁！」李如梓怒不可遏，指著沈惟敬大聲咆哮，「我大明立國兩百年來，幾時跟一群蠻夷議過和？今天李某明明白白告訴你，只要倭寇一天不退，李某的戰旗，從今日起，就只會向前，絕不向後！來人，給老子將他亂棍打出去！」

「是！」周圍偷偷看熱鬧的朴七和車立等人一擁而上，七手八腳，將沈惟敬及其爪牙打出了轅門之外！

第三章　借勢

「參將，參將，你聽我把話說完，你聽我把話說完……」沈惟敬的官職沒李如梓大，手下的爪牙也打不過選鋒營的弟兄，一邊抱著腦袋大步後退，一邊啞著嗓子高喊。

李如梓堅決不肯再跟他囉嗦，一手抓住李彤，另外一手拉住張維善，大步流星返回中軍帳。直到關上了身後的門，耳畔依舊不斷傳來沈惟敬聲嘶力竭的叫嚷：「參將，參將，撤兵，您趕緊撤兵啊。倭寇明明已經答應議和了，你們幾個不走，沈某的心血就會毀於一旦……」

「參將，李游擊，張游擊，你們能打贏鍋島直茂，純屬僥倖。如果不走，日本第一軍主帥小西行長就會親自帶領人馬殺過來！祖承訓乃是前車之鑑，你們幾個再……」

「來人，給我出去抽他的嘴巴！」李如梓惱此人替倭寇張目，推開門，對著自己的家丁大聲命令。

家丁們答應一聲，結伴衝出營外。這下，大夥兒的耳朵終於清靜了下來，很快就再也聽不見沈惟敬的叫囂。然而，中軍帳內，每個人的臉色都一片鐵青。

向來主戰的兵部尚書石星，居然在偷偷派人跟倭寇議和！雖然沈惟敬的使者身份和文憑都很有問題，但誰都不能否認，此人的確是奉了朝廷之命。

大明朝廷，其實並不看好自家將士！

大明朝廷，雖然勉強做出了驅逐倭寇的決定，實際上，許多大老都三心二意。如果大明將士在朝鮮百戰百勝還好，兵部尚書石星肯定會想方設法說沈惟敬出使之舉，僅僅是緩兵之計，只為了給明軍爭取更多的準備時間。若是大明將士在關鍵時刻戰鬥失利，恐怕那沈惟敬立刻就從假使者變成了真使者，大明與日本和談，就徹底成了定局。

還沒正式出兵，朝廷就開始舉棋不定，這種仗，讓將士們該怎麼打？

朝鮮國中，原本就有很多人與倭寇眉來眼去。如今既然得知大明並不想幫助自己復國，那些主將投降者，肯定更肆無忌憚！

更令人惱恨的是，還鋒營剛剛組建成形，軍心尚未穩固，弟兄們也遠遠作不到只唯李彤這個游擊將軍馬首是瞻。今日沈惟敬在軍營裡公然宣稱，大明準備跟倭寇一道瓜分朝鮮，無異於給了這支剛剛組建的隊伍當頭一棒。非但隊伍中的大明將士會心灰意冷，當此話不受控制的傳播開來，占了兵卒總數接近七成了朝鮮義勇，怎麼可能還願意繼續跟打算瓜分自己國家的人並肩而戰。

「三位兄弟抱歉了，此事關係重大，我必須馬上趕回遼東去，親口向我家大哥彙報。」咬牙切齒地思考了良久，李如梓忽然搖了搖頭，低聲說道。

「的確應該叫李提督早做防備。」向來性子樂天的劉繼業，此刻也情緒低落，接過話頭，迅速補充，「如果是石星那廝一個人的打算還好，怕就怕，連經略，巡撫，乃至朝中的閣老，也抱著同樣的想法……」

「那樣的話，還真不如就依了姓沈的意思，現在就退出朝鮮。」張維善氣得在旁邊連連跺腳，「好歹還能避免將士們白白犧牲。否則，上有兵部主意不定，下有朝鮮人三心二意。這仗，神仙來了也贏不了！」

「原來我還老罵朝鮮國王和他的手下恬不知恥，現在看來，咱們大明那些達官顯貴麼，不比人家朝鮮好多少，真是羞死個人。」一向老成持重的李彤，也又羞又氣，用手不斷拍打桌案。

「就是，以後真沒臉再笑話別人。」

「可不是麼，這些天來，朴七、車立和姜文祐他們，簡直拿咱們當救星看待。這回好了，救星原來跟倭寇是一路貨色。」

……

四人你一句，我一句，議論不停。卻除了讓李如梓趕緊回去向他大哥李如松報信之外，說不出任何有用的對策。就在他們氣得無法認真思考之時，家丁頭目李盛卻又急匆匆地闖了進來，「報，游擊，不好了，大事不好了。朝鮮兵炸營了！他們鬧著要離開。在下與何千總，根本攔阻不住。」

「什麼？」真是越怕什麼，越遇到什麼，李彤的額頭上，頓時冒出了細細密密的汗珠。再也顧不上跟李如梓一起商討對策，邁動雙腿，直接衝出了門外。

「子丹，子丹，要不要我把麾下的弟兄全調過來幫忙？」李如梓經驗豐富，第一時間想到的就是全力彈壓，快速追了幾步，用極低的聲音提議。

「不必，他們畢竟跟我同生共死過。」李彤愣了愣，咬著牙回應，「如果他們真的要走，我去送他們一程便是。」

「他們要走，就送他們走，選鋒營不愁沒有兵。」張維善也快速追了上來，大聲補充：「反正咱們最近也沒打算繼續南進，最遲到了開春，該補充的民壯，也會補充到位。」

「對，送他們走。沒了他們，選鋒營照樣是選鋒營。」劉繼業紅著臉，咬牙切齒。

話雖然說得硬氣，但是，兄弟三人心裡卻都明白，如果朝鮮義兵全都一哄而散，選鋒營的損失，絕非減員六成以上那麼簡單。即便人員上，的確像張維善說得那樣，能迅速得到補充。但軍心，士氣，還有李彤拚死拚活才在朝鮮軍民中建立起來的威望，全都會一落千丈。

今後選鋒營再跟倭寇交手，肯定不會出現先前那種朝鮮義勇主動前來幫忙，並且主動替選鋒營打探敵軍消息的情形。而朝鮮各地那些剛剛跟選鋒營建立起聯繫的隊伍，也肯定會一拍兩散。

「你真的這樣打算？他們回去之後，可未必會念你的情？」正在李彤鬱悶愁腸百結之際，李如梓忽然又追了幾步，用更低的聲音詢問。「要我說，慈不掌兵。不如將帶頭的抓起來殺掉。其他人即便不能做戰兵用，也可以讓他們……」

「不必了。他們也是被沈惟敬那幾句傷了心。」李彤想都不想，低聲打斷，「讓他們走吧，好聚好散！」

「如果你真的捨不得他們，那我倒是還有一個辦法，可以姑且一試！」李如梓也不氣餒，忽然笑了笑，聲音陡然轉高。

「什麼辦法？」宛若黑夜中看到了一絲亮光，李彤的腳步瞬間停住，皺著眉頭大聲催促，「六哥別賣關子，我這裡急得都快冒煙了！」

「俗話說，捨不得孩子套不到狼……」李如梓的聲音，再度轉低，目光中，充滿了神秘。

短短幾西洋分鐘之後，李彤臉上就又浮現了笑容，誠心誠意地朝李如梓拱了下手，然後帶著張維善和劉繼業兩個，大步流星向軍營右側單獨分隔出來的小營，朝鮮義兵所處的位置走去。

「少爺，且慢，容我帶上咱們的親兵，以防萬一！」距離稍微有點遠，李盛沒聽清，也不敢偷聽李如梓對李彤到底說了些什麼，急匆匆地追了幾步，大聲提議。

「別胡鬧，我又沒想動手殺人！」李彤回頭瞪了他一眼，大聲否決。隨即，又迅速補充：「其他人都不用，你只要把朴七給我叫過來。我剛才差點兒忘了，朝鮮義勇那邊，大部分人都聽不懂大明官話！」

「是！」李盛愣了愣，遲疑著停住腳步。然而，卻忽然又想起了自己還肩負著保護家主的職責，再度大聲提醒：「少爺，走慢一些，小的去安排個人找朴七，馬上就跟過來。」

「行了，你家少爺讓你去找朴七，你就趕緊去，別多囉嗦。」李如梓嫌他反應太慢，走過去，狠狠推了一下他的肩膀，大聲提醒，「老子的兵營就與你們緊緊挨在一起，除非朝鮮人全都不想活了，否則，借他們天大的膽子，也不敢碰你家少爺一根寒毛！」

「這……」李盛愣了愣，轉過身，撒腿狂奔。

李如梓的話說得沒錯，朝鮮人如果膽敢對李彤不利的話，過後肯定會被其手下的弟兄殺個精光。可人心隔肚皮，各有各的想法，誰又能保證那兩千多朝鮮義勇裡頭，不會出幾個瘋子？

由於擔心家主安危，他跑得極快。見到朴七之後，連氣都顧不上多喘一口，立刻拉著此人的手臂掉頭回返。而那通譯朴七，也剛剛聽聞朝鮮義勇炸營的消息，唯恐遭受池魚之殃，頓時拿出了吃奶的力氣，緊隨其後。

堪堪追到了朝鮮人單獨駐紮的小營門外，二人終於重新追上了李彤的腳步。隔著老遠，就聽見裡邊有人用朝鮮話大聲嚷嚷：「姓姜的，你也忒沒良心。當初你和你麾下的弟兄窮得連飯都吃不起了，是誰專門給你送去了軍糧，還給了你們一千多兩銀子壓箱子底兒？」

「是車立，這個公道大王，的確不是白叫的，居然念念不忘游擊的恩情！」朴七聽得心中一喜，趕緊將車立的話原封不動轉換為漢語。

話音剛落，又聽見裡邊有人大聲說道：「可不是嗎，姜千總，李游擊他雖然來自大明，可是對咱們，可比那些地方官老爺都強了一百倍。以往咱們幫地方官老爺剿匪，傷了就傷了，能有塊破布裹傷口就已經是官老爺開恩了，誰給咱們買過藥材，還專門給咱們請過郎中。」

「是，是把總吳方，他說，他說游擊您對大夥，比朝鮮地方官員強百倍……」朴七深吸一口氣故意翻譯得特別大聲。

此刻朝鮮義勇所駐紮的小營內，一片混亂。門口連個負責望風的都沒有，所以也根本沒任何兵卒注意到李彤等人的到來。無形間，就讓朴七的所有打算，都落了個空。

李彤和張維善、劉繼業三人早就已經不是初領兵馬的菜鳥，豈能聽不出來，朴七是有意給營內的其他朝鮮人報信兒。然而，三人卻誰都不說破，只是繼續豎起耳朵，聽那營內的喧囂。彷彿那些根本分辨不出什麼意思的爭吵聲，比朝鮮姑娘所唱的山歌還要動聽。

「我不是忘恩負義，也不是翅膀硬了就想單飛。今天那個姓沈的游擊嘴裡都說了些什麼，想必你們也都聽到了。」一片嘈雜聲中，忽然響起了義兵千總姜文祐那特有的大嗓門，聽在朴七耳朵裡，格外清晰，「明軍根本不是真心想幫咱們趕走倭寇，他們只是想與倭寇平分朝鮮。咱們再沒出息，也不能幫助外人滅自己的國家！」

「姜千總是被沈，沈游擊的話氣糊塗了。少爺，你千萬別生氣，我一會親自去勸他，親自去勸他。」朴七不敢直接翻譯，先鋪墊了一下，才用最緩和的語氣，把姜文祐的話向李彤轉述。

「那又怎麼樣，朝廷和地方官員，幾時將咱們當過人看待。如果大明做了咸鏡道和平安道的主人，咱們的日子恐怕會好過許多。」一個粗重的聲音緊跟著響起，顯然對姜文祐說法很不贊同。

「是黃百萬的，就是明川那個義兵統領。他不同意姜千總的說法。」朴七心中頓時又是一鬆，連忙如實轉述。然而，接下來，卻又傳來了一連串的聲音，竟然全都是支持姜文祐的，沒一個支持同為頭目的黃百萬。

這下，就讓朴七有些緊張了。額頭上冷汗直冒，翻譯出來的話也結結巴巴。好不容易用最委婉的說辭，將營內眾人的話轉述完畢，又趕緊快速補充道：「少爺，他們這些人，都不識字，沒讀過聖賢書。難免容易為謠言所蠱惑，您千萬……」

「無妨，他們的想法未必是錯。沈游擊今天說的那些話，我聽著都覺得鬱悶，更何況是他們。」李彤笑著擺了擺手，開始向營內邁動腳步。

「少爺，游擊。」朴七頂著滿頭汗珠跟上，繼續低聲替營內的同族求情，「他們真是一時糊塗。您大人不記小人過。抓住帶頭的，狠狠打上一頓，其他人就老實了。沒必要為此太，太生氣！要不，您就將事情交給小人，小人保證，一個時辰之內，讓所有人都老老實實。」

一番話雖然說得結結巴巴，甚至前言不搭後語。但其中對同族的回護之意，卻如假包換。

「不用，我沒想過處置他們。」李彤又對他笑了笑，繼續邁步向營內走，臉上的表情很是僵硬。

朴七見狀，額頭上冷汗更多，真恨不得搶先一步衝進去，將裡邊那些堅持要走的傢伙，都狠狠抽上一頓大耳光。

新入營的義勇可能不知曉，作為通譯的他，豈能不知道大明軍紀的森嚴？營內聚眾喧譁，公開鼓動逃跑，背後議論上司，無論哪一條犯了，都是斬首示眾的罪。而李彤接下來為了穩定軍心，肯定會將帶頭的傢伙從重從嚴處置，絕不會輕易手下留情。

「游擊來啦！」終於，有個機靈的義兵，看到了營門口的五道身影，扯開嗓子，高聲尖叫。

頓時，所有喧囂都消失不見，先前爭執不下的幾位朝鮮義軍頭目，車立、姜文祐、吳方、黃百萬等，全都手按刀柄，面如土色！

「大膽！」唯恐幾個義兵頭目狗急跳牆，李盛大喝一聲，果斷橫移數步，將自家少爺牢牢地擋在了身後。

「將軍，將軍不要誤會。我等不是，不是那個意思！」車立、黃百萬、吳方三個激靈靈打了個哆嗦，迅速意識到了自己的動作不對，連忙鬆開手，大聲解釋。

而姜文祐和其他幾個已經鐵了心要離開的義軍頭目，卻迅速後退數步，依舊手按著刀柄，大聲辯解：「將軍，我等也沒有對不起您的意思。只是，只是聽那姓沈的說，說天朝要跟倭寇平分朝鮮。然後，然後……」

「然後什麼？帶著弟兄們自行離去，從此與李某一拍兩散，甚至反目成仇嗎？」李彤推開忠心保護自己的李盛，空著雙手走向姜文祐等人，年輕的臉上寫滿了失望。「朴七，把我的話轉述給所有人聽，不管他們懂不懂大明官話。」

「哎，哎！」通譯朴七也激靈靈打了個哆嗦，快步跟了上來，一邊努力用身體牢牢護住李彤的左翼，一邊大聲將他的話照單翻譯。

車立、黃百萬、吳方三人原本都能聽得懂一些漢語，頓時臉上就開始發燒。一個個張開雙手迎上前，大聲補充道：「不，不敢。卑職真的不敢。卑職幾個，剛才就一直在勸大夥，不要信那姓沈的瞎說。姜千總他們，也只是一時情急，沒有，沒有真的想帶著大夥離開！」

「將軍，我們，我們借一百個膽子，也不敢與您為敵！我們可以對天發誓！」

「將軍，您對我們，對我們的大恩，我們心裡記得清清楚楚，我們真的不是，不是針對您！如果撒謊，天打雷劈！」

「將軍，您別生氣，我們只是，只是覺得不甘心。我們，我們不是真的想走。我們發誓……」

周圍的其餘大部分朝鮮義兵，也都紛紛紅著臉擺手，用朝鮮語賭咒，這輩子都不會跟李彤為敵。但仍然有一小部分義兵，包括千總姜文祐在內，繼續手握刀柄沉默不語。

以往的人生經驗告訴他們，遇到士兵譁變，上官最喜歡做的事情，就是辣手鎮壓。所以，甭看李彤現在兩手空空，身邊也沒帶著任何兵馬。可只要大夥都放棄了初衷，並放鬆了警惕，明天一早，他就會翻臉抓人，然後殺一儆百！

「姜千總，你呢，莫非因為外人的幾句胡話，就要與李某白刃相向嗎？」李彤的目光，迅速落在了姜文祐身上，推開滿臉不放心的朴七和車立等人，繼續空著雙手向對方靠近。「當初加入選鋒營，可是爾等自己主動要求的。李某從未做過半點逼迫，並且盡可能地做到了將爾等與其他弟兄一視同仁。如果爾等忽然改了主意，想要離開，至少也該跟李某明說，總不能連招呼都不打一個，就把所有弟兄全都拉走！」

「我，我，我不敢，不敢……」姜文祐臉色紅得發紫，繼續握著刀柄緩緩後退。

他身邊的那些志同道合者們，也一個個羞愧難當。紛紛把手從刀柄上鬆開，低頭不語。

「不敢？不敢向李某舉刀，還是不敢賭李某的人品？」李彤忽然停住了腳步，笑著搖頭，「姜千總，那你可太小瞧李某了。咱們好歹是同生共死過的，你如果只要提出了想要離開，李某絕對不會阻攔，更不會像你想的那樣，立刻對你痛下殺手！否則，李某何必空著手來見你？只要跟李參將借上兩千兵馬來，將這小營一圍。你能保證幾個人，跟你一樣，情願拚個魚死網破！」

這幾句話，說得聲音一點兒都不高，語氣也頗為緩和。然而，經朴七翻譯之後，卻宛若晴天霹靂。登時，讓姜文祐身邊的親信，全都面如死灰，一個個不由自主地向周圍退散。

姜文祐自己，也知道身邊朝鮮義兵徒有一腔熱血，戰鬥力卻遠遠不如選鋒營的將士。真的逼李彤發了狠，今日恐怕無一人能夠逃出生天，更甭提反客為主。因此，又退卻了幾步之後，忽然停住雙腿，喟然長嘆：「將軍說得是，是卑職對不起您。您別生氣，此事全都是因為卑職而起。卑職願意接受任何責罰，還請將軍您念在大夥曾經並肩作戰的份上，不要再追究其他弟兄。」

說罷，將腰間佩刀抽出來，扔到一旁。然後雙膝跪地，閉目等死！

「你當然對不起老子！」李彤快步走上前，狠狠給了此人一個大耳光，「沈惟敬是個游擊，老子也是個游擊，為何他的胡言亂語，你全都信以為真。老子連日來跟倭寇打生打死，你在老子身邊跟著，卻全都忘了個乾乾淨淨？朴七，翻譯！」

「哎，哎！」朴七快速跟上前，先用腳踩住姜文祐的佩刀，然後大聲將李彤的斥責，原封不動轉換為朝鮮語，送入周圍所有人的耳朵。

原本就不同意棄選鋒營而去的車立、黃百萬、吳方等人，先是全都偷偷鬆了一口氣。隨即，看向李彤的目光當中，充滿了愧疚。

那些先前已經鐵了心要跟姜文祐一道不辭而別的朝鮮義勇們，臉色也更不自然。一個個在心中暗道：「對啊，姓沈的也是個游擊，並且看上去還沒李將軍實力強。他怎麼可能決定要大明天兵的做什麼？李將軍派人把他打了出去去，分明就是宣告不會聽他的，咱們怎麼剛才就犯了傻，居然相信那姓沈的胡說八道！」

再看那姜文祐，分明挨了一巴掌，卻滿臉激動。用直勾勾的眼神看著李彤，流著眼淚發問：「游擊，游擊您說得是真的，大明真的沒打算與倭寇平分朝鮮？那，那姓沈的，真的只是在信口雌黃！」

「老子騙你，有意思嗎？老子今天騙了你，就不怕你將來在老子身後放冷箭？」李彤抬起一腳，將此人又踹了個倒栽蔥，「姓姜的，老子實話告訴你，大明是受不了你們國王的苦苦哀求，才決定出兵前來幫忙的。糧草、輜重、武器、鎧甲，全都得自己準備，你們朝鮮連一粒米，一兩銀子都出不起，包括你家國王現在的所有開銷，都是由大明來供應。如果將來趕走了倭寇，你家國王是割讓土地來償還這份復國之恩，還是送女兒入宮給大明皇帝做妃子，那都是將來的事情，甭說你管不著，老子也沒資格說三道四。可現在，十萬大軍都開到鴨綠江邊上了，傻子才會相信，我大明將士跟倭寇之間連一場硬仗都沒打，就直接退兵。」

「將軍，將軍說得是，說得是！」姜文祐在地上打了個滾，迅速爬了起來，再度將身體跪了個筆直，「卑職的確糊塗，卑職剛才誤會了將軍，誤會了天朝。卑職該死，請將軍砍了卑職首級。只要大明不是真的跟倭寇議和，卑職死也瞑目！」

「你倒是一腔孤忠！」這回，李彤沒有繼續揍他，而是拉住他的胳膊，用力向他拉了起來，「站好，老子即便殺你，也會先給你一把刀，讓你站著去死，不會折辱你這份對故國的忠心。」

「將軍……」姜文祐心中一暖，眼淚不受控制地淌了滿臉。

他剛才之所以鼓動大夥不告而別，就是因為心懷忠義，不願跟著外人一道瓜分自己的母國。但是，這份忠義之心，卻沒得到多少理解。願意跟著他一起走的弟兄，還不到三成，其餘至少四成朝鮮義兵強烈表示了反對，還有三成果斷選擇了觀望。

而被他小心提防，甚至想過殺掉後取而代之的李彤，卻是他的知己。明白他姜文祐鼓動大夥嘩變不是為了個人富貴，明白他對於母國的一片赤誠。

「我們大明有句話，叫做忠臣孝子，人人敬之。況且我今天從沒打算利用殺人來解決麻煩，所以，更不會砍你的腦袋。」李彤的話，繼續在他耳畔響起來，每一句，都帶著坦蕩，「但是，我的選鋒營中，卻也不能留你！否則，非但軍法威嚴蕩然無存，也無法讓其他人引以為戒，我自己，更不會放心地把後背交給一個寧願相信外人的兄弟。」

「將軍，卑職知錯了，卑職對不起您！」姜文祐嘴裡發出一聲悲鳴，再度跪倒在地，向李彤重重叩首。

這回，李彤沒有拉他起來，而是心安理得地受了他三拜，然後繼續大聲說道：「你做了錯事，我也打了你，咱們，今天就算兩清了。從現在起，一個時辰內，你儘管在營裡拉人走。凡是願意跟著你走的，李某絕對不會強留，更不會刻意與大夥為難。」

「將軍——」姜文祐心裡，又是感激，又是懊悔，仰起頭，想表示自己願意永遠留在選鋒營，話到了嘴巴裡，卻始終無法突破雙唇。

李彤剛才說得沒錯，如果不給他任何處罰，軍法的威嚴就蕩然無存，將來也無法避免他人效尤。並且雙方之間既然已經產生了隔閡，李彤即便將他留在選鋒營，也不可能再給予他無條件的信任。

「守義，你去命人打開了軍營側門，撤去所有警戒，一個時辰內，不要派任何人靠近此處。」李彤也不想再給姜文祐選擇機會，轉過頭，朝著張維善大聲命令。

「遵命！」儘管無法理解李彤的做法，張維善依舊高聲答應著，快步前去布置。

「將軍恩義，小人，小人必不敢忘！」見李彤把離開的具體路線都給自己預備好了，姜文祐知道後悔已經沒了用。咬了咬牙，大聲承諾：「日後，若是有用到小人之處，無論多遠，只要將軍派人傳句話來，小人絕對不敢推辭！」

「好，需要你時，李某不會客氣。」李彤笑了笑，輕輕點頭，「趕緊起來去拉人吧，相信剛才鐵了心要走的，不止你一個，只是懼怕李某鎮壓，才臨時又改變了主意！」

「多謝將軍！」姜文祐聽得臉上再度發燙，又認認真真給李彤行了個禮，然後站起身，準備去拉幾個心腹跟自己一起離去。

「且慢！」李彤卻又從背後叫住了他，大聲吩咐：「所有走的人，都帶上你們的盔甲，兵器。我再送你們每人一匹馬，十兩銀子，二十天的乾糧，免得你們沒等走遠，就餓了肚子。」

「將軍大恩，小人沒齒難忘！」姜文祐又是感動，又是愧疚，轉過頭，再度朝李彤深深俯首。

「這是你應得的，先前在對付倭寇時，你們全都出了大力。」李彤又笑了笑，輕輕擺手，隨即，又不放心地追問道：「對了，你們打算去哪？方便跟李某說一下嗎？據我所知，朝鮮各地官府，原來可是不怎麼待見你們。如果連個幫忙引薦的熟人都沒有，就貿然前去投奔，怕不會受到任何重視，甚至還有可能被拒之門外。」

「將軍——」姜文祐哽咽著叫了一聲，再度淒然淚下。周圍的車立、黃百萬、吳方等人，也瞬間全都紅了眼睛。

朝鮮官員對待義軍，豈是拒之門外那麼「溫柔」？哪怕是大戰在即，都不會給予任何好臉色，更不會給大夥發半文錢軍餉。而一旦戰事不再吃緊，官員們立刻就開始想方設法朝義軍隊伍中安插親信，搶奪兵權，甚至忽然強行安上一個罪名，將義軍中的核心將領辣手剷除，以免後者阻礙自己的「整軍」大計。

所以，大夥先前寧願在四下裡，各自為戰，都不願意前往義州，去給朝鮮國王「添麻煩」。而姜文祐此番一去，若是自立山頭還好，至少不會被人從身後捅刀。若是投奔到某個地方官員旗下，立的戰功越大，恐怕距離死亡就越近。

「如果還沒想好，你帶著願意跟你一起走的人，就先在附近隨便找個村子落腳。好歹咱們彼此之間，還能相互照應。」早就知道各地義軍的處境，李彤笑了笑，繼續按照先前李如梓給自己出的主意，大聲叮囑，「如果已經想好的去投靠誰，去了之後，也記得告訴他，你是李某的兄弟。如此，他即便心裡起了歹意，多少也會有所顧忌。」

「將軍，小的對不起您，小的良心被狗給吃了！」姜文祐越聽越後悔，越聽越愧疚，不知不覺間，淚如雨下，「小的在鏡城那邊，與一位姓鄭的官員相熟。最近聽聞他在招募勇士為國殺賊，所以先前打算去投奔他。小的不知道將來會怎麼樣，但小的對天發誓，只要將軍有事派人來招，寧可死在半路上，也會趕來相隨。」

「鏡城？那倒是距離這裡不算太遠。」李彤眉頭輕皺，目光迅速掃向東北方的曠野，「至少不比義州更遠。眼下鍋島直茂剛剛吃了敗仗，估計也顧不上鏡城那邊。若是守將再笨上一點兒，你和那姓鄭的，未必沒機會將城池一鼓而下。」

「小的，小的先前的確這麼想過。」姜文祐的心思，無意間被李彤戳破，紅著臉用手抹淚，「小人的良心被狗給吃了，所以才相信了別人的瞎話。小的對不起您，情願帶著幾個弟兄，潛入鏡城做內應。將軍您只要帶兵趕過去，小的拚了性命不要，也會替您打開城門！」

這幾句話，他說得真心實意。說過之後，心情頓時變得一片輕鬆。

「將軍，我們對不起您，請准許我等戴罪立功，混入鏡城，為您打開城門！」幾個先前準備跟姜文祐一道離去的死黨，也紛紛紅著臉走上前，結結巴巴地說道。

先做了對不起李游擊的事，又欠了李游擊這麼大的人情，他們實在想不出該怎麼償還了，所以，乾脆就賭上了性命。而李彤聽了大夥的表態之後，先是沉吟了片刻，然後再度笑著搖頭：「太危險了，爾等還是不要急著前去送死。姜文祐，你不是與姓鄭的官員相熟嗎，不如還是前去投奔他。」

「將軍，我等情願為您效死！」姜文祐大羞，再度跪在地上，賭咒發誓，「此話如非真心，天打雷劈！」

「但是我不想你等白白送死！」李彤伸手將他拉了起來，笑著補充：「你且別忙著發誓，先聽我說。選鋒營再強大，終究只有一營人馬。而你若是能獨領一軍，兵馬則要多少有多少，將來即便有人企圖奪走你的兵權，看在李某這個大明游擊的份上，也不敢做得太明目張膽。你既然與那姓鄭的相熟，咱們不妨就從現在開始，全力一試。」

「這……」姜文祐眨巴著眼睛，心中又一片火熱。

如果有個大明游擊將軍站在自己身後的話，自己無疑會安全許多。而借著選鋒營的支持，自己也可以迅速整合鏡城附近其他義軍，迅速形成一個龐大的山頭。那樣的話，將來自己能給予李游擊的回報肯定更為豐厚，自己的前途，也是一片光明。

當然，如果李游擊肯帶著選鋒營，親自前往鏡城附近走一遭就更好了。不用大明天兵動手，自己帶著嫡系兄弟們，就能將城裡那些嚇壞了的倭寇和不要臉的偽軍，殺個一乾二淨！

「趁著鍋島直茂剛剛吃了敗仗，鏡城那邊人心惶惶，將它拿下，正是時機。」正想得開心之際，他又聽到了李彤的聲音，每一句，都宛若天籟，「你挑選完了弟兄們後，就帶著他們，先去聯絡那位姓鄭的，順便告訴他，李某帶著選鋒營，克日即到。」

第四章 威壓

呼嘯的北風，不斷地吹過院子內的樹梢，發出鬼哭般的聲音，「嗚嗚，嗚嗚嗚，嗚嗚嗚——」從早颳到晚，又從半夜颳到上午，片刻都不會停歇。點在縣衙大堂內的火盆，也隨著鬼哭聲忽明忽暗，令原本就幽深的大堂，愈發陰森冰冷。

「啊，阿嚏！」鏡城判官注一兼萬戶鞠世必張開大嘴打了個噴嚏，迅速伸出手抹了幾把，然後用力將狐皮衣領扯得緊緊。換做半個月前，他這一聲噴嚏，足以震動整個縣衙。所有文武官吏，都會立刻撲過來，圍著他噓寒問暖。然而今天，縣衙裡僅剩下的五名文武，卻彷彿全都聾了一般，頭都沒往他這邊歪一下，只管繼續將手揣在衣袖裡半閉著眼睛打盹兒。

一股凄涼的感覺，頓時從鞠世必胸口升起，瞬間抵達眼眶。抬起手迅速擦了一把鼻涕，他大聲詢問：「徐監牧，鄭節制去哪了，為何到現在還遲遲未至？」

「啊？」監牧官徐勝治打了個哆嗦，快速轉動雙眼。先仔細看了看周圍的環境，然後才搖搖頭，

注一：判官：朝鮮地方官，同時兼職萬戶，一般為較小的城池。

大聲回應：「不知道，應該是出城訪友去了吧。鄭節制是咱們這裡的大戶，親戚朋友一大堆……」

「我沒問你他的出身！我只是問你他為何不來應卯？」鞠世必被氣得胸口發悶，狠狠拍了下桌案，長身而起。「還有劉千總，孫把總，周哨官呢，他們都去了哪？」

「應該，應該還在軍營裡吧，要不，卑職替您把他們全都找過來？最近天冷，他們估計是懶得出門。」徐勝治想了想，繼續不緊不慢地回應。

「去，馬上去找。還有，派人去通知鄭節制，如果天黑之前他不回來應卯，他就不要再回來了！」鞠世必用力拍打桌案，藉以掩飾心中的淒涼。

「是！」這回，徐勝治的反應終於迅速了一些，答應一聲，轉身出門。

「還有你們，都給老子打起精神來。」鞠世必卻依舊沒有順過心中惡氣，又拍了幾下桌案，指著其餘屈指可數的文武官吏咆哮，「別以為老子不知道你們想的是什麼？明軍距離這裡還有兩三百里地呢！甭說未必敢來，即便他們敢殺過來，老子將城門一關，這天寒地凍的，他們能堅持得了幾時？」

「不敢，判官言重了。我等只是閒得無事，才偶爾走了一下神！」

「判官見諒，不是我等不用心，實在，實在是這天氣太差了，終日都見不到半點兒陽光。」

「判官您說得是，這白天暗得像黑夜一般，又大雪紛紛，明軍怎麼可能殺過來！」

幾個文武官吏雖然心中瞧鞠世必不起，但是，卻沒勇氣當面跟他對著幹。紛紛強打起精神，向他大聲解釋。

如今這咸鏡道各地，除了倭寇之外，就是鞠家人最大。以倭國調派過來的判刑使（節度使）鞠景仁為首，鞠世必、鞠世茂、鞠世貞等鞠家子弟，各據一城，作威作福。其他投降倭寇的朝鮮官員，無論本事高低，聲望大小，都只能仰鞠家人鼻息。

眾降官降將當然心中不服，同樣是給日本人辦事，那鞠家人到底祖墳上燒了什麼高香，居然能爬到大夥頭頂上？可不服歸不服，他們卻誰也不敢公然挑釁鞠家人的權威。原因也非常簡單，鞠景仁是加藤清正親手提拔起來的，與鞠氏子弟對著幹，等同於對加藤清正表達不滿。後者一發怒，肯定讓他們全都腦袋搬家。

「哼，我知道你們不敢！」鞠世必撇了撇嘴，滿臉不屑。「加藤大帥之所以沒有起兵去收拾那支明軍，無非是因為天氣寒冷而已。等明年開了春兒，他老人家肯定會親自出馬，將那支明軍殺個一乾二淨！」

「判官說得是！」

「判官英明！」

「判官您……」

幾個文武官吏再度躬身，阿諛之詞滾滾如潮。然而，大夥的心中，卻對鞠世必說法深表懷疑。甚至覺得此人就是在虛張聲勢，藉以掩蓋心中的恐慌。

倭寇戰鬥力強悍，這點所有降官降將都絕不懷疑。否則，朝鮮也不會那麼快，就被倭寇攻陷了全境。可若是說倭寇戰鬥力比大明天兵還強悍，如今鏡城內的文武官吏，卻全都在心中畫了一個巨大的問號。

有關鍋島直茂戰敗的消息早就傳開了，在民間一些有心人的推動下，那一戰雙方的大致兵力對比，在鏡城一帶，也都傳得家喻戶曉。區區六、七百，頂多一千大明天兵，居然就將鍋島直茂所率領的上萬倭寇，殺了個落花流水。如果不是因為天降暴雪，阻斷了大明天兵的追殺道路，鍋島直茂本人的腦袋，估計早就被天兵砍了下來，一路送回了北京城。

當然，也有人闢謠說，明軍當時不止是一千，還有數千朝鮮義兵在旁邊協助作戰。鍋島直茂當時率領的倭寇也不到一萬，其中超過一大半兒都是朝鮮降兵。可謠言這東西，向來是越僻，越容易被信以為真。所以鏡城內的降官降將們，很是懷疑鞠世必這個判官到底能不能活到過年。

「如果大明天兵哪天突然殺過來……」有人偷偷看了一眼滿臉倨傲的鞠世必，在心中默默盤算。跟天兵拚命，大夥肯定是不會去的。也沒那本事跟天兵拚。麾下的弟兄們連倭寇都打不過，怎麼可能擋得住大明天兵的全力一擊。而投降的話，就得選擇好時機了。投降得太早，難免會被鞠世必派人追殺。若是投降得太晚，恐怕又失去了價值，得不到天朝將軍的原諒……

正搜腸刮肚間，耳畔忽然傳來了一陣急促的腳步聲。緊跟著，鞠世必的兒子，旗牌官鞠星慘白著臉衝了進來。連禮都顧不上施，就扯開嗓子喊道：「父親，不好了，大事不好了。監牧官徐勝治逃跑了。他還帶走了好幾百名弟兄！」

「啊！」鞠世必聽得眼前一黑，站起身，指著自家兒子用顫抖的聲音斥責：「胡說，大雪封路，他能往哪裡跑？劉千總，孫把總，周哨官他們呢，他們為何沒有阻攔？」

「跑了，全跑了，全跑了！」鞠星抬手擦了把汗，頓著腳大聲補充：「劉千總，孫把總，周哨官他們，一大早就陸續請假出營，到現在全都沒有回來。父親，父親您快想想辦法，我聽人說，大明，大明天兵已經殺到了清水驛。如今軍營裡人心惶惶，您再不想辦法去彈壓，弟兄們就全跑光了！」

「該，該死！他們這群忘恩負義的狗賊，他們竟然敢這樣，他們，他們……」恐懼瞬間從頭頂直穿腳底，鞠世必雙腿發軟，聲音不受控制地顫抖。

監牧官徐勝治剛才根本不是想要幫他去傳召其他缺席的文官武將，而是想借機開溜。劉千總，孫把總，周哨官他們，肯定也早就跟徐勝治串通好了，所以才全都一去不歸！

「父親，怎麼辦，怎麼辦啊？您再不想個辦法，弟兄們就跑光了！」鞠星只是個紈絝子弟，根本不懂得體諒鞠世必此刻的艱難，見他光顧著抱怨徐勝治等人忘恩負義，卻遲遲不拿出一個解決辦法，湊上前，大聲催促。

「辦法？」鞠世必重複了一句，手扶桌案，艱難地站穩身體，「辦法肯定有。鎮守將小野一正閣下與我相熟，你，你快跟我一道去他那邊。他麾下還有好幾百日本兵，只要關了城門，就能堅守待援。」

「對，對，去找小野將軍，咱們馬上就找小野將軍！」鞠星一下子也有了個譜，也不等自己的父親，轉過身，大步走向大堂正門。

正門忽然「吱呀」一聲，被左衛將李希唐和右衛將許大成兩個合力關閉。整個縣衙大堂，頓時變得愈發陰森。鞠星大吃一驚，仗著自己年紀輕，反應快，迅速從腰間抽出佩刀，朝著李希唐和許大成兩人厲聲咆哮：「你們要幹什麼，想造反嗎？小野將軍可就駐紮在城裡。」

「不想死，就趕緊放下刀投降。」先前看上去還精神委靡的李希唐和許大成兩個，好像突然脫胎換骨般，抽出腰刀圍攏上前，指著鞠星的鼻子低聲威脅，「否則，小野一正來得再快，也救不了你們父子。」

「反了，反了！父親，他們造反了！」鞠星大急，一邊胡亂揮舞著鋼刀，阻止李希唐和許大成兩個繼續向自己靠近，一邊扯開嗓子，向自己的父親鞠世必告狀。

不用他告，鏡城萬戶兼判官鞠世必，也看到了李希唐和許大成兩個的所作所為。慌慌張張從牆上抽出一把寶劍，指著二人大聲斷喝：「來人，把他們給我拿下。小野鎮守就在城裡，即便擋不住明軍，也可以帶著咱們一起撤往吉州。」

令他們父子無比失望的是，期待中的一呼百應的情況，根本沒有出現。大堂內，僅剩下的幾名文官和武將，要麼哆嗦著退向牆壁，要麼拔出兵器，快速與李希唐、許大成兩個站做了一排。

「你們，你們瘋了嗎？日軍就駐紮在城內，隨時可以衝過來，將你們碎屍萬段！」鞠世必又急又怕，將身體藏在桌案後，大聲威脅。

李希唐、許大成等人不做任何回應，只管繼續揮舞著兵器圍攻鞠星。後者雖然仗著年輕力壯，能夠勉強支撐著不被立刻砍倒，卻毫無還手之力，被壓得不斷後退。

「張會，王仁濟！我們鞠家平素待你們兩個不薄！」終究捨不得眼睜睜地看著自家兒子被人砍死，鞠世必一邊衝上給鞠星助戰，一邊大聲向縮在一旁的兩名親信大叫，「他們即便做成了，你們倆能有什麼好果子吃？」

「萬戶，我們對不住您！」兩個被他點到名字的親信，紅著臉拔出刀，從側翼切斷他和鞠星通往後門的道路，「大明天兵都打到了城門口了，倭寇肯定不是他們的對手。您還是趁早降了吧，我們會向鄭評事說情，求他對您網開一面。」

「鄭評事？」鞠世必一邊帶著自家兒子靠向視窗，一邊大聲質問，「哪個鄭評事，可是北評事鄭文孚注二？你們全都上當了，日本人沒打來之前，他從早到晚都在指摘朝廷。他現在勸你們一道起兵，不過是為了將鏡城賣給大明，與賣給倭寇，沒任何分別。」

這句話，好生惡毒，頓時，就讓李希唐、許大成和張會、王仁濟等人，動作全都為之一慢！

如果北評事鄭文孚串通大夥起義，只是為了將鏡城賣給大明，那的確跟鞠世必屬於一丘之貉。大夥沒有任何理由，為了成全姓鄭的個人野心，搭上自己的性命。「沒錯，鄭某以前做評事時，的確對朝廷多有指摘！」窗子忽然從外面被推開，冷風和雪花夾著一個渾厚的男聲，直衝而入，「但是，鄭某再罵朝廷，也沒想過出賣它。不像你們鞠家，為了個人撈取好處，竟勾結外鬼入門！」

「鄭文孚！」原本還打算趁著眾人困惑，跳窗脫身的鞠世必被冷風吹得又打了個哆嗦，驚呼聲脫口而出，「你，你怎麼會在這裡，你，你竟然敢進城！」

「為何不敢，鄭某雖然只是個文職，可為國守土，乃我朝鮮百官之責。」窗外的男子，揮了揮手中的刀，大聲回應，「鞠判官，我勸你還是投降為好，鄭某可以答應你，絕不加害。」

「小野將軍，小野將軍馬上就會趕過來，小野將軍……」鞠世必哪裡肯相信投降之後還能活命，揮舞著手中鋼刀，繼續朝四下亂砍。

「小野將軍，你是說他嗎？」鄭文孚身後，有個高大的男子舉起一顆血淋淋的首級，笑著詢問。

注二：鄭文孚：朝鮮抗倭英雄，後來被朝鮮朝廷害死。

「啊——」彷彿全身力氣都被抽乾，鞠世必踉蹌幾步，緩緩坐倒。

對方手裡舉的，正是留守鏡城的倭將，小野一正的腦袋。脖頸處，隱約還有血珠還在緩緩下落，很顯然，是剛剛被砍下來，還沒有來得及結冰。

「姜文祐，你怎麼回來了，你不是死了嗎？你……」鞠星依舊不願意接受現實，指著手提頭顱的男子厲聲尖叫。

對方也出身於鏡城附近的大戶人家，數月之前曾經散盡家財招募義勇，與倭軍拚命，被打敗後卻不知所終。人們都謠傳他受傷過重，凍死在山裡頭了。卻誰都沒想到，他今天竟然活著又殺了回來。並且親手砍掉了留守鏡城的倭軍頭目腦袋。

「你們父子都沒死，姜某怎麼捨得去死？」姜文祐冷笑著回應了一句，然後將人頭丟給身邊的同伴，順手抽出鋼刀，「姓鞠的，給個痛快話，是投降，還是準備死戰。如果選擇後者，姜某來成全你們父子。」

「不可能，不可能！」鞠星慘白著臉，用力搖頭，彷彿這樣搖下去，就能將眼前現實搖成夢境一般，「小野將軍身邊還有那麼多弟兄，小野將軍乃是日本有名的武士，本領高強，等閒七八個人近不了他的身……」

「有什麼不可能！」李希唐嫌他囉嗦，衝上前，一把奪過他手中的刀，緊跟著用腳將他踹翻在地，「再厲害，還能厲害過大明天兵？姜萬戶是帶著天兵一起回來的，大夥全都知道，也就是你們父子，還指望著倭寇能替你們撐腰。」

「投降，我投降，我投降！」不待有人將腳伸向自己，鞠世必就丟下了手中兵器，跪地俯首。「我願意投降，我願意戴罪立功，給大明天兵帶路，收復會寧。」

「沒機會了！」有人在窗外大聲冷笑，「早就有人帶著另外一路明軍，殺奔會寧了。你還是等著在地下，跟鞠景仁老賊團聚吧！來人，送他們父子上路！」

不待鞠氏父子掙扎，半空中，有刀光一閃，兩顆頭顱落在地上，咕嚕嚕滾出老遠。

「您，您為何殺了他們！」姜文祐想要阻攔，卻沒來得及，忍不住扭過頭，向下令殺人的鄭文孚大聲質問，「他們父子分明已經投降了……」

「此等不忠不義之輩，縱使今天投降，明天也會再找機會反叛。一刀殺掉，又有什麼可惜？」評事鄭文孚皺了皺眉，滿臉不屑地反問，絲毫不為自己剛才出爾反爾感到內疚。

「可，可是……」姜文祐聽得心口發堵，忍不住就想大聲反駁。話到了嘴邊上，卻忽然意識到，此刻自己面對的是朝鮮國的咸鏡北道評事，而不是大明的游擊將軍。

「可是什麼，姜將軍還打算收服他們父子不成？」正是用人之際，鄭文孚不想計較姜文祐對自己的衝撞，笑了笑，再度大聲打斷，「老夫勸你，還是趁早熄了這種念頭。叛賊鞠景仁此刻就駐紮在會寧，萬一他引兵來戰，小心有人裡應外合。」

「姓鞠的沒機會了，李將軍已經親率大軍，殺向了會寧。他躲在城裡不出來還好，如果膽敢出戰，肯定死無葬身之地。」姜文祐輕輕吐了口氣，苦笑著搖頭。

鞠世必父子已經被鄭文孚下令殺掉了，他說得再多，也不可能把腦袋給死人接回去。而作為朝鮮國的正式官員，鄭文孚原本對他就不太信任。此刻如果再繼續多嘴，難免會被對方誤以為自己居功自傲，甚至埋下內鬥的種子。

想到這兒，姜文祐的腦海裡，忽然又回憶起自己在明軍中的日子。那段日子雖然非常短暫，前前後後加起來還不到一個半月，可自己卻很少會顧忌哪些話該說，哪些話不該說。更沒怎麼擔心過，自己說錯了話，會遭到李彤將軍的血腥清洗。

轉念再想到臨別之前，李彤叮囑自己的那幾句話，他心中愈發堵得難受。真的恨不能自己從沒離開明軍大營，也沒因為誤信了沈惟敬的謊言，而做出那些魯莽的舉動。

正後悔得腸子打結之際，耳畔，卻忽然又傳來了鄭文孚的驚呼：「你說，李將軍帶領麾下弟兄殺奔會寧了？他，他身邊不是兩、三千天兵嗎？你前頭剛剛跟我說過的，你不記得了嗎？」

「對啊，他身邊只有兩、三千天兵，並且其中兩千多還是遼東李參將的下屬，不歸他管。」姜文祐愣了愣，詫異地扭頭，「評事您怎麼了，怎麼臉色這麼差？是受不得這裡的血腥氣麼？」

「那，那先前殺到城東清水驛的大明天兵，天兵究竟是多少人？總計只有兩、三千，至少，至少還有一半兒要去攻打會寧？」鄭文孚一改先前鎮定，抬起手，不停地擦拭自己的額頭。

天寒地凍，北風呼嘯，他的額頭上，汗珠卻接連不斷。再看其他剛剛「反正」的鏡城文武，也一個個面色發灰，嘴唇顫抖，從頭到腳寫滿了緊張。

「您問城外的天兵，大概在一百出頭吧！具體我也不太清楚，當初跟李將軍約好了的，這一仗由我們這些義兵自己來打，何千總只管帶著大明天兵在遠處虛張聲勢，嚇唬倭寇。」姜文祐看得心中發愣，偷偷嘆了口氣，強作笑容，將真實情況如實彙報。

「什麼！」四周圍，驚呼聲響成了一片，所有剛剛果斷「反正」的鏡城文武，都汗如雨下。

原來，明軍只是在城外虛張聲勢，根本沒打算對鏡城發起強攻，更沒打算親手誅殺城內的倭寇頭目。先前誅殺倭寇的行動，從頭到尾，都是姜文祐帶著義軍在做，那些陣前倒戈的新附軍，全都被他給騙了。那些不戰而逃的倭寇，也全都上了他的大當！

「姜某回來之前，李大哥不放心，曾經親口對姜某交代，要多給義軍創造單獨面對倭寇的機會。李大哥還說，我朝鮮將士並非不能戰，不善戰，而是許久未經戰事，所以見到倭寇，膽子先嚇沒了，才怎麼打都打不贏。」心中又偷偷嘆了口氣，姜文祐繼續高聲補充。

這些話，都是他臨時編出來的。但是，效果卻不是一般的好。首先評事鄭文孚的臉色，立刻就溫暖了起來。其次，周圍那些鏡城文武，也立刻對他刮目相看，再也不敢拿他當普通義軍將領，更不敢抱怨他剛才用謊話騙大夥跟倭寇拚命。

「姜某原本也沒多少底氣，但事實證明，倭寇的戰鬥力，其實不比咱們這邊高多少。只要大夥不自己嚇唬自己，集中起三倍兵力，足以將他們打得落花流水。」不希望再看到眾人心驚膽戰模樣，姜文祐想了想，努力為大夥鼓勁兒。「那小野一正，先前不也號稱武藝過人，一生從未遇到的敵手。事實如何，他連姜某五刀都沒擋住，就腦袋搬了家。」

「的確如此！」

「姜將軍威武！」

「姜兄弟好本事，我等佩服，佩服！」

眾人的目光，迅速落到了倭將小野正一的首級上，旋即，紛紛吐了口長氣，笑著點頭。

姜文祐的話，雖然說得粗鄙無文。但得知他是大明將軍的兄弟之後，大夥再聽起來，卻覺得每個字都包含著道理。

朝鮮將士並非不善戰，以前之所以被倭寇打得毫無還手之力，是因為大夥長時間不聞角鼓之聲，見了倭寇之後未戰先怯。而只要大夥鼓足的勇氣，與倭寇以命相搏，未必就沒有機會洗雪前恥。

只可惜的是，還沒等大夥將第二口長氣吐完，別將屯木柵已經滿頭大汗地衝了進來。拉住鄭文孚的手，就往外拖，「倭寇來了，倭寇又來了。已經攻破了西門。快走，評事，您老快走。弟兄們擋不住倭寇太長時間，您老再不走，就來不及了！」

「啊——」鄭文孚眼前發黑，兩腳發軟，遲遲無法挪動腳步，更無法做出任何決斷。

清水驛的明軍只有一百多人，根本幫不上多大忙。而自己這邊的義軍數量雖然眾多，卻嚴重缺乏訓練。如果有大股倭寇趕來替小野一正報仇……

「走什麼走，倭寇敢來，殺光了就是！」正當大夥惶惶不可終日之際，耳畔卻又響起了姜文祐的聲音，羞惱中帶著豪邁，「咱們剛才又不是沒殺過，還怕他生著六隻胳膊五張嘴！」

說罷，拔出刀來，直奔縣衙門外。一邊衝，一邊扯開嗓子大聲高呼：「弟兄們，跟我去殺倭寇啊。大明天兵就在城東邊，他們隨時都可以趕過來。倭寇再多，遇到天兵也是送死。」

「殺倭寇啊，天兵就在城外！」

「殺倭寇啊，天兵在看著咱們！李將軍在看著咱們！」

「殺倭寇啊，有天兵在，還怕什麼？」

「殺倭寇啊……」

跟隨姜文祐一道從崗子寨返回鏡城的幾名義軍將領，扯開嗓子，一遍遍重複。

「殺倭寇啊……」鏡城街道上，原本因為倭寇再度來襲的朝鮮將士們，扯開嗓子大叫。將所有恐慌全都順著叫聲吐了出去，然後抄起大刀長矛，弓箭投槍，緊緊跟在了姜文祐身後。

「殺倭寇啊……」李希唐、許大成等剛剛「反正」的武將，聽得熱血沸騰，也紛紛抄起兵器，衝出縣衙。一個個義無反顧。

「……吉州倭賊聞之，遣兵百餘人，哨探至城西。姜文祐等開城出擊，斬數十人，餘賊遁……」《宣朝寶鑑．卷八》

第五章　橫掃

大雪紛紛揚揚，宛若碎瓊亂玉。

以往從會寧城頭向外看去，層巒疊嶂，宛若一幅畫卷，可如今再看，整個世界卻平整得就像一塊白綢。所有罪惡的證據，都盡數被蓋在白綢之下，包括幾個月來，被倭寇蓄意焚毀的村落，還有無辜枉死的百姓屍體。

個別時候，會有野兔、狐狸之類從洞穴中爬出，四下尋覓食物。可是沒跑幾步，它們就又陷進積雪當中，就像喝醉了酒般跌跌撞撞。每當這種場景出現，總能引城頭上一片歡騰。駐守在城頭的鞠家軍人數太多，而周圍又早被倭寇搶的一乾二淨，百無聊賴的他們，只能靠觀看雪中的動物，打發漫長的光陰。

偶爾有人突發奇想，建議開了城門，去外邊抓幾隻兔子來打牙祭。然而，這些建議往往還沒來得及付諸實施，就被將佐們直接掐死在了萌芽之中。

不同於士兵們對外邊正在發生的事情毫無察覺，鞠家軍的將官們，都消息靈通。早就得知鍋島直茂被兩路來歷不明的天兵，殺得落花流水。而那兩路大明天兵如果想要脅大勝之威反攻，最穩妥的選擇恐怕就是會寧、鏡城、明川和茂山。

首先，這四城都位於朝鮮國的東北端，距離大明邊境很近，卻遠離倭寇重兵屯聚的平壤。其次，這四城周圍鄉野裡，有著大量的女直部落。後者剛剛跟倭寇結下了不共戴天之仇，大明天兵如何前來驅逐倭寇，他們當中絕大多數，肯定自備乾糧，帶路的帶路，隨行的隨行。最後，也是最無奈的一條，新附軍的鞠大帥，前幾個月在寧邊府時，可是主動帶頭截殺過那支大明天兵的主將。如今，人家重新聚集了兵馬殺回朝鮮，不找他鞠景仁算帳，又去找誰？

整隊出城，跟大明天兵野戰，鞠家軍的將佐們，是萬萬不會去幹的。既然連鍋島直茂都被那支天兵殺得落花流水，他們出城去與明軍展開野戰，不是老鼠舔貓鼻子，純粹找死嗎？所以，緊閉城門，嚴防死守，就成了他們的唯一選擇。

好在此刻的會寧城內，有膽子公開對倭寇表達不滿的朝鮮人，已經被鞠大帥給殺乾淨了。所以「閉城令」下達之後，執行得倒也乾脆俐落。鞠家軍底層的士兵們，雖然望著雪地上跑動的野兔、野鹿和黃羊之類大淌口水，在將佐們的威脅之下，卻沒人敢偷偷往城外溜。

如此一來，終日站在城頭上大眼瞪小眼的滋味，就更加無聊。外邊的雪景雖然壯美，可看得太久了，會令人心生厭倦不說，大夥的眼睛裡也會出現重影。

有經驗的當地人都知道，哪怕是陰天，總是睜著眼睛看雪，也會患上「雪目障」。而這種病，只要得過一次，每年冬天都會再犯，根本無藥石可救。而想要不患上「雪目障」，最有效的辦法，就是每隔一段時間，就閉目養神，或者回到屋子裡烤火取暖。後一種對策，是將佐們的專屬，尋常士卒沒資格享受。但閉目養神，卻是簡單易行，不拘何時何地，任何人也都是不用教就會。

閉眼睛閉習慣了，人就會犯睏。特別是到了傍晚，天色將黑未黑時，更是提不起任何精神。這日傍晚，一眾鞠家軍兵卒正擠在城頭上昏昏欲睡，忽然，半空中傳來一串淒厲的烏鴉叫聲。「呱，呱，呱，呱……」

「怎麼回事？」隊伍中，立刻有幾個別將將眼皮睜開，努力望向城外。然而，薄暮之下，除了一片白茫茫的雪野之外，竟什麼異常都看不見。

大概是有狼、豺之類，過來翻動雪下的屍體，所以才嚇到了烏鴉。幾個別將打著哈欠得出結論，又陸續閉上眼睛，將身體縮進弟兄們之間，互相依偎著取暖。

白茫茫的雪地上，忽然，好像又有什麼東西動了一下。緊跟著，越動越快，越動越快，就像數百隻滾動的雪球。終於，他們的動靜，再度引起了當值鞠家軍兵卒的警覺，後者再度將眼睛睜開，用手努力搓揉乾澀的眼瞼，然後努力向下張望……

不是雪球，而是敵軍！披著白色長袍，帶著白色帽子，數以千計！不知道何時來到，更不知來自何處，像一群白色的雪怪，無聲無息地抵達了會寧城下。

「敵襲——」城頭上，有幾個反應快的鞠家軍兵卒扯開嗓子大叫。但是，大多數兵卒，卻依舊頭暈腦脹，根本弄不清楚到底發生了什麼事情，更想不起來該如何應對。

「吱———」一聲淒厲的銅哨，從城外響起，刺激得人耳陣陣發疼。

「呼呼呼呼呼……」早已對銅哨形成了反射的大明鳥銃手，紛紛舉起捂在懷裡的鳥銃，仰起頭，朝著城牆上的守軍射出一排滾燙的鉛彈。

「吱———」又是一聲銅哨響。

「呼呼呼呼呼……」第二輪齊射再度掃過城牆，將驚慌失措的守軍，像麥子般割倒。

「吱———」第三聲銅哨，被劉繼業無情地吹響。

「呼呼呼呼呼呼……」第三輪齊射又至，轉眼間，正對大明鳥銃手的城牆段，就再也看不到一個站立的守軍。毫無防備的鞠家軍將士要麼直接被鉛彈打死，要麼嚇得趴在垛口後，雙手捂著耳朵瑟瑟發抖，誰也沒勇氣抬頭，更沒勇氣對城外「天兵」做出反擊。

「嗖——」「嗖——」「嗖——」五十餘隻鐵飛爪被甩上城頭，圍著垛口打了個圈子，迅速纏死。在鳥銃手的掩護下，張樹帶領武士和幾位大明勇士，沿著繩索快速向上攀爬，敏捷宛若一隻隻猿猴。

「敵襲，敵襲——」臨近城牆段，有一名朝鮮偽軍將領慌忙帶領麾下弟兄前來阻攔，才跑到一半兒，就被李彤一箭封喉。

「朴七，車立，你們兩個帶領弓箭手，封鎖左右兩側，阻止敵軍靠近！」李彤丟下角弓，從白色披風下舉起一支令旗，高喊著用力晃動。

「嗖嗖嗖嗖嗖嗖——」數以百計的羽箭騰空而起，射向明軍正對位置左右兩側的城牆，將試圖趕過來的鞠家軍將士，一排排射成刺蝟。

得到義軍弓箭手的全力掩護，張樹等人攀爬得愈發順利。轉眼間，成功攀登到了終點。一邊揮舞鋼刀，將那些嚇破了膽子的朝鮮偽軍趕開，一邊迅速將腰間的繩梯掛在城垛上，丟出城外。

「左司，登城！」李彤迅速舉起第二支令旗，用力揮舞。

「弟兄們跟我來！」李盛大吼一聲，帶著五百多名弟兄，直奔繩梯，攀援而上。

「擋住他們，擋住他們！」更多的朝鮮偽軍，在鞠家子弟的帶領下，瘋狂朝張樹等人發起反撲。試圖趕在選鋒營左司爬上城頭之前，奪回這段城牆的控制權。

羽箭連綿如雨，將更多的偽軍射翻於反撲的途中。刀光如電，張樹帶著先行登城的五十餘名勇士，分為左右兩個總旗，將衝破羽箭阻攔的偽軍將士一個接一個，掃下城頭。

「嗖嗖嗖，嗖嗖嗖……」城頭上的更遠處，也有朝鮮偽軍倉促開弓放箭，射向繩梯。不幸中箭的選鋒營將士慘叫著跌落，他們身邊的同伴，卻將鋼刀咬在口中，雙手雙腳同時用力，繼續快速向上。

「乒乒，乒乒，乒乒……」劉繼業指揮著鳥銃手，向偽軍施行壓制。令射向繩梯的羽箭迅速變得稀落。

然而，下一個瞬間，卻又有羽箭從其他位置和角度射了過來，令繩梯上的人，防不勝防。

「啊——————」幾名剛剛編入選鋒營沒多久的朝鮮義兵適應不了如此快的攻擊節奏，在攀援途中失手，摔了個頭破血流。

「加把勁啊，爬得越慢，越容易中箭！」李盛、黃百萬等人在繩梯上大聲提醒，同時拚命挪動身體，避免成為敵人的箭靶。

兩個西洋分鐘後，有三百二十餘名選鋒營將士，成功抵達城頭。其中兩百五十二人來自大明，剩餘則為朝鮮義軍。

大夥不待雙腳在城牆上站穩，就立刻拔出刀，衝向控制區域兩側。與最先登城的張樹等勇士一道，擋住朝鮮偽軍的瘋狂反撲，並且不斷將控制地段向兩側擴張。

「呼——」看到弟兄們已經在城頭站穩腳跟，李彤長長出了一口氣，嘴角白霧繚繞。緊跟著，快速舉起第三支令旗，「張游擊，你帶著右司登城，尋機翻入城內，打開東門！」

「遵命！」早已等待不及的張維善答應一聲，帶起五百名弟兄，吶喊著撲向繩梯，然後快速沿著繩梯攀向城頭。

「劉千總，鳥銃司停止射擊，趕赴東門口，等待入城。」

「朴七，車立，你們兩個帶領弓箭手，繼續給左司和右司提供掩護。」

「何千總，你帶領右部堵死西門，不放任何敵軍離開。」

「劉千總，你來領其餘義勇，負責周邊警戒，若是有可疑人馬靠近，不用問來歷，直接吹角示警，並出手阻攔……」

第四，第五，第六，第七支令箭，被李彤陸續舉起，順暢得宛若行雲流水。

到了此時，會寧之戰，勝負已經沒有任何懸念。

到了此時，他也不再是當初那個菜鳥千總。有足夠的能力和威望，獨當一面。

城破得極為順利，當看到又一批的明軍順著繩梯爬上城頭，朝鮮偽軍的士氣迅速崩潰。大部分人熟練地丟下兵器，雙膝倒，將臉貼在地上，以示恭順。另外一小部分人則慘叫著朝南北兩側飛奔，就像兩群受驚的螞蚱。

無論對於跪地投降的偽軍，還是撒腿逃命的偽軍，張維善都果斷命令不予理睬。先吩咐張樹和李盛兩個，分別去攻占敵樓、馬臉，控制住了東側城牆段的所有防禦設施，包括切斷甕城和內城聯繫的鐵閘。隨即，又親帶領五百名弟兄沿著馬道衝下城牆，從內打開了會寧城的東門。

劉繼業帶著鳥銃手快步衝入城內，然後與張維善兩個合兵一處，沿著街道向府衙推進。沿途中，遇到的抵抗微乎其微，甚至完全可以忽略不計。直到靠近了會寧府衙門口處，才有數百名倭寇，吶喊著從對面衝過來，如同一群被捅爛了巢穴的馬蜂。

「吱——」搶在倭寇靠近之前，劉繼業吹響了銅哨子。其麾下的鳥銃手，立刻原地止步，按照平素嚴格訓練養成的習慣，朝著倭寇輪番開火。「砰砰，砰砰，砰砰……」

三段齊射過後，倭寇的隊形被打得四分五裂，屍體橫七豎八躺滿了街道。張維善趁機帶領麾下的弟兄展開衝鋒，並不寬闊的街道，隨即就成了「馬蜂」們的墳墓。超過六成倭寇，被當場殺死，包括那些見勢不妙選擇投降者，也被選鋒營中的朝鮮籍弟兄，不由分說給砍了腦袋。還有四成左右的倭寇逃進了周圍的巷子，再也對明軍構不成任何威脅。

對於這些失去威脅的倭寇，張維善和劉繼業沒興趣去追殺。二人立刻重整隊伍，準備對會寧府衙展開強攻。因為擔心百姓的反抗，會寧府的府衙院牆，修得極為高大，儼然就是一座城中之城。所以即便在穩操勝券的情況下，張維善和劉繼業兩個，也不敢對其掉以輕心。

然而，接下來發生的事情，卻讓二人及他們各自麾下的弟兄們，全都目瞪口呆。大夥精心準備的強攻手段還沒等付諸實施，府衙正門就四敞大開。兩名文官打扮的朝鮮人，各拎著一顆血淋淋的腦袋，快步走了出來。

「別開炮，別開炮，天朝將軍切莫開炮。鞠景仁已經被我等誅殺，這是他和他兒子的腦袋，請將軍核驗！」唯恐發生誤會，被鳥銃打成篩子。雙腿沒等邁過門檻兒，兩名朝鮮文官就扯開嗓子，用熟練的大明官話高聲請求。

「站住，先報上名姓！」張維善被弄得滿頭霧水，用鋼鞭指著對方，大聲喝令。

「在下申世俊，曾經在大明國子監受過教化，回國後擔任咸鏡北道訓導一職。他是我的學生吳允迪。」兩名文官順從地停住腳步，隨即，其中看似年齡較大的一個，仰起頭，大聲自報家門。

「在大明國子監讀過書，哪個國子監，南京還是北京？」聞聽對方是國子監的學生，張維善心中頓生好感，將鋼鞭壓低了數寸，笑著繼續盤問。

「南京國子監！」申世俊滿臉驕傲地仰起頭，回答得格外大聲。「在下乃是萬曆二年的貢生，萬曆十年畢業，南京國子監有黃冊可查。」

「秦淮河上最好看的風景在哪？」劉繼業悄悄地往張維善靠近了半步，操著地道的南京話大聲快速插嘴。

「在……」申世俊愣了愣，隨即滿臉狂喜，用標準的南京話快速回應，「在狀元樓，背靠著聖人廟！每年四月開窗而望，入眼的何止是楊柳青翠！」

這句話，答得絕對正確。不是真正在南京城混過的學子，根本聽不懂。當即，就讓劉繼業和張維善臉上，全都露出了會心的笑容。

「老師果然學問高深，居然連大明將軍的家鄉話都張口就來！」跟在申世俊身側吳允迪不明白其中關竅，心中好生欽佩。

他哪裡知道，狀元樓背靠著文廟不假，因為好幾位狀元曾在樓上讀書也不假，但老師嘴裡的風景，卻與他心中所想的完全不同。

就在秦淮河畔，斜對這狀元樓的位置，便是全大明最紙醉金迷所在，媚樓。每年四月，媚樓的花魁評定，更是南京城內數一數二的盛會。屆時非但有全秦淮的女校書，輪番登臺，展示美貌，舞姿，歌喉和才藝。更有半個江南的讀書人，爭相寫詩作畫，為各自追捧的女校書助威。

而這個時候，國子監內血氣方剛的貢生們，還有幾人能靜心讀書？其中家底豐厚的，早就偷偷溜到媚樓內去，近距離一睹女校書們的盛世美顏。而那些家底不太豐厚，或者自律性較強的，則借著讀書的由頭，來到狀元樓上，居高而望。既照顧了讀書人的斯文，也能不花一文錢就大飽眼福！

「我等聞聽天朝大兵將至，邊密謀起事，與天兵裡應外合。」既然成功跟兩位大明將軍攀上了關係，申世俊就不再緊張，整理了一下思路，用標準的南京口音，將府衙內發生的事情，如實相告：「不料事情洩露，被鞠景仁老賊抓進了府衙，準備明天斬首示眾。多虧了二位將軍及時率部趕至，一鼓攻破其城。我等才覓到機會，說服了鞠賊親兵將倒戈，帶領其餘親兵，將鞠賊父子誅殺。這裡便是他們父子倆的首級，還請二位將軍核驗！」

「就這麼簡單？那鞠家父子平素很吝嗇嗎？居然連親兵頭領都要帶頭背叛他！」張維善雖然不懷疑首級的真假，卻覺得申世俊的說法裡頭，漏洞極多，根本禁不起仔細推敲。

「吝嗇，倒不是吝嗇，但亂臣賊子，人人都瞧不起他們！」申世俊被問得臉色微紅，想了想，大聲回應。

知道這句話毫無說服力，不待張維善繼續發問，他又快速補充：「更重要的，他們也不想陪著鞠景仁一起去死。李將軍前段時間以少勝多，大敗鍋島直茂的英雄事蹟，早就在會寧城內傳遍了。城裡駐紮的倭寇，只有區區五、六百人，肯定禁不起李將軍全力一擊。再加上會寧城這麼快就被攻破了，府衙根本沒有守住的可能。所以，所以，申某趁機勸了那些親兵幾句，並且許諾了一些錢財，他們兩相比較，自然知道該怎麼做，對自己更好。」

「你倒是好口才！」張維善聽得意興闌珊，看了一眼死不瞑目的頭顱，笑著誇讚。

「不敢，不敢，在下之所以能夠得手，全靠借了李將軍聲威！」申世俊非常知道進退，立刻大聲回應，「在下還有一些學生，正在府衙內清點物資，造冊登記。李將軍儘管放心進駐，他們過一會兒，就能把冊子呈上來，保證不會貪墨分毫。」

「罷了，既然鞠景仁父子已經伏誅，張某就沒進去的必要了！」張維善不費一兵一卒就攻陷了會寧府衙，張維善卻感覺不到多少快意，擺擺手，大聲拒絕，「城內還有殘敵未能肅清，張某得趕著去追殺。另外，我軍也不會在此地長時間駐紮，爾等還需早做準備。」

「將軍您，您不姓李！」申世俊被嚇了一哆嗦，紅著臉小聲追問。「天兵不打算長期駐紮，那，那萬一再有倭寇殺過來怎麼辦……」

「我當然不姓李，姓李的將軍是我兄長。」張維善一邊轉身，一邊快速回答，「至於為何不在此地駐紮，你過會兒不妨親自去問他，他如果心情好的話，應該能給你一個準確的答案。」

聽了這話，申世俊等人愈發緊張。然而，鞠景仁父子的腦袋已經被他們砍掉了，此刻後悔也已經來不及。只好強裝笑臉，一邊繼續清點府庫，準備向明軍交接。一邊忐忑不安地等待李將軍的到來。

好在，李彤也沒讓他們等得太久。在安頓了攻城戰中的傷號之後，便在親兵的簇擁下趕往了府衙。雙方見了面，稍做寒暄，申世俊一邊雙手將整理好的物資清冊呈上，一邊再次小心翼翼地提出，請求明軍派出一部分兵馬駐紮於會寧，幫忙彈壓鞠黨餘孽。

「申訓導的意思，李某明白了。」李彤果然將大手一擺，給出了一個無比肯定的答案：「但我軍兵力單薄，分頭駐紮，乃是自尋死路。不但不會在會寧駐紮，派往鏡城助戰的那些弟兄，也會儘快調回本部來。」

「將軍派人去攻打鏡城了！」申世俊再度打了個冷戰，追問的話脫口而出。其餘幾個追隨申世俊一起「舉義」的朝鮮官員，也齊齊抬起頭，臉上寫滿了駭然之色。

總計才幾千兵馬，居然還敢分成兩路，同時攻打鏡城和會寧！這天朝李將軍，膽子也忒大了些。萬一鏡城那邊受挫，反被鞠世必給切斷了後路，他就不怕落下一個全軍覆沒的結局！

正嚇得六神無主之時，卻聽見李彤不疾不徐地回應：「不是派人去攻打，而是派人去助戰，那邊，是姜文祐帶著一支朝鮮義兵在打，並且李某剛剛接到捷報，他們大獲全勝，已經順利光復的鏡城。」

「啊，不，不可能！」申世俊、吳允迪等人不敢相信自己的耳朵，一個個相繼驚呼出聲，「鏡城駐紮著大量倭兵，他們一個個身經百戰，悍不畏死……」

「會寧城裡的倭兵，難道比鏡城的少嗎？還不是一樣被我軍打得落花流水。」理解不了申世俊等人的思路，跟在李彤身邊的李盛忍不住大聲反問。

「那，那不一樣，老爺們帶的是天兵！」明明親眼看到了先前倭寇是如何在明軍的攻擊下潰敗，申世俊等人，卻依舊不敢相信鏡城已經被光復的消息，兀自倔強地搖頭，「而義兵都乃是一群烏合之眾，怎麼可能，怎麼可能……」

「烏合之眾又怎麼了，烏合之眾，至少知道反抗，至少知道站起來阻止倭寇傷害自己的父老鄉親！」車立聽得心頭火起，忍不住大聲數落。「不像你們，見了倭寇就跪，並且還嫌棄別人跪的姿勢不正。」

「放肆！」甭看申世俊等人在李彤面前唯唯諾諾，對著自己的同族，卻立刻耍起了官威，「這裡哪有你說話的地方！老夫等人臥薪嚐膽，其中艱辛，又豈是你這庶族……」

「他是李某麾下的旗總，剛才曾經以一把角弓，獨力射殺四名守軍。」李彤眉頭迅速皺了起來，大聲打斷。

「他，他是將軍的部下？」申世俊等人這才看清楚，車立身上所穿的大名旗總衣甲，愣了愣，一個個頓時老臉漲得通紅，「得罪，得罪，我等眼拙，還請將軍勿怪！」

「率部光復鏡城那位姜將軍，也曾經在李某麾下聽命。是李某見他身手非凡，並且報國心切，才有意成全於他，讓他帶著麾下的義勇獨立去光復鏡城。」終於明白了，申世俊等人遲遲不肯相信鏡城被光復的緣由，李彤笑了笑，繼續大聲補充。

事實上，對姜文祐此人，他算不上有多欣賞。但比起眼前這幾個朝鮮官員，姜文祐無疑給人感覺順眼得多，也令人放心得多。所以，他乾脆借機放話出去，讓所有地方官員，都知道姜文祐是自己的人。以免將來義軍內部發生自相殘殺的慘事，拖累了自己的後腿。

這幾句話的效果，立竿見影。得知姜文祐曾經在李彤帳下效力，眾朝鮮「反正」官吏，瞬間就覺得鏡城被義兵光復，非常順理成章了。一個個陪起笑臉，連聲誇讚：「原來如此，怪不得義兵這麼快就能脫胎換骨。」

「姓姜的真是一員福將，居然能得到李將軍您的親手點撥。」

「有李將軍點撥，縱使一塊石頭，也會變成金子。拿下鏡城，理所當然……」

「造化，真是大造化……」

「爾等儘快組建義勇，準備接管會寧。我軍只在此地停留兩日，大後天一早，就會離開。」李彤沒心思繼續聽這群人說廢話，皺了皺眉頭，大聲吩咐。「府庫內的金銀、糧食和其他輜重，我軍帶走一半兒，另外一半兒，也會留給你們。記得不要中飽私囊，否則一旦被我發現，以通倭之罪論處。」

「這麼快！」眾「反正」官員頓時又如喪考妣，自動忽略了後半句話，單揪著前半句苦苦哀求，「將軍慈悲，請務必多留幾日。我等不通兵略，萬一倭寇再殺回來，我等皆死無葬身之地。」

「將軍慈悲，即便不能多留幾日，也務必留一員大將在此坐鎮。否則，一旦倭寇來襲……」

「將軍慈悲……」

「鏡城已經被光復了，你等的耳朵莫非都聾了不成？」李彤既鄙夷這些人，又覺得這些人可憐，搖了搖頭，大聲呵斥，「大冬天的，靠近海岸處上都結了冰。倭寇想要來，只能走陸路。陸路不經過鏡城，倭寇怎麼可能殺到會寧來？」

「這，這……」眾官員愣了愣，茫然地點頭，「將軍說得是，倭寇的確過不來。但，但……」

「但是什麼？」李彤聽得不耐煩，瞪著眼睛催促。

「還有茂山，附近茂山城內，還駐紮著數百倭寇，還有，還有鞠景仁的親兄弟。」申世俊口才最為辯給，扯開嗓子大聲彙報。

「茂山？」李彤看了他一眼，年輕的臉上寫滿了無奈和不屑，「爾等原來擔心的是這裡？算了，李某好人做到底，回去路上，順手替你們拔掉就是！另外，還有一件事情要爾等知曉，大明主力，十天之前已經跨過了鴨綠江。」

「多謝李將軍！」

「多謝天朝！」

「李將軍威武！」

「天朝威武！」

四周圍，歡呼聲立刻響如雷動。再看申世俊等人，臉上哪裡還有半點兒恐慌。一個個精神抖擻，宛若轉世重生。

第六章 向南

三日後，茂山城化作了一支火炬，濃煙扶搖而上。

又過七日，選鋒營在返回崗子寨的途中，強攻甲山。城中偽軍一哄而散，倭寇見勢不妙，棄城而走。

因為立下的功勞已經足夠多，而選鋒營的老班底兒，全部加起來只有區區數百人。所以李彤不願意再折損弟兄，當機立斷，將追殺倭寇的任務，交給了完全由朝鮮義勇組成的選鋒營右部騎兵司。

騎兵司把總張重生是李彤在上次救援祖承訓的途中，順手救下的兩位義軍將領之一。正愁沒機會報答他的活命之恩。聽聞他將任務交給了自己，頓時喜出望外。答應一聲，立刻領命而去。很快，就在曠野中咬住了倭寇的尾巴。

城外潔白的雪地上，倉皇逃命的倭寇看起來比和尚腦袋上的蝨子還要明顯。

四百朝鮮義勇緊追不捨。弓箭從馬背上接二連三射出，每一波，都能將數名倭寇放翻在地。分明停住腳步，就有機會打朝鮮義勇一個措手不及。然而，逃命的倭寇們，卻誰都不敢放慢速度，更沒膽子轉身迎戰。

打敗身後的朝鮮義勇，對他們來說一點兒都不難。至少到目前為止，絕大部分倭寇，在與朝鮮人作戰之時，心理上依舊占據絕對優勢。然而，再簡單的戰鬥，都需要消耗時間。只要他們耽擱的時間超過一刻鐘，跟在朝鮮義勇身後的大明天兵，肯定會衝上來將他們團團圍住，讓他們個個都插翅難飛。

所以，倭寇們明知道勝券在握，也只能繼續逃命。沿途有同夥紛紛掉隊，然後被追過來的朝鮮義勇大卸八塊，他們卻誰也不敢回頭相救。

而士氣高漲的朝鮮義勇們，則咬住倭寇的尾巴緊追不捨。每個人都使出了全身的力氣，哪怕累死在馬背上，都在所不惜。

沿途不停地有朝鮮獵戶、農夫，加入追殺隊伍，哪怕明知道自己加入後發揮不了多大做用，也爭先恐後。

倭寇的軍紀敗壞，幾個月來，殺人放火無惡不作。如今，這群魔鬼終於遭到了報應，哪個受害者不想衝上去痛打落水狗。

不知不覺間，斥候總旗車立箭囊裡的羽箭，就射得一乾二淨。不知不覺間，義軍將領黃百萬手中的鋼刀，就砍成了鋸子，但是他們兩個，卻依舊不願意停手。從倭寇的屍體上撿起兵器，繼續策動坐騎緊追，直到身邊所有能替換的戰馬，包括從倭寇手裡繳獲來的，全都累得脫了力，才帶著滿臉的不甘停了下來。

「放心，他們，他們一個都逃不掉。李將軍已經派人去鏡城通知姜文祐，要他出兵幫忙在前面堵截了，還有，還有周圍的女直人，也恨不能將倭寇全都點了天燈。」義勇把總張重生氣喘吁吁地拉住坐騎，對著車立和黃百萬兩個大聲安慰。

「知道，我們不是不放心，而是，能親手將倭寇斬盡殺絕，總比求天兵幫忙好。」

「可不是嗎？請天兵幫忙，哪有自己親手報仇痛快。」

黃百萬和車立二人一邊拚命喘息，一邊大聲回應。嘴巴裡噴出來的熱氣兒，瞬間化作兩道濃濃的白煙。

「是啊，咱們有手有腳，不能總指望天兵。」

「天兵的確厲害，可就那麼點兒人馬，能頂多大用？以後，咱們還得多靠自己。」

「對，咱們不能老指望別人。」

白煙越聚越多，周圍其他義勇也紛紛湊上前，喘著粗氣叫嚷。

「這倒也是，不過，回到營中之後，可千萬別這麼說。」張重生臉色迅速發黑，迅速朝周圍看了看，非常認真地叮囑，「咱們都不是大明子民，李將軍把咱們編入選鋒營，給咱們發兵器鎧甲，可是擔著老大風險的。剛才那些混帳話，將軍大人大量，聽了肯定不會介意。可萬一落到別人耳朵裡，再添油加醋一番……」

「知道，知道！」黃百萬和車立二人聽了一半兒，就不耐煩地打斷，「我們也就是跟你熟，才什麼話都說。回到營後，肯定把嘴閉得嚴絲合縫。」

「是啊，您又不是大明人，我們只是跟您說，回去後才不會吭聲。」其餘朝鮮義勇，也覺得張重生小題大做。

「放屁，全都是放屁！」張重生勃然大怒，抽出馬鞭，朝著四下亂抽，「你們的良心都被狗吃了，要不是有將軍幫忙，你們見了倭寇，只有抱頭鼠竄的份，怎麼可能像現在這樣，追著他們砍。」

眾義勇畏懼他的官威，紛紛抱著腦袋閃避。然而眾人臉上的表情，卻明顯透露出來幾分不服的味道。

右部騎兵司把總張重生見了，心中怒火更旺，追上去，又狠狠給了帶頭亂說話的車立和黃百萬幾鞭子，然後對著所有義勇大聲咆哮：「你們這群王八蛋，都給老子摸著心口想想！李將軍沒來之時，大夥都打的是什麼仗？當初老子在車將軍麾下，做夢都想追著倭寇砍。可一直到車將軍被狗官害死，老子都沒打贏過一回。而現在，前後不過幾個月功夫，弟兄們就全都跟換了個人一般。當初若是大夥有現在三分本事和膽色，也不至於被倭寇從釜山一路殺到鴨綠江。」

「這……」眾義勇愣了愣，紅著臉無言以對。

同樣是面對倭寇，當初大夥屢戰屢敗，從朝鮮的最南端，一路敗到了鴨綠江。開戰不到三個月，兩京淪陷，八道丟光，連國王都跑到了遼東去避難。而現在，三百朝鮮義勇，卻可以追得同樣數量的倭寇，如老虎追趕綿羊！

是倭寇的戰鬥力忽然變差了嗎，恐怕不是！朝鮮義勇們，也不可能在短短幾個月內，就全都脫胎換骨。當初和現在唯一的差別，就是有沒有大明天兵參戰。沒有，無論官軍還是義勇，對上倭寇，都一敗塗地。有，則每個參戰者都變得英勇了十倍！

「你們倆也別嫌我下手狠，實在是你們這群王八蛋，太沒良心！」見周圍的兄弟，好像多少明白了點兒自己的意思，張重生想了想，繼續大聲補充，「你們想想，從上回祖總兵去攻打平壤，到現在，你們見過的大明將爺也不止一個了，除了咱家將軍，誰還拿正眼看過咱們？」

「這話，這話的確沒錯。李將軍的確對大夥不薄。」車立和黃百萬等人，紛紛點頭。剛才因為挨鞭子而產生的怨氣，迅速被寒風吹散。

「豈止是不薄，而是恩同再造。」張重生迅速接過話頭，繼續大聲教訓，「咱家將軍，跟咱們以前見到的當官的，完全不一樣。跟大明的其他將軍，也不太一樣。他是真拿咱們當人看，才將咱們都納入麾下。換了別的大明將軍，恐怕根本不會相信咱們，更不會看上咱們這點兒本事。」

對於前半句話，眾人毫無疑義。但對於後半句話，周圍的義勇們卻老大不服氣。以前大夥之所以總吃敗仗，不是沒本事，而是被當官的給耽誤了。而現在，大夥的本事發揮了個十足十，當然就能追著倭寇打。

不光是他們這十幾個人持如此觀點，選鋒營中，很多義軍將佐，其實心中都生出了類似的想法。特別是在李彤順利拿下了會寧，然後反過手來，又接連拔掉了茂山、甲山這兩顆難啃的釘子之後，一些心思活絡的義軍將佐，忽然就發現了，原來被大夥畏如虎狼的倭寇，戰鬥力也就那麼回事兒。只要大夥鼓足的勇氣，再齊心協力而戰，即便沒有明軍撐腰，也能「輕鬆」將其打得落花流水。

在許多義軍將佐看來，大明天兵在幾次戰鬥中，起到的「僅僅」壯膽兒作用。每次戰鬥的關鍵時刻，真正與倭寇面對面廝殺的，還是朝鮮義勇。特別是在聽說姜文祐獨力光復了鏡城之後，抱這種想法的義軍將佐越來越多。

大夥私下裡紛紛議論，天兵也就是鎧甲結實一些，刀槍鋒利一些，外加鳥銃配備充足。如果帶了李將軍給大夥配備的鎧甲、兵器，再順手「借」走一些鳥銃，大夥同樣也能不費多少力氣，就光復被倭寇奪走的三千里江山。

「怎麼，不服是不是？別打過幾場勝仗，就都覺得自己長本事了，是不是？」將眾人的表情看在眼裡，張重生心中又是生氣，又是著急，再度高高地舉起了馬鞭，「老子知道你們都羨慕姓姜的，巴不得自己也早日自立門戶。老子不攔著你們，想走可以，把鎧甲兵器戰馬，當初怎麼從李將軍手裡領的，就怎麼給人家留下。咱們受了將軍這麼多恩惠，不報答也就算了，總不能臨走時，還想順帶偷人家一把。老子還放一句話在這兒，離開了選鋒營，你們原來怎麼吃敗仗，將來還怎麼吃，再想像現在這樣痛痛快快殺倭寇，門兒都沒有！」

「哪能呢？把總，看您說的，我們不是那樣的人！」

「是啊，把總，弟兄們也就是嘴上痛快一下而已，怎麼可能真的做出那種忘恩負義的勾當？」

「把總，這不是打勝仗了嗎，大夥就咋呼幾聲，其實誰心裡頭不知道，咱們為何才有的今天！」

眾義軍將佐紅著臉，訕訕地解釋，堅決不肯承認自己曾經動過什麼歪心思。

「諸位好自為之！」知道自己光憑著幾句話，斷不了所有人的妄念，張重生想了想，語重心長地補充：「以前地方當官的好言好語拉攏咱們，是指望著咱們去跟倭寇拚命。而前些日子我聽李游擊說，大明天兵已經殺過了鴨綠江。對於那些官老爺來說，他們的身家性命立刻就有了保障，咱們這些人，已經不像原來那麼重要。那些官老爺什麼德行，你們應該多少也聽說過一點兒。即便最需要咱們之時，都沒忘了背後捅刀。如今咱們已經可有可無了，你們還指望過去之後，會被委以重任。

要我看，恐怕門兒都沒有！」

這番話，句句發自肺腑。他的上一任上司，就是稀裡糊塗地死在了朝鮮地方官員之手。他本人之所以在傷號之後，立刻將名字改為張重生，就是為了提醒自己已經死過一次，以免哪天再一時熱血上頭，又去給朝鮮官府賣命，重蹈了老上司的覆轍。

在他看來，如今大夥最好的出路，未必是像姜文祐那樣帶領親信投入某個地方官員門下，成為後者的左膀右臂。雖然那樣很容易就混出頭，甚至能混上一個非常高的朝鮮國官職，迅速光宗耀祖。可朝鮮國只要還是鄭、李、柳、金幾大世家當政，出身尋常的官員，就朝不保夕。哪怕立的功勞再大，名聲再響亮，幾大世家想要把你幹掉，也只是隨便捏造一個罪名的事情。

特別是對於義軍將領來說，朝廷和世家對他們的防範，恐怕更勝於倭寇。戰死疆場是大夥最好的結果，若是僥倖在倭寇被趕走之後還沒及時戰死，等著他們的，肯定是身敗名裂的下場。

所以，張重生早就下定了決心，要像朴七那樣，這輩子跟定了李游擊。哪怕永遠都是一個把總，好歹做的是大明朝的官，得了一個大明朝的身份。今後只要不是犯了謀反的大罪，或者臨陣脫逃，就不用總是擔心被上司捏造罪名冤殺，更不用擔心自家孩子將來的前途。

黃百萬和車立等人聽得似懂非懂，只管繼續訕笑著點頭。張重生見了，也沒法說得更深。於是乎，便將話題岔到戰功計算上，一邊帶領大夥掉頭回返，一邊在沿途割倭寇屍體上的腦袋，以便上繳核驗。

這一仗，因為倭寇沒膽子交手，選鋒營右部騎兵司可謂戰果輝煌。光是完整的倭寇首級，就割了七十多顆，還有二十多顆是被烏鴉啄過，或者被野獸啃爛，雖然有些面目全非，但通過衣服，頭盔等其他證物，也能排除掉殺良冒功的可能。

而選鋒營右部騎兵司的損失，只是摔傷者二十六名，外加四十幾頭累斃的戰馬。跟收穫相比，完全可以忽略不計。

按照選鋒營內部的規矩，朝鮮義兵砍了倭寇的首級，可以與明軍按同樣的方式記功受賞。該升職的升職，該發銀子的發銀子，絕不會因為他們是朝鮮人，就另眼相看。將來戰爭結束，如果他們打算離開選鋒營，或者中途戰死沙場，他們的榮養和撫恤銀子，也與同級別的大明官兵相等。如果他們像朴七一樣，覺得做一個大明軍官更有前途，則功勞立得越多，則舉家遷往遼東的機會就越大。

所以，每找到一具被凍硬的倭寇屍體，張重生身邊，就會爆發出一陣歡呼。從開始掉頭回返一直到與主力相遇，沿途中，大夥的歡呼聲幾乎就未間斷。待向棋牌官上繳了倭寇的首級，每個人都當場分到了白花花的銀子，歡呼聲則更為響亮。有人甚至開始大聲計算，照這樣下去，自己再打幾仗，就可以回家鄉買田買宅子，娶媳婦生兒子。

選鋒營中，其他將士們也全都興高采烈。大夥最近大半個月來，先白衣踏雪襲取了會寧，又接連攻破了茂山和甲山，每個人的收穫，都堪稱豐厚。特別是最後這一仗，由於駐守甲山的倭寇棄城逃跑，朝鮮偽軍沒膽子抵抗，紛紛脫掉衣服做鳥獸散。先前倭寇四下劫掠而來的財物，幾乎完好無損地都落入了選鋒營之手。

除了那些無法帶走的笨重之物，和一小部分糧食、乾肉、皮革之類，會轉交給從鄉下忽然冒出來的朝鮮地方官員。金銀細軟，武器輜重，和大部分補給，連同運送補給的雪橇和牲口，都被選鋒營的游擊李彤果斷下令帶走。對此，張維善和劉繼業兩人毫無反對之意，甚至還巴不得前者下令將府庫徹底搬空，什麼都不給那些倭寇在時藏進了老鼠洞裡，倭寇走後又忽然冒出來的地方官員留才好。

兄弟三個對朝鮮義勇極為寬厚，甚至還頗為讚賞，對那些朝鮮官員，卻不屑一顧。在他們看來，那些官員既然吃了朝鮮國王的俸祿，享受了朝鮮百姓的供養，當倭寇殺到家門口之時，奮起抵抗，乃是應有之義。你可以打不過以身殉國，甚至吃了敗仗之後，逃入深山老林。而一箭不發就藏了起來，算什麼勾當？

作為大明朝的軍官，李彤沒資格替朝鮮國王整肅官場，處那些地方官員喪城失地之罪。可他卻不會將弟兄們捨命奪回來的物資拱手相送。

大明朝廷不要朝鮮一文錢、一粒米，就出兵相救，那是朝廷耐於宗主之義。可具體到選鋒營，沒了軍餉和賞銀，缺了武器和馬匹，戰鬥力卻會大打折扣。所以，他寧願讓那朝鮮官員在自己背後指指點點，也得下令把弟兄們血戰而得的東西給打包裝車。

至於過後朝鮮地方官員如何向他們的國王彙報，卻不在李彤，張維善兩個的考慮範圍之內。哪怕那些地方官員把光復各地的功勞，都算在自己頭上，兄弟倆也沒功夫去挨個戳破。當然了，如果有某些地方官員足夠聰明，花些錢來買些倭寇的首級來做旁證，李彤和張維善兩個，肯定會成人之美。

這麼短的時間，就從試千總，變成了游擊，並且實際掌管了一營兵馬，即便這個選鋒營人數還不到定額的三成，哥倆的躥升速度，也快得有些嚇人了。短時間內，想要升到參將，除非立下那種不世之功，否則，根本沒任何可能。

既然割再多的倭寇腦袋，都不能升官，一部分倭寇的腦袋，繼續留在手裡意義就不大了。所以，當某些朝鮮官員偷偷摸摸找到兄弟二人面前，小心翼翼地說出了購買倭寇首級的打算，李彤和張維善連價錢都沒還，便立刻點頭答應。

當然，能想到跟選鋒營購買倭寇首級來向上邀功的朝鮮地方官員，也都不是笨蛋。哪怕以前再吝嗇，都沒膽子將價格壓得太低。原因無他，眼下大明天兵的主力剛剛過江，朝鮮國王還遠在義州，跟會寧、甲山等地音訊斷絕。如果他們做得太過分，惹急了李游擊。後者暴怒之下，將他們直接給剁了，然後將罪責往倭寇身上一推，肯定沒人會替他們伸冤。

故而，從甲山繼續往南返回的路上，李彤和張維善兩個，幾乎每天都能遇到一到兩波「客人」，並且讓每波客人都滿意而歸。替選鋒營運送輜重的雪橇隊，也變得越來越長。直到大夥來到崗子寨附近，才終於出了一次意外。有個衣衫襤褸，滿臉凍瘡的男子，忽然從樹林裡向隊伍衝了過來。

「將軍開恩，將軍開恩！」不待車立和黃百萬等人出馬阻攔，那個男子已經「撲通」一聲跪在了雪地裡，一邊磕頭，一邊大聲哭喊，「將軍，求您，求您救救通川吧！我等已經死守了六個多月了，連府衙的房梁，都拆了做成了箭矢。如果再沒人救，萬一被倭寇破了城，滿城男女，將無一人能活！」

「通川？」李彤用力拉住戰馬的韁繩，眉頭迅速皺成了一個疙瘩。

自打第二次入朝以來，他收集到的朝鮮各地情報能塞滿整整一屋子。可是，卻從來沒有聽到過還有通川這麼一個地方。也沒有任何一名朝鮮義軍曾經告訴過他，在平安、咸鏡兩道，除了最靠近大明邊境的義州之外，還有另外一座城池沒有落入倭寇之手。

「通川在江原道北端，靠海，距離崗子寨至少有五百里！」通譯朴七越來越有眼力，不待李彤發問，就快速在旁邊彙報。

隨即，又趕緊策馬向來人衝了幾步，扯開嗓子大聲提醒，「通川怎麼至今還沒有陷落？你到底是誰的手下？怎麼不去義州那邊求援，反倒前來找我家將軍？」

「小人名叫高星吉，是，是通川義兵大將高文軒的侄兒。」來人趕緊擦了一把眼淚，抬起頭，大聲補充，「江原道由於位居遠離天朝一側，做不得海貿，民間困乏。又地處偏僻，與兩京距離甚遠。是以，最初倭寇所以並未派遣重兵來犯。然而半年之前，江原道巡查使卻主動降了倭寇，派遣麾下親信去給倭寇帶路，接管各地衙門和府庫。消息傳到通川，判官金聲元下令全城張燈結綵，對前來接管通川的倭寇以示恭順，我叔叔與縣學的一眾教習和儒生們不堪受辱，就一起驅逐了金判官。那姓金的懷恨在心，星夜跑去倭寇大營搬兵……」

他顯然受過良好的教育，一口大明官話，說得字正腔圓。因此，很快，李彤、張維善、劉繼業等人，就弄清楚了事情的來龍去脈。

原來，朝鮮國相對繁華的城池，全在靠近大明一側。遠離大明一側，則因為不能像西岸沿海各地那樣，跟大明各地偷偷做走私貿易，相對窮困。再加上朝鮮的王京，平壤都靠近西側，所以倭寇在鯨吞朝鮮之時，非常輕易地，就忽略了整個江原道。

不幸的是，江原道的所有地方官員，卻全是軟骨頭。為了保全各自的榮華富貴，竟然主動將江原道當做禮物奉上。他們的舉動，得到了倭寇的大肆讚賞，卻激起了各地百姓的憤怒。於是乎，這些平素沒得到過朝鮮國王任何好處的庶民們，就紛紛揭竿而起，寧可拚將一死，也不願意讓祖宗蒙羞。

通川城的義軍，就是奮起反抗的民間兵馬之一。其首領高文軒原本為縣學的訓導，在危急關頭，帶領教習和儒生們趕走了賣國求榮的地方官員。所以，倭寇派遣兵馬，發誓要誅殺高文軒等人以儆效尤。

高文軒等人雖然不通軍務，卻憑著一腔熱血和全城百姓的支持，多次打敗了倭寇的進攻。只可惜，他們的實力過於單弱，每次將倭寇擊敗之後，都無法趁機給其以重創。而倭寇久攻通川不下，竟惱羞成怒，從別處又調集了更多的兵馬過來，將通川團團包圍，準備城破後屠做白地！

「我叔叔不是沒有向別處求援，從第二月開始，他就先後派人向光海君和王上求救。而光海君那邊卻毫無回應，王上那邊，除了加封我叔叔為府使，並給了一大堆空白告身之外，也派不出一兵一卒。」唯恐李彤不肯相信自己的話，高星吉在解釋完了通川義軍的來歷之後，磕了個頭，繼續大聲哀告：「半月前，李水使派人冒死從海上給通川送來了兩船糧食，我等才從押糧的水師丁節制口中，得知有天兵打敗鍋島直茂，威震咸鏡、平安三道注三……」

「剛才你不是說，連府衙的房梁都做成了弓箭嗎？怎麼又有人給你們送來了糧食？眼下沿海各地岸邊，冰殼至少凍出了五六里遠，他又怎麼將船開到了通川城下？還有，那個李水使又是哪個，他既然能派船給你們運糧，為何不能運送兵馬從海上前來救援？」李彤迅速從他的話語裡找到了破綻，雙目之中，寒光閃爍。

注三：平安分為東西兩道，所以與咸鏡道加在一起是三道。

「說！不要撒謊，否則，你撒的謊越多，越沒法將其圓回來。」黃百萬、車立兩人立刻從左右包抄過去，用刀指著來人的鼻子大聲威脅。

那高星吉雖然衣衫襤褸，滿臉菜色，膽氣卻相當不弱。面對近在咫尺的利刃，非但沒有做出任何躲閃動作，反倒從容地向李彤拱了下手，繼續大聲解釋：「將軍容稟，李水使，就是我朝鮮國的忠清、全羅、慶尚三道水軍統制使李瞬臣將軍。通川那邊位置靠南，氣候溫暖，海水在冬天很少結冰。即便結冰，也是薄薄的一層，用鐵錨就能直接砸爛。眼下倭寇的水師，主要用於從其本土運送更多的兵馬過來，沒有能力完全封鎖朝鮮沿海。所以，李水使才能找到機會，偷偷派死士駕駛船隻，運送糧食到通川。」

「既然通川附近不結冰，為何李水使不派遣水師前來相救？」因為王二丫的緣故，劉繼業對於海上情況相對瞭解較多，接過話頭，快速追問。

「啟稟將軍，李水使不是不來，而是，而是他最近接連吃了幾場敗仗，力不從心。」高星吉快速將頭轉向他，聲音裡充滿了苦澀。

「什麼！李舜臣，李舜臣怎麼可能會敗，你胡說？」這一回，駁斥他的卻不是劉繼業，而是出身於義軍的黃百萬。只見此人，恨不得將刀尖直接刺進高星吉的嘴巴裡，以讓後者收回先前的話語。「他自從領兵以來，百戰百勝。倭寇見了他，只有望風而逃的份，怎麼，怎麼可能吃敗仗。你，你分明是倭寇派來的細作，想要哄騙我家將軍，你，你……」

「把刀拿遠一些，小心不要傷了他。」李彤見狀，趕緊低聲呵斥。「是人就可能吃敗仗，除非他是神仙轉世。」

「可，可李水使，李水使……」黃百萬不敢違抗，將刀縮了回去，流著淚搖頭。

「李水使在朝鮮很有名嗎？」張維善相信事出有因，忍不住側轉頭，向著朴七低聲詢問。

「非常有名！」通譯朴七想都不想，用力點頭，「自從倭寇入侵以來，朝鮮官軍這邊有數的幾場勝仗，都是李水使帶人打的。其他將領，要麼兵敗身死，要麼望風而逃。」

「哦，怪不得！」張維善終於明白了，黃百萬為何拒絕相信高星吉的話，嘆息著搖頭。

「啟稟將軍，李水使一個半月之前，試圖收復釜山，切斷倭寇的運兵通道。卻被叛徒走漏了消息，遭到倭寇的重兵埋伏，不幸兵敗，鄭副使戰沒。」高星吉盼著李彤能打應出兵相救，所以也不替自己人隱瞞。整理了一下思路，繼續大聲彙報，「上個月，李水使又率領水師進攻長門浦，再度戰敗。然後倭寇就改變了戰術，陸海協同作戰，令李水使在熊浦，唐項浦，永登浦等地，先後遭到重挫。所以，派零星幾艘船隻，冒死穿過倭寇的封鎖，給通川運送糧食，他偶爾能夠做得到。想要解通川之圍，卻無異於賭博。萬一再輸，朝鮮便再無水師！」

第七章 襲營

「呼——————」壹岐守毛利勝信注四對著夜空吐了口氣，緩緩收刀。銳利的刀鋒，反射出點點星光。

四下裡，撫掌聲宛若海浪。每一位觀看演武的倭軍頭目，都用力拍打著雙手，向自家主將表示由衷的佩服。二十七歲時才以流浪武士身份，投入低級將領豐臣秀吉麾下。四十歲時卻因為戰功卓著，被封為小倉城守，年俸十四萬石，長子也被挑選為關白豐臣秀吉的貼身侍從。四十二歲，也就是上個月，又因為戰功，被封為壹岐守，年俸十八萬石。小倉城主之位，直接傳於長子。毛利吉成的成就，令所有日本國的武士，都無法不欽佩。而他的本人，也為大多數武士，特別是寒門出身武士的楷模。

「如果俺這輩子，能達到毛利壹岐守的一半就滿足了！」

注四：毛利吉成，又名毛利勝信。與其子毛利勝永兩人都是豐臣秀吉的心腹。豐臣秀吉死後，德川家康奪位，毛利勝永為保護豐臣秀賴戰死於大阪城，毛利勝信被關押病死。

「跟在毛利壹岐守的身後，希望也能沾上一點兒他的好運氣！」

「一門兩大名，還都不是繼承而來。做武士能做到這種地步，縱使粉身碎骨，也足以感到榮耀……」

隱藏在隨著海浪般的掌聲之後，還有竊竊私語。音量控制得非常好，恰恰能鑽入毛利吉成耳朵裡，又不會給人留下刻意拍馬屁的印象。

毛利吉成聽了，忍不住哈哈。就連久戰不能攻克通川城的鬱悶，都被笑聲沖淡了不少。

城裡那姓高的朝鮮義軍將領，實在是太不識抬舉了。自己之所以沒有豁出一切代價將通川拿下，是因為不願意讓麾下太多的武士犧牲。事實上，如果自己選擇不惜血本的話，即便通川城的城牆再高一倍，也早就踏平了，根本不會給守軍機會拖延到現在。

更何況，留著通川城不克，還能源源不斷地吸引周圍的朝鮮義兵前來自投羅網。到目前為止，被三番隊第二番組在野戰中殺死的朝鮮義兵數量，早就超過了通川城內的守軍。作為三番隊第二番組的主將，毛利吉成非常瞧不起那些義兵的愚蠢。連朝鮮官軍都沒膽子前來增援通川，那些只拿著長矛和木盾的朝鮮義兵，居然一波波趕過來，宛若飛蛾撲火。

也不能說完全沒有官軍敢於前來，昨天凌晨，毛利吉成就帶著麾下的日本武士們，與來島家的戰船配合，伏擊了三艘試圖給通川城輸送糧食的朝鮮戰船。當場擊沉了其中一艘，將另外一艘戰船連同船上了四十多名朝鮮水軍，一道生擒活捉。

而從被俘的朝鮮水兵嘴裡得到了消息，更是令毛利吉成感到振奮。曾經讓日本水師感到無比頭疼，又始終無法將其殺死的李舜臣，居然被朝鮮王子光海君下令給撤了職。如今朝鮮水師人心惶惶，隨時都可能分崩離析。

反覆對照核實了幾個俘虜的口供之後，毛利吉成將李舜臣被光海君撤職的消息，迅速派人送往了八番隊主帥，自己的同姓將領毛利輝元注五那裡。相信以後者的聰明，立刻知道毛利家的水師，該如何把握機會，將朝鮮水師一舉全殲。

「如果朝鮮水師真的全軍覆沒的話，論功勞……」想到未來的遠大前程，毛利吉成全身上下，就又開始發熱。壹岐守雖然已經邁入了實權大名的行列，可年俸畢竟才十八萬石。並且這個島物單薄，人口也不茂盛，將來想要向外擴張，難比登天。而如果能將封地從壹岐島，換到石見，或者出雲，無疑會好得多。反正那片土地原本屬於大內氏的，大內氏子嗣早已斷絕，換誰來當大名都是一樣。

「毛利壹岐守好雅興！莫非已經找到破城之策了嗎？」一個酸酸的聲音，忽然傳入了毛利吉成的耳朵，剎那間，就將他從幻想中拉回了現實。

「島津又七郎，你怎麼來了！」毫不客氣叫起了來人的別號，毛利吉成大聲反問，「本將不是叫你率部在城北十里外的胡橋驛警戒嗎？你大半夜不在軍營，四處老跑，萬一遇到敵軍偷襲，讓你麾下的將士如何迎戰？」

「在下前來，是想替我叔父問一問，毛利番組，是不是還屬於三番隊？」被直接喚了別號的第三番組足輕頭島津豐久注六毫無畏懼，一邊豎起眼睛與毛利吉成對視，一邊大聲回敬。「否則，為何

注五：毛利吉成與毛利輝元僅僅是同姓，彼此並非同族。
注六：島津豐久：島津義弘的侄兒。驍勇善戰。此時與毛利吉成一起，效力倭寇侵朝的第三番隊。

審訊俘虜得出的情報，不送往三番隊主帥手中，反而送給八番隊的主帥毛利輝元！」這句話，問得義正辭嚴，登時，就讓毛利吉成的目光開始游移不定。

按照關白豐臣秀吉在今年六月對攻朝日軍的最新一次調整，毛利吉成和島津豐久兩個，都隸屬於島津義弘為主帥的三番隊。發現或者遇到任何重要情況，都應該直接向島津義弘彙報。而毛利輝元雖然貴為豐臣秀吉的五大家老之一，卻終究是第八番隊的主帥，根本沒資格對第三番隊的事情指手畫腳。

「怎麼？毛利城主剛剛升任了壹岐守，就忘記了本分了嗎？」見毛利吉成被自己問得無言以對，島津豐久立刻乘勝追擊，「你可千萬別忘了，宗義對馬守，是因何被剝奪了壹岐？」

「我當然知道，不勞你來提醒！」毛利吉成被刺激得兩眼發紅，啞著嗓子大聲咆哮，「朝鮮水師遠在慶尚道，我掌握了他們的情況，當然要告知駐守於慶尚道的毛利家老。只有毛利家的水師，才能就近向朝鮮水師發起進攻。而送到你叔父手裡，你們島津家，連一艘戰船都沒有，如何把握得住破敵之機？」

也不怪毛利吉成惱羞成怒，壹岐島，原本屬於對馬守宗義智的管轄。後者是因為與明軍作戰不利，才被關白豐臣秀吉下令剝奪了對壹岐島控制權。而現在島津豐久拿宗義智被處罰為例，明顯是在詛咒他毛利吉成福薄，連壹岐守的位置都沒來得及坐熱乎，就得步那宗義智的後塵！

「無論我島津家有沒有船，你現在隸屬於第三番隊，都是事實！」明知道毛利吉成已經被刺激得快失去理智了，島津豐久仍然不願意做任何收斂，繼續冷笑著大聲提醒。「至於我叔父得到你的彙報之後，是自行出兵解決朝鮮水師，還是請求毛利家或者島津家協助，都是他作為主帥的決斷，其他人沒資格說三道四！」

「八嘎！繞那麼大一個圈子，朝鮮水師早逃了！」毛利吉成被憋得臉色發紫，揮舞著手臂大聲反駁。

「關白曾經親口說過，嚴守軍中的規矩，強過打一次勝仗。」島津豐久堅決不隨著對方的思路走，任由毛利吉成說出花來，都死咬著軍規不放。

「我並非沒有遵守規矩，給島津參議義弘注七那份，已經派人送了出去！」毛利吉成被逼得沒了辦法，只好開始信口扯謊。他的想法很清楚，只要先把島津豐久應付過去，堅決不承認「越級」傳遞情報這一事實。等對方走後，就立刻派人將審訊結果謄抄一份，星夜送往第三番隊主將，島津義弘的駐地。如此，雖然時間略耽擱了些，卻不會被島津家抓住任何把柄。

誰料，這份心思，根本逃不過島津豐久的眼睛。後者冷冷一笑，繼續大聲質問：「派人送了出去？派的是誰？為什麼不走驛道？島津參議的駐地在西北方的谷山城，從通川往西北，胡橋驛是必經之路，為何我沒看到他！」

「八嘎——」毛利吉成理屈詞窮，喘息著將手按住了刀柄，「島津又七郎，第二番組名叫毛利番組，我派信使走哪一條路，不需要向你彙報。」

「八嘎！」島津豐久雖然官職比毛利吉成低，卻好歹也是一位有地盤的城主，無論實際收益還

注七：島津義弘的職位是參議，所以稱為島津參議義弘。

是麾下子民，都沒比這次升官之前的毛利吉成差多少，也咆哮著將刀抽出了刀鞘，「你想殺人滅口嗎？借此掩蓋你不遵守軍紀，蔑視主帥的罪責？」

「不要啊——」眼看著兩位大名就要舉刀火併，周圍的武士們不敢再看熱鬧，慌忙衝上前，用身體將二人隔開，「毛利壹岐守，不要衝動，島津城主只是想知道信使為何繞路沒走胡橋驛，您告訴他就是了。」

「島津佐土原城主，趕緊把刀收起來！毛利壹岐守的確派了兩波信使，一波向南，一波向北。」

「信使日落之前就出發了，我們都看到了，都可以為您作證。」

「我們都可以作證，毛利壹岐守派出了兩波信使。」

毛利吉成剛剛升任壹岐守沒幾天，無論資歷還是實力，都照著島津豐久的叔叔島津義弘差得遠甚，根本沒膽子真的拔刀殺人。因此，有了「臺階」之後，立刻沉吟著鬆開了刀柄上的右手。

島津豐久只是忌妒毛利吉成什麼功勞都沒立，就平白升做了壹岐守，才故意找此人的茬兒。事實上，也沒膽子與此人白刃相擊。因此，聽了周圍武士們的話，也緩緩將刀身塞回了刀鞘。

「島津佐土原城主您還不知道吧，通川這邊，前往谷城的道路可不止是一條。胡橋驛那邊只是最好走的官道，卻不是最近的道路。」一眾武士們偷偷擦了一把冷汗，繼續順口編造善意的謊言。

「是啊，遠的不說，近的，向北走細柳鎮，然後就可以直接向西。路雖然差了些，可比走官道近一大截。」

「過了胡橋驛後，也有好幾條岔道。朝鮮官府懶惰，輿圖都沒畫，但那些道路卻著實存在。」

眾人你一句，我一句，半真半假，費了九牛二虎之力，終於替毛利吉成將謊話給編圓了，也讓島津豐久不至於過於難堪。

島津豐久抓不到毛利吉成的切實把柄，只好悻然作罷。誰料，他這邊縮起了「利爪」，毛利吉成卻忽然又把「獠牙」露了出來。只見後者忽然向前跨了半步，沉聲說道：「關於送情報的事情，我想我已經解釋得足夠清楚了。可島津足輕頭，是否也解釋一下，你夜裡擅自離開隊伍，隨意遊蕩的事情？眼下江原道雖然已經沒剩下多少朝鮮匪軍，可萬一哪支匪徒的餘孽忽然向胡橋驛發起偷襲，你作為將領擅離職守……」

「眼下除了通川城，哪裡還來的朝鮮匪軍？」島津豐久再度梗起了脖頸，七個不服八個不忿，「並且這通川城裡的匪軍，還是某人故意留下來的。若是按照我的意見，早在兩個月之前，就已經將通川城踏平了。」

這也全都是實情，所以他說起話來理直氣壯。然而，毛利吉成先前被他逼得那麼狼狽，此刻有了反咬一口的機會，豈會輕易放棄？撇著嘴笑了笑，用同樣的理由大聲提醒：「沒有朝鮮匪軍了，就可以無視軍中規矩嗎？關白的教誨，剛才是哪個背得一字不差？」

「你……」這回，輪到島津豐久理屈詞窮了，紫黑著臉，無言以對。

「況且大明的軍隊，已經渡過鴨綠江了，難道你沒聽說過嗎？」毛利吉成反擊得手，立刻再接再厲，「萬一明軍打過來呢，因為你擅自脫離隊伍，導致胡橋驛丟失，進而影響到江原道的戰局，這份責任，你如何承擔得起？如我沒記錯的話，又七郎，你的佐土原城，是你從你父親那裡繼承來的吧？萬一因為罪責被剝奪了，你就不會感到內疚嗎？」

「八嘎！」島津豐久最恨的就是，別人說自己靠父親的早早戰死，才當上了城主。頓時，被氣了個七竅生煙，拔刀在手，跳著腳咆哮：「鴨綠江距離這裡上千里路，中間還隔著安州、平壤、鳳山和古山等十多座城池，明軍怎麼可能打過來？毛利吉成，你羞辱我的父親，今天我如果不……」

「嗚嗚，嗚嗚，嗚嗚……」一陣淒厲的海螺聲，將他的咆哮瞬間切為兩段。

顧不上再跟毛利吉成拚命，島津豐久警惕地扭過頭，朝著自己駐紮的胡橋驛張望。只見，一股妖異的火光在胡橋驛的上方跳起，剎那間，就照亮了半邊天空。

「敵襲，敵襲——」先前還不可一世的島津豐久跳了起來，直奔自己的坐騎。

「統統給我站住，島津又七郎，你活得不耐煩了嗎？」先前還恨不得用刀將島津豐久砍成兩段，此時此刻，毛利吉成心中卻沒有絲毫快意。追上去，先一把拉住了對方的戰馬韁繩，然後朝著對方身邊僅有的了十幾名親信厲聲質問，「如果大火是敵軍所放，你們這十幾個人回去，和送死有什麼分別？如果只是失火……」

「即便戰死，也好過被屈辱地沒收領地，受人嘲笑！」島津豐久兩眼通紅，流著淚大聲打斷。「毛利吉成，等我死後，麻煩你替我收屍，將屍體焚化後……」

「八嘎！」毛利吉成跳起來，劈手給了對方一個大耳光，「現在哪有空說這些？你等著，我去整隊，幫你援救胡橋驛！」

腳剛落地，又迅速轉身，朝自己麾下所有人高聲布置，「小五郎，次郎，酒井，你們三個回去整隊，跟我前去救援胡橋驛！太田二郎，你和你的小隊留下，警惕城內的朝鮮人趁機反撲！」

「毛利壹岐守——」島津豐久愣了愣，眼淚奪眶而出。

「這不是以德報怨！」毛利吉成絲毫不想接受他的感激，一邊在親信的伺候下，迅速穿戴鎧甲和兜鍪，一邊鐵青著臉地補充，「你故意來找我麻煩的帳，以後再算。但胡橋驛，卻不能丟。否則通川城內的朝鮮匪軍受到鼓勵，氣焰肯定會一漲再漲！」

「萬一被你說中了，來的真是明軍……」平素一向以聰明人自詡的島津豐久六神無主，瞪著失神的眼睛，喃喃地念叨。

「那咱們倆就一起戰死！」毛利吉成狠狠瞪了他一眼，回答的聲音裡充滿了厭惡。

「那，那，也罷！」島津豐久愣了愣，長長地嘆氣。

他和毛利吉成兩人麾下的倭寇，總計加在一起不過才三千出頭，其中還夾雜了大量的徒步者（雜兵）。用來對付朝鮮義軍，自然無往不利。用來與明軍作戰，基本上沒有任何勝算。

哪怕是在敵我雙方將士數量相等的情況下，依然沒有！

如今的島津豐久，可不是當初剛剛在日本登船，對外部世界毫無所知的島津又七郎。當初他所堅信的，日軍天下無敵，一個日本武士可以打贏上百個明軍精銳的那套神話，早已被事實撞了個粉碎。

事實上，哪怕是號稱大捷的平壤之戰，日軍也是全靠著朝鮮兵馬於明軍背後放箭，才勉強鎖定了勝局。並且出動的人馬足足是明軍的十倍，而雙方傷亡人數卻高達一比一！

至於數日之前鍋島直茂所遭受的那場慘敗，就更令島津豐久感到壓抑。足足是明軍二十倍的兵力，還打的是一場偷襲戰，居然被對手反殺了個潰不成軍。消息傳開之後，第二番隊主將加藤清正據說被當場氣吐了血，而占據了平壤城的第一番隊主帥小西行長，則將丟在一邊不予理睬的明國使者沈惟敬恭恭敬敬地請了出來，主動提出要將大同江以北的朝鮮領土全部獻給大明，以換取明軍不要繼續替朝鮮出頭。

「天照大神保佑，偷襲胡橋驛的，是朝鮮匪軍，一定是朝鮮匪軍……」不光毛利吉成和島津豐久兩個人心懷忐忑。第三番隊毛利番組的其他倭國武士，一個個也心神不寧。

然而，與毛利吉成和島津豐久一樣，他們誰都不敢望風而逃。只能一邊在心裡悄悄祈禱，一邊慢吞吞整理隊伍。直到遠處的火光已經漸漸變弱，才硬著頭皮站在了自家主將的身後。

一行人頂著冬夜的寒風，踉蹌向北而行，沿途不停與逃出來的自家潰卒相遇。毛利吉成與島津豐久二人放棄前嫌，聯手攔住潰卒進行審訊。走一路審一路，卻始終沒問出來對手到底來自何方。

僥倖逃出來的潰兵們都是睡夢中被嚇醒的，基本上沒做任何抵抗，甚至連兵器和鎧甲都沒顧得上拿。至於那些努力做了抵抗，或者反應太慢的，則全都被對手殺死在了胡橋驛那邊，無一人僥倖脫身。

「你們沒認出他們是朝鮮人還是明軍，難道連他們的戰旗都沒看見？」島津豐久又氣又急，用倭刀指著幾名潰兵的脖子，大聲逼問。

「沒，沒有！」潰兵們哆嗦著搖頭，一個個目光中充滿了絕望，「他們，他們沒有打戰旗，直接從黑夜裡衝了出來，見人就殺！」

「他們，他們在馬蹄上包了東西，跑起來幾乎沒有聲音，殺人時也不說話。」

「他們，他們就像鬼一樣，動作非常快。根本看不見他們揮刀，半邊營地的人就死光了……」

「八嘎！」不願意再讓恐慌在自己的隊伍傳播，毛利吉成從側面揮刀，將正在接受審問的幾名潰兵，挨個砍死在血泊之中。

其餘潰兵被嚇得嘴裡發出一聲慘叫，撒腿就跑。島津豐久帶領僅剩的親信策馬追上去，將潰兵們全部送上了西天。

被殺者都曾經是他的手下，他卻不敢心軟。胡橋驛的失陷，已經成了定局。作為直接責任人，他被上司下重手處罰，也無可避免。但是，如果因為軍心動搖，整個毛利番組不戰而潰。等待著他島津豐久的，恐怕就不是沒收領地和降職那麼簡單了。弄不好，他將成為對朝鮮作戰以來，第一個被勒令剖腹謝罪的大名，哪怕他的叔叔島津義弘出面說情，都不會管用。

「島津城主，胡橋驛沒有救的必要了，你我現在就返回通川城外，以防敵軍貪心不足！」不愧是深受豐臣秀吉賞識的後起之秀，毛利吉成也果斷作出了決定，「至於後果，我跟你一道承擔！」

「願聽毛利壹岐守命令！」明知道毛利吉成最後一句話，純屬安慰性質，過後絕對不會兌現，島津豐久依舊紅了眼睛，大聲回應。

「願聽毛利壹岐守命令！」其餘倭寇大小頭目，正不願意去胡橋驛冒險。也紛紛大聲答應著，快速轉身。以比來之時快了一倍的速度，向通川方向撤離。

胡橋驛肯定丟了，可通川城外的軍營還在，只要他們及時撤回去，將所有兵馬整合到一處。哪怕來的是明軍，他們也還有機會且戰且退，離開通川，去跟第三番隊主力匯合。

而假如偷襲胡橋驛的，只是一夥朝鮮匪徒。他們甚至還可以在天亮之後，反殺過去，將胡橋驛重新奪回。

他們撤離得不可謂不果斷，也不可謂不迅速，然而，依舊遲了一步。

還沒等他們再度看到通川城的城牆，身背後，已經隱隱約約傳來了馬蹄聲。的確像被殺的潰兵所說的那樣，非常輕微，輕微得就像美女信手彈起的琵琶聲，然而，卻迅捷宛若北風。

「整隊，迎戰——」毛利吉成被嚇得寒毛倒立，大叫著舉刀，向所有下屬發布緊急軍令。

哪裡還來得及？

數百支羽箭借著北風飛至，將倉促轉身的倭寇們，射了個東倒西歪。

第八章　消息

「鐵炮，鐵炮手死哪裡去了，不要整隊了，趕緊開火，開火！」島津豐久看得眼眶欲裂，扯開嗓子，瘋狂地提醒，根本顧不上再去考慮自己此舉是否越權。

「乓，乓，乓……」稀稀落落的鳥銃聲在他身邊響起，卻根本沒能將敵軍的衝鋒速度減慢分毫。倉促射出槍膛的鉛彈，大多數連對方的寒毛都沒碰到一根。零星一兩枚僥倖「蒙」中目標，起到的作用也微乎其微。受了傷的對手只要將身體伏在馬背上，就可以由坐騎帶著自動跟隨隊伍前進。而經過專門訓練，早就習慣了鳥銃聲的戰馬，瞬間也將速度提到了最快。

兩組騎兵從左右分出，鬼魅般撲向了倭軍中的鐵炮手，將他們接二連三砍倒，堅決不給他們機會對手中鳥銃做第二次裝填。一名虎背熊腰的將領，手挽角弓，帶著身後的弟兄不停地施放羽箭。每一波羽箭落下，都能帶走十幾條倭軍將士的性命。

他們卻不是最可怕的，最可怕的人，來自於騎兵的隊伍中央。此人雙手握著一把巨大的鐵劍，徑直地插進倭軍隊伍。連胳膊都沒用力揮動，僅憑著戰馬的速度和鐵劍長度，就將一名躲閃不及的倭國武士，直接掛在了劍鋒上。緊跟著，此人又是隨意抖了下手腕，便將屍體抖落於地。隨即，笨重的大鐵劍由縱轉橫，迅速化作了一把「鐮刀」！

鐮刀過處，武士、足輕和徒步者紛紛倒地，宛若一排整齊的莊稼。大鐵劍和他的主人被戰馬馱在背上繼續向前推進，直到擋在前進道路上的所有人都逃散一空。而持劍者仍不滿足，猛地撥了下坐騎，迅速改變方向，又換了個角度沖向毛利番組的其餘將士，彷彿他們是一群待宰的羔羊。

十多名身穿鐵甲，帶著紅色披風的騎兵，紛紛策馬跟上，在持劍者身側和身後，迅速組成了一個槍鋒形。整個槍鋒繼續朝著倭國將士推進，宛若燒紅的烙鐵捅向了牛油，沿途幾乎沒有受到任何阻擋，除了一具具死不瞑目的屍體。

「玉碎，玉碎！」眼睜睜地看著持劍者從自己面前不遠處衝過，一股屈辱的感覺，瞬間籠罩了島津豐久的全身。高高地舉起武士刀，他從側後方撲向持劍者，準備跟對方拚個玉石俱焚。然而，還沒等他胯下的戰馬加起速度，斜刺裡，猛地掃過來一根呼嘯的鋼鞭。

「噹啷——」島津豐久果斷舉刀格擋，隨即，就覺得手腕刺痛，手肘發酸，半邊胳膊都失去了知覺。而他手中的倭刀，也只剩下了後半截，前半截被鋼鞭砸得不知去向。

「快下馬！」身背後，忽然有人用日語大喝。緊跟著，鋼鞭就從頭頂凌空而落。來不及做任何思考，完全憑著求生的本能，島津豐久單腳發力，歪著身體滾下了坐騎。

「砰！」金屬與馬鞍相撞聲，沉悶得令人幾欲窒息。

「嗯嗯嗯……」相伴了島津豐久好幾個月的戰馬，嘴裡發出一聲悲鳴，緩緩跪倒。嘴巴、鼻孔和耳朵等處，血如泉湧。

「救城主！」

「救城主……」身邊的親信武士拚命衝上，用兵器和身體，替島津豐久阻擋鋼鞭的進攻。不停有兵器被擊斷飛出，不停地有人慘叫著落馬。當島津豐久終於頭暈腦脹的重新站了起來，他的親兵已經被殺掉了一大半兒。而那名手持鋼鞭的對手，卻是毫髮無傷。

「玉碎——」島津豐久彎腰撿起一把斷劍，準備徒步上前拚命。一股巨力，卻忽然從肩膀處傳來，將他快速帶離地面。

「衝過去，殺死他們，關白武士不容羞辱！」毛利吉成的聲音從島津豐久頭頂響起，瘋狂的背後，透著無法掩飾的恐慌。

數以百計的武士和足輕，咆哮著衝向持大鐵劍和持鋼鞭的對手，就像一群撲火的飛蛾。而毛利吉成本人，卻奮力將島津豐久甩向了身邊的親信死士，然後撥轉坐騎，撒腿就跑。

「放開我，放開我！」被毛利家死士抱在馬鞍子上的島津豐久不明所以，掙扎著大喊大叫，「島津家只有戰死的勇士，沒有逃走的……」

「不想死就閉嘴！」毛利家的死士，可不會對島津家的少爺保持什麼尊敬。抬起手，照著島津豐久的後腦勺就是一巴掌，「他們是明軍，打敗了鍋島直茂的明軍！」

「啊——」島津豐久嘴裡發出一聲驚呼，放棄掙扎，任由毛利家的死士像拎貨物一樣拎著自己，倉皇遠遁。

「玉碎，玉碎！」被毛利吉成故意推上前送死的武士和足輕們，想不到自家主將居然會棄軍潛逃，也沒時間去看主將到底去了什麼地方，兀自吶喊著去阻擋明軍的腳步，一排又一排，前仆後繼。

「他們是明軍，打敗了鍋島直茂的那支明軍！不能怪我，不能怪我，毛利番組加上徒步者，才三千多人，其中還有一千屬於島津家，早就死在了胡橋驛。」騎在戰馬上越跑越遠，毛利吉成流著淚，不停地低聲念叨，彷彿每多念叨一次，他內心的痛苦就會減輕一點兒。

作為一個草根出身的大名，麾下能拼湊起一支兩千多人的隊伍，實屬不易。而今夜一戰，跟著他逃離戰場的，卻不到二十。

即便將當初被他留在通川城下的那個小隊算上，最多也只剩下了一百五十幾人。還不到當初在日本登船時的十分之一。

可以預見，即便逃去跟第三番隊主力匯合之後，念及對手太強大的緣故，他沒遭受到任何處罰。他這個壹岐守，也即將變得徒有虛名。心胸狹窄的第三番隊主帥島津義弘，才不會將島津家的武士和足輕，調撥到他麾下聽他指揮。而關白豐臣秀吉又遠在日本，無法及時瞭解到朝鮮戰場的情況，也無法及時為他提供任何補償。

「謝謝你，毛利壹岐守！」當喊殺聲終於被甩在了身後，島津義弘的聲音，卻忽然傳了過來。再也不像先前那樣傲慢，相反，甚至帶上了幾分討好的味道。

「島津君客氣了，同在關白麾下效力，我不可能眼睜睜地看著你被明將殺死！」雖然明知道島津豐久的感激毫無用處，毛利吉成依舊強打起精神，轉身向對方擺手。

這是他今晚唯一的收穫，所以，哪怕將來得不到島津家的任何回報，也好過什麼收穫都沒有。然而，島津豐久接下來的話，卻瞬間又讓他全身發冷，右手不受控制地伸向了刀柄。

「毛利壹岐守，你是怎麼判斷出來的，那些人不是朝鮮叛匪，而是明軍！他們身上分明沒帶著任何標識？」島津豐久嘴唇上上下下，說出來的話，不帶絲毫的溫度。

「怎麼知道？你莫非瞎了眼睛嗎？」努力壓住一道將島津豐久砍成兩半兒的衝動，毛利吉成咬著牙回應，「他們兩人一個用的是大鐵劍，另外一個用的是鋼鞭！」

「啊——」島津豐久嘴裡發出一聲尖叫，再也不敢懷疑剛才交戰的對手是不是來自大明，拚命策動坐騎，唯恐逃得太慢，成為明軍的刀下之鬼。

鐵劍，鋼鞭，力大無窮，用兵神出鬼沒！自打上個月鍋島直茂在崗子寨被殺得慘敗而歸後，有關李彤和張維善二人的事蹟，就傳遍了整個咸鏡道。長時間駐紮於緊鄰咸鏡道的通川城外，島津豐久怎麼可能對二人一無所知！

持大鋼鞭的明軍將領，姓張，名維善，是大明國著名的武將家族，英國公張輔的嫡系後人，自幼就接受了嚴格的兵法和格鬥訓練，尋常武士只要與他相遇，就會死無葬身之地。

而手持大鐵劍的明軍將領，姓李，名彤，來歷更是非同尋常。他的祖先李文忠竟然追隨大明開國皇帝，從濠州一路殺進了北京。無數蒙古將領用自己的腦袋，成就了李氏祖先的赫赫聲名。

他們兩個，原本一生下來就能享受上萬石年俸。但是，他們卻不願意躺在祖宗的功勞簿上吃老本，所以主動請纓去了遼東，成為了遼東軍主帥李如松的麾下最受信任的心腹，並且被委以重任。

傳言總是與事實相差甚遠，特別是被吃了敗仗的日本武士和雜兵們，以自己所熟悉的方式加工之後，更是面目全非。但是，在無形中，卻令李彤和張維善兩人的名聲，更為恐怖。

如果光是加藤清正麾下的第二番隊將士，在私下紛紛描述李彤和張維善二人的英雄，還不至於令島津豐久聞二人之名而色變。事實上，第一番隊，第三番隊，甚至遠在慶尚道的第八番隊內，也早就開始悄悄傳播二人的輝煌戰績。

在二人手上吃了大虧的，可不止是鍋島直茂。為了將戰敗的影響化解到最低，鍋島直茂故意縱容了流言的傳播，甚至暗中推波助瀾，將宗義智，小野成幸，十時連久等武士的所遭受的敗績，全都添油加醋地傳送開來。

小野成幸奉命潛入南京去燒毀大明的糧庫，之所以功虧一簣，就是因為遇到了李彤和張維善二人。

對馬守宗義智，曾經被二人一把野火，差點直接送上西天。

更早之前，祖承訓在平壤被日軍殺得大敗，之所以能平安逃回遼東，也是因為李彤和張維善兩個及時趕來救援。在那場救援行動之中，二人先後擊敗了多名日本武士，並且成功搶走了大明開國皇帝賜給朝鮮國王的金印。

「明軍敢繞過德原，永興等地，直撲通川，必是有恃無恐！」彷彿擔心島津豐久被嚇得還不夠嚴重，毛利吉成策馬追上他，在他耳畔大聲分析，「所以，回到通川城外之後，我立刻就會下令棄營。趕在城內朝鮮人沒反應過來之前，退往南面的春川。」

這一回，島津豐久再也沒勇氣跟毛利吉成對著幹，一邊大聲喘息著，一邊結結巴巴地回應：「退，馬上退，派人去給小五郎他們幾個下令，讓他們自行退往春川即可。咱們沒有必要非得返回通川軍營。」

毛利吉成等的就是他這句話，立刻調整部署，派了一名武士前去通知留守通川軍營的小五郎等人自行撤離，然後撥轉馬頭，直接衝向了西南。

這一招非常理智，等於直接救了二人的性命。背後追過來的明軍發現他們逃亡的方向不是通川，很快就放棄了對二人的繼續追殺。而直到第二天天光大亮，毛利吉成和島津豐久兩個，也沒有等到留守在通川城外的那些倭寇前來匯合，很顯然，後者在明軍的打擊下，全軍覆沒。

「駐守春川的是足輕大將川上忠實，他麾下光是武士和足輕，就有一千五百多人，還有兩千多徒步者。」發現自己徹底安全之後，島津豐久又迅速恢復了勇氣，咬著牙，低聲向毛利吉成提議。「此外，距離通川最近的德原，還有相良忠賴的三千餘人。如果說動他們兩家南北夾擊，肯定能將潛入通川城下的明軍一網打盡。」

「相良忠賴是加藤氏的屬下。」毛利吉成扭頭看了他一眼，有氣無力地點破，「位置也遠在你我兩個之上。川上大將也是，咱們兩個沒資格指揮他。」

「我會親自請我叔父出面。」島津豐久想都不想，大聲補充，「事關第三番隊的尊嚴，相信我叔父不會坐視不理。」

對於這個有些被慣壞了的二世祖，毛利吉成非常不屑，也非常無奈。猶豫再三，繼續嘆息著搖頭，「又七郎，如果島津參議能派兵替咱們洗刷恥辱，當然是好。但是，此時此刻，島津參議恐怕已經沒有任何心思，再管一個小小的通川了。明軍敢繞那麼遠的路……」

「你什麼意思？」島津豐久困惑地皺起眉頭，大聲打斷，「我叔父為何沒有心思再管通川！那些明軍來得如此突然，不可能拿下了沿途所有城池。只要將他們的退路堵住……」

「明軍敢繞過德原，永興等地，直撲通川，必是有恃無恐。」毛利吉成狠狠地瞪了他一眼，再度高聲重複先前曾經說過的話語。

「我不明白你的意思！」島津豐久被毛利吉成的態度嚇了一跳，愣了愣，茫然地搖頭。

「如果後方沒有接應，明軍忽然出現在通川附近，就是孤軍深入。任何一個有頭腦的將領，都不會犯這種錯誤。」不愧為追隨豐臣秀吉多年的心腹，雖然遭受了重大打擊，毛利吉成的頭腦卻依舊保持著最基本的清醒，「而沿途的各番組，也不會眼睜睜地看著他們殺過來。出現昨夜那種情況，只有一種可能……」

痛苦地搖了搖頭，他的聲音，急速轉低：「明軍的主力，已經打到了平壤或者谷山附近。加藤肥後守、小西攝津守和島津參議他們的注意力，都被明軍主力吸引了過去，根本無暇分心。」

「什麼？」島津豐久激靈靈打了個哆嗦，全身上下，瞬間寒風吹了個通透。

「什麼？城外的倭寇已經被全殲了，你真的親眼看清楚了？我可是你親叔叔，你，你如果敢騙我，我，閻王爺，閻王爺會抓你去下地獄！」百里之外，通川義兵大將高文軒扶案而起，身體因為激動過度，不停地顫抖。

縣衙內，其他義軍將佐也紛紛用手扶著柱子和牆壁，可憐巴巴地看著特地進城來報喜的高星吉，既不敢相信通川城已經徹底轉危為安，又害怕他說出與先前截然相反的話語。

「看清楚了，放心，叔父，我沒騙你。」高星吉笑了笑，臉上瞬間湧起了幾分驕傲，「我一路上，就跟在兩位天朝將軍的身邊，親眼看著他們先掃平了胡橋驛內的倭寇，又在半路上擊潰了另外一支，然後趁勢殺到了通川城外，將剩餘的倭寇一網打盡。」

「你是說，你是說，他們昨夜居然接連跟倭寇打了三場仗？」義兵大將高文軒的身體又晃了晃，聲音聽起來忽高忽低，宛若剛剛從噩夢中被驚醒，「並且全都打贏了，中間都沒停下來修整！」

「正是！」高星吉回答得乾脆俐落，彷彿一夜之間三戰三勝，再正常不過一般，「他們可是天兵，天兵當中最驍勇的選鋒營。前一陣子，連鍋島直茂都輸在了他們手裡……」

「嗡！」四下裡，議論聲轟然而起，宛若冷水滴進了滾開的油鍋。已經在通川堅守了將近半年時間，早就以為大夥必死無疑的義軍將佐們，流著淚，不停地將手指伸進各自的嘴裡亂咬。

大明天朝不會對朝鮮見死不救！大明天兵擊敗倭寇易如反掌！只要朝鮮能求得大明援助，就可以將倭寇盡數趕下大海！只要天兵渡過鴨綠江，窮凶極惡的倭寇就會立刻被打回原形……

在抵抗倭寇進攻的這幾個月時間裡，通川城內的義軍將佐們一遍遍地用類似的言語鼓舞士氣，哪怕明知道通川距離遼東路途遙遠，大明天兵一時半會兒根本不可能趕來。

他們努力讓麾下的弟兄，相信自己所說的每一句話，早晚都會變成現實。明軍一定會來，早晚會來，來了通川就立刻轉危為安。也正是憑藉這些善意的謊言，他們成功取得了全城軍民的支持，避免了通川和附近的淮陽、德原等地一樣，被倭寇肆意糟蹋。然而，當傳說中的大明天兵忽然到來，他們每個人卻都拒絕相信自己的耳朵。

包括當初親自派高星吉去向李彤求救的義兵大將高文軒，也依舊不敢相信自己此刻不是在夢中。將手背送到嘴邊接連咬了好幾口，直到鮮血順著牙齒淋漓而下，才含著淚，發出了呻吟般的命令：「快，快，全體都有，快跟我出城去迎接天兵！把所有能找到的肉食都找出來，送到後廚烹製。把，把先前從縣衙裡抄的金銀，也趕緊裝了箱子，答謝天朝將士的救命之恩。還有，看看城裡誰家女兒長得端正，也一併請來伺候天朝將軍。告訴他們不要捨不得，如果不是天兵來得及時，這通川城一破，大夥全都得死在倭寇的手裡。」

「是！」眾將佐也都喜歡得幾乎無法正常思考，一邊大聲答應著，一邊上前簇擁起高文軒，大步流星走向縣衙之外。

縣衙外的大街上，有關明軍全殲了城外倭寇的消息，早已不脛而走。儘管誰也沒膽子出城去核實消息的真偽，但是，歡呼聲卻一浪高過一浪，此起彼伏。

劫後餘生的當地百姓們，一邊流著淚大聲叫嚷，一邊努力將各自僅有的吃食，擺在了家門口。同時鎖死身後的家門，以防明軍入城之後，軍紀像朝鮮國的官兵一樣敗壞。

義兵大將高文軒和他麾下的親信，早已興奮得失去了正常思考能力，更看不出百姓們藏在背後的小心思，只管急匆匆一路奔向城門。直到大夥將手伸到了門閂上，才忽然有人晃了晃腦袋，用極低的聲音說道：「外邊的人不會是倭寇假扮了天兵吧？騙咱們自己開了城門？昨夜城外的動靜，可只是響了很短時間，就忽然停了下來！」

宛若晴空響起了一記霹靂，眾將佐紛紛轉身，單手快速握向了刀柄。包括當初派高星吉去向明軍求救的高文軒本人，扭過頭，目光如刀子般射向他，憔悴的臉上剎那間寫滿了絕望。

「到底是真是假，你們上敵樓看一眼不就行了？天兵以首級記功，沒腦袋的屍體總是假不了！」高星吉被嚇得打了個哆嗦，自辯的話脫口而出。

這句話，說得足夠及時，也足夠有力。剎那間，就讓所有準備向他舉刀的將佐們，又迅速放下了手臂。緊跟著，大夥一窩蜂般沿著馬道衝上敵樓，瞪圓了眼睛向外張望，全力尋找城外那支軍隊的破綻，以免上當受騙。

只見一座兵營，在距離城門三里之處拔地而起。營門前，有杆赤紅色的大旗隨風招展。旗面上，斗大的「明」字，被朝陽照得燁燁生輝。而在軍營的側面不遠處，則有幾小隊朝鮮兵卒正抬著無頭的屍體，一具接一具往柴堆上丟……

什麼都可以作假，倭寇的屍體，卻做不得假。砍掉的腦袋，也無法再重新接回。當即，以高文軒為首，所有義軍將佐嘴裡再度發出一聲興奮的叫喊，流著淚快速衝下城頭，七手八腳拉開了城門。再也沒人懷疑城外那支兵馬的身份，更沒人有臉去問，為何昨夜的戰鬥，持續時間如此短暫。

「好讓叔父和各位知曉……」唯恐眾人再鬧出什麼令人啼笑皆非的事情，高星吉一邊追，一邊大聲提醒，「前來救援咱們的兩位將軍，年齡比在下還要小上許多。他們兩個的模樣很好分辨，李將軍身材略高一些，生得白白淨淨像個讀書人。張將軍比李將軍略矮一些，但比在下高半頭，也像一個讀書人……」

「知道，知道，我們不會亂來！」高文軒等人哪裡有心思聽，伸手將高星吉扒拉到一邊，繼續大步流星朝明軍的軍營狂奔。

那些廢話，哪裡用別人介紹？

雖然隔著數百里地，彼此之間也沒見過面兒。但通川城內，誰不知道，李將軍和張將軍，乃是大明國子監的貢生，俠肝義膽，文武雙全……

第九章　緣由

「晚生高文軒，率通川城內一眾刀下遊魂，前來拜見李將軍。感謝將軍對我通川全城父老的活命之恩！」一直衝到了軍營門口，高文軒等人才停住腳步，一個接一個跪倒在地，對著營門口全神戒備的劉繼業大禮參拜。

「你就是高文軒？」昨夜沒有撈到出手機會，所以主動請纓擔負軍營警戒任務的劉繼業愣了愣，頂著一腦袋霧水上前攙扶，「起來，趕緊起來說話，不必如此客氣。我不是李將軍，他昨夜接連廝殺了三場，有點累，此刻正在軍營內歇息……」

「感謝張將軍對我通川全城父老的活命之恩！」剛剛被扯起一半兒身體的高文軒又快速跪了下去，帶領麾下的義軍將軍大聲致謝。

「我也不是張將軍，他也累壞了，此刻正在營裡頭睡大覺。」劉繼業拉了一把沒拉住，急得連連跺腳，「你們如果真心感激救命之恩，就都小點兒聲，為了救你們，大夥星夜趕路，都快給累得散架了！」

「是，是，劉將軍說得是，我等莽撞了，莽撞了！」高文軒等人臉色發紅，訕訕地壓低了聲音賠禮。

「這位是大明劉千總，也是南京國子監的高材生，跟李將軍和張將軍為同門兄弟。」高星吉終於找到了機會說話，趕緊上前，小心替雙方做介紹。

「見過劉千總！」高文軒帶著麾下的義軍將領第三次叩拜，但是態度，卻遠不如前兩次真誠。大夥聽說過「仗劍千里，所向披靡」的李將軍，聽說過「鞭掃三軍，義薄雲天」的張游擊，卻不知道同為投筆從戎的劉千總，又是何方神聖？

「您老雖然以前是教諭，眼睛也不能光盯著考第一第二的，對第三之後視而不見了啊！」將自家叔父等人的表現看在眼裡，高星吉忍不住在心中大聲數落。然而，在臉上，卻依舊堆滿了討好的笑容，「劉將軍，這是我的叔叔高文軒，他原本是縣學的教諭，被逼得沒辦法了才做了義軍大將。當初向三位將軍求救，在下也是奉了他的命令。」

劉繼業才不會在乎一個義軍將領，是不是知道自己的大名，雙手輕輕上抬，做了個攙扶的姿態，笑著說道：「請起，高將軍和諸位義士都快快請起。客氣話我就不多說了，你們想要見李將軍和張將軍當面致謝，還請在營外稍等片刻。我這就回去替你們通報，如果他們兩個已經睡醒了，自然出來迎接爾等。」

「久聞李將軍麾下有一位劉千總，英雄了得，氣宇非凡。今日見到，傳言果然不虛！」高文軒等人卻從高星吉的提醒當中，發覺了自己的失禮，趕緊又笑著向劉繼業表達仰慕。「至於接應，是萬萬不敢的。李、張兩位將軍睡醒之後，派人出來通傳我等一聲就好。草民會一直在營外等著，千萬別打擾了李、張兩位將軍！」

「沒事兒，他們這會兒差不多該睡醒了。」劉繼業笑了笑，快步離去。也不知道是不是故意，竟然沒有安排任何下屬陪著客人寒暄。

高文軒等人當然不敢怪他失禮，一個個卻在心中開始忐忑不安。唯恐剛才大夥不經意之間流露出來的態度，惹得劉千總惱怒，進而影響到李、張兩位將軍對大夥，乃至所有朝鮮義軍將士的態度。

高星吉在旁邊看的清楚，忍不住出言安慰，「劉千總跟李、張兩位將軍乃是生死之交，選鋒營渡江之後，所有戰鬥幾乎他都親自參與過。一路上都於李、張兩位將軍並肩而戰。如此仗義輕死的英雄豪傑，肯定不會是個心胸狹窄的，更不會介意你們不知道他。」

他不安慰還好，一安慰，眾人心裡頭越發覺得發虛。這還沒見面兒，就給李將軍的生死之交留下了壞印象。待見了面兒之後，還不知道會惹出多少誤會來。而萬一李將軍生氣，帶領麾下勇士進城洗劫一番，通川義軍，怎麼可能阻擋得住！即便李將軍顧及名聲，不進城搶掠，只要他老人家開口索要仗義出手的報酬，通川義軍，又該拿什麼來付帳？

然而，接下來發生的事實卻證明，他們的擔心，純屬自己嚇唬自己。曾經殺得倭寇屍橫遍野的李將軍，其實是個非常好說話的人。接到劉繼業的通稟之後，立刻收拾了行頭，與張將軍兩個，並肩迎出了門外。

高文軒等人再度跪倒施禮，感激的話一車一車往外倒。李彤和張繼業二人聽了，則笑著上前將眾人挨個攙扶起來，然後又客客氣氣地接入了軍營。

那高文軒和他麾下幾個主要幫手，原本都是縣學的教習。而在朝鮮想要考取功名，第一需要熟練掌握的便是漢字和漢語。所以，賓主雙方交流起來毫無困難，不用借助通譯朴七，就將彼此想表達的意思，表達了個清清楚楚。

「當日草民已經走投無路了，所以才冒昧地將自家侄兒派去向二位將軍求救。本以為即便將軍來不及趕過來，救我通川闔城百姓，至少，至少草民的侄兒能有機會逃得一死！卻沒想到，沒想到將軍真的不遠千里趕過來了，並且，並且來得如此及時。」說起當初求救的緣由，高文軒和他麾下的骨幹們，一個個又紅了眼睛，含著淚向李彤、張維善兩人跪地致謝。

這乃是他們的心裡話，事實上，在派出高星吉向選鋒營求救的那一刻，他們根本沒指望李彤和張維善兩人，會施以援手。比起平壤，開城，會寧等重鎮，通川實在太小了。小到幾乎很少人聽說過此地，小到根本沒人在乎。

「諸位義士客氣了。」感謝的話聽得太多，李彤早就學會了一整套應對策略，笑著再度將高文軒從地上攙扶起來，大聲回應，「且不說朝鮮乃大明藩屬之國，面臨傾覆之時，大明絕不會坐視不理。就是諸位捨命為國的壯舉，也值得李某提兵前來相救。更何況，拿下通川，等同於在倭寇背後插了一支利箭，不知道什麼時候，就能影響到整個援朝戰局。」

「天朝再造之恩，小邦上下必將永世不忘！」

「天朝再造之恩，小邦上下銘刻五內！」

「天朝乃父之邦，小國臣民世代沐浴聖恩……」

高文軒和他身後的大多數義軍將佐，都是讀書人，說起場面話來毫無難度，很快，就讓歌功頌德聲湧滿了軍帳。

這些話，是必須要說的，雖然交談雙方都知道其毫無營養。李彤笑著聽了一會兒，待大夥都發揮得差不多了，便擺擺手，將話頭再度拉回正題：「各位義士能夠對大明心懷感激，大明將士就不算白忙一場。昨夜連番激戰，我麾下很多弟兄都受了傷，急需找一個乾淨溫暖之處敷藥靜養。眼下偏偏城外又天寒地凍……」

「將軍儘管把軍營挪到城裡頭來，晚生會專門給傷號安排宅院，所有藥材和膳食，也由我通川上下全力承擔。」高文軒的反應非常迅速，立刻接過話頭，大聲表態。

「如此，就有勞高將軍了。」李彤聽了，笑著向對方點頭。隨即，又繼續說道：「昨夜之戰，倭寇潰不成軍，逃入山野之中者不計其數。還請高將軍及早派兵清理，以免他們重新聚集起來，死灰復燃。」

「應該的，應該的，李將軍儘管放心，這些雜事包在高某身上！我等生於斯，長於斯，總不能什麼事情都請天兵來做，自己光是在旁邊看熱鬧！」高文軒再度接過話頭，回答得乾脆俐落。

他的幹練，讓李彤省了許多力氣。於是，又快速將徹底清理其餘兩處戰場，將倭寇屍體集中焚燒掩埋，收攏逃散牲口等任務，一一做出了交代。高文軒等人則巴不得多幹一些事情，也都接受得毫無遲滯。

「敢問將軍，軍中糧草物資，可有缺乏？我通川雖然窮困疲敝，官庫裡卻還有一些存餘。願意拿出來給恩公們一洗征塵。」看看正事兒已經說得差不多了，高文軒悄悄向身邊人使了個眼色，立刻有人躬下身子，大聲許諾。

「是啊，恩公不遠千里前來相救，我通川斷無再讓恩公自行耗費糧草輜重之禮。願傾官庫所有，為天兵一洗征塵！」

「救命之恩，無以為報。還請恩公受了我等的孝敬，切莫推辭！」

眾義軍將佐心有靈犀，也紛紛躬下身體，大聲補充。彷彿自己態度不夠虔誠，對方就會當場拒絕一般。

「輜重就不必了，我軍中缺乏馬車，無法攜帶太多。但糧草的確需要補充一些，我就不跟諸位客氣了。」李彤最近帶著選鋒營連番替朝鮮收復了三座城池，卻還是第一次，聽見對方主動提出支付戰鬥損耗，稍微愣了一小會兒，才做出了回應。

「恩公不必擔心，馬車的事情，也交給我等解決。」高文軒聞聽，立刻大聲承諾。

「是啊，恩公只管吩咐我等將輜重運到何處就行了。我等會出動義勇和馬車，儘快將輜重給您送過去。」

「恩公……」

其餘義軍將佐紛紛表明態度，堅持要把輜重送貨上門。

「還是不必了，路途太遠了些，況且沿途很多城池，此刻還在倭寇手裡。」對眾人的熱情，李彤好不適應，又愣了愣，笑著擺手。

「不怕，不怕，我等可以帶著義勇，跟在恩公的大軍身後一起走。」高文軒等人堅決不肯放棄，一個個喊得格外大聲。「就像，就像他們一樣。萬一遇到倭寇，也許還能幫恩公打掃戰場。」

「你是說他們？」李彤迅速扭頭看了一眼正在帶著隊伍清理倭寇屍體的朴七、車立、黃百萬等人，再度笑著擺手，「他們可不是跟在我身後專門負責打掃戰場的輔兵，他們是我選鋒營右部的正式戰兵。昨夜走在隊伍最後沒跟倭寇交上手，體力相對充裕，所以才承擔了給倭寇收屍的任務。」

「他們，他們是正兵！」高文軒等人不敢相信自己的耳朵，扭頭看向身穿大明號衣的朝鮮將士，羨慕之色瞬間湧了滿臉。

朝鮮人居然也可以加入大明隊伍，與大明將士並肩而戰。既不會被大明勇士嫌棄，也不曾被大明將軍當做免費肉盾。這，實在太出乎大夥的意料了，讓大夥拚命眨眼，才能接受所看到的現實。

「他們當然是正兵，已經在李某帳下兩個多月了，並且，表現還相當不錯。」李彤笑了笑，猶豫著補充。

「如果將軍不嫌棄，高某這個沒用的侄兒，也願意投入將軍麾下。」高文軒偷偷咬了咬牙，一把拉過自己的侄兒高星吉，大聲說道，「除了他之外，高某還有五十名家丁，也請將軍一併收納。」

「將軍，晚生家裡也有一個不爭氣的兒子，願意帶五十名家丁加入將軍麾下。」

「將軍，草民的侄兒仰慕將軍已久，願意帶著三十名家丁為將軍效犬馬之勞……」

「將軍，在下有個不爭氣的幼子……」

剎那間，眾義軍將軍都全「開了竅」，爭先恐後，想要把自家的子侄往選鋒營裡頭塞。

他們的想法很簡單，眼下兵荒馬亂，無論去了哪裡，都沒有絕對的安全，還不如送到大明軍中，跟天朝兵馬共同進退。好歹天朝兵馬對上倭寇，勝多敗少，自家子侄只要不是太倒楣，活下來的機會遠超過留在家中。

而除了活命機會大增之外，加入明軍，還有其他許多好處。比如不會再擔心受到朝鮮官府的歧視，比如讓家族在面對朝鮮官吏之時，可以狐假虎威，還比如，萬一將來天朝皇帝開恩，准許參戰的朝鮮將士去遼東居住……

總之，將子侄們送入選鋒營，對義軍將佐的個人和家族來說，有百利而無一害。並且還可以緩解通川義軍求人出兵來救，卻支付不起救命代價的麻煩。

李彤哪裡知道，眾義軍將佐肚子裡，還藏著如此多的彎彎繞？聽到眾人請求將子侄送入自己麾下效力，還以為他們是真的仰慕選鋒營連番大勝的威名而來。於是乎，稍作猶豫，就笑著說道：「諸位肯讓自家子侄入選鋒營效力，李某當然歡迎之至。不過，有幾句醜話得說在前頭。第一，無論是誰，入我選鋒營後，便是李某麾下的弟兄，李某會對其一視同仁，絕不會給予半點看顧。」

「一視同仁最好，一視同仁最好！」類似的場面話，眾義軍將佐都不知道聽過多少回，立刻紛紛笑著拱手。

「第二，選鋒營可是不收孬種，膽子小的，千萬不要送進來。否則，臨陣脫逃，軍法可不會容情。」李彤笑了笑，繼續補充。

「那是自然，那是自然！」眾義軍將佐沒口子答應，唯恐回答慢了，自家子侄撈不到進入選鋒營的資格。

「至於第三麼，也要諸位知曉。選鋒營在大明算是一支奇兵，向來居無定所。此番前來通川，也不會駐留太久。休整三天之後，將士們就必須出發，配合主力，與倭寇在平壤附近一決雌雄！」

李彤聲音依舊不緊不慢，落在眾人耳朵裡，卻宛若晴天霹靂！

「啥，天兵主力渡江了？」

「怎麼可能，平壤距離鴨綠江有七八百里路，中間還隔著定州，寧邊和安州！」

「決戰，這麼快就跟倭寇決戰？我們家那小子……」

剎那間，驚呼聲就響成了一片。一半兒是因為驚詫明軍主力入朝後勢如破竹，另外一半兒則是由於擔心自家子侄在即將發生的決戰中，不小心埋骨沙場。

倭寇的戰鬥力，眾義軍將士可都親自領教過。甭看李將軍帶著選鋒營殺倭寇如砍瓜切菜，換成朝鮮的義軍甚至官兵，結果就會立刻倒過來。在明軍與倭寇展開第一場大戰之前，大家夥爭先恐後將子侄們往選鋒營裡頭塞，很有可能就是親手將子侄們送給了閻羅王。

若是半年前看到義軍將領這般模樣，李彤肯定會非常失望。而現在，他卻只是笑了笑，靜靜地等候眾人的最終決定。

愛護提攜自家子侄，乃是人類的本能，從這種角度上看，義軍將領哪怕立刻改口不再送子侄投軍，也不算太過分。而能在國王逃跑，地方官員主動投降的情況下，堅守孤城數月，也早就證明了這些義軍將領絕非孬種。

他如此大度，反而讓義軍大將高文軒愈發覺得羞愧。先大聲咳嗽了幾下，壓住四周的喧囂。旋即，又紅著臉解釋道：「我等，我等見過的世面少，沒，沒想到天兵這麼快就打到了平壤城外，我等剛才失態了，還請將軍見諒。」

「無妨！」李彤又笑了笑，輕輕擺手，「我也沒想到，大軍入朝後竟然勢如破竹。先前交代的事情，還請高將軍抓緊。至於送子侄投軍，卻不急著現在就做決定。」

「晚生知道，晚生知道，晚生這就安排人去做。」高文軒的臉，已經紅成了豬肝色。一邊大聲許諾，一邊側開身子發出邀請，「救命之恩，不敢言謝。晚生特地命人準備了幾桌酒席，還請李將軍和貴屬能賞臉光臨。」

「請將軍入縣衙飲酒，一洗征塵！」

「請將軍務必賞光，以全我等仰慕之心！」

「請將軍……」

眾義軍將佐全都鬆了一口氣，紅著臉跟在高文軒身後發出邀請。

李彤原本就打算讓弟兄們找個安全地方好好修整幾天，因此，便笑著點頭答應。隨即，又叫來麾下幾個心腹，當著高文軒等人的面兒，安排全軍入城事宜。

軍營遷徙看起來簡單，實際操作之際，卻極為繁瑣。大夥忙碌了足足一個半時辰，眼看著太陽都爬上了天空正中央，才終於將所有事情安排停當。隨後又各自稍稍收拾了一下行頭，才在義軍將領的前呼後擁下，大步走向了縣衙。

朝鮮一切都模仿大明，因此縣衙的格局，跟中原地區沒任何差別。高文軒在舉義之前，又做過一任教諭，故而對官場上的禮節門清。因此，賓主雙方根本不需要任何曲折，就「熟門熟路」地進了後堂，先品茶寒暄，然後再一邊喝酒一邊欣賞歌舞。

通川地處偏僻，又剛剛被倭寇攻打了數月之久，縱使請來的大廚使出了渾身解數，倉促之間，能擺上桌面的菜肴，也以鹹魚、乾菜、蘑菇等物為主，味道乏善可陳。而臨時從民間強行招募來的女子，則一個個嚇得臉色蒼白，四肢僵硬，更無秀色可言。好在李彤、張維善和劉繼業等人在南京時就已經見慣了繁華，心中也沒對通川軍的酒宴抱希望太高，賓主之間的氣氛，倒也算得上融洽。

酒過三巡，高文軒又帶頭提起送自家子侄進入選鋒營效力之事，回應者比起先前，就少了一大半兒。但是，依舊有四五位義軍將佐，包括高文軒本人在內，認定了自家晚輩進入選鋒營，會比留在身邊更有前途，沒有改弦易轍。

「既然諸位明知道大戰在即，依舊要讓子侄入我選鋒營中，與李某並肩而戰，李某再推三阻四，就未免太不近人情了。」體諒到眾人患得患失的心態，李彤斟酌了一下，笑著說道，「他們入營之後，李某不會因為他們是諸位的子侄，就特別給予照顧。但不到萬不得已，也不會逼著他們去跟倭寇拚命。這點，諸位大可把心放回肚子裡。」

「多謝李將軍！」

「謝李將軍！」

「李將軍仁義……」

屋子裡，頓時讚頌和致謝聲宛若湧潮，無論是堅持送子侄投軍者，還是偷偷改變的主意者，都對天朝李將軍心悅誠服。

正巧有廚娘用木盤端著烤肉入內，高文軒便站起來，親手切了其中最肥美的部位，分別奉於幾位天朝將軍面前，以示感激。

吃了一晚上鹹魚和乾菜，李彤、張維善和劉繼業等人，嘴巴裡正寡淡得難受。忽然聞到了肉香，頓時全都精神為之一震。然而，待肉塊跟牙齒與舌頭接觸之後，一股怪異的感覺，卻瞬間湧上了心頭。

不是羊肉，也不是牛肉，甚至連最賤的豬肉也不是，跟在遼東常吃的鹿肉，更相差甚遠。論細嫩，比牛肉和鹿肉，還要好上一些。但油脂中，卻隱約有一股草腥味道揮之不去。

一名喚做崔懷臣的朝鮮小吏反應迅速，看到李彤吃了第一口肉之後，就不再動筷子，趕緊起身笑著解釋：「久困之城疲敝不堪，我家將軍感謝諸位對通川上下的救命之恩，特地命人將他的戰馬殺了，烹烤宴客……」

「什麼，你們把戰馬給吃了！」一句話沒等說完，劉繼業已經拍案而起，「你們，你們怎麼能殺戰馬，牠，牠馱著你們與敵軍廝殺，算是生死與共的好兄弟都不為過。你們沒有肉吃，派人去海邊撈幾條魚也好，殺幾條土狗來充門面也好，兵荒馬亂時節，誰都不會計較……」

「繼業，坐下，客隨主便！」李彤用力敲了一下面前的桌案，大聲呵斥。

「他們，他們……」劉繼業又氣又急，揮舞著胳膊大聲提醒，「他們吃的是戰馬，生死與共的戰馬！」

「坐下，牛肉羊肉吃不得，馬肉怎麼吃不得？」李彤再度大聲呵斥，硬逼著劉繼業不要再繼續糾纏，「你自己不喜歡吃，放了筷子就是，何必以自己的喜惡強求別人？」

劉繼業不敢抗命，鐵青著臉落座，從此之後，卻再也不碰筷子一下。

他身邊幾個同來的選鋒營將佐對吃戰馬之事，心中也頗多抵觸。雖然表現不像他那般激烈，一個個臉色也非常難看。

朝鮮山多平地少，肉食極其匱乏。平素就連貓狗都能端上餐桌，更何況牛馬這類大牲畜？而高文軒等人殺馬宴客，原本是想表達自己的誠意。萬萬沒想到，會引發劉繼業這麼大的反應。因此，一個個竟愣在了當場，不知所措。

好在一同前來赴宴的，還有張樹這位通川老江湖。看到情況不對，趕緊起身給雙方打圓場，「劉千總真的不必太較真兒，馬肉不也是肉嗎！當年跟在戚少保身後打北虜，每場仗打下來，繳獲的戰馬都有上百匹。其中腳力尚可的，還能在軍中留用。那些受了傷，又不值得醫治的，哪回不是直接下了湯鍋？劉千總您是大戶人家出身，所以見不得別人吃馬肉。對於我們這些尋常兵卒來說，只要不是人肉，什麼肉還不都是一樣？」

「是啊，當年跟北虜交手，可是馬肉吃到吐。」張樹心有靈犀，另外一位老江湖李盛也笑呵呵在旁邊接茬，「還有蘑菇，乳酪之類，幾乎頓頓都吃，害得在下到現在，還見不得這些東西。」

「原來吃蘑菇還有吃到吐的時候，在中原，那東西可是比肉都金貴！」

「可不是嗎，看來什麼東西，都是吃個稀罕！」

其餘幾個年紀相對偏大，做事沉穩的選鋒營將佐，也紛紛開頭。借著張樹和李盛二人的話頭發揮開去，迅速化解了因為馬肉而引發的尷尬。

酒席上氣氛，又迅速恢復了融洽。賓主雙方都努力不再提馬肉的事情，儘管撿著大夥都感興趣，並能接受的話頭說。不知不覺，就喝到了紅日西斜。

看看時候差不多了，高文軒給身邊的小吏崔懷臣使了個眼色，後者立刻滿臉堆笑地站起身，大聲說道：「諸位恩公捨命千里相救，我通川上下都感激不盡。彈丸之地，實在拿不出什麼像樣的謝禮來，所以，先前獻歌獻舞的幾位女子，還請恩公們笑納。雖然比不得中原女子秀外慧中，但平時做些伺候恩公們洗臉沐足的粗活，倒也勉強堪用。」

「罷了，罷了，各位的盛情，李某心領了！」這回，沒等任何人表明態度，李彤搶先站了起來，雙手在胸前擺得宛若風車，「大明軍律嚴格，縱使妻妾都不能帶入軍營，更何況是不相識的民間女子？諸位還是讓她們各回各家，千萬別再客氣。否則，萬一被言官聽聞，李某少不得又要被潑一身髒水。」

「這些女子，都是仰慕諸位將軍威名，心甘情願自薦枕席，關別人什麼事情？」高文軒還以為李彤是因為臉嫩，才婉言推辭，立刻拍著桌案，替他抱打不平，「他們若有本事，親自提刀來朝鮮拚殺，甭說一個，就是，十個，一百個女子，高某也會親自替他們找來，根本不勞他們動口去提。」

「是啊，自古美人配英雄。諸位將軍對我通川有再造之恩，這些女子，都是自願獻身將軍的，絕對沒受到半點兒強迫。」

「將軍乃少年英雄，不知道多少美貌少女做夢都會夢到將軍。這些女子能伺候諸位，乃是她們上輩子修來的福氣……」

眾義軍將佐你一句，我一句，爭相勸說李彤代表接納眾女子的貼身伺候。眼睛裡絲毫看不到，那些女子在一旁瑟縮的身影。

第十章 闕一

「這群王八蛋，真該眼睜睜地看著他們被倭寇千刀萬剮。」一直到返回軍營，劉繼業依舊餘怒難消，雙腳如同擰了發條般，不停地四下亂踢。

「他們也是出於一番好心，想要招待得周全一些。」張維善性子比他隨和，上前拉住他的胳膊，笑著開解，「通川已經被困了三、四個月了，雖然那個叫李舜臣的偶爾能從海上給他送一些糧食，卻不可能送活牛和活羊。他們想要把答謝宴弄得豐盛一些……」

「那也不能殺戰馬！」劉繼業立刻轉過頭，對著他怒目而視，「戰馬馱著你衝鋒陷陣，馱著你擺脫敵軍追殺。如今通川轉危為安了，就反手一刀就殺了它，還有點兒人味嗎？今天他們能把戰馬給吃了，說不定下次就能吃人！嘔——」

想到宴席上除了馬肉之外，還有幾份肉食似乎也與自己以往吃的味道迥異，他的胃腸頓時一陣翻滾，趕緊手死死捂住了自己的嘴巴。

「不可能，他們還沒斷糧。李舜臣上個月，剛剛派水師弟兄捨命給他們送過一次糧食。」張維善也覺得肚子裡翻江倒海，卻堅決地搖頭，「老何說，答應給咱們的軍糧，他們下午的時候，也都送到了營裡。既然糧食不缺，斷沒有殺人的道理。否則，城裡的軍心早就亂了，根本不可能守到現在。」

「即便不是人肉，也不是什麼正經肉食！」劉繼業聽了，胃腸立刻好受了許多，卻依舊不願意停止對通川義軍的聲討，「我可聽說了，他們吃狗之時，連皮都不剝。」

「吃狗肉沒啥奇怪了，樊噲當年就是殺狗的屠戶。沛縣那邊的狗肉火鍋，至今還天下聞名。」張維善鬆開手，笑著搖頭，「我看你就是氣不順，所以才覺得高文軒那邊做啥事兒都彆扭……」

「我才不是刻意吹毛求疵！」劉繼業臉色微紅，皺著眉反駁，「他們自稱是義軍，可渾身上下，哪裡沾了個『義』字？把百姓之家的女兒強拉來做營妓，還打著慰勞咱們的名頭。此等行徑，跟倭寇還有什麼分別？還不如讓倭寇把通川城占了去呢，還省得咱們大老遠冒險趕過來相救。」

這句指控，可是比吃馬肉難洗白得多，登時，讓張維善也皺起了眉。猶豫再三，才苦笑著說道：「總比倭寇好一些吧，至少不會濫殺無辜。倭寇占據的那幾座城池，你也不是沒看到過。哪裡不是人口減半，滿目瘡痍。況且子丹不是勒令他們，將那些民女都送回各自家中了嗎？」

「那是當著子丹的面兒，等咱們走後，誰知道他們會不會再去把人搶回來？」劉繼業撇撇嘴，年輕的面孔上寫滿了鄙夷。

早在大夥接到高星吉的求救之時，他便反對選鋒營冒險前往通川。而朝鮮官兵和義軍紀律敗壞，禍害百姓不亞於倭寇，正是他反對的理由之一。今日通川義軍獲救的表現，恰證明他當初的建議無比正確。

不值得，冒險潛行數百里，去救一群禽獸，非常不值得。選鋒營的弟兄個個都金貴的很，不值得把性命浪費在一群與倭寇差不多的暴徒身上。

「應該不會了，他們之所以不遺餘力討好咱們，還在明知危險的情況下，送子侄進選鋒營。一方面是想要答謝咱們的救命之恩，另外一方面，則是想要借咱們選鋒營的名頭，去應付朝鮮的正式官員。所以，無論如何，都不敢對咱們陽奉陰違。否則，一旦惱了咱們，只要子丹發一封斥責文書過去，周圍的朝鮮官員正好借機卸磨殺驢。」稍作遲疑之後，張維善的聲音又響了起來，緩緩給出一個讓人寬心的答案。

這個答案雖然大部分都出於推測，卻有理有據。朝鮮國王麾下的文武官員，雖然畏倭寇如虎。收拾起義軍將領來，卻個個膽大包天，且花樣百出。特別是對於那些擁有一定地盤和實力的義軍將領，只要被地方官員盯上，很少能落得好下場。

那些財力雄厚，擅長耍弄權謀的達官顯貴，有的是辦法收買義軍將領的身邊人，讓他在不知不覺間失去對弟兄們的控制，然後要麼主動捲鋪蓋滾蛋，要麼死得稀裡糊塗。

所以，努力跟一位大明將領攀上關係，對於朝鮮義軍來說至為重要。那不僅僅意味著他個人的安全，會多一分保障，讓達官顯貴們在對付他之時，有所顧忌。還意味著他麾下弟兄們的功勞不會輕易被吞沒，不會為國而死，卻背上了一個流寇的污名。

「那倒是！」聽張維善說得頭頭是道，劉繼業心中的煩躁感覺終於降低了一些，冷著臉頷首，「他們還有子侄在選鋒營中，真的做了什麼太噁心的事情，子丹甚至不用發文書斥責，只要將高星吉等人趕出去，就足夠通川軍喝上一壺。不過，我覺得，還是讓子丹現在將醜話說到前頭為好，子丹，不如你明天再把那姓高的叫過來，當面警告一番，子丹，姐夫……」

接連叫了兩三聲，卻遲遲沒得到回應。劉繼業大急，快步衝到李彤身邊，用力拉扯他的衣袖，「姐夫，你看什麼呢？外邊黑洞洞的有什麼好看！你聽見我剛才說什麼沒有……」

「子丹，你怎麼了？」張維善也忽然意識到，剛才自己和劉繼業兩個爭論之時，好兄弟李彤一直沒有說話，趕緊衝過去，輕輕拉住李彤的另外一隻手臂，「你不會受寒了吧，來人，傳郎中，趕緊去叫郎中……」

「沒事兒！我沒事兒，別一驚一乍的！」李彤迅速轉過身，低聲喝止，「入夜了，弟兄們好不容易才睡了個安穩覺。」

「那你剛才……」張維善摸了一下李彤的額頭，確定不燙，遲疑著低聲追問。

「姐夫，你可別嚇唬人！」劉繼業嚇得臉色發白，啞著嗓子補充。

武將身上盔甲嚴密，周圍保護周全，除非遇到一場潰敗，否則很少臨陣戰死。但自古以來，大戰之後不小心受風而死於疾病的武將，卻不知凡幾。所以，二人先前見李彤不說話，都本能地將情況往最壞處想。

「我沒事。」李彤的臉色已經不是很好看，木木地搖頭，「我剛才走神，忽然想起豐臣秀吉說得那番大話，借朝鮮而鯨吞中國……」

「怎麼可能！我們戰鬥力如何，咱們又不是沒見識過？」張維善和劉繼業兩個，齊齊搖頭，堅決不肯相信倭寇有實力侵犯大明。

「可衛所兵戰力如何，咱們也曾經親眼目睹。」李彤嘆了口氣，聲音聽起來充滿了疲憊，「我真擔心倭寇哪天打到中原，咱們即便僥倖搬來救兵，也跟高文軒這些人一樣。殺了戰馬，送出姐妹，百般討好，卻還擔心不夠體現自己的虔誠。」

「就倭寇那猴子般的身材，借他五百年也沒機會！」

張維善和劉繼業兩個，將頭搖得像撥浪鼓般，拒絕接受李彤的假設。倭寇的戰鬥力的確比大明衛所兵高出甚多，可大明除了衛所兵之外，還有浙江營兵，還有陝西邊軍，還有遼軍。三者隨便拉出一支來，都可以輕鬆打得同樣數量的倭寇滿地找牙。

「胡說，這怎麼可能？」

「呼——」李彤掙脫二人的拉扯，雙手扶著窗臺，長長地吐氣。

他自己其實也不清楚，自己為何忽然會生出如此古怪的想法。並且忽然之間心情會變得如此沉重。按道理，此刻自己已經越來越接近當初投筆從戎之時的目標，應該春風得意才對。可不知道為什麼，今天看了朝鮮義軍將領們那奴顏婢膝的模樣，他的心情就是輕鬆不起來。

朝鮮官員對於義軍將士視作豬狗，大明朝的文官對武夫，還不是一般模樣？朝鮮的官員昏庸糊塗，只知道爭權奪利。大明朝的官員又能比前者好上多少？自己當初在南京，之所以毅然選擇投筆從戎，是以為遼東軍中會比南京官場乾淨，只要有本事殺敵，就不愁沒有出頭之日。而事實上，自己到了遼東之後，先看到的是巡撫郝傑諉過於人，毫無擔當。緊跟著看到的就是太監張誠與備倭總督宋應昌兩人明爭暗鬥。如今死太監張誠終於被調回了北京，備倭總督宋應昌的對手又換成了平倭提督李如松，二人之間，還是鬥得難解難分，十成精力之中的七成都放在對付自己人身上，留給倭寇的只有三成！

「子丹，你最近是不是太累了，乾脆咱們在通川多休息一段時間，就不去湊平壤那邊的熱鬧了吧。反正這幾仗下來，咱們積下的功勞，又夠你再升上一級了。」見李彤的神情始終鬱鬱寡歡，張維善再度上前攙扶住他，用極小的聲音提議。

「是啊，才來遼東不到半年，你們兩個就都成了游擊。並且你還是個坐營的實權將軍注八。即便立的功再多，短時間內，官職也不可能升了。頂多再加幾個沒有的虛爵。與其去替別人流血，還不如乾脆趁著倭寇注意力都在平壤那邊的時候，在通川過幾天逍遙日子。順路也給家裡人寫幾封信，別讓他們老掛念著！」劉繼業想了想，在旁邊低聲補充。因為不滿在南京城內那種混吃等死的日子，他才決定追隨李彤和張維善兩個前來軍中博取出頭之機。如今雖然職位比前兩人低上一些，可是將鏡山，茂山和通川三戰的功勞報上去指揮，少說也能換個實權守備當，已經遠遠超過了最初投軍之時的目標，有理由適當休息一段時日，順便靜下心來，想想將來的去路。

此外，剛入朝鮮之時就挨了一顆鉛彈，雖然沒有要了劉繼業的命，卻讓他對生死的感悟遠比同齡人強烈，甚至遠超過了比他年齡大的李彤和張維善。寧願三人都走得慢一些也不願有誰再去閻羅王門口兒打滾兒。

更何況，李彤還是他親姐姐的未婚夫。雖然因為自家叔叔勢利眼的緣故，姐姐和李彤之間的感情，出現了很多問題。可劉繼業卻清楚的知道，自家姐姐劉穎對李彤情根深種，這輩子都不可能去

注八：坐營的實權將軍。明代遊擊分為坐營的遊擊，和普通遊擊。坐營的遊擊掌控一營兵馬，三千到五千不定。不坐營的遊擊，則通常只能管一千人馬。而虛爵指的是各種將軍，校尉軍銜，只代表榮耀和薪俸。

選擇其他人。所以，保護這個未來姐夫平安返回遼東才是他眼裡的第一要務，其他任何事情都要暫居其後。

「你們兩個的意思是，大軍總攻平壤的時候，咱們選鋒營就不參與了？」沒想到自己瞬間頹廢，竟然引發了兩個好朋友這麼強烈的反應，李彤愣了愣，迅速從失落中掙脫，「那可是大軍入朝以來跟倭寇的第一場惡戰，之前咱們雖然也跟倭寇做過幾場，可都是千把人的小打小鬧，根本不可能跟平壤之戰同日而語。」

「不參與了，反正那邊有咱們不多，沒咱們也不少！」張維善想都不想，就立刻給出了回應，「李提督久經戰陣，麾下祖承訓、查大受等人，也都是如假包換的老行伍，再加上浙軍中的吳惟忠。倭寇即便人數再多，也討不到什麼便宜去。」

「趕過去也未必來得及，還不如老實在通川這邊修整。」劉繼業的表情立刻生動了起來，用手比劃著大聲補充，「況且人家光是總兵就有三個，副總兵，參將加起來更是一大堆。你一個小小的游擊去了，根本沒地方站，更甭提能起到什麼作用。萬一被派出去爬城牆，那就更慘了，連拒絕資格都沒有，否則一個消極避戰的罪名扣在腦袋上，先前多大功勞都得賠個乾乾淨淨。」

「胡說，李提督豈是那種輕易逼著弟兄們爬城牆的人？」李彤皺起眉頭，小聲呵斥。然而，內心深處，卻無法否認，張維善和劉繼業兩個的話都很有道理。

平壤是朝鮮的兩都之一，城高池闊，易守難攻。而倭寇前一段時間果斷收縮兵力，明顯是準備在平壤與明軍一戰分出雌雄。這種情況下，哪怕雙方戰鬥力相差再懸殊，明軍都不可能直接從正門突入城內。萬一必須進行蟻附攀城，像選鋒營這種既不是提督嫡系，又沒有經略撐腰的隊伍，往往就是第一選擇。

可是，就因為可能被派去打頭陣，便龜縮起來，錯過雙方主力之間的第一場較量，未免讓人心裡不甘。李某人先前最看不上的，就是有了好處唯恐落於別人之後，見了麻煩就避之唯恐不及的傢伙。如果自己找藉口龜縮在通川，與自己所看不起的那些人，還有什麼分別？

年輕人之所以讓人感覺朝氣蓬勃，就是因為他們不會像老江湖那樣，斤斤計較於個人得失。在他們身上，你總能看到理想，激情，友誼和義氣這種閃光的東西。而老江湖們，卻總會以「身教」的方式，讓年輕人迅速感覺到現實的冰冷和人性的殘酷，讓他們心中熱血迅速變涼，然後或者在絕望中離去，倒下，或者也變成一個新的「老江湖」。

眼下的李彤，便是如此。幾個月的軍旅生涯，不單單讓他學會了如何指揮作戰，同時也讓他心中的豪情迅速逸散。所以他才會變得多愁善感，變得患得患失，變得舉棋不定。這種時候，他是多麼需要一個長輩能為他指點迷津，告訴他該何去何從。然而，除了兩個和他一樣年輕，一樣早熟，一樣迷茫的好朋友之外，他卻找不到任何人詢問。

他只能憑著心中的感覺，去摸索人生的方向。既不知道自己的選擇是否正確，也不知道身邊的幾條道路，究竟通向何方。

「刷———」有顆流星，忽然從夜空中劃過，將窗外照得一片大亮。

通川城靠近大海，靠近海的地方，視野總是寬闊一些，儘管海面上經常駭浪翻滾。

門輕輕被人推開，一股濃郁的茶香隨風而入。

紛亂的思緒再度被打斷，兄弟三個齊齊回頭，恰看見杜杜單手拎著一個碩大的銅壺，頭頂數個銅碗，像耍雜技般走了進來。

「胡鬧，這裡是軍營，即便妳想送茶進來表功，也應該先讓人通報一聲！」對於自家準姐夫身邊的這個異族女子，劉繼業向來沒啥好臉色，眉頭迅速皺起，大聲呵斥。

杜杜卻沒作聲，先將頭頂的銅碗取下，小心翼翼地倒了三碗熱茶擺在了三人身邊的桌案上。然後放下銅壺，單獨對著劉繼業跪了下去，重重叩頭。

「妳，妳這是幹什麼？我，剛才只是，只是說，只是說一下規矩。」劉繼業頓時被窘得手忙腳亂，紅著臉大聲解釋，「畢竟，畢竟妳家主人的官職越來越大，平時在軍中免不了迎來送往。屋子裡突然出現了一個女人，肯定會被說閒話。」

「謝謝，謝謝劉，劉千總！」杜杜的語言天賦很是一般，無法精準表達自己的意思，只管繼續給劉繼業叩頭。接連磕足了九個，才站起身，倒退著走了出去。

「這，你家這個婢女是怎麼回事？」劉繼業被磕得滿頭霧水，紅著臉向李彤追問。「怎麼好像是我剛剛救了她的性命一般？」

「可能，可能是你剛才的話，哪句說到她心裡頭了吧！」雖然一直將杜杜帶在軍中，李彤平素跟她卻沒有太多交流，因此，也不知道杜杜剛才的舉動究竟是因為什麼，更無法在短時間內給劉繼業一個準確答案，「另外，她不是婢女，而是專門替選鋒營馴養戰馬和搬山犬的輔兵小旗，女直那邊，向來男女皆可上陣，不信你可以去問守義。」

「可能是因為繼業先前斥責朝鮮義軍的那幾句話，被她聽了去吧！」張維善笑了笑，自動忽略了李彤的後半句話，「她是海西女直，跟建州女直有很大差別。海西部落那邊，向來不會殺馬為食。但是也有可能，是感謝你拒絕了高文軒等人強徵民女入營。」

「那也應該感謝子丹！」劉繼業堅決不肯居功，擺著手，大聲否認，「我當時只是在旁邊叫嚷了幾句，他們卻根本不肯聽我的。是子丹拍著桌子教訓了他們一頓，才令那姓高的悻然作罷！」

「終究是你帶的頭。否則，別人都做到這個份上，我還真不好當場冷了臉色。」張維善忽然笑了起來，上上下下打量劉繼業，滿臉促狹，「杜杜當時又不在場，過後親兵們學舌，自然就將功勞記在你的身上。完了，她準備以身相許了，看改天被弟妹知道，你可怎麼收場？」

「你胡說！她，她是我姐夫的婢女！」劉繼業被嚇了一跳，臉色看起來愈發紅潤，「況且，二丫才不是你說的那種人！」

「她不是婢女。我是看在那頭搬山犬離不開她，才准許她留在軍營之中。」李彤的心情，也忽然一陣輕鬆，笑著端起一盞茶，一邊喝，一邊慢慢分析，「她之所以感激你，應該也不是因為你不肯吃馬肉，而是你帶頭拒絕了高文軒送女人給咱們。畢竟，畢竟她也是女人，在朝鮮人眼裡，女直人比他們自己的地位更低一些，搶起來更無後顧之憂。」

這幾句話分析得很是靠譜，然而，劉繼業的臉色卻愈發尷尬。將手伸向一盞熱茶，一邊端起了往嘴裡送，一邊低聲解釋：「我只是，我只是看不慣那些人做得比倭寇還過分，順口說了他們幾句而已。當時，即便我不說，樹兄和老何他們也會站出來！畢竟，畢竟咱們這邊紀律嚴明。況且，況且子丹你自己心裡也有數，絕不會任由他們玷污大夥的名聲，更不會讓他們……」

「請正告你家國王，我大明救朝鮮於傾覆，乃是盡宗主國之責。非為古物、字畫和女子而興兵。」數百里外的安州，備倭經略宋應昌將禮單放在一邊，向跪在面前的幾名朝鮮使者大聲警告，「他若是真心相謝，就多徵集些糧食送到軍中好了，不必拿這些不堪用的東西來糊弄！此外，老夫以為，他雖然貴為一國之主，也不能放縱下屬肆意劫掠。否則，他這個國主，連倭寇都不如，百姓又何必盼著光復。」

「上官教訓的極是，極是！」屋子裡的空氣冷得透骨，幾位朝鮮使者卻一個個汗流浹背，「我家大王只是，只是感念上官和諸位將軍一路辛勞，才，才特地送了些女子貼身伺候。並非，並非想，想要虛應故事。這些，這些女子的家人，都犯了從倭之罪，按律，按律……」

「若非你家國王逃過了鴨綠江，他們的家人如何有機會從倭？」宋應昌手拍桌案，橫眉怒目，「為王者不能庇護子民，守祖宗之土，已愧對其位。哪來的臉面，再苛責百姓！回去告訴你家國王，如果他再不約束屬下，老夫必會將貴國將士的所作所為，如實上奏。屆時，我朝大軍是否會繼續南下，未必如其所願。」

「息怒，息怒，上官息怒！我等回去之後，就立刻告知我家大王，嚴正軍紀，對，對百姓秋毫無犯。」

「上官息怒，我等，我等知道該怎麼做了。我等回去之後，就，就立刻稟報給我家大王，嚴，嚴正……」

「上官息怒，息怒，我等……」

沒想到搶劫自家百姓，卻會激怒大明朝的官員。眾朝鮮使者一個個面如土色，趴在地上，不停地磕頭乞憐。
「那就儘早回去，讓你家國王拿出些實際行動來。」宋應昌依舊餘怒難消，繼續大聲補充：「此外，李薲行事孟浪，非可用之將。要你家國王立刻撤換了他，換個懂得打仗的來。」
「這……」事關朝鮮軍的主帥任免，眾使者沒膽子答應，一個個慘白著臉不知所措。
「回去如實彙報，如果李薲繼續為將，就請貴方自行收復故土。在他被撤換之前，我軍絕不會向平壤發起攻擊。」宋應昌站起身，拂袖而去。任由幾個朝鮮使者跪在原地，汗出如漿。

第十一章　平壤

「經略今日之言，真是痛快，令人感覺如飲瓊漿！」半個時辰之後，在宋應昌書房，贊畫袁黃挑起大拇指，高聲稱讚。

對於朝鮮國君臣魚肉其國內百姓的行徑，他早就看不順眼了，只是沒資格干預而已。故而，今天目睹宋應昌當眾怒叱朝鮮使臣，頓時覺得神清氣爽。

「我走之後，那些朝鮮人可曾向李提督求情，姓李的又如何答覆於他們？」備倭經略宋應昌臉上，卻沒有任何得意之色。放下手中的茶盞，非常認真地詢問。

「他還能怎麼說？經略您可是為了弟兄們爭取軍糧！」袁黃想了想，臉上的笑意更濃，「此外，李蕡上次在朝鮮，可是差點把祖承訓給坑死。李提督膽子再大，也不敢為了跟您鬥氣，硬讓此人繼續帶領朝鮮兵馬跟在自己身後。」

「那就好，老夫剛才之所以走得那麼急，就是擔心李提督突然站出來，替朝鮮人說話。」宋應昌長長吐了口氣，臉上依舊寫滿了凝重。

大明朝廷派一支軍隊入朝，卻設了備倭經略和禦倭提督兩個主帥。並且彼此之間沒有明確劃分出職責範圍。這讓他做每一件事情，都必須瞻前顧後。無論是設計對付倭寇，還是安排解決朝鮮那邊的問題，首先要考慮的，都是如何擺脫李如松的掣肘。

而李如松，偏偏又不是一個純粹的武夫。各種官場勾心鬥角的手段，樣樣門清。先前太監張誠在時，還會選擇裝傻充愣，旁觀他跟張誠「鬥法」。張誠前腳剛剛離去，後腳就跳了出來，為了取得東征軍的絕對掌控權，跟他爭鬥不休。

結果，自然就是雙方都筋疲力竭，卻始終難分高下。彼此之間互相牽制，每天將大部分精力浪費在了自己人身上，無論做什麼都事倍功半。

就像今天與朝鮮使臣交涉，宋應昌的本意只是勒令對方盡可能地為大軍提供糧草輜重，以減輕大明的供應負擔。卻必須繞個大圈子，先揪住朝鮮官兵軍紀敗壞，四處劫掠的由頭，然後再把更換朝鮮軍主帥李薲之事扯上，否則，就很難保證李如松不會站出來跟他別苗頭。

「經略您其實沒必要太給那姓李的顏面。」身為受禮聘而來的贊畫，袁黃做事非常盡職。迅速察覺到宋應昌此刻的心態，想了想，壓低了聲音安慰，「朝廷之所以委您為經略，自然是為了對那姓李的有所限制，以免他居功自傲，做了第二個安祿山……」

「儀甫，此言休要再提！」宋應昌眉頭一皺，迅速叫著對方的表字打斷，「以文馭武，乃朝廷大略。但在此用人之際，我等卻不可胡亂揣摩聖上的心思，更不可以因為文武殊途，就忘記平倭大局。否則，百年之後，你我兩個，誰都難逃史家如椽巨筆。」

「這……」沒想到自己一句安慰之言，竟然引起了東主如此大的反應，袁黃愣了愣，臉色一直紅到的耳朵根兒。

「老夫之所以對那李如松百般容讓，圖的便是早日完成東征大業。儀甫，你曾在兵部任職，應該知道，此番東征，已經將我大明最後一點兒家底，都拿了出來。」知道袁黃也是出於一番好心，宋應昌嘆了口氣，叫著對方的表字繼續補充，「如果戰事能在兩年之內結束還好，我大明不至於傷筋動骨。如果戰事久拖不絕，加稅之議，必然會被提上日程。而自成祖以來，這稅只要加了，就不可能再減下來。民間負擔一日高過一日，早晚不堪其重。」

「經略拳拳之心，可表日月！」袁黃聽得大為感動，紅著臉向宋應昌施禮。「只是據我軍渡江以來的戰績，那倭寇每每一觸即潰。照這樣下去，應該用不了太久，就能將倭寇趕下大海，甚至趁勢直搗其老巢！」

「胡說，倭寇的戰力若是如此孱弱，當初就不會只花費短短三個月，就橫掃了整個朝鮮？更不會讓史游擊等人葬身沙場！」宋應昌橫了袁黃一眼，對其盲目樂觀的態度很是不屑，「我軍渡江以來，每戰皆勝不假，可每次遇到的倭寇，數量都沒超過一萬。很顯然，倭寇是主動收縮防線，以圖依託平壤堅城，與我軍一戰分出雌雄。」

「經略所言有理！」袁黃聽了，再度用力點頭，隨即，卻又快速旁徵博引，「但選鋒營先前以區區千餘兵馬入朝，也是所向披靡。最近甚至直接打到了通川城下……」

「那是因為，倭寇目前將心思，都花在了平壤。」宋應昌笑了笑，輕輕搖頭，「所以才讓他們撿了個大便宜。至於前面幾戰，除了鍋島直茂那次之外，其餘幾戰，哪一場不是小打小鬧？說實話，他們幾個的戰績，用來鼓舞我軍士氣可以。拿來見證倭軍的成色，則無異於管中窺豹。」

「這……」袁黃被駁斥得無言以對，只能訕笑著點頭。

「不過，有他們帶著選鋒營在朝鮮橫衝直撞，倒也讓老夫做起事情來，從容許多。」語鋒陡然一轉，宋應昌大笑著補充：「至少不用凡事都依靠著李提督，在戰場之外，也能多出好幾處地方落子。」

「經略您，您終於決定將他們納入麾下了！」袁黃聽得一驚，瞪圓了眼睛低聲詢問。

將李彤、張維善和劉繼業三人收入門下，與其他幾位被拉攏的浙軍將領一道作為嫡系，制衡李如松，是他在一個多月前，獻給宋應昌的「錦囊妙計」。可後者卻始終以「顧全大局」為藉口，不肯積極推進。而今天，宋應昌的態度明顯已經開始鬆動，他正好借機獻上自己的第二策，以讓世人知道，袁儀甫半生蹉跎，並非才能平庸，而是運數不濟，先前未能得到機會施展而已。

只可惜，宋應昌的回答，再一次讓他大失所望。

「不，老夫不會將他們納入麾下。現在不會，將來也不會。」輕輕搖了搖頭，宋應昌手捋鬍鬚，滿臉神秘，「儀甫，你可會下棋？很多時候，看似一枚毫無意義的飛子，往往卻能殺對手一個出其不意。」

一枚黑子迅速下落，執白子的李如梓笑了笑，快速做出應對，白淨的面孔上，寫滿了自信。

「啪！」又一枚黑子落在了先前那枚的附近，與臨近的一塊黑棋遙相呼應。

「嗯？」李如梓愣了愣，眉頭瞬間皺了個緊緊。沉思許久，才在黑子旁邊應了一手，呼吸聲沉重得也宛若風箱。

對面的李如松笑了笑，在先前那枚黑子旁邊，又落了第三枚。然後笑呵呵地等著自家弟弟接招。

待李如梓終於做出反應之後，又飛快的落下了第四枚。

李如梓的額頭越皺越緊，每一次應對，都需要思考很長時間。然而，卻越戰，越是被動。勉強招架了十幾手之後，身體猛地向後一跌，靠著椅子背捶胸頓足。

棋盤上，原本難解難分的局勢，已經雲開月明。黑方從多個方向攻城掠地，而白方的，卻因為先前那一子之差，處處被動，徹底無力回天。

「你太執著於眼前了！」李如松笑著端起茶杯，低聲點評。「下了這麼多年棋，我怎麼可能胡亂落子？」

「你贏了，當然隨你說！」李如梓翻了翻眼皮，悻然回應。隨即，伸出手，迅速在棋盤上抹動，將黑子和白子盡數攪做了一團，「不下了，每次都是你贏，真沒意思。」

「贏家才有資格說話，輸了的理由再多，也沒人聽！」李如松搖了搖頭，說出的話語裡隱有所指。

作為遼東李氏的新一代頂梁支柱，他必須像父親當年培養自己一樣，把握住任何可行的機會，對幾個弟弟言傳身教。如此，李家才會多幾分依仗，富貴榮華連綿不絕。否則，萬一自己哪天醉臥沙場，家族的大廈就會瞬間而崩，想要再度崛起，不知道要等到何年何月？

只是這個話題，在連番大勝之際說起來，未免有些煞風景。李如梓聽了，臉色迅速變得凝重，「大哥，莫非那姓宋的又在搗鬼？該死，這讀書讀黑了心的酸丁，沒本事對付外敵，坑害起自己人來卻一個賽過一個陰險。」

「不要這麼說宋經略，他這個人，其實稱得上是個正人君子。最近所做所為，沒有一件是在拖大軍的後腿。」李如松瞪了自家二弟一眼，大聲警告。

「明明不通軍務卻恨不得事事都插上一腳，如此君子，真是罕見。」不明白自家兄長明明跟宋應昌鬥得昏天黑地，卻為何忽然說起了此人的好話，李如梓悻然撇嘴。

「他是文官啊！」李如松笑了笑，彷彿一切都在自己意料當中，「本朝自英宗之後，文官來戰場上，不就是專門為了挑武將刺的嗎？他要是不跟我爭，非但不容於同僚，北京城內，得多少人會被嚇得睡不著覺？」

「你是說，你是說皇上……」李如梓終於意識到了問題嚴重性，悚然而驚。

「聖上乃是一代明君！」李如松下意識地朝西方拱了拱手，正色強調，「但聖上身邊小人甚多，我們李家又鎮守遼東太久。」

「還不是其他將帥太無能？」李如梓頓覺不公，揮舞著拳頭高聲說道，「否則，大老遠的誰願意去寧夏那鳥不拉屎的地方？」

「朝廷不會這麼想，只會覺得咱們李家尾大不掉。」李如松嘆了口氣，臉上的表情好生無奈，「最近已經有人將父親和我，比作當年的安祿山。」

「誰這麼缺德，我去宰了他！」李如梓大怒，「騰」地一下跳起來，拔腿就要往外走。

「回來，不要胡鬧！」李如松雙眉倒豎，厲聲呵斥，「都多大的人了，做事還如此莽撞！你去殺誰？你又能殺得了誰？你殺得了一個，還能殺得盡天下信口雌黃之徒？」

「那，那也不能讓他們平白往父親和你頭上潑髒水！」李如梓兩眼發紅，牙齒咬得咯咯作響。

「連大明太祖皇帝，都被他們潑了一盆又一盆髒水，更何況咱們李家。」李如松又嘆了口氣，繼續搖頭。

「那也不能坐以待斃吧！別人都將你比作安祿山了。如果咱們不給他點兒顏色看看，下一步，他們就得給咱們來個莫須有！」李如梓連連跺腳，恨不得立刻帶兵衝進北京城去，將那些背後污蔑李家的人揪出來，個個大卸八塊。

也不怪他如此氣急敗壞，想當年，安祿山乃是大唐玄宗時代最受信任的武將，受封三鎮節度使，掌管了大唐近四成邊軍。而現在，李成梁和李如松父子兩個連續坐鎮遼東，手中掌控的兵馬，也同樣是大明朝精銳中的精銳。

想當年，安祿山趁著大唐朝廷沒有任何準備，忽然造反，短短幾個月時間就兵臨長安城下，逼得玄宗皇帝倉皇西逃，大唐就此由盛轉衰。而現在，遼東李家如果造反，恐怕用不了一個月就能殺到北京城門口兒。

想當年，有人勸玄宗皇帝及早剪除安祿山，玄宗皇帝猶豫不決，導致大唐遭受滅頂之災。而現在，有人將遼東李氏比作安祿山第二，大明萬曆皇帝可是連授業恩師都果斷清算到底的主兒，萬一他聽信謠言對李家下手，等待著李如松、李如柏、李如梓兄弟們的，恐怕就是風波亭上幾道白綾。

「你先不要這麼急，辦法，我一直在想。」作為比對方大了將近三十歲的長兄，李如松遠比自家弟弟李如梓冷靜。追上去輕輕拉住對方的胳膊，將其再度拉回棋盤之前，「但殺人肯定不包括在內，否則，豈不就成了心中有鬼，所以才搶著去滅口？」

「那你倒是快點兒啊！」李如梓卻沒自家哥哥力氣大，掙脫不得，只能跺著腳催促。

「我剛才不是跟你說嗎？不要太執著於眼前了！」李如松強行將弟弟按在座位上，然後走到另外一側，示意對方重新開局，「下棋也好，做事也罷，過於執著於眼前，反倒容易落一個欲速而不達。如果在別人注意之時，擺下幾顆閒子，說不定哪天就能收穫意外之喜。」

「嗯，也對！」李如梓這次沒有急著反駁哥哥所說的「大道理」，一邊快速落子，一邊心不在焉的點頭。

「石星和宋應昌兩個，派沈惟敬做大明使節，就是一步閒棋。只是沈惟敬本事不濟，且私心太重。」李如松看了自家弟弟一眼，一邊繼續落子，一邊笑著補充，「而你的那幾個朋友，則是另外一步閒棋。當初派他們渡河之時，誰都沒把他們當回事兒。如今，他們這顆閒子若是用好了，則足以讓平壤以北的所有倭寇，全都吃不了兜著走。」

「你是說子丹和守義他們？」李如梓的眼睛瞬間開始發亮，啞著嗓子向自家兄長確認。

「對，就是他們。」李如松又快速落下一粒黑子，然後不慌不忙地補充，「當初你就不該急著回來報信，沈惟敬只是一介商販而已，翻不了什麼大浪。」

「我不是關心則亂嗎？」李如梓紅著臉，喃喃自辯。

「你已經關心過了，該趕過去跟他們匯合了。」黑子繼續落在棋盤上，流暢得宛若行雲流水，「他們那邊兵馬太少，需要當心幾支倭寇狗急跳牆。你再帶一個營弟兄過去，先幫他們將通川城守穩了，然後跟他們一起安安心心地做閒棋。平壤這邊的戰事，不需要你管。我跟宋經略之間的爭鬥，你也不用胡亂摻和。平壤城內才區區數萬倭寇，肯定擋不住大明東征兵馬傾力一擊。縱使最初憑藉高牆能占一些便宜，早晚也是個倉皇出逃的結果。而那時候，你們這處閒棋，就有機會大展神威。」

「可，可那還是沒解決謠言的麻煩，你當心眾口鑠金。」實在想不明白，自己去做閒棋，與解決李家所面臨的麻煩之間，有什麼關聯。李如梓看著自家哥哥的眼睛，大聲提醒。

「你又輸了！」李如松沒有直接回答，而是快速落下一枚黑子。

棋盤上，黑方大龍已成，白棋再度一敗塗地！

一枚白子落下，旋即，又是一枚黑子。

黑白雙方殺得難解難分，落子的速度卻絲毫沒有減慢。不多時，棋盤上空位就所剩無幾。

大明萬曆皇帝朱翊鈞眉頭緊鎖，用左手默默地在棋盤邊緣處落了一個白子。隨即，又用右手拈起一枚黑子，陷入了長考。

周圍的太監和宮女們，誰都不敢出聲，更沒勇氣出言給皇帝支招。拎著兩種不同顏色的棋子左右互搏，乃是大明皇帝朱翊鈞為數不多的愛好之一。下棋時需要周圍的人絕對保持安靜，任何人敢於胡亂置喙，都不會落下什麼好果子吃。

「啪！」足足思考了十個西洋分鐘，萬曆皇帝朱翊鈞將黑子重重地敲在了棋盤的一角。黑棋實力頓時大增，隱約有將白棋壓垮之勢。而萬曆皇帝朱翊鈞卻不肯放任白方失敗，長時間思考之後，又緩緩應了一個白子，登時，讓局面又緩和了下來。

秉筆太監孫暹悄悄放下一盞茶，然後飄然後退。從始至終，動作都像一隻靈貓般無聲無息。

萬曆皇帝朱翊鈞的鼻孔，迅速被茶香所吸引。停止下棋，端起茶水，一邊喝，一邊繼續做「長考」。棋盤上，黑子迅速幻化成他麾下的武將，而白子，則幻化成他麾下的文臣。黑子與白子互相牽制，達成了一種非常微妙的平衡。

在沒有外部變化之時，這種平衡最好，能夠讓大明朝永遠保持安寧。而一旦遇到外部變化，黑子和白子，則必須相應作出改變，否則，大明朝就會面臨一場浩劫。

最近朝廷連續在西北和朝鮮用兵，武將們的氣勢高漲。而大明朝文官們，卻因為謀劃每每出現失誤，威望急轉直下。作為皇帝，他不能不追究文官們失誤的過錯，卻同時必須對武將的勢力進行壓制，以免打破平衡。而萬一壓制力度過大，卻又擔心會影響到眼下的戰局。

眼下的戰局，形勢非常喜人。據前方用快馬傳回來的捷報，大明天兵過江之後勢如破竹，兵鋒已經再度抵達平壤北郊。而倭寇卻連戰皆敗，只能憑藉堅城拖延時間。如果明軍能在開春之前就將平壤攻破，稍事休整，便可乘勝追擊，繼續拿下鳳山，谷山，直奔開城，甚至在入夏之前，收復朝鮮王京！

憑藉兩度大勝，李如松的聲望，將直追當年戚繼光。此外，李如柏，李如梅，李如梓等兄弟幾人，也個個名聲大振。對於朝廷而言，有一個戚繼光，乃是大幸。如果有兩個，三個，四個戚繼光，並且還出自同一家，是幸運還是不幸，恐怕就未必可知了！

所以，黑子和白子，都不好下。朱翊鈞這個皇帝，每在棋盤上增減一顆子，無論黑白，都必須反覆思量。

茶水已經被喝光。萬曆皇帝朱翊鈞卻忘記將茶盞放下。目光繼續直勾勾地盯著棋盤，臉上的肌肉不停地抽搐，抽搐！

「當當，當當，當當！」豎在牆角的西洋自鳴鐘忽然敲響，瞬間打破了文華殿內的沉寂。秉筆太監孫暹被嚇得寒毛倒豎，連忙狂奔過去，雙手抱起自鳴鐘就往外搬。以免被打擾了雅興的大明萬曆皇帝朱翊鈞發怒，害得所有人都遭受池魚之殃。然而，就在此時，屋門口卻忽然傳來了一聲清脆的驚呼：「孫總管小心！這自鳴鐘重得很，萬一被它砸了腳，肯定傷筋動骨。」

「哎，哎！多謝殿下，多謝殿下！」秉筆太監孫暹登時鬆了口氣，一邊緩緩將自鳴鐘放下，一邊小聲向出言提醒自己的人致謝。

「恭迎殿下！」眾緊張到了極點的太監和宮女們，也一個個如蒙大赦。爭先恐後躬下身體，向門口出現的少女行禮。

原本已經長身而起的朱翊鈞，臉上的怒火瞬間熄滅，取而代之的，則是一位人父應有的溫柔。

「小娖子，都半夜了，妳不去睡覺，怎麼又跑到文華殿來了？小心被妳母親看到，又罰妳去抄經書！」

「父皇，人家不是關心你嘛？」少女朝著朱翊鈞翻了翻眼皮，大聲撒嬌，「早知道你不領情，就不給你送參湯了。」

說罷，從貼身宮女手中接過拖著瓷碗的木盤，作勢欲走。大明萬曆皇帝朱翊鈞見了，趕緊改口：「既然是孝順為父來了，那就無論如何不能算錯。妳母親即便知道了，也只會誇妳，不會罰妳。來，為父現在又累又困，剛好拿妳熬好的參湯，將養精神。」

「父皇如果累了，就該早點兒去安歇！」少女得意地笑了笑，轉過身，快速將參湯端到朱翊鈞面前，「而不是坐在這裡，自己跟自己下悶棋。黑子白子，都是您自己擺的，雙方下一招是什麼，您早就心知肚明。這麼下，怎麼可能分得出輸贏來！」

「嗯，嗯，我兒說得有道理，很有道理。」此刻的朱翊鈞，與民間的慈父沒任何分別。只管抓起勺子，一邊享受女兒親手熬製的參湯，一邊笑呵呵地點頭。

他身體強健，在子嗣方面收穫頗多。至今為止，已經有了六個女兒，四個兒子。但受醫療水準所限，子女們能夠平安長過八歲的，卻只有一半兒。而在這一半之中，也只有眼前的少女，榮昌公主朱軒媖，是他與王皇后的所生。所以從小就備受他的寵愛，無論提出任何要求，都會得到無條件的滿足。

而令萬曆皇帝朱翊鈞甚覺驕傲的是，儘管被自己和皇后視作掌上明珠，榮昌公主卻沒有恃寵而驕。相反，這個女兒聰明好學，知書達理，且在幾個妃子所生的弟弟妹妹面前，甚具長姐風範。無論在後宮還是宮外，都備受好評。

萬曆皇帝和王皇后沒有生下兒子，幾個妃子所生的男孩，要麼體弱多病，要麼不受他喜歡。所以，在立太子之事上，他始終猶豫不決。總覺得以自己和王皇后的年齡，完全有可能再生一個。而下一個，說不定就會像朱軒媖一樣聰明好學，一樣健康膽大。

有時候，萬曆皇帝甚至在私下裡幻想，如果朱軒媖不是榮昌公主，而是榮昌太子就好了。那樣，自己就不會天天為立嗣之事，被朝臣吵得頭大如斗。更不用擔心自己百年之後，朱家的江山，會不會風雨飄搖？

「父皇，我替您先將棋盤收了。一個人下棋有什麼樂趣？明天你如果有空的話，女兒過來陪您下！」自家女兒的聲音從身後傳來，讓正在喝參湯的朱翊鈞心中好生暖和。

然而，他的回答，卻與此時的心情截然相反，「不要動，將棋盤放好。為父還沒下完。」

「父皇您……」朱軒媖的手，僵在了棋盤上空，略帶一點嬰兒肥的臉上，瞬間寫滿了困惑

「為父，為父喜歡自己跟自己下棋！」被女兒看得心裡發虛，朱翊鈞將目光側開，搜腸刮肚地

給自己的怪異舉動尋找理由，「跟自己下，與跟別人下，感覺完全不同！有一種說法，不是叫做勝己嗎？對，就是自己挑戰自己。這種事情最是困難，所以為父這樣，也算一種功課。」

「嗯，父皇說得好有道理！」朱軒媖似懂非懂，瞪著水汪汪的大眼睛點頭。「可左手跟右手下棋，怎麼下不都是平局嗎？」

「不會是平局，怎麼會是平局？」朱翊鈞無法認同自家女兒的見解，皺著眉輕輕搖頭，「圍棋千變萬化，每一個顆子跟周圍都有無數關聯。下到後來，黑白雙方就彷彿都有了性命，不受下棋者掌控……」

這是他左右互搏之時，所領悟的道理之一。無論用在處理朝政上，還是處理家事上，都極具借鑑意義。然而，話才離開嘴巴，就被自家女兒朱軒媖一語擊破，「怎麼可能不受掌控？左手和右手都是您的？棋盤和棋子，也都是您的。除非您存心自己跟自己過不去，否則，想怎麼下就怎麼下，棋子還能控制得了您的手？」

「這……」朱翊鈞放下碗，臉上瞬間風雲翻滾。

對啊，黑方和白方，即便有了生命如何？棋子還能控制得了自己這個下棋之人！朝堂也罷，朝鮮也好，自己想要如何打算，只管按照自己的想法去做便是，何必考慮那麼多七七八八。

「父皇您，父皇，孩兒是不是說錯了？」被朱翊鈞的臉色嚇了一跳，榮昌公主朱軒媖仰起頭，小心翼翼地追問。

「我兒沒錯！」朱翊鈞左手和右手各自抓起一粒黑子，重重地敲在了棋盤的邊緣。

「父皇，您下的是兩枚黑子！」朱軒媖吐了下舌頭，小聲提醒。

「知道！」朱翊鈞大笑著回應，連日來盤旋在眉宇間的抑鬱一掃而空。不顧自家女兒就在身邊，扭過頭，他果斷向孫暹發號施令，「你給朕宣史世用來，朕有要緊事情安排他去做。另外，去派人給李如松傳旨，拿下平壤之後，下面的戰事怎麼打，他自己決定，不必再派人回來向朕請示！隔著好幾千里路，消息一來一回，戰機早就耽誤了。他與其做樣子給朕看，還不如將心思全都放在如何儘快擊敗倭寇上。」

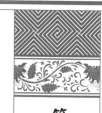

第十二章 芒刺

「皇上聖明！」孫暹跪倒在地，認認真真地向朱翊鈞行禮。

朱軒媖聽得似懂非懂，但是，卻驚喜的發現，自家父親眉頭舒展了許多。於是乎，也跟奉承了自家父親幾句，然後再度將手伸向棋盤。

這回，萬曆皇帝朱翊鈞沒有阻止她，而是微笑著喝起了參湯。彷彿女兒無意間幾句話，就讓他放下了千斤重擔一般。

「這下，大夥終於都可以安心睡個囫圇覺了！」正在起身的孫暹低著頭，偷偷地以手扶胸。再看周圍其他太監宮女，一個個也全都如釋重負。

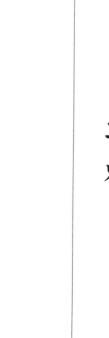

俗話說，伴君如伴虎。他們這些終日在皇帝身邊打轉的人，都知道此語不是空穴來風。大明萬曆皇帝雖然性子算不得暴虐，可一旦發起怒來，也如晴空霹靂。哪個倒楣蛋不小心挨上一記，肯定落個粉身碎骨的下場。

特別是最近幾天，萬曆皇帝為了麾下文武力量有可能失去平衡之事，心情煩躁。太監和宮女們唯恐遭受池魚之殃，所以，從早到晚提心吊膽，說話，做事，甚至連呼吸，都留著三分警醒。一個個無論精神還是身體，都早已疲憊不堪。忽然間，公主趕過來將皇帝的心病給治癒了，讓大夥如何不頓覺雲開月明。

「父皇，參湯味道可否順口？要不要再給您加一些糖霜？」榮昌公主朱軒媖的心思全在自家父親身上，絲毫沒注意到太監宮女們的神態變化。快速收好了棋子之後，又柔聲詢問。

「那東西是哄你們這些孩子吃的，為父怎麼會喜歡？」朱翊鈞被問得愣了愣，哭笑不得地搖頭。糖霜是海貿來的奢侈品，比起大明南方所產的紅糖，味道要好上不止一個等級。北京城內的富貴子弟，都對其趨之若鶩。但是，萬曆皇帝朱翊鈞本人，卻對糖霜不太感興趣。一直認為此物味道過於柔膩，容易讓人喪失銳氣。並且價格過於高昂，一旦被過分追捧，很容易傷及大明「國本」。

「可太醫說，糖霜性溫，食後可以讓人睡的安穩！」作為大明朝的公主，永遠沒有干政的機會，所以朱軒媖也從來不用擔心「楚王好細腰」。笑了笑，繼續小聲補充。

「為父向來睡得就安穩，倒是妳，這麼晚了，還到處亂跑。」朱翊鈞又搖了搖頭，憔悴的臉上，帶出了難得的慈愛之色，「怎麼，睡不著了？是不是宮裡過於陰寒？等過完了年，父親安排妳去南京住一陣子。那邊雖然不似北京熱鬧，但好在天氣轉暖得快……」

「孩兒的屋子裡頭燒著地龍，一點兒都不冷！」朱軒媖想都不想，果斷表示拒絕，「孩兒今天是陪著母后誦經，所以才回房晚了。又聽母后說父皇最近操勞政務，每天都四更才能睡下，故而才燉了一份參湯，給父親恢復體力。」

「我兒就是有孝心！」雖然終日被太監宮女們捧在天上，感覺到親生女兒的關切，朱翊鈞心中依舊湧起一股暖流。

「母后也一直在擔心父皇，她想勸您不要如此忙碌，卻又害怕耽誤了父皇的大事。」朱軒媖接過話頭，迅速補充，「所以，只能在宮中念誦經文，求佛祖保佑大明國泰民安。」

「妳母后……唉！」萬曆皇帝朱翊鈞眉頭輕皺，隨即，又搖頭輕嘆。

雖然掌權後，他毫不猶豫地對張居正進行了清算。但骨子裡，卻至今深受後者的影響。對於佛教，道教，以及西洋來的十字教，都無任何好感。所以，聽聞王皇后向佛祖求告，心中本能地就湧起一股反感。然而，想到王皇后所求的內容，那點兒剛剛湧起的反感，又迅速化作了溫柔。

如果大明朝國泰民安，自己這個當皇帝的，自然就不用日夜操勞。那個善良而又膽小的女人，不願落下一個紅顏禍水的罪名，所以，只能用這種愚笨的方式，來盡一份妻子之責。雖然，佛祖未必真的存在，即便存在，也未必聽得見她的禱告。

「父皇有多久沒有見過母后了？」彷彿沒看到朱翊鈞輕皺的雙眉，朱軒媖低下頭，紅著臉，用蚊蚋般的聲音迅速追問。

作為一個未婚少女，她問出這樣的問題，需要極大的勇氣。作為大明朝的公主，她干預自家父親的私事，一旦傳出宮外，更容易落下一個「不知羞恥」的罪名。然而，想起母親頭上漸漸增多的白髮，此時此刻，她心中卻充滿了勇氣。

「這……」萬曆皇帝朱翊鈞本能地想要說教一番，話到了嘴邊上，又遲疑著吞落於肚。

群臣最近又急著催促他確定儲君人選，雖然他一直沒有鬆口，可消息傳入宮內，對王皇后的打擊可想而知。如果這當口，他還因為女兒替母親說話，而大發雷霆。豈不是等同於幫著群臣朝妻子心頭的傷口上灑鹽？

幾乎是短短的一瞬，他就在禮法和親情之間，果斷作出了選擇。站起身，強笑著數落：「妳這孩子，怎麼管到父皇頭上來了？有那功夫，不如多學學女紅，免得將來嫁出去後，讓駙馬笑話我朱家女兒笨手笨腳！」

「父皇——」這下，輪到朱軒媖臉紅了，跺著腳，嬌聲抗議，「人家只是不忍看著母后為您擔心，也不忍看著您日夜操勞！」

「不說，不說！」像民間尋常父親一樣，朱翊鈞果斷選擇了投降，「好了，天色太晚了，妳該回去休息了。父皇就如了妳的意，這就去妳母后那邊，陪著她說幾句話。」

「謝父皇！」朱軒媖終於得償所願，開心地蹲身行禮。

「好了，妳個機靈鬼，可真應了民間那句話，女兒是母親的貼身小棉襖！」朱翊鈞大聲「數落」了一句，板著臉威脅，「趕緊回去休息，再亂跑，被妳母后罰了，誰都救不了妳！」

「兒臣遵旨！」朱軒媖調皮地吐了下舌頭，抱著棋盒，在貼身宮女的簇擁下，如飛而去。

「放下我的棋——」朱翊鈞伸手想要攔，哪裡還追得上？望著自家女兒的背影，無可奈何地搖頭。

沒有棋子，左右互搏自然做不到了。好在他已經想清楚了下一步該如何落子，並不需要再重新復盤！

「虎之助，你又輸了！」宮內大輔相良賴房放下棋子，笑呵呵地端起了茶杯。

「不可能，不可能，我剛才私下統計過，白棋領先至少兩目！哎呀！」坐在他對面的日軍第二番隊主帥加藤清正用力擺手，「無意間」衣袖拂過棋盤，剎那間，黑子白子全都混在了一起，再也無法斷定誰輸誰贏。

作為相交多年的老友，相良賴房早已習慣了加藤清正的小伎倆，所以也不戳破，只是笑呵呵地繼續飲茶。而加藤清正自己，卻忽然覺得好生尷尬，站起身，快速活動了一下四肢，然後又直挺挺地跪坐於地，大聲承認：「好吧，次郎，你說得沒錯，剛才是我輸了。咱們再來，這次我一定會讓你輸得連晚飯都吃不下。」

「那我就拭目以待了！」相良賴房笑著放下茶杯，伸手去收拾棋盤，重新將黑子和白子分別放入身邊的木盒。

「放心，不會讓你失望。」第二番隊主帥加藤清正氣鼓鼓地伸手幫忙，轉眼間，就將棋盤清理乾淨。隨即，再度與對方展開「廝殺」。

他在日本國內，素以文武雙全著稱。無論是彈琴，下棋，還是角力、軍略，都罕逢對手。然而，今天卻水準大失，第二局還沒過半，就再度大龍被屠，輸得毫無懸念。

「這次算你贏，再來！我就不信，今天拿不下你！」這次，加藤清正沒有故意耍賴，果斷投子認輸，同時朝相良賴房發出邀請。

「罷了，下多少盤，結局都是一樣。用明國人的話來說，叫做勝之不武！」這次，相良賴房沒有接受加藤清正的邀請，站起身，一邊用手敲打自己發僵的腰桿兒，一邊笑著搖頭。

「相良長壽丸！」加藤清正大急，喊著對方的乳名高聲抗議，「請不要太過分，以往下棋，我可是隨隨便便讓你三個子！」

「那是以往！」相良賴房收起笑容，非常認真地提醒，「虎之助，你今天心思根本不在棋局上。所以，無論下多少盤，都不可能贏！」

「你……」被人直接看破了心事，加藤清正急得臉色又青又紅。然而，很快，他就將頭垂了下去，悻然嘆氣，「的確，你說對了。我這幾天一直想著平壤那邊的戰事，吃不下飯，也睡不著覺。所以才找你下棋放鬆精神。」

相良賴房聞聽，立刻緊緊皺起眉頭，低聲質問道：「怎麼，你擔心小西攝津守行長會戰敗？那平壤城可是修得相當堅固，旁邊還有一座牡丹峰與其互相呼應。加藤主計頭，這可不像你！」

「怎麼可能不擔心？」知道相良賴房不是一個會打小報告的人，加藤清正咧了下嘴，將自己的觀點如實相告，「明軍出動了一萬六千餘人，並且其中還有三千名擅長使用鐵炮的浙江兵。我軍與朝鮮人交手，每戰必勝。與明軍交手，至少得兵力在其三倍之上才可能有勝算。」

「第一番隊整合後，總額是三萬二千，前一段時間雖然遭受了一些損失，可此刻兵力也不會少於兩萬八。第三番隊已經分出了一萬人，由島津侍從義弘率領，趕赴平壤支援。第四番隊據說也分出了四千兵馬，由福島正則率領……」

「我剛才說過，至少需要在明軍的三倍之上！」加藤清正心情沉重，非常不禮貌地打斷。「我已經給主上去了四封信，請求他儘快下令整軍，將目前的八個番隊，整合為兩個，或者三個。可惜，主上心中，總以為明軍的戰鬥力與朝鮮官兵差不多，而這裡，距離日本又過於遙遠。」

「最初渡海時，可是十六個番隊，外加兩個番外番，一支水軍。」相良賴房聽得皺起眉頭，再度認真低聲提醒。「主上幾經整合，才將十八個番隊，變成了八個。如果繼續縮減為四個，肯定弄得將士們心神不寧。」

「唉——」加藤清正聽了，再度長長嘆氣。

因為數年前才被豐臣秀吉強行捏合在一起，此刻日軍內部權力傾軋相當激烈。很多將領，對同僚的憎恨，遠勝於對敵人。所以，豐臣秀吉才不得不將麾下日軍分成了十八個番隊，命令他們從不同路線，向朝鮮展開進攻。

這樣做的好處是，最大程度避免內耗。但壞處卻是，每一個番隊的實力都非常單薄。用來收拾朝鮮國的臭魚爛蝦還湊合，用來與明軍交手，吃虧在所難免。

所以在剛剛攻下漢城之後，加藤清正就努力催促豐臣秀吉整軍。縮減番隊數量，加強每一個番隊的兵力，並盡可能地給每個番隊配上佛郎機炮。

這個建議不可謂不聰明，然而，卻得不到多少實權大名的回應。所以，推行起來很不順利。即便得到了豐臣秀吉的支持，到現在為止，也只是將十八個番隊變成了八個。每個番隊所部人馬才三萬上下，與明軍作戰之時，不具備任何兵力優勢！

沒有絕對的兵力優勢，日軍與明軍作戰，就很難有勝算。加藤清正不是福島正則，也不是小早川景隆。後兩者天性狂妄，並且各自麾下的將士至今還沒跟明軍有過任何接觸。而他，非但本人曾經在搶劫女直部落之時，吃了一個不大不小的虧，麾下的副帥鍋島直茂，前一段時間也被數量遠少於己方的大明偏師，殺了個落花流水。

接到戰報之時的感覺，加藤清正至今都記得清清楚楚。四千餘倭國將士，一萬朝鮮僕從軍，在某個輿圖上都找不到的村子，敗給了千把明軍和三千朝鮮義勇。而那支旗號叫做選鋒營的明軍，還不是李如松麾下的嫡系。

連一支偏師都如此驍勇善戰，李如松麾下嫡系戰鬥力將強到何等地步？千把偏師能擊敗四千倭國精銳，李如松帶領一萬八千大明虎賁殺到平壤城下，小西行長那邊的兵馬數量才是明軍的兩倍，怎麼可能守得住！

「小西攝津守用兵向來不拘泥於常規！」聽加藤清正的嘆息聲越來越沉重，相良賴房猶豫了片刻，忍不住又低聲出言安慰。「縱使守不住平壤，全身而退應該不成問題。眼下天寒地凍，越往南，明軍的輜重和糧草越不容易供應。而我朝鮮南部地形相對開闊，只要機會合適，第四、五、六番隊，可以聯手對明軍展開圍攻。」

這番話，說得有理有據，然而，卻沒讓加藤清正的眉頭做任何舒展。後者翻了翻眼皮，繼續悻然搖頭：「相良宮內大輔說得輕鬆！麻煩的是，此刻第二番隊分散於咸鏡道各城。萬一平壤被明軍所奪，你我的退路就被切斷了一大半兒！屆時，根本不用別人來攻，將士們自己就得亂成一鍋粥。」

「怎麼可能！」相良賴房雖然實力單薄，卻也算得上是個老行伍。立刻皺著眉頭，大聲反駁，「平壤在朝鮮西側，位於平安道。而你我此刻在咸鏡道……」

話說了一半兒，他的聲音就被卡在了嗓子裡。扭過頭，雙眼直勾勾地看向了牆上的輿圖。

平壤位於朝鮮西側不假，第二番隊將士分散於咸鏡道東部的幾座城池裡也為真。可朝鮮多山，且道路年久失修。一旦平壤被明軍攻克，第二番隊想要退向南方，就只剩下德原和谷山一線可走。而不早不晚，偏偏就在七八天前，那支曾經擊敗了鍋島直茂的明軍偏師，忽然潛行南下，出人不備拿下了通川。

通川距離谷山不到兩百里，距離德原不到八十里。平時那裡只是微不足道彈丸之地，如今，卻忽然變成了一根刺！狠狠地扎在了相良賴房的後心窩，讓他的每一次呼吸，都痛苦莫名！

「通知加藤清正，十日之內，他必須派兵奪回通川，否則，我一定會將他縱兵劫掠的惡行，呈於豐臣關白面前。」小西行長的咆哮聲穿透雕花玻璃窗，在丹青色的離宮內反覆迴盪。

由於朝鮮官軍跑得太快，位於平壤城內的離宮在半年前，幾乎毫髮無損地落入了倭軍之手。包括朝鮮國王李昖花費重金從西洋購買的雕花彩色玻璃窗，也保持完整。然而，此時此刻，跪坐在正心殿內的日本大名們，卻誰都沒心思再去欣賞彩色玻璃花在日光下的絢麗，一個個眉頭緊鎖，滿臉愁容。

通川城，一個輿圖上找上好半天才能找到彈丸之地，竟然莫名其妙地，讓所有人感覺芒刺在背。如果倭軍能守住平壤，自然反過手來，輕而易舉地就能將這根芒刺拔除。可如果倭軍在平壤戰敗，那根芒刺，就隨時都有可能會變成一把匕首，從後背直接插入大夥的心臟。

「還有，松浦刑部卿，立刻調用你麾下的忍者，替我送信給毛利輝元。要他不要總是盯著那些朝鮮漁夫，趕緊揮師北上。如果第一，第三，第四番隊聯手都未能將明軍擋在平壤以北，他的第八番隊，在慶尚道也甭想有好日子過。」速速將蓋了印鑑的書信丟給麾下心腹，小西行長拍打著桌案，繼續發號施令。

「是，攝津守！」被點了名字的平戶守松浦鎮信先俯身領命，隨即又迅速直起腰，小心翼翼地提醒：「眼下毛利參議正準備借著李舜臣被朝鮮王子撤職之機，全殲朝鮮水師。即便收到您的親筆信，也未必能分出兵力。況且從平壤到慶州路途遙遠，忍者星夜趕路，也得七、八天時間……」

「你只管派忍者送信！」小西行長急得火燒火燎，根本聽不進任何建議，瞪起眼睛，厲聲打斷，

「朝鮮漁夫就像蒼蠅，作用只是讓人噁心，根本對我軍構不成威脅。而明軍如果拿下了平壤，我軍……」

話說到一半兒，他忽然又意識到，自己作為義軍統帥不該在沒開戰之前，就喪失對取勝的信心。又拍了下桌案，迅速改口：「我已經從大明使者那裡套出了真相，明軍只有四萬八千餘人。如果能將城外那一萬六千人全殲，就等同於打斷了它的一支胳膊。接下來，我軍就可以重新奪取整個平安道，甚至順勢攻過鴨綠江。」

「明白！」松浦鎮信躬身行禮，回答得雖然響亮，中氣卻明顯不足。

不像其餘日本將領，對大明的情況一無所知。作為領過海貿朱印的鉅賈之子，他可是清楚地知道，豐臣秀吉試圖吞併的物件，是何等的龐大和強壯。

甭說消滅到一萬六千人，無法令明軍傷筋動骨。就是一口氣消滅十六萬人，大明最多只要三個月，就能再度召集起二十萬兵馬入朝。所以，在他看來，日本侵朝之戰，在大明正式宣布介入那一瞬，就已經寫好了結果。中間的所有勝負，都只是過程而已，根本無關緊要。

「我並非越權向第二番隊和第八番隊發布命令！」誤以為松浦鎮信態度不積極，是因為自己越權指揮的緣故，小西行長猶豫了一下，很不情願地向在場所有人解釋，「這裡距離日本太遠了，送信回去請求豐臣關白做出指示，根本來不及。而明軍又來勢洶洶，光是仿製的西洋火炮，就帶了好幾百門。如果不將各番隊的力量集中起來，我軍就會被對手各個擊破。先前所征服的土地，也會被

明軍和朝鮮匪徒快速奪回，直到我軍無法在陸地上立足。」

「事情緊急，小西攝津守的主張沒有任何過錯。」主動率部趕來支援的第三番隊主將島津義弘直起腰，迅速給出回應。「但加藤主計頭那邊，恐怕無力奪回通川。鍋島直茂打輸的那一仗，不僅讓第二番隊實力大損。更重要的是，嚴重削弱了我軍對朝鮮匪徒的威懾力。第二番隊如果集中兵力大舉南下去攻打通川，鄭文孚、姜文祐等匪徒，肯定會趁機向吉州和端川發起進攻。而如果第二番隊不集中起足夠兵馬，恐怕很難打得贏通川城內的明軍。」

「據游勢查探，又有一個營的明軍已經繞路趕赴通川。領軍的是李如松的六弟李如梓，與明軍選鋒營的那兩個主將關係非常親密。」島原城守，修理大夫有馬晴信也坐直身體，大聲補充。

「島原大夫說得有道理，眼下加藤清正的第二番隊，自保都困難，不能指望他們去替我軍打通退路。」

「的確，第二番隊目前情況太差了……」

五島純玄、大島雄信等人也紛紛挺直身體，非常坦誠地說出自己的見解。

當初為了避免大名們內鬥，豐臣秀吉將侵朝日軍分為了十六個番隊，兩個番外番，和一支水軍。幾經整合之後，至今還有八個。如此一來，每個番隊的兵力就不可能太多。而朝鮮的領土又極為狹長，有大量的城池需要分兵駐守，將日軍兵力分攤的愈發單薄。

就拿加藤清正的第二番隊為例，該番隊總額只有兩萬兩千八百餘人，卻要負責掌控整個咸鏡道從南到北十六座城池，每座城池平攤到的兵力不足兩千。崗子寨一戰，又有四千人馬被鍋島直茂稀裡糊塗送回了老家。

眼下咸鏡道內的朝鮮「叛軍」，在大明的支持下瘋狂反撲。手頭最多只剩下一萬八千兵力的加藤清正早就被逼得焦頭爛額。根本不可能抽出一萬以上的人馬去奪回通川。而人馬少於一萬的話，面對兩個營的明軍，等同於送人頭上門。

「如果我是加藤主計頭，我會主動放棄吉州，端川，洪原等地，集中兵力於德原。這樣，就不存在實力不足的問題。」小西行長非常固執，明知道大夥不支持自己，依舊大聲補充。

「那等同於不戰就放棄整個咸鏡道！」另外一個主動率部來援的將領，第四番隊主帥，甲斐守黑田長政坐直身體，大聲反駁。「任何一個大名，都不能容忍如此恥辱！」

「是啊，小西攝津守，沒有了榮譽，怎麼可能繼續做大名！」島津義弘皺著眉頭，緊隨黑田長政之後。

這是一個讓人很無奈，但是誰也改變不了的事實。在日本，各地大名能控制手下武士和領地上的各方勢力，有一個重要依仗就是聲望。如果有人擔上一個不戰而退的惡名，哪怕是戰略性撤退，也會導致其統治不穩。更何況，因為橫徵暴斂，眼下各地民怨沸騰。做大名的控制不了屬下，「一揆眾」注九肯定會死灰復燃，甚至形成燎原之勢！「如果加藤清正不迅速集中兵力收復通川，毛利參議又遠在慶州，我軍就要面臨腹背受敵的風險。」面對一群大名，小西行長無論如何，都不敢說出「個人榮辱並不重要」的話，只能強忍怒氣繼續剖析眼下日軍所面臨的險惡局勢。「即便通川的明軍按兵不動，有他們時刻威脅後路，我軍的士氣也會受到極大影響。」

注九：一揆眾：日本古代民間反抗組織，曾經發動多次起義。

小西攝津守，既然明朝使者一直住在平壤，您何不利用他一下？」黑田長政迅速接過話頭，大聲提醒，「他先前跟咱們接觸，明顯是在替明軍爭取準備時間。這次，咱們何不以同樣的方法，給毛利參議爭取北上時間？」

「你是說，假裝準備屈服，欺騙李如松，拖延時間？」小西行長的眼神頓時一亮，大聲詢問。

「攻城戰向來會產生巨大傷亡，如果李如松有不戰就奪取平壤的機會，相信他難以拒絕。」黑田長政點點頭，非常認真地建議。「如果能拖上十天半月，非但毛利參議可以率部北上，第五，第六番隊，也能派遣大量兵馬馳援平壤。」

「這……」小西行長大聲沉吟。

對方的主意，聽起來相當有道理。如今的局勢下，哪怕多拖一天，對日軍來說，都是占了大便宜。更何況，朝鮮氣候變化劇烈，一月份下暴雪是常見現象。只要一場暴雪忽然從天而降，明軍就可能不戰而退。

而日軍，需要付出的代價僅僅是，他小西行長的一點點聲譽，假裝不敢迎戰，向明軍主帥李如松表示屈服。

剛剛試圖要求加藤清正不顧個人榮辱為日軍爭取勝利，轉眼輪到了自己頭上，小西行長當然不能表示拒絕。稍作猶豫之後，就停止了沉吟，以手用力拍案，「好，我馬上召見沈惟敬，通過他向李如松轉交降書。來人……」

「轟轟轟！」一串霹靂從天而降，震得離宮上下起伏。

小西行長的如意算盤被打斷，驚愕地站起身，快步衝向窗口，「怎麼回事？誰在開炮，哪裡在開炮？」

沒有人回答他的問話，四下裡，只有連綿的炮聲，聲聲急，聲聲催人老。

「轟隆，轟隆，轟隆隆隆……」

黑田長政、島津義弘、松浦鎮信、五島純玄等人，全都站了起來，一個個鐵青著臉看向宮門口，等待噩耗的到來。

如此密集的炮聲，只可能來自城外的明軍。

明軍正式對平壤展開進攻了，他們剛才的一切謀劃，都胎死腹中！

沒用他們等得太久，短短七八個西洋分鐘之後，一名滿臉是血的武士就衝了進來。「報告，明軍向蘆門、含談門、七星門發起炮擊，我軍，我軍傷亡慘重！大村有盛，小島嘉隆兩位足輕頭戰死！」

「牡丹峰呢，牡丹峰上，不是有咱們繳獲的朝鮮火炮嗎，他們為何不居高臨下反擊明軍？」島津義弘眼前一黑，強行壓住心中恐慌，大聲追問。

「小西攝津守，快，快派人去催。牡丹峰，牡丹峰是唯一能壓制明軍火炮的地方！」黑田長政也不顧主客之別，啞著嗓子大聲催促。

「牡丹峰，牡丹峰沒有任何動靜，可能，可能已經失守了！」沒等小西行長接受建議，前來報信的武士，已經說出了第二個令人絕望的消息，「久野，久野重勝將軍試圖率領騎兵前去重新建立聯絡，被，被明軍的火炮擊中，當場身亡！」

第十三章　大捷

李彤舉起大鐵劍，同時雙腿輕輕磕了一下馬鐙。遼東雪花青受到刺激，嘴裡發出一聲高亢的咆哮，邁開四蹄，直撲對面的倭寇。

「跟上！」張維善揮動鋼鞭，大聲呼喝，策馬緊緊跟隨在李彤身後。張樹、李盛、老何、顧君恩、張重生等人也紛紛策動坐騎，在向前飛奔的同時，嫻熟地組成了一個楔形。

在他們身後，是三百多名大明勇士和九百多名朝鮮義兵。將楔形的尾部不斷拉長，變寬，在暗青色的大地上，激起一股巨大的煙塵，遮天蔽日。

「砰，砰，砰砰砰……」對面的倭寇鐵炮手承受不住騎兵衝鋒所帶來的壓力，隔著一百多步遠搶先開火。剎那間，射擊響如爆豆，大多數鉛彈卻都不知去向。

五十步準確殺傷距離，對於這個時代大多數鳥銃來說，都是一個魔咒。超過這個距離，鉛彈能落在哪全憑老天爺喜歡。包括裝藥量高達一兩半甚至二兩的魔神銃（重型火槍），頂多能將精確範圍推進到七十步上下，對於百步之外的目標，同樣無可奈何。

「嗖嗖嗖——」兩百多支羽箭畫著弧線，從天空中墜落，效果同樣乏善可陳。騎兵的移動速度太快，弓箭手根本無法瞄準。而想要達成覆蓋式壓制的效果，兩三百把角弓，數量又差得太多。

「蠢貨！」

「廢料！」

「給我趕緊裝填火藥！」

「弓箭，弓箭手，你們這群廢物！」

咒罵聲，催促聲交替而起。倭寇中的武士們側轉刀刃，朝著鐵炮足輕和弓箭手肩膀後背等處亂抽。試圖通過肉體的疼痛，讓鐵炮足輕們恢復冷靜。同時組織弓箭手再度調整射角，趕在對面的騎兵衝過來之前，再度發起一輪攔截。

挨了打的弓箭手努力開弓放箭，干擾明軍的進攻，為自家鐵炮足輕爭取裝填時間。分布在鐵炮足輕和弓箭手兩側的倭寇騎士（倭軍對騎兵的稱呼）則強壓下各自心中的恐懼，將隊伍整理出兩個三角形。準備在自家鐵炮足輕給予明軍迎頭痛擊後，趁機從兩側發動反攻。

他們的設想很完美，然而，卻距離現實差得太遠。還沒等倭寇的鐵炮足輕第二次平端銃口，對面上的明軍陣地上，忽然騰起了七八道濃煙。緊跟著，悶雷翻滾，「轟，轟，轟，轟！」伴著震耳欲聾的「雷聲」，四枚黑色的彈丸，快速越過大明騎兵的馬頭，在倭寇們視線內急劇變大，然後，直墜而下。

「噗——」撞擊聲宛若刀切敗革，排成一排的倭寇鐵炮足輕隊伍，瞬間斷成了五截。每一個斷口處，都血肉橫飛。而兩枚剛剛擊穿了肉體的彈丸，居然不肯立刻停歇。兀自呼嘯著從血泊中彈了起來，以鬼神莫測的怪異角度，繼續向倭寇陣地深處砸去。沿途無論是人是馬，只要被其砸中，全都支離破碎！

「火炮，火炮——」倭寇鐵炮足輕顧不上再裝填，尖叫著四下奔走。周圍的倭寇弓箭手也嚇得抱頭鼠竄，寧可被督戰的武士直接砍死，也不肯留在原地，被炮彈直接分屍。

「火炮，火炮，明軍有大量火炮！」

「火炮，火炮情報有誤！」

「火炮，明軍不只是幾百人，他們也來了援兵！」

準備向明軍發起反攻的倭寇騎士們，也亂做一團，誰都不願意成為下一輪炮擊的直接目標。

「所有子母連環炮，聽我的命令，瞄準前方三百六十步敵陣，間隔發射，讓倭寇知道知道，到底什麼才能叫做炮！」明軍本陣處，李如梓冷笑著揮動令旗。「轟，轟，轟，轟！」又是四記晴空霹靂，四枚炙熱的鐵彈丸再度伴著霹靂聲落入倭寇陣地，其中三枚因為落點處泥土鬆軟，只擊斃了兩人一馬，就失去了前進動力。最後一枚卻落下跳起，跳起落下，循環往復，硬生生在倭寇的隊伍中，犁出了一條猩紅色的血肉胡同。

倭寇的鐵炮足輕們徹底崩潰，誰都不敢繼續留在原地挨轟，慘叫著四散奔逃。他們手裡的火槍，雖然也自稱為「炮」。然而，無論裝填速度，射程，還是殺傷力，都與對面明軍的子母連環炮不可同日而語。繼續留在原地，只能成為活的靶子，根本無法給予對方任何反擊！

而遠處的明軍炮手，卻越轟越順手。以無比熟練的動作從母炮中扯出剛剛發射完畢的子炮，然後又將新的子銃填入了母炮的炮膛。

「轟，轟，轟，轟！」八門子母連環炮中的四門再度發射，將倭寇的軍陣搗得一片混亂。這種早在數十年前就被大明工匠仿製成功的佛郎機炮，經過戰神戚繼光的改進，已經衍生出了十幾種型號。此番李如梓隨軍攜帶的，是其中最輕便精巧的一種。

每門母炮只有五百斤重，一輛馬車就可以輕鬆拖著走。而車上的剩餘空間，還可以再裝載四到六枚子銃，遇到戰事，只需要半柱香時間便能就地展開，對敵軍進行迎頭痛擊。

想當年，戚少保奉命北上戍邊，正是憑藉各種佛郎機炮，將塞外蒙古騎兵打得屍橫遍野。如今，明軍又將改進後的子母連環炮擺到了朝鮮戰場，讓移動速度遠遜於蒙古騎兵的倭寇，如何能抵擋得住？還沒等另外四門炮進行第二輪發射，整個倭寇的軍陣已經斷成了兩截。原本人員最為密集軍陣中央，出現了一個至少兩丈寬的缺口，除了被轟斷了腿的傷者外，沒有任何一個活著倭寇，敢繼續站於原地抵抗。

「不要慌，不要慌，一番組和二番組的騎士，迎上去，迎上去與明軍攪在一起，他們的火炮不會轟自己人！」眼看著沒等跟明軍發生正式接觸，自家隊伍就要崩潰，奉命前來奪取通川的倭寇主將島津志則大聲叫喊。

用鐵炮手給予明軍騎兵迎頭痛擊的計畫，已經不可能實現。趁著明軍主力集中於平壤無暇分身，一舉奪回通川的戰略，也徹底成了夢幻泡影。作為領軍的主將，他現在只能想方設法擋住明軍騎兵的第一輪攻勢，然後尋找機會，盡可能帶最多的手下，脫離戰場。

兩個番組中的倭寇騎士們，也知道不將洶湧而來的明軍騎兵逼退，自己一方連平安撤離都沒有任何可能。所以儘管一個個頭皮發麻，卻尖叫著策動坐騎，從左右兩側，撲向明軍的楔形陣列。準備憑藉局部人數優勢，死中求活。

這次戰術調整非常及時，倭寇騎士們，表現也對得起他們遠高於普通武士的年俸。只可惜，他們遇到的是大明選鋒營。

這支原本不被任何人看好，組成也極為複雜的隊伍，作戰經驗雖然不如其他大明官軍，士氣卻遠遠勝之。隊伍中的每個人，特別是作為楔形軍陣列前鋒部分的精銳，對倭寇的作戰能力，習慣和韌性，都了然於胸。因此，根本不給後者夾擊自己的機會，在高速前進中居然猛地來了個斜拉，拋下左側張牙舞爪的倭寇，迎面直接頂上其右側的同夥。

「轟！」兩支騎兵斜向相撞，血光飛濺。

炮擊聲立即停滯，馬蹄敲打地面聲也忽然變得低沉而壓抑。

被明軍從側面撞中的倭寇第二番組，剎那間四分五裂，數十名倭寇接連從馬背上墜落，慘叫著被馬蹄踏成了肉泥。而明軍的隊伍，卻保持著基本的完整，繼續高速向前推進，將更多的倭寇推下馬背，推回他的日本老家！

「衝上去，衝上去，將他們的隊伍衝斷！」僥倖位於第一番組中央島津志則目瞪欲裂，強壓住心中的恐慌，再度高高地舉起了倭刀。

「衝上去，衝上去，將他們的隊伍衝斷！」周圍的心腹旗本武士們扯開嗓子，將他的命令，齊聲不斷重複。但是，每個人夾在馬腹處的膝蓋，卻本能地放鬆，唯恐不小心刺激了坐騎，搶先與明軍發生接觸。

眼前的明軍太可怕了，只一次衝擊，就將總數高達兩百三十七騎的第二番組，碾成了碎片。他們如果冒冒失失被捲進去，肯定死無葬身之地。

聰明人到處都是，特別對於強盜而言，能活得久的，個個都不是傻子。發現明軍的攻擊力遠遠超過了自己的預估，第一番組其餘倭寇，也紛紛放緩馬速，左顧右盼。準備趁著明軍還沒有轉身之前，逃之夭夭。

「衝上去，衝上去，不擋住他們，誰都逃不掉！」太清楚自己麾下這群武士是什麼貨色，島津志則一邊揮刀朝著自己的旗本隊亂砍，一邊大聲補充。

在他的逼迫下，十幾名心腹武士拿出必死之心，尖叫著向明軍隊伍靠近。沿途挾裹起更多的騎兵，如同一群看到燭光的流螢。

彷彿顧忌到倭寇垂死反撲，明軍楔形隊伍後半部分，忽然有百餘人脫離了出來。這個現象，讓島津志則精神大振。「殺散他們，咬住明軍的尾巴，讓他們無法回頭！」高高舉起倭刀，他興奮得連聲音都變了調。就在此時，剛剛脫離大隊的那百十個明軍，忽然齊齊在馬背上擰身。

「砰，砰，砰，砰……」鳥銃聲響如爆豆，白色的煙霧在馬頭處翻滾。根本顧不上看這輪鳥銃齊射的效果如何，劉繼業鬆開魔神銃，任由其被皮繩拴著，自行墜於戰馬身側。同時，高高地舉起一根四棱鐵鐧，促動坐騎，穿過硝煙，直撲倭寇隊伍核心。

迎頭挨了一排鳥銃的倭寇隊伍，被打得到處都是豁口。失去主人的戰馬，悲鳴著四處亂竄。手擎四棱鐵鐧的劉繼業，不費吹灰之力，就突入了倭寇隊伍深處。跟在他身後的選鋒營弟兄鋼刀翻飛，將被打懵的倭寇一個接一個砍下坐騎，就像農夫在自家田地裡收割莊稼。

「玉碎！」島津志則大叫著揮刀，發出同歸於盡的命令。旋即撥轉坐騎，逃之夭夭！

「孬種，別跑！」劉繼業大罵著追了一段，就悻然帶住了坐騎。

這不是選鋒營第一次在通川城下將來犯倭寇打得落花流水，事實上，自從明軍替通川城解了圍之後，每隔三、兩天，就會有一夥倭寇氣勢洶洶地前來挑釁。人數少則七、八百，多則三、四千，遠不如當初鍋島直茂率部奇襲崗子寨。所以，每一戰的結果，自然毫無懸念。

特別是在李如梓率部帶著火炮前來支援後，倭寇更沒絲毫取勝的可能。首先，人數上，明軍已經不再少於對手，排兵布陣時不再捉襟見肘。其次，倭寇最大的依仗火銃，無論威力，射程和射速，都遠遜於字母連環炮，往往沒等發揮作用，陣型就被轟得七零八落。最後，也是最重要一點，選鋒營連番取勝，士氣高漲。弟兄們遇到倭寇之後非但不會怯戰，反而唯恐輪不到自己打頭陣，撈不到倭寇的人頭記功。

尋常士卒都戰意高漲，按道理，作為幾位核心將領之一，劉繼業也應該意氣風發才對。然而，隨著時間的推移，他卻越來越提不起精神。每次作戰，只是在剛剛與倭寇白刃相接際，他還能感覺到幾絲振奮。每當敵軍不出意料地潰敗，他身上的精氣神，就會隨之迅速溜走。彷彿接連吃了二十頓同樣的飯菜一樣，意興闌珊。

「這群廢物，叫囂的時候，一個比一個聲大，逃跑之時，卻唯恐落在別人後頭。」千總老何騎著一匹高頭大馬，從劉繼業身邊衝過。隨即也放棄了對敵軍的追殺，撩起披風為坐騎擦汗。

比起砍下倭國武士的腦袋，顯然，他更在乎坐騎的健康。哪怕明知道剛剛從自己面前逃走那名武士，就是今天倭軍的主將。

張樹和李盛、顧君恩三人的身影，很快也出現在附近。同樣沒有參與對倭寇殘兵敗將的追殺，只管一邊清理鎧甲上的血跡，一邊看起了熱鬧。倒是周圍的朝鮮義兵，因為懷著刻骨的仇恨，殺起倭寇來毫不手軟。哪怕對方已經跪地求饒，也毫不猶豫地圍攏過去，亂刀齊下。

劉繼業再仁慈，也不會阻止選鋒營中的朝鮮義兵，對倭寇進行報復。乾脆撥轉坐騎，走向城門。其他幾位大明將領互相看了看，也飄然轉身，對義兵的行為眼不見為淨。

他們不屑誅殺放下武器投降的敵人，更不屑去跟義兵搶人頭。戰功，他們幾個已經攢得足夠。義兵和選鋒營的尋常士卒，砍下倭寇的人頭還能換軍功或者跟朝鮮地方官員換錢，而他們，哪怕再多砍下上百顆倭寇的首級，也不可能升得更快。

不光是他幾個，隨著不斷有小股倭寇主動前來「送死」，選鋒營的絕大部分將佐，如今都面臨著同樣的問題，那就是短時間內積累了太多的功勞，很難要求兵部和朝廷如數兌現。

按規矩，大家夥作為李彤和張維善的部屬，除非立下臨陣斬殺敵酋那種蓋世奇功，否則，官職就不可能躍居兩位游擊之上。而大明朝的游擊到參將，表面看似只是一級之差，暗地裡卻彷彿隔著一道天塹。如果背後沒有實權人物出手力捧，很多武將的職位這輩子就在游擊止步。通過三兩場戰爭就封侯敗將的奇蹟，只在話本小說和折子戲裡頭，現實世界中根本遇不到。

「怎麼了，明明我軍大獲全勝，你們幾個怎麼好像全都提不起精神？」李如梓帶領親信上前接應，迎面與劉繼業遇了個正著，愣了愣，皺著眉頭詢問。

他的年齡比劉繼業大不了多少，做人又不喜歡擺架子。所以劉繼業也不畏懼他的官威，笑了笑，輕輕搖頭，「最近幾仗，每回先是你這邊轟上幾炮，然後選鋒營的騎兵再衝上一次，倭寇就潰了。從過程到結果，都一模一樣……」

「敢向參將通稟，我部當初只打算在通川修整三到五天，後來不斷有倭寇來襲，結果一直停留到了現在。」唯恐劉繼業的話，引起什麼誤會，老何趕緊在旁邊小聲打斷，「大夥連續作戰，形神俱疲，所以才有些提不起精神。」

「那倒是，倭寇全是這種貨色，真的有些勝之不武。」李如梓笑著點頭，自動忽略掉老何的訴苦，順著劉繼業的半截話頭說道。「不過我估計咱們也不會在通川停留太久了，按時間計算，平壤那邊，最近一兩天就應該分出結果。」

「你說李提督他們馬上就能攻下平壤？」劉繼業的精神頓時一振，瞪圓了眼睛，大聲追問。「你是什麼時候收到的消息？我記得今天出城之前，還沒有任何風聲。」

「沒任何消息，是我自己推測的。」李如梓又笑了笑，輕輕搖頭，「我在路上走了八天，沿途沒有受到任何像樣的阻攔。與你們匯合之後，又過了七天，前後加起來都半個月了，攻城大軍無論怎麼準備，時間也足夠了。」

「平壤，平壤城裡頭……」劉繼業本能地想要提醒對方，平壤城牆高大堅固，防禦設施齊全，易守難攻。然而話到了嘴邊，又果斷咽回了肚子內。

平壤城的確易守難攻，並且城內藏著數萬倭寇。可倭寇的戰鬥力，照著明軍精銳卻差著一大截。再加上李如松那邊還攜帶了大量火炮助戰，只要不疏忽大意，明軍的獲取最終勝利就只是時間問題，根本不存在任何懸念。

「另外，你不覺得最近幾仗，倭寇來得都太匆忙嗎？」李如梓卻唯恐自己的話沒有說服力，想了想，繼續大聲補充，「如果最近幾支倭寇合兵一處，即便無法打敗咱們，至少也能憑藉人數優勢，讓咱們手忙腳亂。而他們卻偏偏連三天時間都等不得，一波接一波的趕過來送死，彼此之間，也絲毫沒有消息傳遞。」

「你是說，倭寇自己也知道他們守不住平壤，所以才急著從附近調動兵力奪取通川？」劉繼業又是一驚，眼睛瞬間瞪成了核桃大小。

「你猜得應該沒錯，但倭寇像發了瘋般一波波趕過來，不光是為了奪回通川。而且想要借此拖住咱們，讓咱們無法干擾他的退路。」李彤的聲音忽然從他身後傳來，帶著不加掩飾的自信。

「姐夫，你怎麼也回來了？」劉繼業迅速扭過頭去，上上下下打量李彤，唯恐他身上有半點兒傷痕。「小心姓高的又出來搶著打掃戰場。」

「由他去，反正倭寇丟下的輜重足夠多。咱們不可能全都帶走。」李彤一邊翻身下馬，一邊大聲回應。

最近半個多月遠離主力，同時也遠離了明軍內部的那些旋渦。因此，他非但沒有因為持續作戰，而形神俱疲，相反，臉色還遠比半個月之前紅潤。三步兩步來到李如梓面前，先笑呵呵地向對方抱了下拳，然後大聲說道：「既然時間差不多了，咱們也沒必要繼續留在通川等著倭寇送貨上門了。李提督當初命你領軍前來支援選鋒營，肯定並非無的放矢。接下來該劍指何方，還請李參將及時示下。」

「你早就猜到了？」李如梓愣了愣，隨即欣然而笑，「我就知道瞞不過你。從平壤退向開城，只有兩條大路，近的那條是鳳山，遠的那條是谷山。鳳山用不到咱們管，家兄自然會提前有所布置。而谷山，如果咱們不奪取城池，而是在附近守株待兔……」

故意頓了頓，看向李彤的眼睛，李如梓的目光中充滿了期待。

「留一個局的朝鮮義兵在通川，幫助高文軒防備小股倭寇來襲！其他人今晚準備，明天一早就可以出發。」再度出乎李如梓的意料，李彤答應得非常乾脆。

「其實，其實選鋒營還可以多留下一些人在通川。臨行之前，家兄特意交代過，谷山那邊咱們可以審時度勢，截殺一部分倭寇，使其今後聞我軍之名就打哆嗦即可。不必，也沒，沒指望能將所有倭寇都留下。」見李彤想都不想就決定跟著自己一道出戰，李如梓反而心裡覺得有些不安了，猶豫了一下，用極低的聲音補充。

按職位，他這個參將雖然高於游擊。然而，二人彼此之間卻沒有任何直屬關係。並且選鋒營自打去年初冬入朝以來，一直連續作戰，如果李彤不願意配合他，一句師老兵疲，就足以讓他無話可說。

此外，雖然他在來遼東之前，曾經許諾過要給予李彤和張維善兩人照顧，可遼東李家對二人的態度卻始終不冷不熱。包括他最尊敬的兄長李如松，也只是要求他繼續拿李彤、張維善和劉繼業三個當朋友，從沒流露出分毫打算將三人收攬於門下的想法。

第三，隨著明軍主力在朝鮮北方各道勢如破竹，原本屬於「閒子」的選鋒營，迅速變得耀眼起來。作為選鋒營的坐營游擊，李彤的前途也越來越被人看好。包括經略宋應昌在內，將來對他肯定只會拉攏，而不會再強迫他站隊。這個時候遼東李氏的「照顧」，對李彤來說，已經可有可無。

第四，也是更重要一點，此番與李彤、張維善和劉繼業三人重聚，李如梓明顯從兄弟三個身上，感覺到了一股「懈怠」情緒。換句話說，兄弟三個當初來遼東時所訂下的目標，都已經圓滿實現了，並且有可能遠遠超出預期。這種情況下，他們已經沒必要再去戰場上冒險，拿自己的性命去給別人的戰功錦上添花！

「不必，如果李帥能順利拿下平壤，通川周圍的各支倭寇，只會想著如何儘快逃往開城和王京，絕對沒膽子為了奪取通川，而冒被李帥追上的危險。而萬一李帥那邊攻擊不順利，通川對倭寇來說就失去了作用，放在誰手裡都意義不大！」李彤聲音繼續傳來，還是一如既往的乾脆俐落。

「早就該走了！這種仗，贏得再多也沒啥意思。還有那些專門趕過來買倭寇人頭冒功的朝鮮地方官，我一見到他們的嘴臉就想吐。」張維善騎著一匹通體漆黑的戰馬從遠處奔至，接過李彤的話頭，笑呵呵地表態。

後半句話，引發了一陣哄堂大笑。老何、張樹、李盛等人，都撇著嘴連連搖頭。與張維善一樣，他們也無法理解，為何朝鮮國王李昖，專門挑選那些貪生怕死，卻臉皮奇厚的傢伙當官兒？更無法理解，為何義兵當中許多面對倭寇都毫無懼色的將領，對著那些不知道從哪裡忽然鑽出來的地方官員，就立刻矮了半截。將原本屬於義兵自己的戰功拱手相讓不說，還主動替後者說項，請求選鋒營分一些功勞給這些人，讓他們在倭寇退走之後，好有資格在李昖面前吹牛皮。

因為擊斃的倭寇太多，所以只要朝鮮地方官員出的價錢能夠讓人滿意，選鋒營就不會拒絕他們的要求。至於將來這些官員如何吹牛皮，反正只會寫成朝鮮文，讓大夥看見的機會不大，所以大家夥兒也不怎麼在乎。

　　但是，在內心深處，眾將卻對朝鮮官員鄙夷至極，隱隱約約甚至覺得，大明將倭寇趕走之後，直接將朝鮮吞併了才好。至少，對於那些捨命抵抗倭寇的義兵和朝鮮百姓，歸於大明治下，遠好於繼續被一群貪官污吏騎在頭上作威作福。

　　「姐夫，兵法有云，窮寇莫追，歸師勿遏。倭寇如果選擇從谷山一帶南撤，咱們去卡了他們的退路，小心他們情急拚命！」唯一不贊同遷都截殺倭寇主力的將領，只有劉繼業，紅著臉，向李彤高聲提醒。

　　雖然最近發生於通川城外的「垃圾仗」，他打得很是乏味。可比起繼續前去封堵倭寇大部隊的退路，他卻寧願留在這裡，繼續乏味下去。此外，李彤和張維善兩個，當初在南京都欠過李如梓人情，不方便拒絕對方。可他與李如梓相識，卻是在決定來遼東之後，所以拒絕起來理直氣壯。

　　「我們此番前去不是堵倭寇退路，而是趁著倭寇急於逃命，狠狠咬它一大口！」李如梓現在在心裡準備的說辭，終於派上了用場，趕緊接過話頭，大聲強調。「光是在平壤城內的倭寇，就有四、五萬人。再加上從寧邊，安州等地潰敗下來的，總數恐怕得超過十萬。真的想把他們全都堵住，甭說咱們手頭這五千多弟兄不夠，家兄那邊再派五千人過來，也是一樣。」

　　「剛才六哥說過，不會奪取谷山城，只是在路上守株待兔。」李彤輕輕拉了一下劉繼業的戰馬韁繩，制止他繼續尋找藉口。

　　「對，不會奪取谷山城。並且倭寇不一定全從谷山走，鳳山那邊，距離開城更近，才應該是他們的首選，家兄已經再那邊提前布下了埋伏。谷山這邊，只是提防部分倭寇捨近求遠。」感激地看了李彤一眼，李如梓紅著臉補充。

「倭寇做事，可從來不按照常理，說不定，偏偏就要捨近求遠。況且谷山附近的地形，咱們根本不熟悉。」劉繼業眉頭緊鎖，依舊不情不願。

「倭寇一樣不熟悉，只懂得走大路。而咱們這邊，我最近幾天，已經找好了嚮導。」說起具體戰術，李如梓可是不會輸於任何人，想了想，再度大聲補充，「谷山往北，有一個地方叫喇叭口。兩山相對，中間夾著五里長的官道，北窄南寬，像個喇叭形。你不是一直想要試試字母連環炮嗎，咱們把炮擺在兩座嶺上，東邊嶺上的炮隊歸我，西邊那隊何時開炮，向哪開炮，全憑你來做主。」

「那，那在下就先謝過了！」劉繼業瞬間忘記了自家姐姐交代的任務，瞳孔中全是字母連環炮對著倭寇狂轟的暢快景象。

第十四章　求索

一直等到已火炮在喇叭口西嶺布置到位，劉繼業才忽然意識到，自己哪裡好像做得不太對勁兒。

「我居然把姐夫給賣了，就為了四門子母連環炮！」非常心虛地朝前方的一塊岩石下看了看，他在心中小聲嘀咕，「如果這事兒被姐姐知道，她非跟我絕交不可！該死的李六郎，簡直就是個笑面狐狸，不聲不響，就把爺爺給繞了進去。」

前方的山坡上怪石嶙峋，李彤、顧君恩、老何等人的身影，在石塊後忽隱忽現。接連趕了兩天的路，大夥此時都非常疲憊，所以誰也沒功夫像劉繼業那樣東張西望。都在抓緊最後的時間，安頓弟兄們躲藏，以防露出蛛絲馬跡，讓這次伏擊功虧一簣。

騎兵不適合山地，所以張維善帶著選鋒營的騎兵，與李如梓麾下的騎兵一道，隱藏於嶺側的一處密林當中。如果李彤等人偷襲得手，他們就會以最快速度迂迴到敵軍身後，給對方以致命一擊。

而敵軍，根據斥候總旗車立拚死送回來的消息，此刻正在十多里外的一處避風地歇息。隨時都可能起身繼續趕路，踏入狹長的喇叭口地段。為了避免驚動對方，車立未能查明這夥倭寇的具體數量，但大致估算，應該不會低於兩萬，還有大量的朝鮮偽軍追隨於倭寇的身後。

「鳥銃手的位置需要再靠前一點，即便是居高臨下，射擊距離也儘量不要超過六十步。否則，誰也不能保證彈丸飛到什麼地方。」從浙軍借來的教頭吳昇快速走到劉繼業身邊，啞著嗓子低聲提醒。

「老哥，你儘管去安排。」劉繼業的目光，被從遠處拉回。扭過頭，非常乾脆地回應，「好不容易才從李六郎那兒把火炮借到手，我今天得把心思主要放在炮隊這兒，鳥銃手就全拜託給你了。」

「這，這不合適吧！」吳昇始終沒忘記自己客將的身份，愣了愣，猶豫著拒絕。

「怎麼不合適，他們都是你手把手教出來的？誰敢不聽命令，你儘管直接拿通條抽！」劉繼業把眼睛一瞪，非常霸氣地補充。隨即，又迅速將目光轉向炮隊，盯著四門火炮的炮手們加固支架，調整射擊角度，分派子銃，彷彿自己不這樣做，炮手們就會虛應故事一般。

「也，也罷！」吳昇想要繼續推辭，都找不到機會，只能硬著頭皮，接受劉繼業的委託。

「拿我姐夫換來的，怎能交給別人使？」劉繼業故意不看吳昇蹣跚而去的身影，用眼睛盯著暗黃色的炮管，小聲替自己的行為找藉口。

受西洋工藝的影響，大明子母連環炮的炮身和子銃，都是用青銅打造。因為鑄造的時間還不算長，此刻炮身表面還沒完全被銅綠覆蓋。所以在月光下看起來青中透黃，宛若一塊塊未經雕琢的美玉。

然而，這些美玉，卻能決定戰爭的勝負，劉繼業對此堅信不疑。雖然前面幾次戰鬥中，直接死於子母連環炮下的倭寇，還不如死於鳥銃和戚刀下的一個零頭。但人體被炮彈命中之後支離破碎模樣，卻能讓倭寇的士氣一落千丈！幾乎每次不用等到騎兵衝到近前，倭寇的軍陣就已經在炮彈的連續打擊下崩潰。甚至有一次，來犯倭寇連兩輪炮擊都沒撐住，就直接一哄而散。

除了威力巨大之外，子母連環炮的射程，也好於鳥銃太多。七十步外，鳥銃能否打中目標，完全要靠運氣。超過兩百五十步，彈丸即便命中，也穿不透單層牛皮。而火炮，有效供給距離卻高達六百步，四百步之內，無論人還是戰馬，只要被炮彈擦上，都會筋斷骨折。

「劉千總，劉千總，要不要上開花彈？」負責控制第一門火炮的小旗柳崢喘息著跑上前，用極低的聲音向劉繼業請示。

「開花彈，這種炮也能用開花彈？」劉繼業用力揉了把眼皮，先確認自己沒有因為疲憊而產生幻覺，然後才低聲向對方詢問。

雖然是第一次指揮子母連環炮作戰，對於開花彈，他卻一點兒都不陌生。事實上，在大明立國之初的北伐蒙古之戰中，中山王徐達就攜帶了大量的火炮。在灰山一戰中，更是利用可內部裝填火藥的開花彈，將蒙古精銳轟了個落花流水。

但開花彈是依靠爆炸來殺傷敵軍，而子母連環炮的炮彈，卻是依靠彈丸的速度和重量。二者表現完全不同，所以劉繼業雖然早就知道開花彈，卻無法確定此物能否裝入連環炮的子銃之中使用。

這個疑問，迅速在柳崢那裡得到了解答。後者想都不想，就用力點頭，「能，我剛才往山下看過了，到處都是石頭，實心彈落下去，效果未必跟平地上一樣好。反倒是開花彈，雖然落地後需要一點兒時間才能炸開，可那麼狹窄的地方，倭寇想躲都沒地方躲，炸早炸晚都是一個樣。」

「那就給我上開花彈。」劉繼業聞言大喜，立刻高聲吩咐。不待柳崢將他的命令付諸實施，他又繼續大聲補充，「不要全換，你們四門炮，兩門用實心彈，兩門換開花彈。先打上一輪，然後看哪個殺死的倭寇更多，接下來就用哪個。」

「遵命！」小旗柳崢欽佩地行了個禮，轉身而去。

「劉將軍跟別的公子哥不一樣！」這是他跟其餘幾個炮手的一致看法。雖然具體不一樣在哪，他也不一定能說清楚。但是，他們當中的每個人，卻能清晰地在劉繼業眼中看到，那種對於火器的癡迷。

按理說，越是富貴人家出身的將領，越見多識廣才對。輕易不會為某種火器而大驚小怪，更不會像劉繼業這樣，見了威力巨大的火器之後，就挪不開眼睛。甚至連火炮可能炸膛的危險都不在乎，恨不能親手去點藥撚兒。

如果他們知道，劉繼業數月之前，剛剛渡過鴨綠江，就當胸吃了一顆鉛彈，也許他們就不會為劉繼業的表現，而覺得驚詫了。那顆鉛彈，雖然因為距離較遠，又被鐵甲擋了一下，沒要了劉繼業的小命，卻讓劉繼業深切體驗到了，火器和傳統兵器的不同。

不需要太強壯的身體，也不需要常年累月的訓練，只要使用得當，一名朝鮮偽軍手裡拿著鳥銃，就能輕鬆將一位大明將軍擊落於馬下。如果三百名鳥銃手分段射擊，循環往復，正面所對五十步內，任何兵種都無立足之地。而如果將鳥銃換成連環炮，哪怕只有區區十幾門，炮口所指，人馬頃刻全會化作齏粉。

「啟稟千總，屬下以為，需要安排幾名弟兄到前頭，查驗炮擊效果，及時向您彙報！」摸透了劉繼業是個好脾氣，另外一名姓趙的小旗湊上前，啞著嗓子提議。

「查驗，怎麼查驗？萬一被倭寇發現了怎麼辦！」劉繼業愣了愣，紅著臉詢問。

「那裡有塊像老虎的石頭，那幾棵樺樹後頭，還有那塊被洪水沖出來的山溝，都可以藏人。」

趙姓小旗也不客氣，伸出右手對著山腳指指點點，「不需要太近，炮彈打過去後，聽動靜，就能判斷出攻擊效果。只要您這邊約好了暗號，他們吹號角或者吹銅哨子，都可以傳信。屆時山下人喊馬嘶，倭寇也未必顧得上留意誰在製造動靜。」

「那就用銅哨子，聲音三聲以上，越多就是效果越好。你們一個小旗派一個人下去，按照你說的位置。」劉繼業知道自己是外行，果斷選擇從諫如流。

趙姓小旗領命而去，隨即開始給其他炮手分派任務。劉繼業豎起耳朵，認認真真地聽眾人在說些什麼，然後努力將這些話，全都記在心裡。

指揮炮隊的權力，是他拿自家姐夫的安全從李如梓手裡換回來的，他無法不努力珍惜。雖然，雖然這次指揮權，只具備象徵意義，大部分時間內，炮手們都會自行其是。可下次，下下次呢，作為劉伯溫的後人，劉繼業不相信自己永遠都是個擺設！

我不是個擺設，永遠不是！

狠狠握緊了拳頭，他在心中對自己默念。

目光掠過炮口的邊緣，他又看到了自家姐夫李彤的身影。依舊像平時那樣，挺拔而又矯健。

劉繼業知道，自己之所以答應跟李六郎來打這仗，是為了學著使用火炮，進而指揮炮隊作戰。自家姐夫呢？當日李六郎提出截殺倭寇，姐夫為何答應得那麼痛快。

他來遼東的目的分明已經達到了！

他半年時間就做到了游擊，短時間內，即便立下更多戰功，也不可能再升！

他既不是朝鮮人，也跟倭寇沒什麼深仇大恨！

為什麼他當時答應得毫不猶豫？

為什麼他身上已經看不到絲毫的厭倦？

為什麼他明明答應過自己，暫且留在通川看熱鬧，卻忽然又改變主意？

為什麼……

無數疑問，都沒有答案。

此時此刻，在劉繼業耳畔，只有呼嘯的山風和零星的鴉鳴。

「呱，呱，呱……」一群烏鴉悲鳴著從頭頂的天空飛過，讓所有人心臟為之震顫。緊跟著，又是一大群。這種以腐肉為生的動物，對軍隊的動向異常敏感，無論哪裡有兵馬移動，都會引起牠們的注意。努力拍動翅膀，飛在隊伍前後左右，隨時準備俯衝下來，開始一場血肉盛宴。

「呼——」劉繼業不再胡思亂想，蹲下身體，盡力將肺內的渾濁空氣連同腦子裡的紛亂思緒，一併吐出體外。

烏鴉來了，意味著倭寇的隊伍已經近了。雖然從私人角度，禦倭提督李如松對兄弟三個不太「仗義」。但是從用兵角度看，劉繼業卻不得不佩服此人對戰局的掌控力。

後者幾乎提前了大半個月時間，就判斷出平壤之戰的最終結果，並且準確地預測到，一部分倭寇會捨近而求遠，不從鳳山南撤，而繞了一大圈子，選擇了谷山。

「呼——」「呼——」「呼——」吐氣聲在四周此起彼伏，每一名弟兄就將身體藏在亂石和灌木叢後，努力調整呼吸，趕在倭寇抵達之前，將身體狀態調整到最佳。

頭頂上是一輪滿月，在無風無雲的天氣裡，照得山谷格外明亮。這樣明亮的月夜，適合趕路，卻未必適合打伏擊。但是，遠道而來的明軍，卻已經來不及再做出任何調整。倭寇敗得太快了，比李如梓預料的最快速度還快。以這種速度，大夥如果不趁著今夜給他們攔腰來上一刀，待到明天天亮，他們就有可能跑過谷山城。

而過了谷山城，道路會變得越來越寬闊，倭寇可以選擇的撤退路線也不再是兩條。

「哇，哇，哇，哇！」山谷外，烏鴉聲又起，引得無數同類扯著嗓子回應。劉繼業被吵得頭皮發乍，用手扶著炮架，對著天空中越來越近的鴉群怒目而視。

如果此時可以開火，他恨不得抄起魔神銃，先對著天空來上一記。那些以腐肉為生的扁毛畜生，從來都與災難為伴。每次聽到牠們的叫聲，都令人不由自主地聯想到厄運和死亡。而戰場上刀箭向來不長眼睛，即便百戰名將，也難免死於一支流矢。偏偏自打火器投入戰場以來，死亡變得更加簡單且隨機。哪怕再牢固的頭盔，也擋不住二十步之內發射的鉛彈。

「別緊張，你又不是第一次上戰場。」就在他又開始後悔，自己不該拿姐夫換火炮的時候，李彤的聲音，忽然從他身後響起，溫暖而又堅定。

「姐，姐夫……」劉繼業被嚇了一大跳，本能地朝著側前方記憶中李彤曾經藏身的位置看了看，才又啞著嗓子追問：「你什麼時候過來的？我剛才分明看到你……」

「就在你剛才忙著調整呼吸的時候。」李彤伸手按住他的肩膀，聲音和動作都從容不迫，「倭寇馬上就過來了，我得看看弟兄們都準備好沒有。你別太把火炮當回事，等會想朝哪轟就朝著哪轟，只要不轟到自己人頭上就行。咱們以前沒有它，也照樣打得倭寇滿地找牙。」

「那倒是。」劉繼業艱難地擠出一個笑臉，用力點頭。

「我再去吳昇那邊看看，然後就不過來了。」李彤將手抬起來，在他肩膀上輕輕拍了兩下，然後拎著大鐵劍，快步走向前方的鳥銃手所在位置。

看上去又笨又長的大鐵劍，拎在他手裡像木頭做的一般，輕飄飄不費絲毫力氣。反倒將他的身影，襯托得愈發威風凜凜。而原本有些緊張的弟兄們，看到自家游擊如閒庭信步般從身邊經過，頓時身體就真正放鬆下來，彷彿剎那間，就從大鐵劍上汲取了力量一般。

幾名鳥銃手從藏身處回過頭，向李彤抱拳行禮。李彤笑著走過去，單手握拳，輕輕捶打他們的胸甲。帶隊的把總也紛紛轉身，一張張鬍子拉碴的臉上寫滿了崇拜。李彤挨個用拳頭敲過去，卻沒有跟任何人說話，彷彿一切想說的話，都已經包含在自己的拳頭之中。

選鋒營的士氣，迅速高漲到了頂點。如果不是擔心暴露，弟兄們恨不得站起身，齊聲高呼。看到他們血脈賁張的模樣，臨時被調派到劉繼業麾下的炮手們，也熱血沸騰。不斷地用抹布擦拭炮口，彷彿炮口擦得越亮，火炮的威力就會越大一般。

「姐夫拉攏人心的本事，絕對是家傳。」看著李彤被眾星捧月，劉繼業扁了扁嘴，酸溜溜地在肚子裡嘀咕，「怪不得姐姐放著南京那繁華之地不待，卻千里迢迢陪他來了遼東。也就是大明軍規不准攜帶女眷入營，如果沒有這條軍規，姐姐估計都得親自持盾提刀，護衛他的左右。」

「呱呱，呱呱，呱呱……」又一群寒鴉從頭頂飛過，聲音緊張而又淒涼。

這回，劉繼業的心情沒受寒鴉的半點兒影響。略微調整了一下姿勢，繼續用目光給自家姐夫挑刺兒。

他看到李彤的身影從鳥銃手的藏身處走了出來，慢慢壓低，慢慢走向朝鮮義兵。他看到義兵們紛紛或者拱手，或者舉刀，向李彤致以無聲的問候。旋即，他又看到李彤的身影從義兵們埋伏的地點穿過，快步走向擔任第一波衝殺任務的選鋒營左部。看到無數身影起起落落，宛若海上潮湧。

最後，他看到自家姐夫的身影，與張樹、老何、顧君恩等人彙聚在一處，然後再度消失不見。整個山坡頓時變得寂靜無聲，月光如雪灑滿所有人的頭頂。

他忽然有點兒明白，自家姐夫為何沒有拒絕李如梓的邀請了。

有些人，天生就屬於戰場的。就像大鵬屬於天空，巨鯤屬於碧海。躲在通川城內袖手旁觀，自家姐夫李彤固然可以遠離危險，日子卻會像白開水般沒有味道。而來到戰場上，縱使戰功換取不了朝廷的酬勞，李彤卻可以活出滋潤，活出別樣精彩。

「呱呱，呱呱，呱呱……」最後十幾隻寒鴉，尖叫著掠過山谷所對的天空。

月光忽然變得更加明亮，將夾在兩座山頭之間那條官道照得無比清晰。幾十匹快馬呼嘯著衝進山谷，馬背上，倭寇遊勢們手持弓箭，四下亂射。

不知道有沒有弟兄們被射中，但是，官道兩側的山坡上，卻沒有出現任何動靜。負責探路的倭寇遊勢們心神大定，從懷中掏出海螺，一邊繼續策馬狂奔，一邊奮力吹響。

「嗚嗚，嗚嗚，嗚嗚嗚嗚嗚——————」低沉的海螺聲，瞬間充滿了整個山谷，刺激得人頭髮根根倒豎。

官道兩側的山坡上，依舊沒有任何動靜。所有大明將士都努力將身體伏得更低，脊背繃緊，雙腿悄悄開始蓄力。

大隊的倭寇，從山谷口湧入，人喊馬嘶聲響成了一片。從平壤城一路潰敗到這兒，他們個個都筋疲力竭。但是，他們卻不敢停下來做長時間休息，唯恐那支拿下了平壤的明軍，不去追殺從鳳山一帶倉皇撤退的小西行長，而是像他們一樣捨近求遠。

「嗚嗚——嗚嗚——嗚嗚」猛然，一聲號角從山谷中響起，岩石後，灌木叢中，數點紅星快速閃爍。

緊跟著，鳥銃射擊聲攪碎半天月光。數以百計鉛彈從山坡向下打去，將倭寇的隊伍攔腰切成了兩段。

「轟！」「轟！」「轟！」「轟！」對面的山坡上，子母連環炮開始快速施放，將倭寇砸得人仰馬翻。

所有倭寇都亂做了一團，有人調轉弓箭和鐵炮，試圖向兩側山坡上的明軍發起反擊，但是更多的人，卻拚命向前擠去，試圖搶在明軍發起總攻之前逃之夭夭。

剛剛斷裂的隊伍，被擠得快速合攏。所有被打翻在地的倭寇，無論是已經死去的，還是尚未死去的，全被他們的同夥踩在了腳底下，轉眼之間就變成了一團團肉泥。

山坡兩側的大明鳥銃手繼續開火，弓箭手也以最快速度射下雕翎，然而，倭寇卻多得殺不完，倒下一層又是一層。從劉繼業的位置看去，整個倭寇的隊伍變成了一條肥碩的蟒蛇，身體中央處分明已經血跡斑斑，卻不停地扭動著向前爬行，堅決不肯坐以待斃。

李彤的身影忽然出現在他視線之內，旁邊還跟著忠心耿耿的李盛。顧君恩、張重生等人揮舞著兵器緊隨其後，在跑動中組成一個鋒利的箭頭。

光憑著鳥銃和弓箭無法將倭寇的隊伍徹底切斷，也無法徹底擊碎倭寇的士氣。想要將更多的倭寇「留下」，近身搏殺就在所難免。而在倭寇隊伍中，卻隱藏著大量的鐵炮手，如果萬一他們發起偷襲……

「砰！」「砰！」「砰！」隱約似乎有鳥銃聲響起，緊跟著，劉繼業就看到李彤身側有人倒了下去。隨即，一夥身穿皮甲的倭寇在某個武士的組織下，從隊伍中分散出來，冒著被明軍鳥銃手射成馬蜂窩的危險，逆勢衝向了山坡。

劉繼業的心臟開始狂跳，呼吸沉重得宛若風箱。如果萬一姐夫有個三長兩短，自家姐姐肯定不能獨活，而他也沒有面目，再與姐姐劉穎相見。

「將軍，開炮嗎，咱們這邊開炮嗎？」一個聲音，忽然在他耳畔炸響，如同閃電般，剎那間，將他眼前照得一片通亮。對，開炮，老子這邊也有火炮，還有，還有威力巨大的開花彈。

「開炮，當然開炮，你們他娘的等什麼？」他終於記了起來，身邊的四門火炮全都歸自己指揮。沒有自己的命令，幾個小旗根本不敢搶先點燃炮撚兒。

「開炮，馬上！」抬手給了自己一記耳光，劉繼業咆哮著從小旗柳崢手裡搶過一支火繩，快速衝向距離自己最近的炮位，將火繩頂端跳動的紅星，與炮撚一併按進了引火口。

「轟——」一聲悶雷在他身前炸響，震得他五臟六腑上下翻滾。

一枚開花彈呼嘯著落入山谷中的官道，眾倭寇被嚇得紛紛尖叫著閃避。待發現炮彈並沒有像以往那樣彈起，又伸長了脖子大喘粗氣。還沒等他們將一口粗氣兒喘均勻，火光又沖天而起，生鐵彈片被氣浪推著向周圍盤旋飛掠，凡是被波及者，皆四分五裂。

「轟！」「轟！」「轟！」又是三枚炮彈呼嘯著落入倭寇隊伍，按照劉繼業先前的叮囑，一枚為開花彈，兩枚為實彈。砸翻了三名倒楣的倭寇之後，皆落在血泊裡一動不動。周圍的倭寇卻不敢心存僥倖之念，撒開腿，拚命遠離落點，沿途遇到阻擋，皆不顧一切推到。

「轟隆——」那枚開花彈經過短暫的沉默後終於炸響，掀起一團紅色的血霧。因為周圍的倭寇都盡力躲避的緣故，這枚炮彈的殺傷效果並不見得多好，然而，他對倭寇精神上的打擊，卻猶如雷霆閃電。

臨近的所有倭寇都果斷放棄了反撲的念頭，撒開雙腿朝山谷前後兩個出口飛奔。將剛剛鼓起勇氣試圖垂死一搏的幾組同夥兒，瞬間給推了個東倒西歪。

「開花彈，開花彈，全換開花彈！」劉繼業彎下腰，一邊大聲叫喊，一邊在炮車旁邊翻撿子銃，試圖分辨出，哪種子銃裡頭裝填的是自己所需，卻無奈地發現，所有子銃長得都一模一樣。

「劉千總，劉少爺，您只管朝哪轟。更換子銃的事情交給我們。」小旗柳崢嫌他礙手礙腳，趕緊拉住他的胳膊，大聲請求。

「當然是朝倭寇頭上轟，快，看哪裡倭寇多，就給老子轟哪兒！」劉繼業晃動膀子甩開柳崢的拉扯，手指山下，咆哮聲壓過了遠處的鳥銃轟鳴。

「得令！」吳姓小旗帶領其餘炮手，大聲答應著裝好子銃，將第二輪炮彈朝著山谷中央的官道砸去。這一輪，全都是開花彈，落地之處，引得慘叫聲此起彼伏。

儘管倭寇們拚命閃避，狹窄的山谷，卻無法給倭寇提供多少躲避空間。彈片的殺傷力，無形中比平地上增加了數倍。每一個落點周圍，都迅速變成了人間煉獄。被炸死的倭寇屍體和缺胳膊少腿兒的倭寇傷號摞在一起，彷彿被端上妖魔餐桌的血食。

「接著轟，接著給老子轟。把子銃打完拉倒。」劉繼業興奮地聲音都變了調，揮舞著胳膊大聲催促。

「得令啊！」炮手們學著折子戲裡的腔調，齊聲回應。隨即用最快速度裝填子銃，調整射角，將開花彈轟入敵群。

「轟！」「轟！」「轟！」每一枚炮彈炸開，都將倭寇的隊伍硬生生炸開一個血肉窟窿。

「轟！」「轟！」「轟！」「轟！」對面的炮手們，也受到提醒，全都換上了開花彈。朝著倭寇隊伍中人員密集處，不停地砸落。有個武士咆哮著試圖組織反撲，卻被炮彈直接炸上了天空。周圍的足輕和徒步者（雜兵）們被嚇得魂飛天外，紛紛丟下武器，做鳥獸散。

「那邊，那邊！看到那一排大車沒，那一排大車後藏著倭寇鐵炮手！」劉繼業越打越有經驗，指著官道上一隊運輸車高聲提醒。「給老子把四門炮都對準他們，無論哪門炸上，都絕不虧本兒！」

「得令啊——」炮手們答應著調整炮口，炮彈快速砸向車隊。

三枚射偏落入了逃命的倭寇之中，一枚正落在車隊中央。四聲爆炸過後，馬車上騰起了滾滾烈火，僥倖沒有被炸死的倭寇鐵炮手顧不上去救受傷的同黨，抱著腦袋，狼奔豕突。

「叫你頑抗！」劉繼業不屑地罵了一句，然後瞪圓了眼睛，踮著腳尖去尋找下一個打擊目標。

已經沒有合適目標可找，在火炮、鳥銃和弓箭的聯合打擊下，敵軍的隊伍已經徹底崩潰，走在前半段的倭寇再也顧不上身後的同夥，一個個丟下兵器，鎧甲和輜重，撒腿狂奔。走在後半段的倭寇沒膽子再向前移動半步，爭先恐後地轉過身，沿著來時的道路倉皇逃竄。

「你們繼續轟，注意瞄準倭寇，別誤傷了自己人！」悻然向炮手們丟下一句話，劉繼業放棄指揮權，重新用目光尋找自家姐夫李彤的身影。

山坡上的大部分明軍和朝鮮義勇，都已經開始向下衝鋒。刀光如同水波，晃得他兩眼發花。費了九牛二虎之力，他才終於又找到了選鋒營的將旗，隨即目光迅速向下移動。

將旗下那個身影，正是李彤。身後跟著李盛、顧君恩等人，每個人手中的兵器，都寒光閃爍。對面再也沒有任何倭寇敢於迎戰，整個隊伍所過之處，如沸湯潑雪。

第十五章 雄風

因為炮管發熱和彈藥有限雙重緣故，山坡上的子母連環炮很快就都停止了射擊。明軍的鳥銃手和弓箭手也紛紛改變戰術，不再瞄準某個區域內的敵軍進行覆蓋，而是各自尋找目標，分別射殺。

然而，倭寇隊伍的混亂情況，卻沒絲毫改善。曾經在短短三個月內，就橫掃了朝鮮兩京八道的倭寇，忽然間就變得無比孱弱。

幾乎沒有組織起任何像樣的抵抗，他們就被明軍的先鋒從隊伍邊緣一路殺進了隊伍中央。而倭人畏強凌弱的性格，也在這一刻體現得淋漓盡致。

身穿華貴鎧甲的將軍們，一邊跳上馬背拚命遠離明軍兵鋒所指，一邊揮動倭刀逼迫尋常武士替自己斷後。而平素自詡將生死都不放在眼裡的武士們，則迅速將兵器對準了身邊的足輕。眾足輕沒有膽子抗拒武士的逼迫，拚命拉著徒步者（雜兵）去阻擋明軍。徒步者們則大叫著向周圍的朝鮮偽軍揮動兵器，逼著偽軍用身體組成血肉屏障。

「無恥之尤！」李彤揮動大鐵劍，從背後將一名拚命朝人堆裡躲藏的徒步者砍翻在地，緊跟著側轉血淋淋的劍刃，掃向另外一名倉皇逃走的足輕。後者身體只有他一半高，動作靈活得宛若猿猴。

尖叫著斜向起跳，搶在被劍刃掃中之前躲出了四尺多遠。

跟上來的李盛毫不猶豫地揮刀下剁，正中倭寇足輕的鎖骨。鋒利的刀刃入體兩尺，切斷倭寇的胸骨和心臟，隨即也斷成兩截。李盛毫不猶豫地棄刀，退入同伴的保護範圍。緊跟著單手從背後抽出一把雁翎刀，上步下劈，將被倭寇推過來的一名朝鮮偽軍，從肩膀處劈成了兩半。

因為這次耽擱，他被李彤落下了兩步遠。但空出來的位置，立刻被張重生補上。後者與顧君恩一道，替李彤清空左右兩側的威脅，避免有倭寇從側面發起偷襲。其餘大明勇士則咆哮著跟上來，將隊伍始終保持成一個銳利的楔形。

位於楔形邊緣的弟兄們，一邊快步向前推進，一邊揮刀。將沿途中所有能遇得到的敵人，不分武士、足輕、徒步者或者偽軍，全部砍倒。戰靴踩得地面上下戰慄，白刃帶起一道道血浪。

周圍的倭寇們不敢再多絲毫耽擱，爭先恐後向遠處躲避。被倭寇們丟出來擋路的一眾朝鮮偽軍被嚇得腿腳發軟，扔掉兵器，癱在地上大聲哭號。他們本以為自己此番肯定在劫難逃，卻不料，已經殺到近前的李彤忽然改變戰術，側轉了劍刃，用劍身向兩側橫拍。

「滾，不想死就別擋路！」嘴裡發出一聲斷喝，他用劍身將兩名偽軍各自拍出了半尺多遠。臨近的其他偽軍被撞得東倒西歪，頓時分出了一道狹窄的通道。

「滾開，不想死就滾遠點！」唯恐李彤衝進去冒險，剛剛跟上來的李盛用朝鮮語高聲發出威脅，緊跟著，再度脫離隊伍，搶先一步衝入通道，揮刀左右亂拍，宛若一頭覓食的棕熊。

事實證明，他的擔心有些多餘。此時此刻，位於通道兩側的偽軍們哪還有膽子發起偷襲？發現大明天兵居然對他們刀下留情，一個個立即挪動發軟的雙腿，連滾帶爬向更遠處躲避。護衛在李彤身側的顧君恩和張重生兩個見狀，也努力加快腳步，跟李盛一起將通道撕得更寬。

李彤在其他大明勇士們的簇擁下，衝入通道。楔形陣列繼續向前推進，將通道周圍的偽軍們像趕羊般驅散。跟在大明勇士身後配合作戰的車立、黃百萬、朴七等人看得面紅耳赤，也紛紛扯開嗓子，高聲叱罵：「滾開，別耽誤天兵殺賊！」

「滾開，你們這群廢物，倭寇都敗了，你們還怕他個蛋！」

「倭寇敗了，一起殺倭寇啊！」

「找倭寇報仇啊，天兵來了，天兵為你們撐腰！」

選鋒營中，其他朝鮮義勇也齊聲高喊，提醒被倭寇推出來當肉盾的同族們，趕快認清形勢。以前偽軍給倭寇充當奴才和爪牙，是因為倭寇實力強大，沒機會也沒本事反抗。而現在，倭寇已經被大明天兵殺得潰不成軍，傻子才會繼續對其唯命是從。

因為當奴才當習慣了的緣故，大部分朝鮮偽軍，都對義兵們的提醒充耳不聞。但是，仍然有一小部分偽軍還沒有變成行屍走肉，或者調轉身形，揮刀砍向了正在逼迫自己的倭寇。或者乾脆邁開雙腿，不顧一切逃向山谷之外。

這部分偽軍的數量雖然很少，卻讓倭寇試圖利用偽軍拖延時間的打算，徹底落空。發現有人逃走卻沒有被倭寇當場追殺，更多的偽軍也果斷加入逃命隊伍。而面對快速衝過來的大明天兵，倭寇們根本沒勇氣在那些臨陣倒戈的偽軍身上浪費時間，隨便砍了幾刀之後，紛紛落荒而走。

「讓路，不想死就讓路！」李彤揮動大鐵劍，強行穿過一股慌不擇路的偽軍，繼續追向一名盔甲鮮亮的倭國武將。後者的頭盔外表鍍了一層金，在火光的照耀下，格外扎眼。後者上半身鎧甲幾乎是一整塊鐵板打造，上面還鑄著很多金燦燦的花紋。

這是一頭大魚，不用細看，李彤也能判斷清楚。倭寇當中，地位越高的武將，身上的盔甲和裝飾越是誇張。

「きゅうめい！（救命）」那名盔甲鮮亮的武將自知不是李彤的對手，堅決不肯停下來迎戰，只管尖叫著向身邊的親信求救。

他麾下的幾名家族武士被逼無奈，只好捨棄逃生的機會，尖叫著掉頭反撲。其中三人沒等撲到李彤的近前，就被顧君恩、李盛和張重生解決，另外兩人不管同伴死活，繼續向前硬闖。李彤見狀，不驚反喜，加快速度迎上去，手中大鐵劍在半空中掃起一團狂風，「呼——」

「噹啷」大鐵劍與一名倭寇手中的鋼刀接觸，將刀身瞬間一分為二。並不算鋒利的劍刃餘勢未盡，在慣性的作用下繼續斜向下掃，砍碎倭寇武士的鎧甲，砍斷此人的小臂，砸碎此人的肋骨，將此人砸翻在地，嘴巴裡鮮血狂噴。

另外一名武士趁機揮刀，試圖攻擊李彤的大腿。他的動作很敏捷，時機把握得也堪稱完美。只是，他太低估了對方的身手。

一劍砸倒敵將的李彤迅速側身，雙手握緊大鐵劍的長柄，奮力上撩。沉重的劍身高速抬起，與武士砍來的倭刀半空相撞，又是清脆的一聲「噹啷」，倭刀斷裂，上下半截刀身同時飛上了天空。偷襲不成的武士被震得滿手是血，慘叫著快步後退。李彤毫不猶豫地追了上去，再度揮劍，將他頭顱拍進了腔子裡。

眼前瞬間一空，那名鎧甲鮮亮的倭寇武將依舊還沒逃遠。李彤在李盛、顧君恩、張重生等人保護下，繼續邁步追趕，大鐵劍在途中不停地揮舞，將試圖阻擋自己的武士、足輕和雜兵們，砍得刀斷甲碎，人頭亂滾。

被他盯上的那名倭寇武將走投無路，終於絕望地停步轉身。此人身邊最後的十幾名武士也放棄了逃命，跳起腳揮動兵器，嘴裡發出一陣鬼哭狼嚎。

這種鬼哭狼嚎，對李彤沒有半點威懾力。他冷笑著揮劍衝過去，將距離自己最近的武士砍得倒飛而起。李盛手中的雁翎刀已經變成了鋸子，威力卻絲毫不減。貼著他的身側砍中一名武士的脖頸，將後者鋸得連聲慘叫，腳步踉蹌。顧君恩作戰經驗豐富，一把五尺短槍使得宛若蛟龍。龍首輕顫，瞬間點碎一名武士的咽喉。

張重生自認為已經死過一回，衝起來不管不顧。手中大砍刀上下翻飛，將其餘試圖圍攻李彤的武士，全都擋在三步之外。得到同伴支援的李彤繼續揮劍前撲，將最後一名攔路者拍翻在地。隨即劍身平端，借著身體前衝速度，來了一記直刺。

「呀呀呀——」逃命不得的倭國武將尖叫著用盾牌阻擋鐵劍，被撞得腳步踉蹌，宛若醉鬼。解決了對手的李盛趁機撲了過去，一刀鋸斷了他的腳踝。顧君恩挺槍下刺，槍鋒卻被倭將的鎧甲死死卡住，無法繼續前進。「我來！」李彤笑著走上前，鐵劍拍落，將鍍金頭盔連同裡邊的倭寇首級，一道拍成了金餅。

一陣鬼哭狼嚎忽然在附近響起，數十名倭寇分開逃命的同夥，掉頭殺了回來，試圖救走金盔武將，卻恨自己來得太遲。

滿懷絕望的他們，紛紛將刀鋒對準的李彤，發起了一輪出人意料的反撲。顧君恩和李盛奮力阻擋，卻被殺得手忙腳亂，自顧不暇。三把倭刀繞過他們，先後砍向李彤。另外十幾把倭刀瘋狂地砍向李彤身後，試圖將弟兄們跟他之前的聯繫徹底切斷。由於先前一直在打順風仗，很多大明勇士失去了戒備，剎那間，竟被刀光所阻，無法為自家主將提供任何支援。

李彤毫無畏懼地揮劍迎戰，將砍向自己的兩把倭刀一一砸歪。第三名倭寇死士自知不是他的對手，咬著牙撲到於地，身體快速翻滾，刀鋒直奔他的腳腕。「噹啷！」大鐵劍快速下落，在千鈞一髮之際，擋住了刀鋒。借著劍身的支撐，李彤的左腳猛地收起，隨即快速下跺。

骨頭碎裂的聲音，聽起來格外清晰。主動倒在地上的倭寇，被踩得大口吐血，氣息奄奄。另外兩名倭寇舉著被磕豁了的刀，再度捨命撲上。李彤側身搶步閃避，旋即揮劍橫掃，將一名倭寇的頭顱掃離脖頸。

第三名倭寇仍不甘心，咬著牙撲向他的大腿，試圖抱住他，給其餘同夥創造機會。李彤跨步閃避，緊跟著揮劍下斬，將此人攔腰斬為兩段。

身邊再度瞬間一空，他揮劍衝向顧君恩，替對方解決掉一名死纏爛打的倭寇。顧君恩手中的短槍立刻恢復了靈活，快速上下攢刺，逼得另一名倭寇死士連連後退。

見他已經脫離危險，李彤揮劍再度為李盛助戰，很快就又讓李盛轉危為安。迅速調轉身形，他從後方撲向仍在努力阻擋弟兄們的其他倭寇死士，將死士們的陣型從中央直接一分為二。

其餘死士這才發現偷襲已經失敗，紛紛放棄對手，對他展開圍攻。李彤將大鐵劍揮舞得宛若風車，半步不退。倭寇們捨命發起的攻擊，全都被大鐵劍阻擋在他身前兩尺之外。

時間忽然變慢，月光變得無比明亮。皎潔的月光中，倭寇和袍澤們的動作，都變得舒緩而又清晰。而手中的大鐵劍，輕得宛若一片柳葉。李彤毫不費力地揮舞著它，將砍向自己的兵器磕飛，將撲向自己的倭寇砍倒，將一個又一個窮凶極惡的死士，逼向袍澤的刀鋒。

他忽然發現，自己醉了。

不是沉醉於殺戮，而是沉醉於將倭寇一個接一個擊敗，將對手一個接一個逼入絕境的那種感覺。那種感覺，就像飲酒般酣暢。遠超過在三月春風裡縱馬長街，看落英繽紛，滿樓紅袖。

此時此刻，他早已經忘記了最初前往遼東投軍的目的，也早已經忘記了曾經的迷茫。

此時此刻，他也忘記了恐懼，疲憊和緊張。

此時此刻，他甚至忘記了自己身在何處，只管不停地揮劍，揮劍，揮劍，將所有敢於靠近自己的倭寇砍倒，逼退，拍翻。

他彷彿生來就屬於戰場，以前的平靜生活，只是誤入歧途。而與刀光劍影為伴，才是他的宿命，他人生的最佳選擇。

不知道過了多久，也許只有短短十幾個彈指，也許超過了兩到三個西洋分鐘。眼前忽然再也看不到一個倭寇，而四下裡，驚慌的哭喊聲宛若湧潮。

李彤身體踉蹌了一下，快速站穩，然後持劍四顧。

他發現，在明軍的連續打擊下，倭寇們已經徹底崩潰。大部分武士和足輕，都無法辨認方向，只管朝著自認為安全的方向逃命。而同樣慌不擇路的朝鮮偽軍，此刻心中對倭寇已經沒有了半點畏懼，發現有倭寇從自己身邊跑過，要麼偷偷地伸出腿，將他拌個四腳朝天。要麼直接揮動兵器亂打，將他趕向明軍的刀鋒。

「殺倭寇，殺倭寇！」跟在明軍身後的朝鮮義勇，一個個精神抖擻，怒吼著分散開來，沿著山谷追殺侵略者。

他們曾經被倭寇打得潰不成軍，他們曾經被倭寇打得滿懷絕望，他們原本以為，這輩子都無法給同伴復仇，無法洗刷亡國之恥。然而，短短半年之後，他們卻驚訝地發現，自己居然變成了追殺者，將曾經認為無法力敵的倭寇，追得滿山亂跑。

李彤沒有給黃百萬、車立等人下令，要他們約束朝鮮義勇。戰鬥打到這個階段，朝鮮義勇能否保持隊形完整，已經不會對結果造成任何影響。稍稍調整了一下呼吸，他帶領選鋒營的精銳們，繼續去尋找那些盔甲鮮亮的逃命者，從背後追上去，將那些人連同那些人的心腹武士們，一道送回老家。

而那些平素威風八面的倭國將領和武士們，全都像兔子般一樣膽小孱弱。要麼被他帶著弟兄們追上，當場斬殺。要麼果斷丟掉頭盔，捨棄鎧甲，光著膀子混在雜兵之中蒙混過關。

「殺倭寇，殺倭寇！」周圍的弟兄們大聲高呼著跟李彤一道向前推進，所向披靡。前方的敵軍爭相逃命，誰都沒膽子回頭。

眼前越來越寬闊，視線所及處的倭寇越來越少。朝鮮偽軍紛紛跪倒於地，對著選鋒營的將旗頂禮膜拜。旗面在夜風中舒展，不停發出獵獵的聲響。戰旗下，李彤再度緩緩停住腳步，持劍而立，宛若天神降世！

「殺倭寇，殺倭寇！」山谷入口，張維善已經帶著騎兵趕到，迎面堵住逃出去的倭寇，大開殺戒。

「殺倭寇，殺倭寇！」山谷中央，熱血沸騰的明軍和朝鮮義勇們，繼續清理戰場，將躲在屍體下，灌木叢中，石塊後瑟瑟發抖的倭寇們揪出來，大卸八塊。

三日後，寧邊。

備倭經略的臨時行轅裡，贊畫袁黃捧著一份捷報，高聲朗讀。

「癸巳年正月初六，提督率兵直抵平壤城下，部分諸將，包圍四面。倭賊三萬餘名，擺立城上，擁盾揚劍，勢甚猖獗。又有倭將小西行長領軍一萬五千，建大將旗鼓，四下巡視，誓與城池共存亡。還有一倭將黑田重勝領軍萬餘，據守城北牡丹峰，鼓噪發喊而待。提督見賊士氣高昂，假意引兵稍退，倭寇不知是計，開城來追，副總兵李如柏陡然反身而戰，斬其領兵大將二，盡殲其軍。群賊膽喪，不敢再戰，閉門死守……」

「停，停下，別念了。這種花樣文章，送回北京給皇上和諸位閣老看就是。」備倭經略宋應昌連連擺手，滿臉不耐煩。

「也是。」贊畫袁黃正念得口乾，順勢放下告捷文書，笑著點頭，「不過這份戰報雖然寫得有點虛誇，大捷卻是貨真價實。李如松率部正月初六才開始正式對平壤展開進攻，居然初八中午就將其拿了下來。初九，我軍已經殺過了大同江。」

「以百戰之師，對付幾萬只懂械鬥的村夫，他要是也像祖承訓那樣敗下陣來，才讓老夫覺得驚奇。」宋應昌笑著撇了下嘴，言談之間露出一股無法掩飾的酸味兒。

「的確，當初看朝鮮人寫的告急文書，袁某還以為倭寇是何等的驍勇善戰。誰料，真的跟我軍交起手來，才發現，所謂十八路雄兵，不過是十八路持械搶劫的蟊賊而已，連最基本的陣法都不懂，還妄想什麼鯨吞大明。」

「坐井觀天而已！」宋應昌心情甚好，從劍鞘中緩緩拔出從沒用過的長劍，意氣風發，「古有夜郎，今有東倭，皆為缺乏見識，妄自尊大之輩。這回被李提督當頭敲了一棒子，其國那個叫豐臣的攝政想必能清醒一些，不再白日做夢了。」

「肯定該清醒一些了，據袁某所知，倭國當初派了十八路賊兵，外加一路水匪。後來擔心兵力過於分散，才又改成了八個。我軍在平壤城內一戰就重創了其中三個，如同斷了其一隻手臂。」雖然看不起前線作戰的武夫，但是得知明軍獲得了大捷，贊畫袁黃心情也極為舒暢，順著宋應昌的話頭大聲補充。

「剩下那五路，此刻想必也膽戰心驚。特別是加藤清正這路，原本就只剩下一萬多人馬，又被其他倭寇丟在了身後不顧。」宋應昌用手指輕彈劍身，一邊聽著劍身上發出的清脆聲響，一邊繼續笑著點評，「如今的加藤老賊，肯定是惶惶不可終日……」

贊畫袁黃靈機一動，忽然躬下身，用極低的聲音提議：「經略，卑職有句話，不知道該不該說。我大明雖然文貴武賤，可像陽明先生當年那般……」

「你已經說了！」宋應昌用手指又彈了一下劍身，笑著打斷。「可老夫身邊，眼下哪裡來的兵將？總不能要你袁了凡領著百餘名侍衛，去與那加藤老賊一見生死？」

「這……」贊畫袁黃頓時臉色發紅，苦笑著搖頭。「卑職忘記了，李如松那廝，藉故把浙軍也全給調到前線去。」

「就是手頭有兵，也不能做。」宋應昌雖然與李如松不和，卻始終堅守著做官和做人的底線，又笑了笑，大聲強調，「雖然眼下我軍勢如破竹，可倭寇畢竟還占據著大半個朝鮮。老夫如果跟李如松各行其是，必然導致軍心動盪。萬一哪天被倭寇反咬一口，喪師辱國。甭說去做王陽明第二，弄不好我跟他，就得天牢裡見了。」

「經略仁厚，卑職佩服之至。」袁黃聞聽，臉色更加紅潤，連忙躬身下去，高聲誇讚。「可惜世人只看到李提督在前方斬將奪旗，卻不知道經略始終隱忍為國……」

「封侯非我願，但願海波平！」宋應昌站起身，緩緩走了幾步，輕舞長劍。彷彿又回到了自己剛剛考中進士那會，心中每天都熱血澎湃，「戚少保以一介武夫能達到的境界，宋某如果達不到，豈不愧對了聖賢教誨？了凡，你這個別號有意思。了斷凡塵，修身養性，方可得大自在！注十」後半句話，他故意說得很輕。落在贊畫袁黃耳朵裡，卻宛若洪鐘大呂。後者再度躬身下去，長揖及地，「多謝經略棒喝，袁某先前著相了！」

「了凡老弟不必如此客氣！」宋應昌俐落地挽了個劍花，笑著搖頭，「其實宋某也是嘴上說得輕鬆，內心深處，此刻何嘗不對李提督羨慕得要死。」

「經略……」沒想到宋應昌居然將內心深處的小心思坦然相告，贊畫袁黃不知道如何接話，訕訕地站在旁邊以手撫額。

「不過，大軍能一戰而克平壤，即便你我二人不披甲上陣，分到頭上的功勞也不會太少。」宋

注十：此詩為戚繼光年少時所做。

應昌擺了一個劍勢，緩緩補充。

「那，那倒是！」袁黃想了想，紅著臉點頭。

大明朝的軍功計算方式，早就形成了一定的規矩。經略、巡撫雖然不負責指揮作戰，可武將們在前方打了勝仗，卻缺不了他們那一份「運籌帷幄」之功。至於贊畫，無論其到底出沒出力，作為經略的心腹，當然也能從中分一杯羹。

只是在袁黃看來，從別人碗裡分，總不如自己親自掙來的功勞更讓人臉上有光。特別是對袁黃這種半輩子科舉和仕途都不怎麼得志的文人，如果在致仕之前能在戰場上有所建樹，就能證明他並非才華和能力比別人差，而是時運不濟，馮唐易老。

「你把捷報替李如松改一改，他這麼寫，雖然聽起來暢快，卻容易被人挑刺。」沒顧上去考慮袁黃的此刻的心態，宋應昌一邊繼續緩緩舞劍，一邊低聲吩咐，「城頭那三萬，改成一萬。小西行長那一萬五，改成五千，牡丹峰上的倭寇，也寫數千即可。朝堂上那麼多雙眼睛盯著他，他卻不知道，越是大獲全勝之際，為將者越應該謹慎謙卑。老夫既然先前已經退讓了一回，索性好人做到底，替他補上這個漏洞。」

「遵命！」袁黃激靈靈打了個冷戰，趕緊收起其中的不甘，大聲答應。隨即，卻又眉頭緊皺，用極低的聲音提醒，「據斥候探明的消息和朝鮮國王那邊的彙報，平壤城內的倭軍，的確有五、六萬人馬……」

「哪有守城，會把所有兵馬都擺在城牆上的？即便捷報中不寫那麼多，兵部那邊按照常規推算，也知道倭寇留在城內的兵力，會是城頭的數倍。」宋應昌看了他一眼，皺著眉頭解釋，「況且倭軍最後是大敗而走，並未被倭軍全殲於平壤。他把守城的倭寇數量寫那麼高，萬一朝堂上有人挑刺，拿著被陣斬的倭寇人頭數量，問他為何放跑了其餘賊軍，他該如何自辯？」

「這，經略仁厚，李提督能在經略麾下作戰，真是三生修來的福分。」袁黃終於恍然大悟，心悅誠服地拱手。

怪不得自己這輩子最大才做到六品兵部職方司主事，而宋應昌卻做了二品都御史。雙方做官的手段，差了何止千里？自己看了李如松的報捷文書，只覺得高興和羨慕。而宋經略，卻已經將怎麼寫才能讓朝中同僚不好挑錯，都想得一清二楚。

正佩服得恨不能五體投地之際，忽然間，耳畔卻傳來了一陣急促的腳步。緊跟著，宋應昌的家將宋武快速闖入。雙手捧起一份捷報，高高舉過了頭頂，「報，經略！李提督派參副總兵查大受在鳳山設伏，再度擊潰小西行長，斬首一千三百九十餘，生擒數千，奪戰馬兩千九百餘匹！剩餘倭寇魂飛膽喪，主動棄了開城，星夜遁向朝鮮王京。」

「啊！」先前還想著如何替李如松「補漏兒」的宋應昌又驚又喜，拎著寶劍上前，一把奪過捷報，「倭寇居然棄了開城？按道理，小西行長應該以開城為憑藉，收拾殘兵才是……」

「報，經略，大捷，大捷！」一句話沒等說完，又有家將氣喘吁吁地衝入，雙手將另外一份捷報高高地舉起，「參將李如梓，選鋒營游擊李彤、張維善，三日之前聯手埋伏於谷山，將倉皇南撤的另外一路倭寇攔腰截斷，陣斬倭將平秀忠、宗義玄，殺賊無數。」

「善，大善！」宋應昌將寶劍插在地上，用另外一隻手搶過第二份捷報，彷彿自己動作慢了，捷報會飛走一般，「怪不得小西行長棄開城而逃。兩路潰兵都被我軍給截了，他拿什麼來守開城？

他若是再不趕緊逃走，恐怕下次跟著捷報一起送過來的，就是他的腦袋！」

「恭喜經略！」袁黃也聽得心花怒放，大笑著向宋應昌拱手。「隨手一步閒棋，就令倭寇屍橫遍野。」

「不急，不急！」宋應昌雖然開心的雙腿都發飄，卻故作鎮定，笑著擺手，「了凡老弟，先前你想立功報國，老夫卻覺得機會不到。如今，機會來了，不知老弟可敢替老夫一行？」

「經略儘管示下，刀山火海，絕不皺眉！」還以為宋應昌終於準備派自己去向李彤傳令，讓後者帶著選鋒營，北上收復被加藤清正所占據的咸鏡道，袁黃鬥志昂揚地拱手。

然而，宋應昌的接下來的吩咐，卻讓他目瞪口呆，「你把這三份捷報都謄抄一份，然後帶二十名侍衛，親自去拜訪賊將加藤清正。替老夫問問他，是想全身而退，還是繼續留在咸鏡道，等著老夫派兵過去將他拿下，挫骨揚灰？」

「這……」剎那間，袁黃臉色慘白，全身上下的寒毛全都倒豎而起。

他功名心重不假，卻沒重到連性命都不想要的地步。拿著三份大明將士的告捷文書的謄抄本前往加藤清正的老窩要求後者主動退兵，那是何等的冒險？萬一後者惱羞成怒，甭說只帶了二十個侍衛，就是帶上二百個侍衛，也不夠加藤老賊麾下的上萬倭寇一人一刀。

「儀甫！」見袁黃居然被嚇得冷汗直冒，宋應昌的眼睛裡，立刻露出了不加掩飾的失望。叫了一聲對方的表字，沉聲提醒，「想當初李子丹和張守義率部渡江，麾下真正能戰者也不過是五、六百人。而那時，倭寇剛剛擊敗祖承訓，氣焰滔天。即便如此，他們二人還有膽子一路南進，先救下了祖承訓，又將我大明太祖賜給朝鮮李氏初代國王的金印給奪了回來。如今倭寇被李提督殺得魂飛膽喪，加藤清正所部又不過是一支孤軍，你替老夫去做一次使者，有何懼哉？」

「我最近好像沒得罪過你啊？何必對我下此死手？」贊畫袁黃心中暗罵，臉上卻不得不裝出一副大義凜然模樣，「既然經略如此信任，在下就替經略走一趟便是！即便被那加藤老賊給殺了，也算為我大明壯烈捐軀。」

「老賊不會害你。」宋應昌臉上頓時又出現了笑容，搖搖頭，語重心長地安慰，「加藤清正老賊原本就想逃了，否則，李提督在未對平壤發起攻擊之前，整個咸鏡道的倭寇，就不會按兵不動。」

「經略是說，經略是說，加藤老賊需要找個藉口逃走，而在下正好送貨上門？」袁黃的眼神瞬間一亮，緊跟著，驚喜就湧了滿臉。

宋應昌笑了笑，彷彿心中早就提前做好了謀劃般，緩緩補充：「老夫最近雖然沒有插手軍務，但是也沒閒著。加藤清正與小西行長等賊素來不睦，每每在其攝政豐臣秀吉面前互相攻訐。所以先前小西行長將人馬收縮於平壤之時，加藤清正未派一兵一卒回應。而平壤一失，明眼人都知道，繼續困守咸鏡道，倭寇第二番隊肯定全軍覆沒。加藤清正卻沒有立刻退走，很顯然，是擔心不戰而退，會令小西行長等人群起而攻之！」

話都說到這個份上，袁黃知道自己無論如何都不可能推辭，索性把心一橫，紅著臉詢問宋應昌準備給加藤清正的出價，「經略此言，撥雲見日。不知道除了宣讀告捷文書之外，袁某還要作些什麼？經略是否準備承諾，如果老賊主動退兵，我軍就不會趁機追殺。」

「眼下，老夫手中哪有兵馬追殺他？」宋應昌雙手各自拎著一本捷報，笑著揮動胳膊，「不過是虛張聲勢而已，如果能逼得他主動撤走，非但可光復數座城池，我大明也可以少犧牲許多將士。」

「當然其他人都不用犧牲，除了袁某！」袁黃肚子裡繼續偷偷嘀咕，臉上的顏色，卻好看了許多。

知道他心中還存有疑慮，宋應昌笑了笑，繼續低聲給他鼓勁兒，「老夫也不光是珍惜將士們的性命。儀甫，你此行勝算極大，若成，從此天下讀書人提起老夫與你，誰敢不輕挑大拇指？而你我兩個致仕之後，晚輩面前，也能平添一份談資。」

袁黃聞聽，眼神又是一亮，紅著臉後退半步，鄭重向宋應昌行禮，「多謝經略成全，讓袁某在暮年之際，還能有機會揚名異域。」

宋應昌非常坦然受了他一禮，然後笑著搖頭，「都說讀書人寸舌能擋十萬兵，自古以來，卻還沒一個讀書人做得到。儀甫，今日當以你為始。」

「多謝經略，在下馬上就去謄抄。」袁黃心中的恐懼完全被揚名立萬的熱忱驅散，從宋應昌手裡搶過報捷文書，又快步走到帥案前抄起最早的那一份，一併捧在懷裡，大步而去。

「了凡，日後你就會明白，老夫對你用心良苦！」目送他的背影走出門外，宋應昌笑了笑，俯身撿起寶劍，繼續在帥帳中緩緩舞動。

他今年五十有六。表現看上去，這輩子算是仕途得意，風光無限。內心深處，卻早就知道，自己沒指望成為閣臣，以右都御史身份經略朝鮮，便是人生巔峰。

人生到達巔峰之時，就該想著功成身退了。特別是在大軍平定朝鮮之後，帶著皇帝陛下的讚賞和天下讀書人的崇拜急流勇退，聲望就會永遠保持下去，甚至能庇護子孫數代。

而宋應昌更清楚，如果自己致仕之後，袁黃依舊心懷不甘，終日行走於達官顯貴之間，以此人的狂妄性格，早晚會落下一場牢獄之災。所以，他乾脆借著此番平壤大勝之機，送一場大名聲、大富貴給袁黃，只要袁黃有膽子接住，就會賺得盆滿缽圓。今後哪怕不去給別人做謀士，憑藉舌退群倭的功績，也足夠風光到老。

又過了兩日，咸鏡道倭寇第二番隊帥帳，剛剛接受了兩百名全副武裝的倭寇的「夾道歡迎」，兩腿還在不受控制地打哆嗦的袁黃，努力挺直腰桿，高聲宣讀：「……是夜，有倭寇三千餘，襲我營寨。副總兵楊元，李如柏，都指揮使張世爵連袂擊之，斬殺逾千。初八日，提督揮師攻城，吳惟忠以三千浙勇，克牡丹峰，陣斬倭將久野重勝……」

「住口！」鍋島直茂怒髮衝冠，提著倭刀衝上前，直接用刀刃頂住了袁黃的胸口，「不准再念了，久野重勝乃百戰之將，肯定又是被你們這些狡猾的明人欺騙，才，才戰死沙場！你們這些……」

「通常我軍戰報，只會寫出誰勝誰負，哪些將領被殺。至於過程，並不會寫得太仔細。」袁黃心臟怦怦亂跳，卻不肯在一群蠻夷面前丟了大明讀書人的臉面，故意裝出雲淡風輕模樣，笑著解釋。

「你，你……」鍋島直茂被氣得眼前陣陣發黑，雙手握著刀柄，做出一副隨時準備前捅的姿態，胳膊卻遲遲無法發力。

殺掉袁黃很簡單，輕輕將刀尖往前送出半尺即可做到。但是，萬一經略宋應昌被氣得發了瘋，勒令明軍放棄對小西行長等人的追殺，掉過頭來進攻第二番隊。從加藤清正往下，所有第二番隊的武士、足輕和徒步者，全都在劫難逃。

正尷尬間，卻聽見加藤清正的聲音，在帥案後輕輕響起，「鍋島加賀守，既然平壤已經丟了，你嚇死他，也改變不了我軍被動的結局。」

緊跟著，又是一句頗為標準的大明官話，「尊使不要見怪，他是個武夫，聽到袍澤戰沒，難免心中悲憤。請繼續，在下只知道第一番隊在平壤兵敗，卻始終得不到詳情。尊使肯以捷報相示，在下不勝感激。」

「不止第一番隊，第三番隊和第四番隊，當時也在平壤。」袁黃明明汗透重衫，卻始終保持著高高在上姿態，毫不客氣地反駁，「久野重勝，乃是黑田二十四將之一，袁某對此早有耳聞。」

「的確，他是黑田長政麾下愛將。」不愧是豐臣秀吉麾下第一將，加藤清正被人當面反駁，臉色卻絲毫沒有變化，只管心平氣和地點頭。

受到他的感染，鍋島直茂氣哼哼地收起刀，退開數步，抱著刀身對袁黃怒目而視。

袁黃笑著朝著他點點頭，然後繼續大聲宣讀：「我軍乘勝強攻平壤，副總兵駱尚志自含秋門持大戟而上，賊以雷石擊中其腹，駱總兵吐血贏升，死戰不退。李如柏捨命相救，殺散群倭。眾將見狀，人人奮勇，無不以一當百……」

「吹牛！」鍋島直茂非常惱怒，用漢語大聲打斷。

「此戰我軍只出動了一萬六千人，後面跟著的朝鮮兵馬雖然多，具體能不能幫得上忙，諸位想必心裡清楚。」袁黃輕蔑地看了此人一眼，直接報出明軍參戰人數。

「哼！」鍋島直茂被噎得說不出話，抱著倭刀直翻白眼兒。

周圍的大部分倭寇都聽不懂漢語，但是從通譯的小聲轉述中，卻知道了二人在爭論什麼。一個個又是氣惱，又是羞愧，全都面紅耳赤。

袁黃用眼角的餘光，觀察到了倭國武士們的反應，頓時覺得自己今天即便被加藤清正給殺了，也不虛此生。笑了笑，故意讀得更加洪亮，「寇不能擋，狼奔豕突。我軍追入內城，斬殺無算。下午未時，小西行長遁走，其餘諸賊爭相逃命。我軍尾隨追出三十里，奏凱而返！提督乃命朝鮮兵馬打掃戰場，收葬倭屍。共斂得倭國兵將屍體一萬兩千餘具，齊葬於城南荒山……」

「多謝提督仁義，令我國將士死後能魂歸故鄉！」這次，是加藤清正自己打斷的。只見此人站起身，先恭恭敬敬向袁黃行了個禮，然後雙手合十，對著天空喃喃禱告。

噪噪切切的誦經聲，立刻響滿了中軍。在場所有倭國武士，都兔死狐悲，含著淚替那些被明軍消滅的同夥祈禱。

作為讀書人，袁黃不好表現得太過於嗜殺。但是，看到眾倭寇如喪考妣模樣，心中卻覺得如飲瓊漿。故意裝作滿臉同情的模樣等了一會兒，待加藤清正念完了經後，非常體貼地提議，「還有兩份戰報，是我軍提前布置，在鳳山和谷山兩地，截殺小西行長，黑田長政等人的。上天有好生之德，本使者就不當著這麼多人的面宣讀了。加藤將軍如果想要瞭解貴國又戰死了多少將士，過後自己翻看就是。」

「多謝貴使！」如果殺人不會帶來風險，加藤清正恨不得親手將袁黃剁成肉泥。然而，他再三考慮過後，他卻鄭重向袁黃行禮，「久聞宋經略，乃是飽學的鴻儒，想必派貴使來，並非只是為了看加藤清正如何為同族之死而痛心疾首。如果宋經略還有什麼指教，還請貴使及早示下。」

「也算不得什麼指教！」袁黃接連在刀尖上打滾兒，越滾越膽大。把心一橫，朗聲補充，「我家經略說，平壤、開城都被我軍拿下，通川、鳳山和谷山三地，眼下也俱在我軍掌握。咸鏡道無論有多少城池，加藤將軍肯定都守不住。還不如趁早退走，好歹還有一線生機，否則，只要我軍將南下的道路徹底封死，貴部就不用走了，直接被押著去北京城向大明皇帝請罪就好。」

「八嘎！」凡是能聽懂這句話的日本將領，全都怒火萬丈，拔出刀來，衝著袁黃比比劃劃。

袁黃說得興起，竟忘記了害怕。主動迎著倭刀走了幾步，笑呵呵地補充：「爾等若是不服，儘管向袁某舉刀。切記將袁某的頭顱掛在城牆上，也好看著爾等將來如何被我大明天兵碾成肉泥。」

「八嘎——」幾名倭寇頭目忍無可忍，舉著刀就想將袁黃大卸八塊。加藤清正卻搶先一步，護住了袁黃，朝著麾下倭寇怒目而視，「住手，你等就這麼急著葬送所有人嗎？宋經略乃是大明朝的高官，說出來的話，駟馬，多少馬都追不回。他能主動放一條生路給咱們，咱們應該感激不盡才是，怎麼能不知道好歹，殺害他的信使？」

說罷，又用大明官話高聲重複了一遍。然後才轉過身，鄭重向袁黃賠禮道歉：「在下駕馭屬下不嚴，讓貴使受驚了。請回去轉告宋經略，放生之德，加藤清正永生難忘。薄禮和回書，稍後請貴使一起帶給宋經略。明日一早，我軍就會拔營南下。日後兩國如能罷兵，加藤清正定然再派遣子侄，登門相謝。」

隨即，又是一躬身，久久不起。

第十六章　潛流

「天兵當陣，斬首一千二百八十五顆。擒倭將二名，並通事張大勝。奪馬二千九百八十五匹，並救出下國被掠男女一千十五名口。」大明北京紫禁城文華殿，秉筆太監孫暹漲紅著臉，將朝鮮國王親筆書寫的奏摺，高聲朗讀，「天兵趁勝縱火，房室皆燃，倭寇自相踐踏，被燒死者逾萬，臭聞十餘里……」

「停！」萬曆皇帝朱翊鈞用手拍了下御書案，聲音中帶著不加掩飾的興奮，「這裡重新讀，最後那幾句。」

「遵旨！」秉筆太監孫暹躬身答應，隨即挺胸拔背，將聲音提得更為洪亮，「天兵乘勝縱火，房室皆燃，倭寇自相踐踏，被燒死者逾萬，臭聞十餘里……」

「燒得好，燒得妙，對付卑鄙無恥的倭寇，就該讓他死無葬身之地。」萬曆皇帝朱翊鈞手拍桌案，再度高聲打斷，「朕記得，去年夏末，還有倭寇混入大明，試圖縱火燒毀江南各地囤積於八卦洲上的夏糧。如今李如松一把火燒將回去，剛好替朕出了這口惡氣！」

「奴婢為陛下賀，為大明賀！」孫暹立刻躬身下去，久久不起。

「奴婢等為陛下賀，為大明賀！」其餘在場的太監和宮女們，全都心有靈犀，飛快地跑到了孫暹身後，齊刷刷跪倒，大聲附和。

「平身，平身！」朱翊鈞的心情像吃了蜜酒一樣痛快，雙手微微抬，笑著吩咐。隨即，稍作猶豫，又快速補充：「爾等雖然沒有什麼功勞，終日陪著朕熬夜，也都辛苦。下去後每人領半匹蘇綢，做新衣服穿。孫暹，你負責安排。」

「謝皇上！」孫暹帶頭，眾太監宮女再度對萬曆皇帝頂禮膜拜，每個人的臉上，都寫滿了興奮。

「免禮，平身，我大明將士揚威朝鮮，理應普天同慶。爾等都是朕身邊的人，當然也不能被落下。」萬曆皇帝笑著抬手，志得意滿。

白天在朝堂上，得知大明官兵一戰而克平壤，打得幾路倭寇望風而逃，他就高興得想跳起來放聲歡呼。然而，作為一國之君，又當著那麼多喜歡「賣直求名」的言官，他卻只能學那東晉謝安，強壓住心中的激動，故意裝出一副雲淡風輕模樣。

眼下，身邊終於沒有了那些討厭的傢伙，他就沒必要繼續裝下去了。只管盡情地開心一回，順便也讓身邊的奴僕們分享自己的快樂。

眾太監宮女們連續數月以來，一直都為萬曆皇帝朱翊鈞的情緒變幻不定，而戰戰兢兢。今天忽然發現雲開霧散，並且得到了一筆意外橫財，如何能不開心？再度向上叩頭，高聲稱謝，然後紛紛起身返回本位。

「孫暹，你繼續念。」萬曆皇帝朱翊鈞臉色潮紅，雙手撐著書案，大聲催促，「這李昖甭看當國王當得很不稱職，寫文章的本事卻非常好。不像李如松，光知道打仗，告捷奏摺卻寫得乾乾巴巴。」

「那是因為朝鮮國王無論怎麼寫，都不會有人雞蛋裡挑骨頭。」孫暹心中悄悄嘀咕了一句，然後捧著朝鮮國王親手所寫的感恩奏摺，繼續高聲朗讀，「諸倭退守土窟，夜半，小西行長棄周邊諸將，潛渡大同江而去。群倭聞之，爭相逃命。提督趁機揮師強攻，戰至天明，盡剿城內殘寇。平壤即復，其快其捷，前所未聞……」

「可惜了！」萬曆皇帝朱翊鈞嘆了口氣，意猶未盡。「李如松終究是北地之將，不知道水上也有退路。否則，在江中設一水寨，未必不能將餘倭悉數全殲。」

「皇上明察，朝鮮國王的謝恩摺子，寫得不夠詳實。」孫暹心裡打了個突，趕緊偷偷看了一下萬曆皇帝的臉色，然後壯起膽子，替李如松說了一句公道話：「據錦衣衛彙報，李提督其實是安排了朝鮮兵馬在水上堵截，但朝鮮防禦使李時言、金敬老怕賊軍沒了退路，情急拚命。竟然按兵不動，只有黃州判官鄭曄跟在倭寇身後追了一追，斬首……，嗯，斬首百餘。」

「什麼，朝鮮兵馬又跟倭寇暗中勾結？錦衣衛的密信在哪，找出來，念給朕聽！」萬曆皇帝原本紅潤的面孔上，立刻籠罩上了一絲霧靄。瞪圓了眼睛，大聲吩咐。

「遵命！」孫暹大聲答應，隨即快速從衣袖裡的夾袋中，取出一片麻布，對著火烤了烤，讓上面的字跡慢慢變得清晰，「天氣尚未轉暖，海上多有浮冰，我大明水師不能趕至。因此，提督命李鎰、柳成龍領朝鮮諸軍，沿江層層布防。八日丑時，倭寇棄營沿大同江而走，李鎰酒醉，李時言、金敬老擔心窮狗反噬，不肯聽從柳成龍調遣，放寇自去。幸我軍在鳳山和谷山皆另有埋伏，方令群寇不能從容撤走，折損過半。事後李提督遣使問罪於朝鮮國王李昖，昖遣尹斗壽至平壤，問李鎰誤軍之罪，欲斬之。鎰出千金自贖，乃僅罷其官，只以李蕡代其任。」

「糊塗！糊塗透頂！」萬曆皇帝朱翊鈞氣得用力連連拍案，「李鎰老賊放走了那麼多倭寇，居然就罰了他一千兩黃金？這朝鮮國王如此糊塗，怪不得三個月就丟光了國土！」

「聖上息怒，一介土酋而已，聖上犯不著為他生氣。」孫暹趕緊又躬下身體，柔聲勸說。

「早知道這樣，朕就不該派兵去救他！」朱翊鈞卻餘怒未消，繼續拍打著桌案，恨恨地數落，「要糧食沒糧食，要銀子沒銀子，麾下的兵馬也沒有絲毫能戰之力。朕，為了幫他，這半年來國庫虧空了兩百餘萬兩，戶部今天接到捷報之時，還跟朕抱怨沒錢糧撥給工部修整河道。而他，而他卻好，連麾下一名誤軍之將的腦袋都捨不得。」

「怕是殺了李鎰，也沒用途吧。朝鮮上下早爛透了，武將一個比一個怕死，文官一個比一個貪婪！那李鎰，好歹還是個對他忠心的。」孫暹一方面是看不起朝鮮君臣，另外一方面，也早就得了李如松的「孝敬」，所以撇著嘴，繼續低聲通稟，「奴婢這邊，還有其他幾份密奏，先前擔心掃了聖上的興，才沒有及時拿出來。按照錦衣衛們的記錄，我軍進攻含秋門之時，朝鮮左防禦使鄭義賢，右防禦使金景瑞等，就不戰而潰。虧得李如柏警醒，專門布置了兵馬防朝鮮人暗中使壞，才未曾讓麾下將士受到潰兵衝擊。」

「可惡！」萬曆皇帝朱翊鈞眉頭緊皺，先前的好心情，被朝鮮君臣將士的表現，毀得一乾二淨。

「聖上息怒，倭寇雖然被朝鮮兵馬給放跑了，可士氣卻也大喪。據錦衣衛密奏，被我軍在鳳山和谷山兩地各自截殺了一通之後，連開城都沒敢守，直接逃回漢城了。」孫暹知道，繼續讓朱翊鈞心情壞下去，自己也難免遭受池魚之殃，猶豫了一下，將未經外邊奏摺證實的消息，提前端了出來。

「當真?」朱翊鈞緊鎖的眉頭瞬間舒展，雙目之中湧滿了期盼，「開城如今落在誰手裡了，李如松為何沒有告捷文書?宋應昌呢，為何他也沒有任何奏摺給朕?」

「錦衣衛的加急密報今晚才送到，奴婢正在派人核實。」孫暹斟酌了一下，拿捏著其中尺度小聲補充。「李提督的告捷文書得先交給宋經略轉呈，而宋經略為人向來謹慎，恐怕得反覆核對無誤，才會再上報兵部。」

「迂腐!這老書呆!都什麼時候了，還，還墨守成規。朕，朕真該將他……」朱翊鈞惱怒地跺腳，然而，猶豫再三，最終，卻沒有將處罰宋應昌的話說出口。

當初他之所以在委任李如松為禦倭提督的同時，又委任的宋應昌為備倭經略，圖的就是用宋應昌等文官來牽制遼東李氏，以免後者尾大不掉，最後重演安史之亂。而如今，宋應昌不過是在履行自己份內的職責而已，何錯之有?

孫暹沒有收過宋應昌的任何好處，當然不會替此人做辯解。猶豫都沒猶豫，果斷選擇了沉默。在場其他太監和宮女們，更是沒膽子干涉朝政，一個個低下頭，噤若寒蟬。

「算了!不過是遲個三五天而已，朕等得起。」朱翊鈞的火氣，來得急，去得也快。揮了揮手，自己給自己找臺階下，「孫暹，下次錦衣衛那邊再有任何密報，都立刻讓朕知曉。兵部那邊做事只求一個平穩，宋應昌的告捷文書到了那邊，肯定又得耽擱。」

「奴婢，奴婢遵旨!」孫暹要的就是這句話，卻故意裝出一副小心謹慎模樣，壓低了聲音快速提醒，「但，但錦衣衛的密報雖然及時，有時候，有時候卻有失粗疏。奴婢如果不派人反覆核對後，就上呈陛下，萬一……」

「沒什麼萬一！」朱翊鈞橫了他一眼，霸氣的揮手，「錦衣衛是朕的耳目與爪牙，朕之所以養著他們，圖的就是一個便捷。如果他們遇事也像各部一樣磨磨蹭蹭，朕要他們還有什麼用？你儘管上呈，即便偶爾錯上一兩次，朕也不會責罰任何人。」

「謝陛下信任，奴婢，奴婢哪怕，哪怕粉身碎骨，都，都報答不了陛下萬一。」孫暹迅速趴在地上，哽咽著給朱翊鈞叩頭。

如果錦衣衛能夠和言官一樣，隨便指控任何人，並且即便指控錯了也不用擔責，那他這個掌管東廠和錦衣衛的秉筆太監，權力擴大了何止十倍？日後哪個不開眼的再敢找他的麻煩，不用採取其他手段報復，派錦衣衛誣陷此人勾結外敵就夠了。反正無論有沒有根據，都能先將此人查個底掉，即便什麼把柄也抓不到，也不用擔心事後反坐注十一。

「起來吧，朕不用你粉身碎骨，只要你對朕忠心就行。」朱翊鈞疲倦地笑了笑，再度輕輕擺手，「回頭多派一些得力人手去朝鮮，無論那邊發生什麼事情，朕都想儘快知道。朕，朕不想總是聽朝臣們處理和粉飾過的消息。」

「奴婢定不負陛下所托！」孫暹再度叩頭，鄭重承諾。

「嗯，朕等著你一展身手！」朱翊鈞的神色依舊很疲倦，笑了笑，輕輕點頭。

「陛下，還有，還有一件要緊事，也未經證實。」為了證明自己不是空口白牙只會吹牛，孫暹把心一橫，再度從衣袖中掏出一份牛皮信封，當著朱翊鈞的面兒拆了火漆，取出裡邊的麻布，雙手

注十一：反坐：大明律法，誣告他人，被拆穿後，會用同樣罪名處置誣告者。

展開，靠近燭臺上的鯨蠟。

在火焰的熏烤下，麻布上緩緩出現了數排暗黃色的字跡。孫暹將還在發燙的麻布，雙手舉到朱翊鈞的眼前，同時用極低的聲音迅速解釋：「宋經略派遣其麾下贊畫袁黃，就是原兵部職方司六品主事袁黃，帶著二十名侍衛去見了倭寇第二路兵馬主將加藤清正。雙方具體談話內容和過程，都在這片麻布上。事關二品大員，奴婢不敢胡亂上呈，已經派了兩波人手星夜趕往朝鮮。」

「嗯？」朱翊鈞聽他說得小心翼翼，頓時又將眉頭皺了個緊緊。待從頭到尾看完了麻布上的密奏，臉色上卻忽然又露出一絲輕鬆。「這宋老夫子，真是異想天開！他麾下的這個贊畫袁黃，也是膽子大得沒了邊兒！居然赤手空拳，就敢去威脅倭將退兵。好在那倭將加藤愚蠢，竟真的相信，自己再不趕緊跑就來不及了，乖乖地答應讓出整個咸鏡道。」

「是陛下神威，遠及萬里！」沒想到自己表功之舉，居然無意間成全了宋應昌和袁黃，孫暹愣了愣，順著朱翊鈞的話頭稱頌。

「是將士們打得好，關朕什麼事情！」朱翊鈞被拍得渾身上下，每個關節都發酥。笑呵呵地搖搖頭，大聲否認。

「陛下恕奴婢多嘴。奴婢不通軍務，卻也知道，光靠二十名親兵嚇不跑敵將。袁贊畫分明是借了陛下的神威，才能出入虎穴，如履平地。」

「你這老奴，就知道哄朕開心。」朱翊鈞翻了翻眼皮，繼續笑著搖頭，「即便宋經略和他麾下的袁贊畫兩個，有因人成事之嫌，那借的也是李經略和將士們的勢，還借不到朕身上。」

「那也是陛下知人善任！」孫暹光是聽聲調，就知道自己拍對的地方，趕緊躬著身體，笑呵呵地補充，「若非陛下當初力排眾議，從西北調回了李如松。隨後又重瞳親照，發現了祖承訓的冤屈，並下令撤了郝傑的職，我朝天兵怎會有今日之完勝？所以，奴婢不會佩服宋經略，不會佩服李提督，唯獨對陛下您，佩服得五體投地。」

說著話，又跪了下去，準備對朱翊鈞頂禮膜拜。後者卻終於臉色開始發紅，抬腳輕輕踢了他一下，笑著數落：「滾起來！你這老奴，就會賣嘴！朕又還沒糊塗，才不會吃你這一套。」

話雖然這麼說，內心深處，卻也覺得孫暹的話，隱約有很多道理。當初群臣對是否救援朝鮮爭論不休之時，的確是自己果斷做出了決定。當初群臣擔心西北局勢反覆，不敢抽調李如松返回，又是自己力排眾議，認為提督人選，非此人不可。當初群臣當中，有人包庇郝傑，將戰敗責任全都安在了祖承訓頭上，也是自己替祖承訓做了主，讓其洗脫的冤屈。當初宋應昌和張誠兩個爭鬥不休，還是自己，果斷將張誠調回了北京，才讓宋應昌不再受任何掣肘。

當然，這其中的曲折，朱翊鈞都不太記得了，也沒功夫去回憶。反正作為皇帝，他從早到晚都忙得很，沒必要在細枝末節上浪費自己寶貴的精力。

想到自己大半年來的種種「知人善任」舉措，他忽然又記起了一件事。迅速低下頭，大聲諮詢：「孫暹，那朝鮮國王的謝恩奏摺上，曾經多次提到李如柏。你剛才也曾經向朕彙報，說朝鮮兵馬潰敗之際，虧得李如柏提前做了安排，才令我軍有備無患。這個李如柏，朕記得是李如松的兄弟吧？他們李家共有兄弟幾個？都在遼東軍中嗎？這次都上陣了嗎，各自表現如何？」

「啟稟皇上，李成梁共有九個兒子。都是如字輩兒，以木為名。其中長子如松，次子如柏，四子如樟，五子如梅和六子如梓，目前都在軍中效力。三子如楨按規矩送到了北京，如今在南鎮撫司任錦衣衛千總，加指揮使銜。第七到第九子都是庶出，皆未成年，如今還在家中讀書習武。」孫暹的心臟迅速抽緊，低下頭，小心翼翼地回應。

雖然收了李如松很多「禮敬」，但是，在萬曆皇帝關注的問題上，他不敢在回答中帶上絲毫的個人情緒。否則，一旦被萬曆皇帝懷疑他與遼東李氏內外勾結，後者因為手握重兵有可能倖免，他孫暹可是長了多少顆腦袋都不夠砍。

而萬曆皇帝，偏偏又是個多疑善變的性子。哪怕再器重一個人，心中都會提防三分。並且一旦懷疑起來，甭管抓沒抓到證據，都會果斷處置。

當年張居正為他鞠躬盡瘁，張居正死後，萬曆抄起張家來卻毫不手軟。前一陣子張鯨只是因為擅自揣摩他的心思，就被他從秉筆太監的位置上拿下，直接趕出了皇宮。親眼目睹了這麼多先例，孫暹除非是活得不耐煩了，才會故意重蹈前人覆轍。

「李如楨在錦衣衛任上表現如何？若是堪用，你不妨多派些任務給他。」彷彿是有心施恩於領軍大將，萬曆皇帝笑了笑，隨口吩咐，雪白的牙齒，在燭光的照射下不斷閃爍。

冷汗順著孫暹的脊骨，無聲地滑落。繼續低著頭，他認真地回應，聲音中聽不到絲毫顫抖，「啟稟皇上，李如楨雖然武藝過人，性子卻遠不及其兄沉穩。奴婢這邊，只敢偶爾讓他帶隊巡視一下皇城之外的街巷。如果皇上想要對他委以重任，奴婢以為，奴婢以為，恐怕還需要對其多加勘磨，才，才好做出安排。」

「哦，那就罷了！」萬曆皇帝心中頓時一鬆，點點頭，笑著吩咐，「但該有的賞賜，都別少了他的。他父親和長兄都有大功於國，朕不想讓外人覺得朕慢待功臣。」

「奴婢明白，奴婢對他，對其餘幾位功臣之後，日常都會多照顧一些。儘量少給他們派活，有升遷和領賞賜機會，從來未曾將他們落下。」孫暹也頓時偷偷鬆了一口氣，笑著點頭。

「那李如樟，李如梅和李如梓呢，他們兄弟三個表現如何？」對孫暹的試探結束，萬曆皇帝放心地將話頭轉向了正題。

早就料到他會有如此一問，孫暹裝模作樣地斟酌了一番，然後按照實際情況緩緩給出了答案，「啟稟皇上，那李家四子如樟，是員罕見的猛將。去年隨兄平叛，曾經於兩軍陣前生擒了哱拜的次子，威震敵膽。但是，謠傳其好像有勇無謀，不像其父親和兄長，武藝和軍略都很了得。倒是李家五子如梅，素有『小如松』之名。他們兩個，在此番平壤之戰中，都被其兄委派保護大軍糧道，表現機會不多。」

「此言大謬。朝鮮地形崎嶇，局勢複雜，李如樟和李如梅能保證從義州到平壤糧道暢通，功勞不比斬將奪旗小。」萬曆皇帝朱翊鈞搖了搖頭，笑著給出了不同的解讀。

「皇上英明！」孫暹頓時裝出恍然大悟模樣，連連拱手，「奴婢先前還以為，李如松是護短，才故意委派了一件輕鬆差事給他的四弟和五弟。經皇上這麼一說，才知道他原來是在給兩個弟弟肩頭壓擔子。」

「保護的意思，應該也有一些。但主要還是壓，壓擔子。」非常喜歡孫暹的比喻，萬曆皇帝朱翊鈞直接引用，「換了別人，也會這麼做。畢竟自家兄弟用起來更放心，無論遇到多大困難，都不會故意壞哥哥的事。」

「的確，如果像祖承訓那樣，將押送糧草的任務交給朝鮮人，將士們肯定又得餓肚皮。」孫暹非常會說話，順著萬曆皇帝朱翊鈞的意思，迅速向下延伸。

「不提那些朝鮮人，敗興！」朱翊鈞想了想，不屑地搖頭。「李家老六呢，他的表現如何？朕記得去年無意間窺破了倭寇圖謀，協助王重樓護住了八卦洲糧庫的有功之士裡頭，就有他吧？既然去了朝鮮，他應該有所表現才對，怎麼許久不見捷報上有他的名姓？」

「應該，應該，應該是還沒來得及寫進去。」知道萬曆皇帝關心李如梓，絕對不是因為對此人欣賞有加，孫暹猶豫了一下，小聲回應。「畢竟眼下送回來的告捷文書，只是第一份。具體作戰經過，以及將士們的表現，應該還沒顧得上總結。」

「嗯！」萬曆皇帝朱翊鈞再度沉吟著點頭。在未親政之前，他的老師張居正，就一直言傳身教，要求他必須將目光放得長遠。所以，在為平壤大捷而高興的同時，他習慣性地就想到了將來對遼東李氏的安排。

李家在軍中的五兄弟，個個都驍勇善戰，允文允武，從近期看，的確有利於大明軍隊揚威域外，有利於朝鮮戰事早日結束。從長遠看，卻容易導致遼東軍這支天下強兵，變成李家的私器，進而威脅到大明的如畫江山。

「皇上剛才提到八卦洲糧庫，讓奴婢忽然想起一件事來。」伺候了萬曆皇帝這麼長時間，孫暹豈能猜不到朱翊鈞在為什麼事情而擔心，猶豫再三，忽然笑著啟奏，「據錦衣衛密報，埋伏在谷山伏擊倭寇的，並非李提督麾下主力，還是大明遼東選鋒營。他們前一段時間繞過平壤，拿下了倭寇身後的通川……」

「選鋒營，居然又是他們！」萬曆皇帝朱翊鈞又驚又喜，「領軍的可是去年投筆從戎的那倆國子監貢生？朕就知道，他們兩個非同一般。朕想起來了，去年窺破倭寇圖謀，保住八卦洲存糧的功勞，他們兩個位當居首。」

「皇上慧眼如炬！」孫暹成功轉移了朱翊鈞的注意力，心中頓覺一陣輕鬆。

他之所以這樣做，倒不完全因為是拿過李如松的好處，想要在關鍵時刻給予回報。更重要的緣由是，放任萬曆皇帝繼續疑神疑鬼，自己難免會遭受池魚之殃。而拿一場局部之勝和兩個自己喜歡的年輕人，將話題轉移開。非但可以讓朱翊鈞暫時忘掉心中憂慮，還可以順勢完成另外兩筆人情「買賣」。

「好，好，朕就知道，他們不會負朕所望。」此時此刻，萬曆皇帝朱翊鈞怎麼可能會想到，孫暹故意提起了選鋒營，乃是因為收過李如松和李彤、張維善兩人背後家族的賄賂，高興地得眉飛色舞。

他先前之所以對李如松兄弟多有倚重，一方面是因為李如松、李如柏等人，的確本領出眾。另外一方面，則是因為全國上下都缺乏良將，別無選擇。而現在，忽然冒出了兩個與遼東李氏瓜葛極小，甚至可以說是毫無瓜葛的後起之秀，頓時就讓他的眼睛看到了許多新的可能。

李彤和張維善，如果他沒記錯的話，都是南京國子監的貢生，從賭氣前往遼東投軍，到獨當一面，只用了不到一年時間。而大明南北兩京的國子監中，每年畢業的貢生都多得讓吏部發愁。倘若這些吏部無處安排的貢生，全都效仿李彤和張維善兩個投筆從戎，哪怕十個之中再出一個良將，大明軍中還何愁後繼無人？

至於如何激勵更多的少年才俊去投軍，朱翊鈞根本不用思考，就能拿出最有效的方案來。用手拍了下桌案，他迅速做出決定，「孫暹，你去，派人通知兵部，凡是關於平壤之戰的捷報，只要一到兵部，就立刻給朕送過來，任何人不得拖延耽擱。還有，錦衣衛那邊，關於選鋒營的一切密報，無關大小，也都給朕拿來。」

「奴婢遵旨！」孫暹打破腦袋都想不到，自己跟李家和張家做的兩筆「買賣」，居然激發了朱翊鈞千金買馬骨的熱情，猶豫了一下，故意小聲提醒，「萬歲，奴婢記得，去年秋末，剛剛破格提拔了選鋒營的兩位主將。如果這次……」

「叫你去你就去！」朱翊鈞正在興頭上，根本聽不進別人的勸。狠狠瞪了孫暹一眼，大聲補充：「他們兩個辜負朕的提拔了嗎？他們兩個既然沒有辜負朕，朕就再為他們破一次格又如何？比起那些仗著父輩餘蔭就輕鬆做到指揮使的，還有那些在軍中混吃等死撈資歷的，他們兩個都是實打實的功勞，為何就不能破格？如果朕的大明，多幾個這樣的英才，朕還巴不得天天都能破格。」

「奴婢遵旨！」孫暹不敢再多嘴，躬著身子，大聲答應。然而，心中卻對決斷的正確性，深表懷疑。

大明貢生多得如過江之鯽不假，但是卻不一定每個貢生，都有投筆從戎的勇氣。更不是每個貢生，都能像李彤和張維善兩人那樣，文武雙全。

皇帝本意的千金買馬骨，可是，世上也得有千里馬才行。況且俗話有云：木秀於林風必摧之。兩個小傢伙崛起這麼快，又犯下了將門子弟染指軍權的大忌，即將等待著他們的，恐怕不單單是浩蕩皇恩。

大明朝的言官們，連戚繼光都能輕鬆幹掉。兩個小傢伙背後既沒有閣老撐腰，手頭也沒有數萬嫡系精銳，一旦他們成為言官們的靶子，他們拿什麼去抵擋那狂風暴雨般的攻擊？

第十七章　風雨

寒雨夾著霰雪，從天空中傾盆而落，剎那間，籠罩了整個南京。

懸掛在媚樓正門附近的燈籠和燈謎，眨眼功夫，就被砸了個七零八落。原本打算在今晚燈會上一展才華，順路再去媚樓內憐香惜玉的「江南才子」們，也紛紛做鳥獸散。本應遊人如織的十里秦淮，很快就再看不到一個人影。半炷香之前還吵鬧不堪的街巷，也迅速變得一片死寂。只有霰雪灑在青石板路面上的聲音，「刷，刷，刷，刷，刷，刷……」，單調沉悶，沒完沒了。

「這是什麼鬼天氣，老天爺，你還叫不叫人活了？大正月的梅花都開了，又下起哪門子雪來！」媚樓老鴇子潘姨，到拎著根三尺長的毛筆，在正堂門口指天罵地。

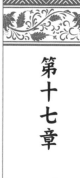

在南京城生活了近四十年，她還是第一次看到正月裡下霰雪。記得往年這個時候，柳樹早就抽芽了，院子裡的梅花，也早開始爭妍鬥艷。暖洋洋的天氣，早就將城裡那些才子們，燒得虛火上湧。每天從早到晚，都像發春的野貓般，擠在她的媚樓裡，比著賽花錢。

可今年，春天遲遲不歸不說，雪還下了一遭又一遭。從鵝毛大雪，六出輕雪，再到凍雨加霰，一場接著一場。老天爺好像要把頭幾十年沒在南京城下的雪，全部補上一般。若是一場春雪一場暖還好，雪過之後，帶著姑娘們來一場踏雪尋梅，也能哄得城內的才子們大把大把往外掏銀子。偏偏今年的每一場雪過之後，緊跟著必然有兩天大風。無邊寒氣，把江南才子們的玉手全都給凍成了大豬蹄子。甭說出來跟姑娘們一起吟詩作畫，就連動動手指，都疼得齜牙咧嘴。

紅花就得綠葉配，缺了江南才子在面前爭風吃醋，媚樓裡的姑娘們，也如霜打過的莊稼般，從早到晚提不起精神。連日來，老鴇子潘姨看在眼裡，急在心頭。絞盡腦汁，才想出了一個燈迷會點子，並且許了頭牌女校書李小小共謀一醉為彩頭，才終於在今晚又讓媚樓恢復了幾分人氣。誰料想，人算不如天算，突如其來的一場雨夾雪，又將她的所有努力化作了灰煙。

「如果你有啥不滿意，你就提個醒！」年輕時曾經讓無數達官顯貴匍匐石榴裙下，潘姨早就養成了一種桀驁性格。接連敲打了幾下廊柱依舊發洩不出心中怒火，再度指著門外黑漆漆的天空高聲喝罵，「南京百姓，四時供奉沒少了你。大廟小廟，初一十五從沒斷了香煙。你即便心再黑，也應該知道吃飯的時候不能砸鍋。你把南京城的百姓全都凍得沒了活路，將來沒人管得起你的供奉和香火，你還不得去喝西北風？」

如果老天爺是個大明官員的話，聽了她的叱罵，肯定會羞得面紅耳赤。只可惜，老天爺不是。非但沒立刻將雨雪停下，反倒變本加厲地颳了南風，將雨水和霰雪直接吹向媚樓的門窗，砸得窗櫺啪啪作響。

「你個沒良心的老天爺，你到底想怎麼著啊？」潘姨被突然透窗而入的寒風，凍得打了個哆嗦。氣得揮舞著毛筆，帶著哭腔控訴。「你如果真的有靈，托夢開個價碼也行啊。你連價碼都不開，就沒完沒了地颳風下雪，這不是禍害人嗎？你這樣子，連大明朝的貪官都不如……」

「媽媽，媽媽，別罵了，別罵了。三層甲字房套間那邊還有貴客在！」她的得意弟子，二掌櫃劉婉婷忽然旋風般衝下了樓，壓低了聲音焦急地提醒。

「貴客，哪個貴客？我怎麼不記得！」潘姨的聲音果斷轉低，杵著毛筆當拐杖，喘息著追問。

「是，是南京督察院的嚴老爺，還有，還有幾位陌生面孔，正在三樓甲字房聽琴品茶。」二掌櫃劉婉婷上前幾步，俯在潘姨的耳畔，用更低的聲音補充。

潘姨眼前，立刻閃過一個乾瘦佝僂的身影，皺了下眉頭，塗滿脂粉的臉上，隱約透出幾分不屑，「姓嚴的！他幾時來的？誰把他引到甲字房去的？這老東西，哪次不是白吃白拿白睡，啥時候痛快肯給過錢？」

「是，是下午未時就來了，先是吃了桌席上等的麵兒，然後又要了些茶水點心。當時您正好不在，我們也不想招待他。但，但是，媽媽，媽媽您不是說過嗎，破船也有三斤釘？還教訓過我們，寧可得罪一百個君子，不肯得罪一個小人。」二掌櫃劉婉婷已經追隨了潘姨多年，知道她是個什麼性子，所以也不害怕，想了想，小心翼翼地解釋。

「哎呀，我的敗家姑娘，我那是怕你們給他臉色看，得罪了他，給自己找麻煩！」潘姨生意連日虧損，心裡頭正著急上火，不願再賠本賺吆喝，乾脆選擇實話實說。「你們在一層隨便給他安排個房間，再隨便找個人伺候他就行了。反正他也是銀樣鑞槍頭，中看不中用。何必讓他占了三樓甲字房，還平白搭上我的好茶和席面兒？」

「他，他身邊的那幾個陌生面孔，好像，好像也都是做官的！」二掌櫃劉婉婷又斟酌了一下，再度給自己的安排找出理由。

這個理由，登時讓潘姨就恢復了清醒。「做官的！妳怎麼知道都是做官的？他們跟妳說了？按理說，姓嚴的那種逮誰都咬的性子，應該沒啥朋友才對。況且他已經來南京有些年頭了，按理說，按理說，很難再返回北京。」

「他們沒說，但是我能感覺出來。他們都是跟嚴老爺一樣的人。雖然穿著便裝，談吐聽起來也很斯文，但眼睛裡那種吃人不吐骨頭的陰狠勁兒，怎麼藏都藏不住！」二掌櫃劉婉婷忽然打了個哆嗦，皺著眉頭給出答案。

「呼——」寒風再度透窗而入，吹得燭火忽明忽暗。吹得人渾身上下，一片冰涼！

「好冷！」三樓甲字房套間左首，一名山羊鬍子老儒，用手扯緊身上的貂裘，低聲叫喚。

屋子正中央的白銅炭盆內，上好的香炭被透窗而入的寒風吹得忽明忽暗，與搖曳的燭光一道，將幾位「貴客」的影子照在窗紙上，搖搖晃晃，彷彿戲園子裡上演的皮影。

「這算什麼冷？」與他對面而坐的一名短鬍子年輕人搖了搖頭，滿臉倨傲，「顧兄，你這是在江南脂粉地待得太久了，弱了身子骨，所以才受不得半點寒風。在下從北方來，沿途所經各地，那才叫真的冷。」

「倒是，老夫唐突了，居然忘了小範你剛剛從北方過來。」山羊鬍子老儒涵養甚好，笑著點點頭，大聲承認。

「小範，你這話就錯了。殊不聞，北方冬天豔陽高照，江南春雪卻凍死活人？」做東請客的嚴鋒一改平素生人勿近模樣，笑呵呵地「站」在了山羊鬍子一邊。隨即，又將頭扭向山羊鬍子，笑著解釋：「顧兄你沒去過北方，才上了小範的當。他雖然剛剛從北京過來，卻是地道的江南人氏……」

「嚴兄那句俗話，說的是往年。今年，卻與往年大不相同！」表字小範的黑鬍子年輕人，笑著打斷，「今年冬天，雖然也是豔陽高照，陽光卻無半點暖意。非但漳水、黃河、淮河皆斷了流，運河上的冰更是有四五尺厚，任你用多大的鐵錘砸，都砸不動分毫。」

「有這麼冷？」靠背而坐的一名黃臉老者悚然而驚，一把推開懷裡的妙齡舞姬，大聲詢問確認，「那河北各地的冬麥，豈不是全都得絕了收！若是江南開春後早稻也插不了秧苗……」

「啊——」妙齡舞姬毫無防備，一頭撞在了案角上，疼得低聲慘呼。黃臉老者卻半點都不懂得憐香惜玉，抬起腳，直接踹上了她的肩膀，「滾出去，別在這裡大呼小叫。哪裡來的野丫頭，一點規矩都不懂！」

慘呼聲戛然而止，妙齡舞姬用手按著頭上正在淌血的傷口，跪在地上瑟瑟發抖。其餘坐在眾人懷裡的舞姬們，物傷其類，一個個眼角發紅，珠淚盈眶。然而，卻誰都不敢替同伴說一句公道話，更沒勇氣上前將傷者從地上扶起。

好在甲字套房門外，就有龜公伺候著。聽到屋內的呵斥聲，趕緊帶著幾名漂亮小廝衝了進來。先示意小廝們將受傷的妙齡舞姬從地上拖起，緊跟著，將身體轉向黃臉兒老者，跪了下去，重重磕頭，「李老爺，李老爺，您老切莫生氣，切莫生氣。這個小娘子是剛剛從高麗那邊販來的，聽不懂大明官話。小的這就將她帶走，給您換個機靈的來。」

「朝鮮人？怪不得！你這蠢材，為何要拿朝鮮人來糊弄老夫？」黃臉老者先是微微一愣，旋即怒容滿面。

「叫潘媽來，豈有此理？」今晚做東的南京僉都御史嚴鋒，也瞬間漲紅了臉，指著龜公的鼻子，怒不可遏，「老夫要問問她，拿朝鮮人來打發老夫，究竟是何居心？」

「的確欺人太甚！」山羊鬍子老儒，也厭惡地將自己的手，從懷中舞姬雙峰上挪開，臉色瞬間冷若寒冰。彷彿剛剛的祿山之爪，不是自己的，而是憑空變出來的一般。

在場除了剛剛從北京調來南京的短鬍子年輕人之外，其他幾個，也都面沉如水。他們雖然平素都不生活在南京，卻個個都算是花叢老手。早就知道，秦淮河畔媚樓裡的姑娘，向來分三、六、九等。一等一的自然是來自姑蘇，模樣水靈，聲音軟糯，琴棋書畫也樣樣精通。

次等一些則來自杭州，雖然說話聲音差了些，但好歹出自西施故里，天生帶著一股山水靈秀。第三等則來自揚州，心思剔透，知冷知暖，左手算盤，右手廚具，看對眼了贖回家去，同時能當帳房和廚師使用。

四、五、六、七等則來自其他各地，百裡挑一，能被挑進媚樓的，必有過人之處。而八、九兩等，才能輪到高麗、安南等地女子，充其量只能算作是兩腳的花瓶。

黃臉李姓老者身份尊貴，尋常個人想請都請不到。今日能來媚樓這消金窟裡一坐，算是給足了請客者的面子。而媚樓偷偷摸摸，安排了最下等的朝鮮舞姬，豈不是存心要給賓客們和做東的御史老爺嚴鋒難堪？

不愧為天下第一樓的夥計，龜公張寶面對南京右僉都御史嚴鋒和其餘各位官老爺的滔天怒火，表現得竟然比南京知府還要鎮定。先不慌不忙地爬起來，然後才躬著身子解釋道：「嚴老爺容稟，各位老爺也請暫歇雷霆之怒。早在一個半時辰之前，嚴老爺曾經親口吩咐小的，今天的客人身份尊貴，行蹤不可向外洩露。而媚樓裡的其他姑娘，嘴巴再嚴，在城中也有一兩個知己。誰也無法保證她們不多嘴誤事。唯獨這些剛剛被朝鮮官府賣到大明的女子，在城裡舉目無親，甚至連大明官話都說得不怎麼利索。各位老爺無論談什麼，都不怕被她們不小心給聽了去。」

「嗯？竟有此事？」原本覺得受了侮辱的黃臉老者又愣了愣，心中的怒火迅速減弱。

「當然，不信老爺您試著問她們幾句話，只要您用詞稍微複雜一些，她們就全都變成了聾子和啞巴。」龜公張寶又躬了下身體，大聲保證。

黃臉李姓老者將信將疑，沉吟不語。做東的御史嚴鋒，卻耐不住心中好奇，果斷開口，文縐縐地向身邊女子大聲詢問了起來。果然，平常媚樓裡姑娘與恩客之間的套話，後者還能勉強應付幾句。當其問起一些外邊的事情，特別用詞又稍微正式了一些的時候，後者頓時將眼睛瞪得又大又圓，困惑也迅速寫了滿臉。

「有趣，有趣！」其餘在場的官員們，頓時有了新鮮感。紛紛用各種方式，與懷中美人兒展開了「熱情」交流。從通俗易懂的《三更調》到「高雅雋永」的《金瓶詞話》，越試，越覺得興致盎然。

黃臉李姓老者見此，心中的怒火也頓時熄滅。擺了擺手，大聲吩咐：「罷了，既然你是一番好心，老夫就不計較了。將這個笨手笨腳的帶下去敷藥，再賞她二兩銀子壓驚，都算在老夫頭上，回頭老夫的隨從，自然會來找你銷帳。」

「李兄何必客氣，今日既然是小弟做東，自然一切都由小弟承擔。」御史嚴鋒哪裡肯讓客人自己掏錢給歌姬買藥？趕緊扭過頭，大聲阻止。隨即，又將目光迅速轉向龜公，急匆匆地吩咐：「下去之後，立刻給李老爺換個機靈的來。還是要高麗小娘子，如果沒有，安南、八百媳婦大甸的也可。切莫拿西洋的來添堵，一個個毛都沒褪，太噁心人！」

「是，是！」龜公張寶成功化解了一場不大不小的危機，心中好生得意。滿臉堆笑地答應著，帶起小廝和受傷的舞姬，倒退著出門。

不多時，他就又送了一個高麗小娘子進來。而甲字房內的氣氛，也早就恢復了最初的熱鬧。偷眼望去，只見那姓李的黃臉老者，手拍桌案，渾身上下正氣澎湃，「寒暑顛倒，乃天道不彰所致。陛下遲遲不肯冊立太子，又執意對朝鮮用兵，才導致上蒼震怒，降下如此奇禍。而那王錫爵就任首輔之後，只知道逢迎上意，兩個月以來，無一言相諫。我輩讀書人，為天地立心，為生民立命。如果再放任皇上執迷不悟，放任姓王的尸位素餐，豈對得住天下蒼生？」

「哎呀，不好！」龜公張寶如聞驚雷，臉色瞬間嚇得一片慘白。不敢做任何耽擱，硬著頭皮將新到的高麗舞姬送到李姓老者面前，然後快速倒退著離開，用力關好房門，撒開腿，逃之夭夭！

才逃出不到十步，額頭上突然感覺一軟，緊跟著，就被一隻素手推了個四腳朝天。

樓梯口，剛剛像隻狐狸般悄然潛上來的潘姨，被張寶撞得鼻血長流，卻不敢大聲呼痛，瞪圓了眼睛對後者怒目而視。跟在潘姨身邊的二掌櫃劉婉婷則蹲下身去，用手捂著張寶的嘴巴低聲呵斥：「小王八蛋，你是被蠍子螫了？還是被瘋狗咬了？路都不看瞎跑什麼！」

「沒，沒……」張寶自知闖了禍，不敢掙扎，慘白著臉兒小聲辯解，「沒螫也沒咬，但是比這些都要命。二姐鬆手，我不是故意要撞乾娘。甲字房，甲字房那邊，有人要謀反！」

「謀反！你可聽清楚了？這可是誅殺九族的罪名！」潘姨被嚇了一大跳，顧不上再對張寶發火，用手捂著自己正在滴血的鼻子，甕聲甕氣地追問。

「媽媽別聽這小王八蛋瞎說，那姓嚴的可是正牌兒御史！其餘幾位客人看模樣也全都是文官。」還沒等張寶回應，二掌櫃劉婉婷已經低聲否定，「一個個連刀子都拿不起來，怎麼可能造反？況且從古到今，什麼時候文官造過皇上的反？」

「這……」老鴇子潘姨茅塞頓開，舉起另外一隻手，朝著張寶身上亂掐，「你個小王八蛋，竟敢欺騙老娘？翅膀硬了是吧？老娘今天就給你鬆鬆筋骨。」

「乾娘，別掐，別掐！」小龜公張寶疼得滿地亂滾，卻依舊不敢放高聲，啞著嗓子不停地辯解，「我真的沒撒謊，真的沒撒謊，從小到大，我幾時敢撒謊騙過您？剛才，剛才甲字房裡頭，那些人又數落皇上的不是，又揚言要聯手趕走首輔，不是準備造反，又是想要做什麼？」

「數落皇上的不是，還要趕走首輔？」老鴇子潘姨的手，停在了張寶的腰間，眼神開始漂移不定。

「媽媽，一群老色狼喝多了吹牛皮而已，怎麼可能當真？」二掌櫃劉婉婷不再懷疑張寶瞎編故事，卻拒絕相信幾個失了勢的文官，能攪起如此大的風浪。

「也未必全是吹牛！」潘姨掏出手絹堵住滴血的鼻孔，緩緩搖頭。

龜公張寶和二掌櫃劉婉婷見識少，也沒經歷過什麼風浪。而她年輕的時候，可是秦淮河上最負盛名的花魁娘子。當紅的那十多年裡，「閱」過的大小官員無數。深知這些人的膽子和對朝堂的影響力。特別是張居正死後，因為朝堂上六品以上官員七成都出身於科舉，而科舉考試，江南才子每屈都能碾壓全國。留都南京的文官們憑著盤根錯節的「師生之誼」，說出來的話，分量更是與日俱增。

「乾娘，我剛才不是故意撞您，我是怕，怕他們殺人滅口！」見潘姨好似已經相信了自己的解釋，小龜公張寶趕緊又快速補充：「您老最好也不要過去，那幫老烏龜未必造得成皇上的反，可收拾起咱們來，卻是動動嘴巴的事情。」

「呸！老娘若是那麼容易被那幫人給害了，就不開這座媚樓了。」正處於發呆狀態的潘姨迅速回過神，朝著地上不屑地狠啐，「你滾下去，讓廚房再弄幾個拿手菜，準備餵給這群老色狼。婉婷，妳去拿幾份時鮮瓜果，一會兒咱們打著送瓜果的名義，去聽聽他們到底在出什麼么蛾子。」

「乾娘您不要命了？」龜公張寶又被嚇了一大跳，趕緊伸手去拉潘姨的裙角。

「媽媽，他們編排皇上也好，謀劃坑害宰相也罷，關咱們啥事兒？咱們何必蹚這種渾水？」二掌櫃劉婉婷也不希望潘姨去冒險，伸手拉住了此人的胳膊。

「你們倆懂個屁！」老鴇子潘姨白了二人一眼，輕輕掙脫，「他們躲在媚樓裡密謀，咱們一句不知道，就能摘乾淨？這種時候，咱們啥都不知道，才是真的危險。如果一會兒僥倖能聽見三言兩語，好歹也是個抓在手裡的把柄。關鍵時候，無論賣給他們的對頭，還是用來自保，好歹都是一份依仗。」

「可，可他們是官兒啊！」二掌櫃劉婉婷欲哭無淚，慘白著臉低聲提醒。

「官兒又怎麼樣？見了好看的女人，還不是像公狗般往上撲！」老鴇子潘姨抬手抹了一把嘴唇上的血跡，咬著牙奚落。

張寶和劉婉婷二人無奈，只好依照吩咐去準備。老鴇子潘姨則趁著二人去拿菜肴和水果的功夫，也悄悄下了樓，找了個房間整理妝容。

雖然依舊是半老徐娘，但是她年輕時的底子還在，化妝的功夫也沒落下。用了心思收拾一番，不多時，就重新變得豔光四射。對著青銅鏡子撇了下嘴，她起身出門，先從滿臉忐忑的二掌櫃手中接了果盤兒，然後再度邁步走上了樓梯。

因為今晚天氣實在太糟糕，整個三樓，只剩下甲字房內有客人留戀未去。所以根本不需要花費什麼力氣去掩飾行跡，她就輕鬆地來到了甲字房對著長廊的窗口。先隔著窗紗向裡邊偷掃了兩眼，然後屏住呼吸，將耳朵緩緩貼了上去。

只聽見屋內有一個蒼老的聲音緩緩響起：「想要將王錫爵趕出朝堂，恐怕孝道有虧和尸位素餐這兩個罪名，遠遠不夠。皇上對他一直寵信有加，禮部、工部和吏部，也有不少人對其極為推崇！」

「張鼎思，這老王八蛋居然還活著？真是好人不長命，禍害活千年？」憑著天生的好記性，潘姨立刻聽出了說話者的身份，皺著眉頭在肚子裡大罵。

「那就再加一個勾結倭寇好了。畢竟去年寶大祥的事情，不能說與王家半點兒關係都沒有。」僉都御史嚴鋒的聲音，很快就在屋子內傳了出來，給人的感覺，比外邊的霰雪還要冰冷。

「人渣，王八蛋，比道上的流氓混混都不如！即便是流氓混混，好歹做事也有個底線。」潘姨撇著嘴，繼續在肚子裡大罵。

她之所以瞧不起嚴鋒，倒不是因為此人睡了樓裡的姑娘卻總是不肯痛快給錢。事實上，作為有資格參與南直隸科舉出題和閱卷的「前輩」，嚴鋒每次欠了花帳，很快就有人心甘情願地替他付清。而媚樓能做成天下第一花樓，也不在乎嚴鋒這種「大賢」欠帳。她看不起嚴鋒的更主要原因是，此人滿嘴仁義道德，卻憋了一肚子壞水，並且行事毫無底線可言。這種人，在她看來，合夥做生意肯定坑害同伴。一起做事肯定要拖後腿，作為朋友，則別人始終都得在後背的衣服裡墊上一塊鐵板。

正當她在肚子裡頭罵得起勁之時，屋子裡，又傳出了一個年輕些的聲音，「寶大祥這事兒，雖然能與王錫爵沾上邊兒。可朝堂裡的幾個閣老，誰家暗地裡，沒有插手一些生意？以在下之見，用寶大祥這事兒來彈劾王錫爵，非但搬不動他，反倒容易讓其他幾個閣老忌憚。所以，能不用，還是不用為妙！」

「這是一個新來的，以前好像沒聽過！」潘姨迅速扭頭，隔著窗紗再度向內偷偷觀望。只見一個黑鬍子年輕官員，正在緩緩落座。

「小範，小範這話說得有道理！」張鼎思的聲音緊跟著響起，嘶啞低沉，彷彿隨時可能會斷氣一般，「況且這個罪名，去年已經用過一次，根本沒能阻止他被奪情起復注十二！」

「那就彈劾他違反祖宗制度，准許西夷登岸，傳播邪教，亂我大明江山。」有個明顯的太監嗓，低聲給眾人出謀劃策。

「善，善，大善！他准許西洋人登岸，雖然可以說是為了讓有司編寫西洋書籍，卻著實有亂我華夏文教之嫌。」嚴鋒立刻接過話頭，大聲補充，「用這個罪名，肯定能讓天下士子群起回應。不過，這個罪名，不能出自南京督察院。否則，去年剛剛彈劾失敗，今年又在南京發起，容易被認為是蓄意羅織！」

注十二：奪情起復：古代父母生病，官員要辭官照顧，否則會被攻擊為不孝。而朝廷不准許其辭職，稱為奪情。

「你還知道什麼叫羅織？」老鴇子潘姨低頭啐了一口，臉上表情更加鄙夷

「這個，就得請季時出手了。只要季時能說動令兄幫忙，北京督察院那邊，必然能掀起一場風暴！」更讓她鄙夷的太監聲音，迅速從屋子內傳了出來，宛若毒蛇吐信。

「對，事成之後，剛好能推令兄入閣。」唯恐被喚做季時的官員不肯答應，有人果斷開出了出手的價格。

「周老前輩言重了，為國除奸，乃分內之事，家兄絕不敢以此謀取私人前途。」被喚做季時的官員，反駁得那叫一個義正辭嚴。

「何謂謀取私人前途，令兄乃天下奇才，負盛名多年。早就該入閣輔政，眼下不過是水到渠成而已。」

「然也，然也，令兄才能是那王錫爵的十倍。理應早日入閣，輔佐皇上治理天下！」

其餘眾人紛紛開口，彷彿某個人是謝東山重生，諸葛孔明轉世一般。

被喚做季時的年輕官員推脫不過，只好非常勉強地站起身，朝四下拱手，「既然諸君如此推崇家兄，我這個做二弟的，只好勉為其難再去北京走一遭就是。不過……」

故意頓了頓，他又快速跟眾人討價還價，「此時大明官兵與倭寇激戰正酣，重開對倭海貿之事，絕對急不得。至少，得等王錫爵復起無望，而朝鮮那邊也打出個結果來，才好從容布置。」

「理應如此，許國，王家屏都沒做成的事情，怎敢強迫令兄一入閣就改弦易轍？」

「不急，不急，已經等了這麼久，不在乎再等上一兩年！」

「的確，反正即便朝廷不開對倭海禁，也可以通過朝鮮轉口。只是耗費會大一些而已。」

在場眾人紛紛點頭答應，彷彿唯恐被喚做季時的官員反悔一般。

「說來說去，原來都是生意！」窗外偷聽的老鴇子潘姨終於恍然大悟，撇著嘴偷偷奚落，「何必打著為蒼生萬民的藉口！真是既做了婊子，又捨不得牌坊。」

「眼下還有一個麻煩，王錫爵剛剛起復，朝鮮那邊就捷報頻傳。而皇上又是個好大喜功的，哪怕坐實了王錫爵禍亂文教的罪名，也不會捨得輕易趕他走。」正鄙夷地想著，耳畔卻又傳來了一個老熟人的聲音，讓她的心臟瞬間抽緊。

說話的人她認識，是漕運總督李三才。在江南各地清廉之名廣傳，誰料想，居然也是一個衣冠楚楚的偽君子！

「李總督多慮了！」沒等老鴇子潘姨來得及失望，南京督察院右僉都御史嚴鋒已經毫不猶豫地站起身，狂笑著說道，「天下哪裡有百戰百勝之師！只要李如松那邊吃上一場敗仗，哪怕只是一場小挫，嚴某就有可以發動同僚，再彈劾那王錫爵一個好大喜功，弄權誤國。更何況，今年夏糧肯定歉收，沒有足夠糧草，縱使李如松再驍勇，也不可帶著一群餓著肚子的兵卒去打勝仗。」

「這麼說，開春以來這幾場大雪，還真的下對了！」李三才愣了愣，本能地順口感慨。

「然，天助我也！」其餘眾人興奮地拍案，一個個，為大明將士軍糧可能接濟不上，笑逐顏開。

第十八章 急援

「天助我也！」正月裡的開城，彤雲密布，大明禦倭提督李如松臉上的笑容，卻比晴天時的陽光還要燦爛。

帥帳內的將領們紛紛舉頭，望著自家主帥，眼巴巴地等著他的解釋。李如松見了，也不矯情，將剛剛接到的密信在手裡晃了晃，大聲補充：「據朝鮮人送來的消息，倭賊第一路主將小西行長因為平壤慘敗，受到其餘幾路賊軍主將聯手抵制，已經無力再統一約束各軍。眼下朝鮮王京內人心惶惶，每日都有大批倭寇不告而去。更有第六路倭賊小早川隆景，領全軍撤往龍仁，隨時準備乘船逃之夭夭。」

「啊！」眾將先是大吃一驚，隨即興奮得擦拳摩掌，「此乃是天賜良機。大帥，末將願領本部兵馬，直驅朝鮮王都。」

「大帥，末將在平壤之戰時，奉命留作後手，寸功未立。此番南下，願為大軍前驅！」

「大帥，請給末將前鋒營一個機會，洗雪當日兵敗平壤之恥！」

「大帥，末將最近總結平壤之戰得失，琢磨出一種新戰術。此番南下，莫如就讓末將放手一試驗……」

也不怪他們驕傲，自去年冬天揮師入朝以來，明軍戰無不勝，攻無不克，勢如破竹。而倭寇則一敗再敗，損兵折將不說，還被嚇得不戰就丟棄了重鎮開城。如今，退到朝鮮王京的倭寇，又自亂陣腳。大夥當然第一時間想到的就是，趕緊趁機衝過去痛打落水狗。

「諸君且慢，聽我一言！」一片興奮的請戰聲中，只有李如梅話語，冷靜得一如既往，「提督，可有咱們自己斥候送回的消息，與朝鮮人送來的密信相互佐證？我軍雖然戰力遠超倭賊，且士氣正旺，可倭賊一向陰險狡詐……」

「子清將軍，你果然謹慎！」一句話沒等說完，右協大將張世爵已經不耐煩地打斷，「軍中有句大實話，再妙的詭計，也扛不住縱馬一踏。那倭寇的確喜好使詐，但我軍實力遠遠勝之。兩萬多大軍齊齊壓過去，無論它耍什麼陰謀，都必然碾成齏粉！」

「可不是麼，五哥，謹慎是好，可軍中機會，稍縱即逝！」參將馬世隆立功心切，也向李如梅拱起手，大聲反駁他的意見，「倭賊小西行長本部兵馬，不過是兩萬餘眾。在平壤被我軍砍了一萬多，在鳳山又被查四伏擊，砍了三千多，如今手裡兵馬還能剩下幾個？而朝鮮王京那邊，其餘倭賊要麼損失沒有他大，要麼還沒與我軍交過手，論當下的實力，誰都比他強，怎麼可能再聽他的號令。」

「的確，倭將小西先是主動放棄多座城池，龜縮於平壤。又被提督帶著我等打了個落花流水。他的話，肯定沒人願意再聽。」

「是啊，五哥，那倭將小西雖說是其攝政王的心腹，可眼下朝鮮跟日本隔著一片海，諸將聯手以下克上，攝政王也來不及給他撐腰。」

四下裡，反駁聲很快就接連響起。無論是原本就隸屬於李如松麾下的嫡系將領，還是開戰前剛剛從大明全國各地調入李如松麾下的將領，都認為李如梅的觀點過於小心，不利於明軍速戰速決。

李如梅當然不肯因為反駁自己的人多，就閉上嘴巴。向四下拱了拱手，就準備據理力爭。誰料，還沒等他開口，禦倭提督李如松卻忽然用手拍了下桌案，大聲做出了決斷：「諸君之言有理，耍弄陰謀詭計，也得有實力支撐才行！倭寇內亂，乃天賜之機。我軍若不取之，必遭天棄！」用眼神橫了自家五弟李如梅一眼，制止了對方跟自己唱反調。隨即，他開始調兵遣將，「遼源副總兵查大受聽令！」

「末將在！」查大受喜出望外，向前跨了一步，高聲回應。

李如松嘉許地朝著他點了點頭，將第一支令箭高高地舉起，「你率騎兵三百，即刻出發，趕往朝鮮王京，一探倭寇虛實。記住，不准主動發起攻擊。無論沿途聽聞任何變化，都立刻派人向本帥彙報！」

「這，遵命！」查大受臉上的興奮，瞬間暗淡了許多。卻捨不得將任務讓給別人，拱了下手，快步衝出門外。

「鳳凰城副總兵祖承訓聽令！」李如松彷彿根本沒看到查大受的臉色變化，繼續按照自己的想法發號施令，「你帶著前鋒營所有騎兵，比查大受晚一個時辰出發。記住，不准去追趕他，與他之間的距離，始終不得低於二十里。若是他沿途遇到截殺，你務必全力救之！」

「得令！」祖承訓大步上前接過令箭，轉身離去之時，卻不由自主地朝著李如梅所在看了一眼，滿臉神秘。

在場其他眾將，也紛紛搖頭而笑。心中都認為李如松表面上採納了大夥的意見，骨子裡，卻依舊偏向他的五弟李如梅，沒有選擇全軍奔赴朝鮮王京，而是採取了梯次前進方式，以防萬一。

「寬甸副總兵孫守廉，參將李寧聽令，你二人也各點騎兵兩百，相隔十里，綴於祖承訓身後。若是祖承訓遇到賊軍埋伏，立刻趕過去擊敵身後！」對眾人的表現視而不見，李如松抽出第三支令箭，大聲吩咐。

孫守廉、李寧二人上前領命而去。李若松皺著眉頭猶豫了片刻，又陸續抽出第四，第五，第六支令箭，分別交給了自家二弟李如柏、參將王問，方時輝等人，各自領一支騎兵，為孫守廉後盾，以備不測。

遼東明軍雖然騎兵占比例較大，但接連派了三千多精銳出戰後，營中除了主帥自己的衛隊之外，剩下的也全都是步卒了。因此，四下環顧了一番，李如松又緩緩抽出了第七，第八兩支令箭，一支交給了自己最信任的左協大將，副總兵楊元，讓整頓出八千弟兄，隨時準備與自己一道趕赴朝鮮王京。另外一支，則交給了李如梅，吩咐他坐鎮開城，以防有倭寇或者流賊襲擾大軍身後。

楊元本來是李成梁的家丁，受後者的提拔照顧，才有了今日的榮耀。所以對李如松忠心耿耿，接到令箭後，立刻下去著手整頓士卒。而李如松的五弟李如梅，卻出去後沿著中軍繞了圈子，又悄悄潛了回來。

看看中軍中已經沒有其他將領，他快速走到帥案旁，朝著正在低頭對著輿圖沉思的李如松小聲耳語：「大哥，你今天的決斷太倉促了。那朝鮮人送來的消息，如何能信得？當初祖承訓若不是信了朝鮮人的話，也不至於兵敗平壤，折了半輩子積攢的威名。」

「我當然知道朝鮮人的話不能全信！」絲毫不驚詫他的到來，李如松從輿圖上抬起頭，已經不再年輕的面孔上，疲態盡顯，「但速戰速決，卻是必須。一旦我軍在開城逗留過久，弟兄難免就會喪失銳氣，而後面的軍糧，也未必供應得上。」

「軍糧，大哥是擔心倭寇會指使流賊，威脅我軍糧道？那加藤老賊不是主動退兵了，平壤之北，哪可能還有流賊如此膽大？」李如梅聞言大驚，本能地高聲詢問。

「噓——」李如松豎起手指，輕輕按在自己唇上吹氣，「小點兒聲，沒人當你是啞巴。倭寇和流賊，當然斷不了我軍糧道。但今年開春後，大雪不斷，平壤通往遼東的道路，已經寸步難行。而那朝鮮國王李昖答應的糧食，又遲遲不至。是以，我軍必須在手頭的糧草見底兒之前，拿下朝鮮王京。然後才能從容布防，並且派人押著李昖去兌現承諾！」

「啊？」李如梅饒是多謀，卻也沒想到，天氣和友軍，都如此不著調。登時張大了嘴巴，無言以對。

「這些還不是最麻煩的，更麻煩的事情還在後面！」李如松苦笑著搖搖頭，聲音忽然變得低沉且沙啞，「據宋經略私下派人故意透露，首輔王錫爵因為不肯在立儲之事上，迎合清流。又在鹽務、織造和海禁諸事上，多次當庭駁斥楊洵，冀禮等人的提議，所以就任之後沒幾天就成了眾矢之的。言官們已經多次拿他母親生病他卻沒有等到病好就回來當首輔之事，彈劾他不孝。如果把開春之後連降大雪，也硬算做老天對他不滿而給予大明的懲罰，對他群起而攻之，他恐怕未必能支撐得住！」

「放狗屁！」李如梅還是第一次聽說，天氣變化跟首輔失德有關，氣得破口大罵。「這幫清流，真是吃飽了撐的，除了給自己人添亂，還會幹什麼？大軍在朝鮮與倭寇激戰正酣，如果這個節骨眼上，朝政不穩，豈不是放火燒自己人後路。他們到底算是跟倭寇一夥兒，還是……」

話說到一半兒，他悚然而驚，面孔瞬間蒼白如雪。

大明朝堂上，當初對是否派兵救援朝鮮，一直爭論不休。多虧了萬曆皇帝和當時的首輔趙志皋、兵部尚書石星三個，堅持派兵出戰，才勉強將反對的聲音壓了下去。而眼下趙志皋臥病在床，如果接替他的首輔王錫爵也被彈劾走人，朝堂上，石星必將獨木難支。屆時，主張放棄朝鮮的那幫傢伙，立刻就重新占據了上風。東征極可能就半途而廢，弟兄們的鮮血，全都將要白流。

「朝鮮北方多山，百姓窮困。而南方卻多是水田，糧草供應充裕。如果我軍能迅速拿下朝鮮王京。進，可南下忠清、全羅，奪取各地糧食供養大軍。退，也可以憑藉此城，擋住倭寇，保住已經光復的北方四道。」知道李如梅能夠聽懂自己的意思，李如松笑了笑，手指在輿圖上比比劃劃，「所以，朝鮮王京，是我軍必取之地，敵軍內亂不內亂，都是一樣。」

「大哥……」李如梅鼻子發痠，胸口像堵了一團鉛塊兒般又悶又疼。

這一刻，他終於明白了自家哥哥的良苦用心！大哥在賭，拿自己陣前廝殺半輩子才換回來的功勞和名聲，為大明賭一口氣，為所有東征將士賭一個未來。

如果朝鮮王京順利拿下，即便因為朝政動盪，東征半途而廢，大明也已經替朝鮮光復了所有都城。盡到了天朝上國的責任，也對周邊的所有藩屬都有了交代。

而這場援朝之戰起於鴨綠江，暫時止步於朝鮮王京，對於大明將士來說，雖然不是完勝，也足稱顯赫。無論誰做了首輔，都不能將兩眼一閉，硬生生昧下弟兄們的克敵破城，斬將復土之功。

如果倭寇不甘心，喘息之後，再度興兵北犯。只要朝鮮王京內還有大明的一支偏師，就足以拖住其腳步，令其無法向黃海，平安、咸鏡三道發起進攻。

作為天朝上國，大明可以因為內鬥自己下令東征半途而廢，卻絕對沒有哪個大臣敢腆著臉說出，將所有剛剛為朝鮮光復的國土，盡數拱手讓給倭寇。屆時，無論朝堂上的內鬥，沒分出結果，天兵再度主力入朝，都會成為定局。

當東征再度被提上日程，無論那是多少時間之後，大明將士都可以拿朝鮮王京為根基，揮師光復其餘四道，重現今日輝煌。

「你替我看好開城，直到宋經略前來督戰。」李如松彷彿沒聽見弟兄聲音裡的哽咽，笑了笑，脊背卻挺得比松樹還直，「在此之前，無論我那邊是否順利，你都不得離開此地。」

「大哥，宋應昌的話未必可信！」猛然想到了另外一種可能，李如梅伸手拉住了自家哥哥手腕，「他跟你一向不睦！他派人故意透露給你王錫爵成為眾矢之的的消息，未必安的是好心。對，他極有可能是忌妒你破城克敵之功，所以才故意編造謊言亂你方寸。」

「胡說，宋應昌沒那麼賤！」李如松像哄孩子般，拍了拍自家五弟的手背，笑著搖頭，「這回，你真的多心了。姓宋的跟我不對付，此事兒大夥有目共睹。可他卻算得上個君子，絕不會把私人恩怨，放在國事前頭。」

「大哥，知人知面不知心！他如果是個君子，怎麼可能為了搶功，故意放跑了加藤清正？」此時此刻，如果有人跟自己一道質疑宋應昌的品格，李如梅肯定對他三叩九拜。那樣的話，大哥就會繼續穩紮穩打，而不會著急早日去拿下王京。那樣的話，明軍就幾乎立於不敗之地，只要步步為營向前推，就能在一年之內，將倭寇推入大海。

「老五，你不懂！」李如松用右手強行將自己的袍袖從弟弟手裡抽出來，繼續笑著搖頭，「排兵布陣，臨陣決斷，你都不比我差，唯獨這做官的門道，你與我還相差太遠。且不說宋經略憑著一封信就嚇退了加藤清正，讓弟兄們少流了多少血。就憑他每次跟我爭鬥都能控制得住分寸，就值得咱們兄弟佩服。」

「大哥，你說啥！你佩服宋應昌？」李如梅聽得滿頭霧水，質問的話語裡，立刻帶上了地道的遼東腔。

「嗯。」李如松點了點頭，臉上的笑容好生苦澀，「朝廷委了我做禦倭提督，又委他做備倭經略，原本就是為了讓我們倆互相牽制。他如果不跟我鬥，才是失職。」

唯恐李如梅聽不懂，頓了頓，他又苦笑著補充，「四萬八千大軍呢，還是大明最善戰的精銳，都交在我一個人手裡，朝廷怎麼可能放心？宋經略跟我鬥，才說明這支勁旅還在朝廷掌控之內。若是哪天宋經略不跟我鬥了，反倒天天說起了我的好話，那北京城內，得多少人睡不著覺？」

「大哥——」李如梅終於控制不住，兩行熱淚，緩緩淌了滿臉。

這就是當下的大明，從沒給過武將半點兒信任。哪怕將士們正在陣前跟敵人拚命，朝中諸公，也依舊不相信他們對大明的忠誠。依舊想方設法地羈絆他們，讓他們不能放心自己的身後。依舊想方設法給他們布置陷阱，讓他們隨時都有可能墜入深淵，萬劫不復！

「瞧你這點兒出息。」李如松抬起大拇指，迅速替自家五弟抹去眼淚，「又不是第一天從軍，這點兒委屈，都受不起！以前朝廷對咱們也是這樣，咱們還不是一戰掃平西北。用心做事，別想那麼多。這套破規矩，又不是專為咱們兄弟定的。想改變它，也不是一天兩天的事情。總而言之，咱們兄弟的戰功越是顯赫，這套破規矩對咱們的約束就越沒力氣。如果哪天真的能做到戚帥那樣，威震華夏，也許不用咱們開口抱怨，朝廷自己覺得這套規矩不合時宜。」

「嗯！」李如梅知道自己不應該再囉嗦了，哪怕胸口依舊悶得幾乎無法呼吸。

大哥既然決定以最快速度拿下朝鮮王京，自己這個做弟弟的，就該盡一切努力幫助大哥達成所願。至於推動朝廷改變猜忌歧視武將的陋規，今後有的是機會和時間。大哥、二哥、自己和老六都還年輕，而大明的北方和朝鮮，還有的是仗要打，有的是功勞，讓兄弟幾個平步青雲。

「下去準備吧，開城四周，已經沒有強敵，守城對你來說，應該不在話下。」彷彿不放心自家五弟的本事一般，李如松想了想，又壓低了聲音叮囑：「關鍵要留意城內，特別是那幾個營的朝鮮兵馬。據我所知，李朝這邊，很多人都希望李昖死在義州，這輩子都永遠不要回來。而他逃命路上倉促之間立的那個分朝監國李琿，天生一副虎狼相，也未必感激咱們這麼快就光復了北方四道。」

「我知道，大哥放心！」李如梅皺起眉頭，鄭重許諾，「大哥走後，我立刻下令關閉城門，任何人不得隨意出入。無論是誰，只要他膽敢有所異動，我就直接過去取了他的首級。」

「凡事多跟宋經略請教，算計人心這塊，他比咱們兄弟在行！另外……」李如松點了點頭，繼續對弟弟面授機宜。

「嗯，大哥放心。」為了讓自家哥哥安心出征，無論他說什麼，李如梅都答應得非常乾脆。末了，還再三保證，堅決不會因為經略宋應昌以前跟自家哥哥的爭鬥，就故意對此人的命令陽奉陰違。

李如松見他答應得爽利，也終於放了心。又隨便叮囑了一些細碎之事，然後便著手準備領軍出征。

他是個久經戰陣的宿將，既然決定去收復王京，就絕不拖泥帶水。當天下午，就帶著身邊一支騎兵親衛和兩個營的步卒，啟程南進。將士們連番大勝，士氣正旺，一個個精神抖擻。總計七千人的隊伍走在年久失修的官道上，竟令天空中風雲變色。

猛然間，天就放晴了，萬道陽光當空照下，照得旌旗翻滾如浪，照得刀槍閃動如雪。

「天兵威武，天兵戰無不勝！」

「天兵威武，天兵戰無不勝！」

「……戰無不勝……」

前來送行的朝鮮大相柳成龍，帶著若干百姓俯身於官道兩旁，對著大明將士放聲高呼。

朝鮮一共有兩都八道，朝鮮國王和將士們，三個月內就丟了個精光。而大明天兵，又在渡江之後一個半月之內，替朝鮮光復了大半兒。

照這般勢如破竹模樣，五天之內，大夥就能聽見王京光復的消息！

照這般所向披靡模樣，一個月之內，大明和朝鮮兵馬的戰旗，就能重新插上釜山城頭！

照這般……

所有人心中，對未來都充滿了期待。誰也沒留意到，就在送行的朝鮮官員隊伍中，有幾雙眼睛充滿了陰冷！

「我大明議功升賞制度，乃太祖法先秦之制而創。最初原本只有破陣、奪城、斬將、先登等數種。然韃虜北遁之後，大軍出塞，每每無城可克，不得已，又改為斬首為計。」早春的陽光下，大明備倭經略宋應昌一邊策馬徐徐而行，一邊耐心地向護送自己的李彤、張維善、劉繼業三人講述。「而斬首，就難免有宵小之輩殺良冒功。所以太祖仁慈，令兵部核查從嚴。必須是甲士之首，少壯且額上有盔痕者方可計入，無盔痕者，男女莫辨者，無喉結未成年者，俱不予承認。此法沿用至今，只是有時執行得嚴格一些，有時候核查者念將士們眠沙臥雪，頗為不易，所以不願太較真兒罷了！」

「原來如此，多謝經略指點。」李彤、張維善、劉繼業三人恍然大悟，拱起手，齊聲向宋應昌稱謝。

選鋒營第二次入朝以來，雖然打得都是小仗，可每次報送的倭寇首級數量，少則百餘，多則逾千，聽起來非常鼓舞士氣。而李如松平壤血戰，克復名城，最後上報的倭寇首級數，據說卻只有一千四百餘，實在有些配不上戰鬥的規模。三人原本以為，是有人故意打壓李如松，算錯了斬獲的首級數量。現在聽了宋應昌的點撥，才終於弄清楚了，李如松那邊在上報時候，有可能只上報了倭寇當中的足輕和武士首級，對於數量眾多的徒步者，全都選擇了自動忽略。

轉念再想到，選鋒營以前上繳的倭寇首級裡頭，徒步者至少占了七成，宋應昌卻照單全收，從沒給過大夥兒任何刁難，李彤、張維善和劉繼業三人，心中頓時就湧起了幾分感激。再一次齊齊扭過頭去，將目光投向宋應昌，卻看見老人家一手捋著鬍鬚，含笑遠眺，滿臉薰然。

「怪不得經略如此看中他們三個，果然都是九孔玲瓏心，一點就透！」將眾人的動作看在眼裡，贊畫袁黃在旁邊也微微點頭。當即，策馬向前追了幾步，大聲插話：「三位將軍請容老夫多一句嘴，你等雖然戎馬倥傯，對於論功、明法以及輜重轉運等事，卻也多少需要留意一些。須知你等俱是投筆從戎的讀書種子，無論在經略眼裡，還是在其他人眼裡，都絕非尋常武夫可比。」

話音剛落，宋應昌已經迅速回頭，狠狠瞪了袁黃一眼，大聲否認：「了凡，休得胡言亂語。都是為國上陣厮殺，老夫才不會因為他們三個都是投筆從戎的貢生，便多加照顧。老夫看重他們，是因為他們有膽有識，臨陣從不惜身。並且多次殺敗倭寇，立下斬將奪城之奇功。即便換了別的年輕人，哪怕大字都不識幾個，只要能做到他們這般，老夫同樣會對其刮目相看。」

「經略教訓的是，袁某孟浪了，還請經略勿怪。」袁黃才不相信宋經略能對大字不識的武夫，也能當自家晚輩一般耐心指點，笑著拱了拱手，悄悄地放緩了坐騎的速度。

宋應昌也不計較他的多事兒，笑著將目光轉回李彤，繼續諄諄教誨：「不過，袁贊畫建議你們三個對軍中諸事，多加瞭解，卻是沒錯。你們三人，既然敢效仿班定遠投筆從戎，就不能光滿足於各自做一名只懂得衝鋒陷陣的悍將。領軍方略、為將之道，都必須儘快了熟於心。如此，有朝一日，才能夠像陽明先生那樣，入得朝中可為君王分憂，跳上馬背必令群賊膽喪。」

「多謝經略指點，我們三個雖然無陽明先生之才，卻願盡全力一試。」知道老經略對自己沒有任何惡意，李彤、張維善和劉繼業三人，再度認真地拱手拜謝。

「年輕人理應如此，不怕做不到，只怕連雄心都沒有。」越看三人越順眼，宋應昌笑著點頭，「朝廷其實也不是一味地重文輕武，奈何自戚少保之後，武夫之中，堪稱帥才者屈指可數。餘者要麼有勇無謀，要麼連大字都不識幾個，讓皇上怎麼可能放心地將成千上萬的健兒性命，交到他們手上？所以，若是有人能以武入文，朝廷定然會為他廣開方便之門。反之，若是讀書種子投筆從戎，士林也必將此事傳為佳話。絕不會因為他放著好好的讀書人不做，卻跑去衝鋒陷阱，就小瞧了他。」

「只是自我朝立國以來，投筆從戎者有之，由武轉文者，卻從未曾聽說一個。」終究還是沒忍住，袁黃在四人背後，再度大聲插嘴。

「這話沒錯，大概是投筆從戎相對容易一些，由武轉文，難比登天吧！」這一次，宋應昌沒斥責他胡言亂語，笑了笑，快速補充，「畢竟投筆從戎，只需要膽子足夠大，身子骨也足夠強健，就能有個不錯的開端。而猛然將手裡的刀槍變成毛筆和書本，恐怕很多武將的胳膊立刻就會脫臼。」

「嘿嘿嘿……」想到平素接觸的祖承訓、張樹、老何等人看到有字的紙張，立刻滿臉便秘的模樣，李彤、張維善、劉繼業三個，立刻就忍不住笑出了聲音。

「而有些武夫自己既然不肯讀書識字，又不肯好好在軍略、將道上下功夫，就不能怪被某些不良文官刁難了。」有心讓三位年輕人多掌握一些軍中常識，笑過之後，宋應昌又緩緩補充：「就拿先前的議功和升賞來為例，除了計首之外，我朝歷來還有計戰之法，分為奇功、首功、次功三等。其中，奇功有四，分別為：突出敵背，殺敗賊眾；勇敢入陣，斬將搴旗；本隊已勝，別隊勝負未決、而能救援克敵；和受命能任事、出奇破賊，奪取敵軍城池。」

彷彿要給三人留一些理解消化時間，他故意停頓了一下，然後繼續笑著大聲指點：「首功有三，其一為齊力前進、首先敗賊；其二，為前隊交鋒未決、後隊向前敗賊；其三，則為軍行及營中擒獲奸細；剩下的，就全是次功了，名目極為眾多，並且在成祖西去之後，日益濫用。甚至還出現過總計割敵軍之首十二級，卻八、九百人同時論功的怪事。所以，張居正為首輔之始，就行文兵部，計戰之法只能作為輔助，想要把功勞落到實處，必須拿敵軍的將士的首級來驗證！」

「哦——」李彤、張維善、劉繼業三個，再度拱手。心中同時迅速拿這個標準，來重新衡量選鋒營在歷次戰鬥中的表現，以及李如松那邊攻破平壤，光復開城，能符合哪一條？

「張居正雖然為官跋扈，卻是難得的幹才。」袁黃今日談興甚濃，沒等三人將宋應昌先前的話吃透，又迫不及待地在旁邊插嘴，「他知道分神割敵軍首級必然會拖累將士們作戰，所以，特地又想了另外一個法子，那就是，計首之策，只適用於把總以下。把總以上，再想升遷，必須有戰功記錄於冊。而戰功記錄在案，則必須有相應的首級數量作為證實。並且，准許為帥者，根據各部在戰場的表現，重新分配首級歸屬。而不是誰先下手搶了，就一定歸誰！」

「這——」饒是頭腦聰明，李彤、張維善和劉繼業，也被袁黃的話語，繞得有些頭暈腦脹。一時間，竟然不知道自己先前那些功勞，究竟還能不能算數？更算不清楚，李如松那邊攻克平壤，論功究竟該列為幾等？

好在袁黃天生好為人師，不待他們發問，就又笑呵呵地補充道：「就拿李提督平壤之戰為例，一千四百首級雖然聽上去少了些，卻足以為各部已經立下的『入陣，斬將，破賊，奪城』四大奇功作為物證。再砍得多了，除了小兵還能用首級換銀子之外，對於把總以上，都沒太大用場。反而容易被兵部派來的人，從中挑出不合格的來，平白落下把柄！」

剎那間，李彤、張維善、劉繼業三人眼前豁然開朗，所有對平壤之戰的困惑，都煙消雲散。李如松殲敵數量不是一千四百，而是他只割取了其中倭寇戰兵的首級，卻忽視了那些充當輔兵的徒步者。以免受人以柄，打了勝仗之後還要被雞蛋裡挑骨頭。而被割下來的倭寇戰兵的首級，也不僅僅是一千四百餘，有「入陣，斬將，破賊，奪城」四大奇功在握，一千四百首級就已經足夠用，多出來那些，當然要在朝鮮人那邊換成銀子，供弟兄們落袋為安。

這，估計就是宋應昌先前一直暗示大夥需要及時掌握的為將之道吧，不但要懂得打仗，治軍，還要懂得與負責審核功勞的文官們周旋，懂得如何做得恰到好處，為自己和麾下弟兄們爭取利益。

可如果武將把心思都放在這些方面，他必然會被牽扯住大部分精力，還有多少心思能用來作戰？！明明能夠帶領弟兄們殺敵奪城，才是武將的本職，為何朝廷還要給他們設置這麼多的難題？

「你們三個不要去跟李提督比，他從十多歲起，就跟他父親一道上陣，在寧遠伯的言傳身教之下，對為將為帥之道，當然早就掌握得一清二楚。況且他的年齡，也比你們三個長了太多！」敏銳地注意到了李彤、張維善和劉繼業三人臉上那一閃即逝的沮喪，宋應昌還以為他們是因為需要學習的東西太多太雜，再度扭過頭來，笑呵呵地安慰：「你們三個的優勢，第一就是年少，第二，便是出身於國子監。若是戰後能安下心來，參加一次科舉，無論中與不中，將來……」

笑了笑，他故意將後半句話吞回了肚子。

響鼓不用重錘，有些話，自己不說出來，以三個少年人的聰慧，也應該能猜得到。自己作為經略，不會因為他們三個是貢生，就對他們高看一眼。可大明朝的其他讀書人，特別是兵部和吏部的官員們，卻未必個個都像自己這樣毫無門戶之見。

三個投筆從戎的讀書郎，了卻朝鮮戰事之後，再度回歸學堂，重走科舉之路，在大明士林當中，必然會成為一段佳話！屆時，朝野上下，誰還會將他們硬生生推回武將行列？屆時，那閱卷的主考官，得糊塗到多嚴重地步，才敢讓他們三個榜上無名？

而上馬能為國家殺賊，提筆能為君王分憂，此等人才，自大明立國以來，一共能有幾個？只要他們三人之中，有一個能夠成為陽明先生第二，自己這個曾經為他們指過路的前輩，又何愁會被世人遺忘？

人到年老之時，就喜歡提攜後輩。宋應昌已經年近花甲，在仕途上，早就不指望自己能百尺竿頭更進一步。但是，如果能提攜起一個王陽明那樣文武雙全的不世奇才，他卻樂意全力以赴。那樣，萬一對方前程遠大，即便將來歸隱鄉野，他又何必擔心人走茶涼？

更何況，這種文武雙全的奇才，對於大明來說，無異於一劑補藥。大明已經立國二百二十五年，就像他宋某人一樣，衰老得顯而易見。王陽明那樣的補藥，只嫌太少，也嫌長得太慢。

眼睛裡憧憬著大明和自己的將來，宋應昌心中，熱血再度澎湃。卻沒有留意到，迎面不遠處，一道煙塵距離自己越來越近，越來越近……

第十九章　碧蹄

「站住，報名！否則鳥銃伺候！」頭前開路的衛士忽然齊聲呼喝，隨即跳下坐騎，將官道堵了個密不透風。

正在耐心指點晚輩的宋應昌和被他指點的李彤、張維善、劉繼業三人齊齊抬頭，恰看見一名小旗打扮的信使，從馬背上翻滾而下。雙腳沒等著地，就扯開嗓子大聲高呼：「宋經略，求援！李提督在碧蹄館遭遇大股倭寇，請求經略火速派兵相救。」

「求援？你是誰人屬下？提督怎麼會遇伏？你為何不去開城？」宋應昌被這沒頭沒腦的求救話語弄得滿頭霧水，瞪圓了眼睛厲聲喝問。

對方臉上全是泥水，身上的面甲也血跡斑斑，如果不盤問清楚來歷，很難判斷他到底是真的求援信使，還是倭寇派來的奸細。

「經略，卑職，卑職是祖總兵麾下的百總祖昇啊！您，您在九龍城曾經親手替朝廷向卑職頒發過獎賞！經略，我家總兵與李提督在碧蹄館遭到倭寇重兵埋伏。請速速發兵救，救援！」來人已經累脫了形，卻掙扎著將問題回答完畢，才軟軟地倒了下去。

「是祖昇，祖總兵身邊的親兵百總祖昇！」不待宋應昌做出決定，李彤已經跳下坐騎，徒步衝了趕過去，分開人群，俯身將信使直接從地上雙手托起。「來人，快拿水袋！誰帶了救命的人參，也趕緊給他含上一片兒。他身上有傷，還在，還在滴血！」

「我這有！」

「用我的……」宋應昌的親兵再不懷疑來人身份，紛紛圍攏上前，灌水的灌水，餵參片兒的餵參片，折騰了約大半炷香時間，總算把此人的性命從閻王手裡搶了回來。

「經略，求求你，趕緊發兵救救我家提督！」祖昇剛一醒轉，立刻掙扎著跪倒，伏地大哭。「開城那邊，我家提督也派人去求救了。但那邊根本沒幾個騎兵，步卒也都是朝鮮人，指望不上！」

「想救你家提督，就給老夫說清楚！」關鍵時刻，宋應昌一改平素溫潤如玉形象，飛身跳下坐騎，三步兩步來到祖昇面前，一把拎起此人，厲聲暴喝。「李提督為何會遇伏？碧蹄館距離此地還有多遠？一共來了多少倭寇？你來求援的時候，李提督身邊還有多少人馬？還有沒有可能支撐到援兵相救？」

祖昇激靈靈打了個哆嗦，眼淚戛然而止：「能，一定能，倭寇人多勢眾，但，但提督據山布陣，至少，至少還能堅持一天。只是，只是我軍的輜重和糧食，都被倭寇給劫了。如果，如果堅持到明早依舊沒有援兵，弟兄們，弟兄們就得餓著肚子跟倭寇拚命！經略，求求您，快發兵，快發兵……」

「距離，倭寇數量，李提督遇伏原因？」宋應昌心急如焚，卻強迫自己保持冷靜，咬著牙繼續追問。

受到他的影響，祖昇多少也恢復了一些冷靜，想了想，迅速給出答案，「不到，不到一百里。倭寇數量大概在三萬到五萬之間，卑職突圍求援之時，還看到有大股倭寇向戰場趕。提督身邊只剩兩千多騎兵，大隊步卒，大隊步卒至少得今晚才能趕到。他之所以遇伏，是因為朝鮮主帥李蕡再度謊報軍情，說，說王京的倭寇爆發內亂……」

「又是這廝，祖總兵當初在他手上已經吃了一次虧，提督，提督為何還相信他？」李彤在旁邊聽得火燒火燎，忍不住大聲打斷。

祖昇臉色微紅，梗著脖子快速補充：「提督，提督原本也沒相信他。還專門派了查副總兵帶領三百弟兄頭前探路。然而倭寇狡詐，居然捨了千餘人做誘餌。查副總兵一鼓而破之，隨即派人向提督報捷……」

原來李如松在接到李蕡謊報的軍情之後，暗中也留了一手。將前去攻打王京的弟兄們分成了五隊，四隊騎兵率先成梯次出發，彼此接應。而他本人和副總兵楊元則率領八千步卒，緩緩追隨於騎兵身後。

結果正月二十五當晚，查大受所部騎兵在碧蹄館附近遭遇千餘倭寇，一戰而破之。並尾隨追殺，又連斬百餘人。直到天黑，都沒發現其餘倭寇蹤影，隨即，派遣快馬向後報捷。

李如松聞訊，終於確信李蕡所報軍情非虛，倭寇在王京發生內亂，即將棄城而去。遂給查大受下令，命其所部人馬就地紮營，避免孤軍深入，同時催促後續其他幾支騎兵加速跟上。

二十七日晨，查大受再度拔營向南，誰料才走了不到十里，就遭到了倭寇立花氏的重兵埋伏。好在後續的祖承訓、李寧、孫守廉、李如柏等將，陸續率部趕至，才再次擊敗了賊軍，並陣斬倭將池邊永晟。

中午，倭寇不支，退據小丸山。李如柏和祖承訓等將斷定王京內亂消息必然為倭寇故意放出的圈套，亦不敢再追。眾將商議之後，率部徐徐退向碧蹄館，同時再度派人向李如松彙報軍情。誰料信使前腳剛剛出發，緊跟著，倭賊黑田長政，就又率領五千兵馬咬了上來。

眾將掉頭迎戰，再度將倭寇擊敗。然而想要撤退，卻徹底來不及。倭將小早川隆景、毛利元康、長增我部元親等人，先後率部趕到。三面合擊，憑藉十倍於明軍的兵力優勢，將碧蹄館徹底變成了血肉磨盤。

當夜，又有冷雨突降，令明軍的處境，雪上加霜。二十七日早晨，不放心麾下弟兄的李如松帶領十餘名親信策馬趕至，根據情況，果斷下令將士們退上一處山梁死守，等待自家步卒前來接應。而倭寇那邊，見山頭豎起了李如松的帥旗，皆大喜過望，嚎叫著發起一波波進攻，發誓要將李如松斬首，以報平壤慘敗之仇。

「為何李如松只帶了十幾名親信就匆匆忙忙趕了過去，楊元呢？楊元和八千步卒在哪？」聽聞李如松不是率部被圍，而是發現形勢危機，主動趕過去與屬下弟兄同生共死，宋應昌再也無法保持冷靜，狠狠推了祖昇一把，厲聲逼問。

「下雨，道路泥濘難行。楊元和八千步卒走得太慢，不知道多久才能抵達戰場。」祖昇紅著眼睛，繼續大聲求告，「經略，請速速發兵。哪怕今晚只有五百騎兵，攜帶幾口乾糧趕至，也能鼓舞我軍士氣，不至於陷於絕望。」

「經略，末將曾經多次與倭寇交手，深知其實力。其戰鬥力遠不如遼東精銳，只是眼下李提督及麾下主要將領盡數被困，若無援兵及時出現，軍心必亂。」知道宋應昌沒有任何實戰經驗，李彤趕緊將頭轉向此人，用極低聲音提醒。

「老夫知道，老夫現在憂心的是，即便派救兵過去，也是割肉飼鷹。」宋應昌長長嘆了口氣，臉上的表情好生猶豫。

為了確保明軍的後路安全，他特地將李如梓留在了平壤。如此一來，眼下他身邊除了兩隊親衛之外，就只剩下李彤的選鋒營。若是對李如松的死活不聞不問，憑著這點兒兵馬，他還有機會守住開城，同時從遼東調遣更多兵馬前來接應。如果派選鋒營去給李如松等人解圍，萬一將這支人馬也搭進去，非但開城難保，恐怕平壤城緊跟著也會再度落入倭寇之手。

「不會，經略，卑職保證，只要有援兵趕到，提督那邊，肯定可以想盡一切辦法帶著大夥突圍！」察覺宋應昌可能會拒絕自己，祖昇再度跪倒於地，不停地磕頭。眨眼間，額角便被磕破，鮮血迅速又淌了滿臉。

「起來，你先起來。老夫即便派兵去救李提督，也需要仔細謀劃，而不能讓更多弟兄們，一頭撞入倭寇的羅網。」當著這麼多人的面兒，宋應昌絕不能看著祖昇把自己活活磕死。再度伸出手去，用力扶住對方的肩膀。

祖昇卻不肯相信他的承諾，向後爬開半步，一邊磕頭，一邊放聲大哭，「經略，經略，我家提督，也是為了讓大明節省一些國力，才想要速戰速決啊。他已經是左都督注十三了，即便立下再大功勞，也不會升得更高。他豈能不知道穩紮穩打的道理？他，他如果不是擔心久戰不決，朝廷那邊又生出變數，怎麼會……」

「胡說，朝廷決策，又豈是你小小百總所能置喙？」宋應昌心裡好生難受，卻不得不裝出一副惱怒模樣，朝著祖昇大聲斷喝，「來人，把他給老夫攙一邊去，好生醫治！念在他筋疲力盡，神志已經不清醒份上，剛才所說的話，老夫盡數當沒聽見。」

「是！」親衛當中，也有不少機靈人。知道宋應昌是在盡力保護祖昇，答應著衝上前，七手八腳扯起祖昇，就往隊伍後面的輜重車上拖。

「經略，經略，您不能再猶豫啊。您這邊每多耽擱一刻鐘，提督那邊，就得死傷數十弟兄啊！」祖昇心急如焚，根本感覺不到宋應昌的好意，一邊用力掙扎，一邊放聲大哭。

「經略，提督乃是陛下最器重的將領……」贊畫袁黃在旁邊看得心中好生不忍，彎下腰，小聲提醒。

「老夫當然知曉，陛下對李提督期望甚高！」宋應昌煩躁地擺了下手，大聲否認，「老夫不是不想救他，而是必須想出一個妥帖辦法。剛才祖昇的話，你也都聽見了。倭寇那邊，不僅僅有黑田氏的第四路兵馬，還有立花氏，小早川氏，長增我部氏甚至毛利氏。老夫這邊只有選鋒營這兩千多人，貿然撲上去，無異於飛蛾撲火。」

「這……」贊畫袁黃的臉色頓時一片煞白，嘴唇囁嚅半晌，卻無言以對。

他雖然從沒機會領軍作戰，可平素跟在宋應昌一道，卻沒少在敵情判斷方面下功夫。早就梳理

注十三：左都督，是李如松的加銜。武將中，左右都督都是正一品，不可能再高。

清楚了如今侵朝倭寇的主要構成。

按照細作送回來的最新情報，眼下在朝鮮的倭寇大軍，共分為八路（番隊）。第一路的主帥是小西行長，第二路的主帥是加藤清正，第三路主帥島津義弘，第四路主帥黑田長政，第五到第八路主帥，則分別為長增我部元親、小早川隆景、宇喜多秀家和毛利輝元。而剛才祖昇的哭訴中，除了小西和加藤兩大姓氏沒出現外，其餘六路倭寇，都有人馬埋伏在碧蹄館。哪怕這六路倭寇，每路出動的都只是一半兒左右，眼下碧蹄館戰場的倭寇，規模也超過了十萬人。如果宋應昌什麼謀劃和準備都不做，就直接要求李彤、張維善和劉繼業帶著兩千選鋒營弟兄，去硬衝十萬倭寇的重圍，那與逼迫三個年輕人去送死，還有什麼區別？

「李提督乃百戰之將，絕不會一味地死守！」彷彿在給自己找理由，宋應昌一邊在原地不停踱步，一邊低聲念叨。「軍糧雖然被倭寇劫持，但是，他可以殺馬充飢。楊元手上有八千健兒，走得再慢，也比老夫從這麼遠的位置派兵快。更何況百里奔襲，必折上將軍……」

每個理由，都非常充分。每個理由，都指向了同一個結論。袁黃聽在耳朵裡，心如刀割。卻清楚地知道，此刻換了任何人做經略，也會做出跟宋應昌同樣的選擇。

不能去救，救也未必救得回來。選鋒營這點兒兵馬，必須守住開城。只有守住開城，才能有機會保住弟兄們血戰而來的部分成果。只有保住開城，才能有機會重新整頓兵馬，給碧蹄館之戰中枉死的袍澤報仇。

「仰城，不能怪宋某見死不救。你實在不該明知道倭寇有重兵埋伏，還只帶著十幾名親信，往重圍裡鑽。」猛地咬了咬牙，宋應昌迅速將手摸向腰間，就準備做出最後決定。就在此時，一個略顯稚嫩的聲音，忽然在他耳畔響起：「經略，且慢！末將有一策，或能解燃眉之急！」

「嗯？」宋應昌愣了愣，伸向寶劍的手迅速收回，雙眼直勾勾地看向真正向自己施禮的李彤，目光如火一般熾烈。

但凡有一點兒希望，他也不願意眼睜睜看著李如松被困死在碧蹄館。那非但會導致東征的失敗，而且讓他宋應昌落下一個見死不救的惡名，甚至被朝廷直接撤職查辦，當做所有人的替罪羊。

「祖昇剛才說，李提督同時也向其弟李如梅求救。而李如梅生性謹慎，絕對不會像提督那樣，直帶著親衛去與大夥同生共死。」李彤眉頭緊鎖，卻努力將每一個字，都吐得清清楚楚。

「將祖昇給老夫攙過來，問問他，李如梅那邊，到底能出動多少兵馬？」宋應昌的眉頭一挑，迅速扭過頭，朝著親兵們大聲吩咐。

「遵命！」親兵們答應一聲，七手八腳，又將已經哭得上氣不接下氣的祖昇抬了回來。後者則不待任何人發問，就啞著嗓子大聲彙報：「經略，五，五將軍那邊，還有兩千五百弟兄。其中，其中五百是騎兵！」

「開城那邊，可有朝鮮官兵駐紮？」顧不上再向宋應昌請示，李彤迅速接過話頭，大聲追問。

「有，有，至少有三萬多人。」祖昇的精神頓時一振，旋即，又迅速委靡了下去，「但是，但是可能指望不上。那些朝鮮官兵，打勝仗時跟在我軍身後割人頭還湊合。一旦聽聞我軍遇險，能不逃走，就已經非常萬幸！」

「朝鮮官兵那邊，可有戰馬，大致有多少匹？」李彤沒有理睬他的廢話，皺著眉頭，繼續刨根究柢。

「至少五、六千匹，但好馬不多，除是那些大將的坐騎。」不明白李彤跟朝鮮廢物較上了什麼勁兒，祖昇愣了愣，抽泣著回應。

「末將敢請經略下令，准許徵用朝鮮官兵的所有坐騎。」李彤也沒空跟他解釋，立刻將頭轉向宋應昌，拱著手要求。

「你，你要調用朝鮮官兵的戰馬，去，去交給楊元及其麾下的步卒？」不愧是曾經的探花郎，宋應昌剎那間就猜透了李彤的想法，瞪圓了眼睛滿臉驚詫。

大明對於朝鮮來說雖然是宗主國，明軍也是為了替朝鮮收復國土而戰。但是，大明朝的經略和提督，卻不能直接調動朝鮮一兵一卒。更不能直接下令，從朝鮮徵收任何物資。否則，即便朝鮮國王李昖不抗議，一旦被朝堂上的言官們知曉，後者就會像聞到腥味的蒼蠅般撲將上來，彈劾下令者「妄自尊大，折損上邦顏面」。

所以，從出任經略到現在，宋應昌除了逼迫朝鮮國王李昖離開大明，返回義州以盡王者之責外，沒再主動對李昖以及其他朝鮮文武提出過任何要求。雙方軍隊配合作戰，也都是先派人跟朝鮮大相柳成龍商量，然後再由柳成龍自行調兵遣將。

「經略明鑑。」此時此刻，李彤哪還顧得上想自己的要求，會給宋應昌帶來多大的麻煩？又拱了拱手，大聲解釋，「末將以為，步卒行軍，每日不過六十里。超過這個距離，即便能勉強趕至，也都累得連兵器都舉不起來，無異於自尋死路。而騎兵奔襲，若每二十里歇息一次，每天奔行百里，只要不是連續三天以上，將士就仍有足夠的體力與敵軍殊死一搏！是以，朝廷官兵的支援，咱們不必指望。可朝鮮官兵手中的坐騎，卻必須物盡其用。」

「嗯——」宋應昌大聲沉吟，不是因為擔心日後受到言官攻擊，而是擔心在明知道李如松可能戰敗的情況下，自己的命令在朝鮮人那邊，到底還能起到多大作用，「李蕡等人皆為朝鮮國王的親信，萬一他們抗命不遵……」

「末將會帶著選鋒營的所有騎兵，去開城找他們借馬。」李彤咬了咬牙，乾脆俐落地給出答案，「同時，也斗膽請經略就在此地止步，廣紮虛營，威懾宵小之輩不敢輕舉妄動！」

「善，大善！」沒等宋應昌理解李彤的想法，袁黃已經在一旁笑著撫掌，「經略，咱們知道您手裡只有這一個營兵馬，朝鮮人那邊怎麼可能知道。只要您不進開城，李蕡等輩，就沒膽子跟選鋒營翻臉。而日後朝鮮君臣即便抱怨，也……」

頓了頓，他又故意沒把下半句話說完。但臉上的表情和手上的動作，卻已經將自己的想法解釋得一清二楚。

李彤眼下至少在名義上，是李如松麾下的武將。李如松對他，又多多少少給予過照顧。那麼，聽聞李如松遇險，無論於公於私，李彤都理應用盡一切手段前去相救。至於其中某些手段偏激了些，也情有可原。

畢竟，李彤是為了救主帥，才強迫朝鮮官兵交出戰馬。他的行為雖然跋扈，卻不失「忠義」二字。言官們無法在道義上大做文章。而朝鮮君臣要告狀，也得先告到宋應昌這裡。作為經略，宋應昌有的是辦法和稀泥，讓此事不了了之。

然而，讓袁黃無論如何都沒想到的是。他的話音剛落，李彤就立刻又大聲請求，「末將斗膽，還請經略再下一道將令，派袁贊畫回平壤坐鎮，同時調李如梓帶兵趕赴開城！」

「啊——」袁黃臉上的笑容頓時凝固，目光直勾勾地看著李彤，恨不得撲將過去，質問對方為何要狗咬呂洞賓。

「平壤只有李如梓那一營兵馬坐鎮，如果李如梓調往開城，袁贊畫豈不是要唱空城計？」宋應昌也被李彤的大膽提議，再度給嚇了一跳，皺著眉頭，大聲詢問。

「經略明鑑！」李彤笑了笑，剎那間，氣度穩如山嶽，「如果保不住開城，平壤肯定也要棄守。而只要經略和李六郎坐鎮開城，倭寇在短時間內，就不可能繞道去攻平壤。所以，袁贊畫麾下帶百十名捕快，和帶數千弟兄，結果其實一模一樣。」

李如松站在山坡上，手裡的寶刀早已砍成了鋸子，卻依舊呼喝酣戰，半步不退。

在他身側，李如柏、祖承訓兩人各自帶著三百名弟兄，排成兩座雁陣，沿著同樣的高度向山坡兩側延伸。每一名弟兄都是徒步而戰，手裡的鋼刀上下翻飛。將最新湧上來的倭寇，一排接一排砍翻在地。

每一排倭寇倒下，都有大量的鮮血濺落。半邊山坡，早就被人血染成了紅色。新鮮的血漿和陳舊的血漿混在一起，汩汩成溪。

然而，倭寇卻一排接著一排，永遠都殺不完。更遠處的山坡下，還有數不清的倭寇正在整隊備戰。立花氏、小早川氏、黑田氏、毛利氏，以及大大小小讓人一時根本辨認不過來的認旗，在早春的寒風中飄飄蕩蕩，就像一面面招魂幡，在呼喚惡鬼來分享血食。

「嗖嗖嗖嗖……」黑壓壓的箭矢，忽然從半空中落下，將正在交戰的雙方將士，不分敵我放翻了數十個。明軍的陣型上立刻出現了缺口，一名倭將帶著七、八個武士踩著同伴的屍體，咆哮而入。只要能將這個缺口保持住半盞茶時間，跟上來的其他倭寇，就有機會將明軍的雁陣徹底撕碎。而無法結陣的明軍，則只能各自為戰，直到被一擁而上的倭寇剁成肉泥。

「砰，砰——」撞擊聲響若悶雷，還沒等站穩腳跟的倭將齊村廣雄，被三組抱著樹幹順著山坡從更高處衝下來的大明勇士，直接撞出了軍陣。他和他麾下的武士們，腳步踉蹌，一個接一個相繼摔成了滾地葫蘆。而躲在明軍雁形陣背後的參將李寧，也立刻帶領麾下弟兄，用石塊對倭寇還以顏色。

剎那間，兩百餘顆香瓜大小的石頭騰空而起，掠過明軍隊伍，將剛剛看到一絲獲勝希望的倭寇，砸得頭破血流。

「變陣，反擊！」趁著自己對面的倭將躲閃石塊的機會，李如松猛地舉起的寶刀，放聲高呼，「將倭寇頂下去！」

「提督有令，變陣，反擊，將倭寇頂下去！」

「提督有令，變陣，反擊，殺倭寇！」

「提督有令，變陣，反擊……」

隊伍中的親兵扯開嗓子，高聲重複，將李如松的將令，迅速傳入雁形陣中每一名弟兄的耳朵。隨著新一輪石塊落下，雁形陣從兩翼朝中央迅速收攏，在移動中化作一個巨大的三角。以李如松、李如柏和祖承訓三人為鋒，沿著山坡果斷下切！

剛剛挨了兩頓石頭的倭寇，根本來不及做出正確反應，彈指間，就被李如松等人切成了兩段。

而三角形的軍陣卻沒有停止移動，借著山勢繼續下推，將面對自己的倭寇們，推倒，砍翻，踏成一團團肉泥。

倭將齊村廣雄頂著血淋淋的腦袋，從地上爬起，還沒等看清楚周圍情況，就被三把戚刀同時砍中，慘叫著去見了天照大神。其餘武士也被殺了個措手不及，一個接一個，變成了明軍的刀下亡魂。

帶隊的倭寇將領宮部勝後氣急敗壞，尖叫著舉刀反撲。才衝出兩三步，就被李如松一刀鋸斷了脖頸。他身邊的親信武士也被祖承訓和李如柏聯手殺散，抱頭鼠竄而去。其餘倭寇抵擋不住，要麼被直接砍死，要麼轉身後退，新一輪攻勢轉眼間土崩瓦解。

「退後，退回原位！後軍，舉盾備戰！」李如松果斷停止追殺，帶著弟兄們後退。三角形軍陣轉眼又變成了倒雁尾，在倭寇主將做出正確反應之前，重新返回原來堅守的陣地。奉命掌管後軍的寬甸副總兵孫守廉帶著三百多名弟兄，高舉用樹枝編成的盾牌穿插前進，在陣地的最周邊，迅速搭起了一道灰綠色的盾牆。

「嗖嗖嗖……」又是數百支羽箭從半空中砸下，將正在逃向山腳的倭寇，全部覆蓋。緊跟著，更多的羽箭射向明軍，卻被灰綠色的盾牆所阻擋，徒勞無功。

賊頭小早川秀包大怒，親自帶領兩支隊伍，重新發起進攻。第一隊倭寇衝至距離明軍四十步遠的位置，忽然停住雙腳，原地下蹲。第二隊倭寇，則迅速端平鳥銃，對準明軍的大陣扣動了扳機。「砰砰砰砰砰……」

鉛彈呼嘯，砸得盾牌表面綠霧翻滾。臨時砍伐下來的樹枝又濕又韌，鉛彈根本無法將其射穿。

就在倭寇氣急敗壞地重新裝填彈丸之時，大明參將李寧帶領麾下的弟兄再度發威，將香瓜大小的石塊，居高臨下擲向敵軍。將缺乏盔甲保護的鐵炮足輕們，砸得東倒西歪。

「張世爵，給我瞄準那面招魂幡下，用投矛招呼！」李如松累得雙腿直打哆嗦，嘴裡說出來的命令，卻像平時一樣冷靜。

「遵命！」一直躲在後軍隊伍中等待機會的張世爵答應一聲，帶領十名精挑細選的親兵同時起身，將數支七尺長的投矛奮力擲過大夥頭頂。

「主上小心！」小早川秀包身邊的家臣木村三郎和青木一吉兩人頭皮發乍，大叫著撲向，用身體將自家主公牢牢護住，同時高高舉起兩面皮盾。

「噗——」皮盾如同紙糊的一般，被投矛穿透。四把精鋼打造的矛鋒餘勢未衰，繼續快速下落，將木村三郎和青木一吉兩人，直接釘成了肉串兒！

另外七把投矛，也在小早川秀包身側和身後落下，將家臣明石秀智連同其餘三名高級武士，同時釘翻於地。倭寇的隊伍，頓時一片大亂。而明軍那邊，則有更多的石頭和投矛，伴著隆隆的戰鼓聲，快速升空。

還沒等將鳥銃重新裝填完畢的鐵炮足輕們，在石塊和投矛的打擊下，陣型迅速崩潰。半蹲在地準備為鐵炮足輕提供保護並同時負責迷惑明軍的長矛足輕和刀盾足輕們，也扛不住石塊和投矛的打擊，慘叫著連連後退。統領這兩支倭寇的小早川秀包，又驚又氣，從木村三郎和青木一吉兩人的屍體旁爬起來，跳著腳揮刀：「八嘎，廢物，給我站住，石塊根本砸不死人，明軍的投矛數量也非常有限……」

還沒等他身邊的親信將他的話進行重複，家臣築紫廣門已經帶領兩名武士果斷衝上前，抱住他的肥腰，快步後退，「主上快走，明軍又要反擊了！李如松，李如松又親自殺下來了！」

「啊——」小早川秀包激靈靈打了哆嗦，掙扎著抬頭仰望。只見青灰色的盾牆如同兩扇大門般，迅速從正中央分開，一面鮮紅色戰旗，奪門而出。

戰旗下，大明禦倭提督李如鬆手持鋸刀，快步朝自己衝了過來，在其身體兩側，數百名大明勇士快步緊跟，鋼刀如雪，殺氣直衝霄漢！

第二十章　惡戰

「放開我，放開我，我要跟他決一死戰！」小早川秀包渾身上下寒毛根根倒豎，扯開嗓子大聲喊叫。雙腿卻彷彿變成了棉花一般，絲毫使不出力氣。任由築紫廣門拖著自己連滾帶爬地逃下山坡。

從早晨到現在，倭寇已經發起了六次強攻，卻沒有一次能夠突破明軍防線。因此，士氣早就一落千丈。此刻見到小早川秀包被其家臣拖著狼狽退走，其餘人頓時更沒勇氣強撐，一個個爭先恐後調轉頭，逃之夭夭。

「嗚嗚，嗚嗚，嗚嗚嗚嗚……」瘋狂的海螺聲響起，倭寇第六番主帥，前鋒隊總大將小早川隆景派出立花統虎和高橋統增二人各自率部上前接應，以免明軍趁機驅趕崩潰的倭寇衝陣，潰圍而去。

事實證明，這一調遣純屬多餘。明軍這次出擊根本就是在虛張聲勢。將小早川秀包以及他麾下的倭寇嚇退之後，立刻又返回了出發點，再度豎起盾牆，固守待援。

「八嘎！」小早川隆景發現自己上當，氣得破口大罵。其麾下的立花統虎和高橋統增等倭寇頭目，也都氣得直跳腳。

然而，山坡上能夠供大軍通行的地段寬度非常有限，他們再氣急敗壞，也無法將所有倭寇都一股腦壓上去，發揮人數優勢，將明軍活活吞沒。

「小早川侍從，沒必要太懊惱。李如松乃中國第一名將，被他騙了，不算恥辱！」唯恐小早川秀氣急敗壞之下，做出錯誤決定，進而影響到整個戰局。後陣本隊總大將宇喜多秀家策馬衝到他身邊，大聲安慰。

「什麼第一名將，還不是被咱們包圍在這裡？早晚，我要親手砍下他的頭顱！」小早川隆景撇了撇嘴，滿臉不服。然而，內心深處，他卻清楚地知道，自己說這句話時，底氣有多虛。

李如松被倭軍團團包圍是不假，但李如松卻不是因為中了他們的圈套而被困。如果此人不是因為擔心麾下弟兄，只帶著十幾名親兵專程趕過來鼓舞士氣，倭軍恐怕連此人的影子都看不到。

另外，眼下雖然明軍四周被倭軍圍得水洩不通，談論殲滅他們，卻為時尚早。參照前幾場強攻的結果和雙方將士傷亡比例，倭軍這邊至少得再組織起十次以上同樣級別的強攻，並且拿出一萬人為代價，才有可能摘取到勝利果實。

「我已經派人在十里外，布置了一條防線，阻止可能前來救他的援兵。」明知道小早川隆景在咬著牙說硬氣話，宇喜多秀家也不戳破。皺了皺眉頭，繼續低聲補充：「遊勢也放到了二十里遠的位置，短時間內，李如松得不到任何支援。從早晨戰到現在，將士們都累了，士氣也不復當初。讓給他們撤下來休息一番，吃些乾糧，遠比強撐著繼續打為好。」

「宇喜多左近衛說得對，休息一下，以便再戰。大明那邊也有一句俗話，磨刀不費劈柴功。」同樣認為小早川隆景在放嘴炮的，還有第三番隊主將黑田長政，也策馬走上前，大聲勸說。

「侍從大人，武士們，武士們的確太累了。我軍一直是在佯攻，體力消耗遠超過明軍。」前隊第四陣大將吉川廣家雖然畏懼小早川隆景的淫威，卻更擔心一會兒此人會逼著自己去硬衝李如松的軍陣，故意裝出一副筋疲力竭模樣，喘息著在旁邊幫腔。

見自己本隊的下屬，都向著宇喜多秀家說話，小早川隆景立刻就明白了，繼續強攻下去，除了徒增傷亡之外，沒有任何意義。因此，先裝模作樣舉頭四下張望了一番，隨即，「果斷」做出決定：「嗯，既然宇喜多左近衛認為將士們需要休息，那我就讓李如松多活一個西洋時好了。秀包，你去通知立花宗茂，高橋統增，毛利元康和築紫廣門，讓他們各自率部撤到山腳，吃飯休息。吉川廣家，你的人留在這裡，監視明軍動靜，半個西洋小時之後，我再派人來接替你。」

「遵命！」小早川秀包喜出望外，行了禮，飛快地跑去執行任務。

吉川廣家雖然肚子裡對小早川隆景好生鄙夷，卻沒勇氣說出來。給後者躬身行了個禮之後，也快快地去組織麾下武士和足輕備戰。

倭寇與明軍之間的距離，迅速被拉遠。一方返回山腳，吃飯休息。另外一方也趁機用馬肉和清水補充體力。雙方將士，誰都沒有多餘的精力，去管戰死者的屍體，更沒精力去割取人頭。任由那些鮮血淋漓的屍體被寒風凍硬，任由山坡上的血跡，被凍上一層白霜。

「提督，吃些馬肉吧，都是受了傷之後，不得不為其了斷的，我保證沒殺一匹完好的坐騎！」祖承訓用樹枝叉著一塊剛剛烤熟的馬腿肉，快步走到李如松身側。一邊將馬肉朝對方嘴上遞，一邊大聲解釋。

「好！」李如松也不矯情，歪頭狠狠咬了一大口，然後用手將馬肉推向祖承訓，「你也吃一些，倭寇被打急眼了，等他們休息好之後，下一輪強攻，肯定會把吃奶的勁都用上。」

「那就送他們回老家重新托生。」祖承訓哈哈大笑，晃動著樹枝上的馬肉，對著山腳下的敵軍比比劃劃，「大老爺們，吃奶太難看。回老家重新托生了，才能吃得更香。」

「你要是不吃肉，就別亂揮。萬一掉在地上，少不得會沾上人血。」李如松心疼馬肉，瞪了他一眼，高聲提醒。

「都是倭寇的血，弟兄們的血沒多少。」祖承訓的手穩穩地停在了半空中，嘴巴卻繼續不著邊際地亂說，「岳爺爺當年不是說過嗎，笑呵呵地飲金兵的血解渴。咱們今天打的雖然不是金兀朮，但倭寇的血也是一樣。」

「笑談渴飲匈奴血，不是金兵。」李如松雖然讀書多，卻也花了點兒力氣，才明白祖承訓在說哪句。劈手搶過馬肉，一邊咬，一邊大聲糾正。

「為啥不是金兵，卻是匈奴。岳爺爺不是殺了半輩子金兵嗎？提督，俺知道自己讀書少，你可不能騙俺！」祖承訓是個家丁出身的大老粗，瞪著溜圓的眼睛，大聲追問。

「我騙你個鬼！」李如松抬腿踹了他一腳，低聲數落，「那是個比方，用匈奴比金兵。唐朝人喜歡以漢喻唐，宋人繼承了唐朝人的習慣，所以動不動就拿漢喻宋。你這都不懂，還硬裝什麼大頭蒜！」

「不大，不大啊！」祖承訓摸了摸自己的腦袋，繼續裝傻充愣。「再說俺也沒裝。岳爺爺拿匈奴比金兵，俺的確不知道。但是俺今天想學一學岳爺爺，等會真的渴了，就去割一名倭寇的脖子，嘗嘗他的血到底是啥滋味！弟兄們，等會兒有跟我去的沒有，有就說一聲！」

「有！」四下裡，無數人齊聲以應。彷彿即將追隨祖承訓，去赴一場盛宴。

「那就每人再加一塊肉，吃得飽飽的，才有精神去割倭寇脖子！」祖承訓甭看讀書少，對如何激勵士氣可是一個行家，用力揮動胳膊，高聲吩咐。

「遵命啊——」弟兄們拖長了聲音，學著戲臺上大將出征的腔調，群起響應。隨即一個個跳將起來，直奔背後不遠處正在烤馬肉的火堆。

「大哥，等會雙泉帶人將倭寇撕開一條口子，您就趁機突圍。山上這塊交給我，我們保證堅持到你帶著步卒殺回來！」李如柏的聲音，忽然在李如松的耳畔響起。很低，卻透著一股子如假包換的決然。

「我就知道，你是在故意裝傻！」李如松不肯扭頭去回自家二弟的話，而是對著祖承訓豎起了眼睛，「怎麼，祖雙泉又怕了？怕我這個當大哥的投降了倭寇？還是怕自己戰死之後，沒人給你收屍？」

「大哥——」祖承訓騰地一下跳了起來，隨即，又迅速看了看周圍，紅著眼睛重新蹲了下去，「我求你了，就聽二哥和我一句吧。我們戰死在這裡，你將來還能帶著兵馬前來替我們報仇。如果你有個三長兩短，還指望誰能記得住咱們這群遼東爺們？」

「是啊，大哥，今日誰都可以戰死，唯獨你不能！」李如柏也快速蹲了下去，看著自家哥哥的眼睛，繼續低聲求肯。「朝廷對東征原本就三心二意，如果你不幸殉國，放棄朝鮮就成了定局。所有人，包括以前戰沒在平壤城頭的弟兄，就全都白死了！」

「這麼說，我今天早晨是不該趕過來了？」李如松用眼皮夾了自家弟弟一眼，撇嘴冷笑，「也對，如果我不來，這會兒剛好可以逼著開城的朝鮮人一起給你們解圍。可我來都來了，怎麼可能把弟兄們全都丟下，自己夾著尾巴逃走？那樣做，今後誰還敢追隨於我的身後。朝廷知道我棄軍潛逃，不殺我祭奠戰死的弟兄就已經是開恩了，怎麼可能再給我機會領兵，替爾等報仇？」

「大哥——」李如柏急得直用拳頭錘地，卻找不出任何話語來反駁自家哥哥。

李家之所以父子兩代，都能牢牢掌控著遼東兵馬，並且還能做到旌旗所指，敵軍披靡。主要原因就是有一群家丁出身的嫡系將佐和數千心甘情願追隨於鞍前馬後的百戰精銳。如果李如松沒來過碧蹄館，那麼，即便他坐視大夥全軍覆滅於此地，也可以被認為是壯士斷腕。非但戰死在此地的英靈不會抱怨，其餘活著的弟兄，也不會失去對他的信賴。

可李如松如果採納了他的建議，棄軍潛逃，即便能成功脫離危險，回到開城之後，也必然會喪失弟兄們的擁戴。沒有嫡系，光憑著朝廷加封的提督頭銜，他可是無法指揮得動任何一支兵馬。所謂報仇雪恥，就徹底變成了空話。

更何況，以大明朝文官對武將的態度，任何一個吃了敗仗的人，都會被言官群起而攻之。到那時，三人成虎，撤職下獄，恐怕就是等著李如松的最好結局。而既然李如松都敗給了倭寇，其他武將，更沒有必勝的把握。放棄東征，任由朝鮮被倭國吞併，對朝廷來說就順理成章。

「大哥，我的大少爺，我剛才不是說過了嗎？不是讓你放棄大夥，而是讓你趁機突圍去搬兵。」祖承訓雖然是個老粗，心眼轉得卻比李如柏快得多。見報仇的說法被李如松駁倒，立刻又換了另外一套藉口，「你今早來時不是說，楊元還帶著八千步卒拚命往這邊趕嗎。老楊跟我一樣，肚子裡沒多少墨水，遇到麻煩也根本不懂得變通。你如果不去，甭說明天早晨，後天早晨他都未必能趕過來。

而只要大哥你返回軍中，振臂一呼……」

「呼什麼，呼我李如松把其他人都丟給倭寇了，讓大夥趕緊跟我就救人？」李如松翻了翻眼皮，低聲打斷，「到時候，你看弟兄們是跟我走，還是直接拿吐沫淹死我。」

「怎麼可能，你，你是提督，有朝廷賜的尚方寶劍。」祖承訓愣了愣，紅著臉搖頭。

「是有，可我不能拿著尚方寶劍，把看不起我的弟兄全宰了！」李如松也搖了搖頭，悻然吐氣，「算了，你們倆別瞎操心了。有那功夫，不如去死人堆裡，撿幾把可用的兵器。看那邊，就像查總兵那樣。」

李如柏與祖承訓齊齊回頭，果然看到查大受帶著百十名弟兄，正在倭寇的屍體旁收攏長槍和倭刀和鳥銃。應該已經撿了好長一段時間，個別弟兄的肩膀上，已經扛了不止一把兵器，隨著身體的移動，撞在一起叮噹作響。

見最早與敵軍交手的查大受及其麾下的殘部，依舊準備給倭寇死戰到底。李如松的精神頓時就是一振，笑了笑，繼續壓低了聲音強調，「今天，要麼大夥一起走，要麼一起固守待援。不要再有其他念頭。楊元的確是個實心眼的，不懂得變通，可既然我叫他帶著弟兄們趕過來，無論道路變得多差，他肯定都會趕過來。只是早幾個時辰和晚幾個時辰的問題。」

「這話也對，希望他早點兒來吧！」祖承訓徹底拿李如松無可奈何，丟下一句話，悻然走出陣地，去屍體堆中搜羅可用的兵器。

「大哥，楊元那邊全是步卒，即便能趕過來，也都累得筋疲力盡，未必上得了戰場！至於其他援軍，眼下開城附近，哪還有咱們大明的兵馬？」李如柏仍不死心，壓低了聲音，焦急地提醒。

這些全是事實，也是他苦苦勸說自家哥哥突圍離開的緣由。此番入朝，大明對外號稱興兵四十萬，實際上只動用了四萬八千五百八十五人，其中還包括大量的輔兵、民壯和隨軍書吏。而從鴨綠江往南，明軍每收復一座城池，都要留下兩、三千人駐守。以防有倭寇的殘兵和朝鮮亂匪，趁著大夥注意力都在南方的時候，突然從曠野裡冒出來抄了大夥的後路。

所以，隨著運輸線的不斷拉長，李如松能動用的兵馬越來越少。攻取平壤之時，好歹手頭還有一萬六、七千戰兵，而現在，除了戰死和被困在碧蹄館這四千弟兄外，只剩下了跟在楊元身邊的八千步卒和與李如梅一起留守開城的三百家丁。

是以，李如松雖然從早晨起，連續派出了多支小隊伍突圍求援。實際上，大夥都清醒地知道，宋應昌無法趕過來，遠在平壤的李如梓也來不及。

實際上，唯一能讓大夥抱著希望的，只有楊元身邊那八千弟兄。而那八千弟兄，偏偏沒有戰馬代步，在如此差的天氣裡趕路，要麼遲遲無法抵達，要麼是勉強抵達，也沒有任何力氣衝破倭寇的阻攔。

「大哥，不能等了。你……」遲遲聽不到李如松的回應，李如梓還以為哥哥已經被自己說動，啞著嗓子，快速補充：「父親在朝廷那邊還有不少人脈，皇上又是個好大喜功的，受不了別人打他的臉。你只要能成功脫險，豁出去錢財和時間上下打點，早晚都有東山再起……」

「咱們累，倭寇更累！」李如松看了他一眼，聲音陡然轉高，鬍子拉碴的臉上，也重新煥發出自信的光芒，「並且士氣不斷下降。現在，咱們就看誰能堅持得住。只要堅持到楊總兵帶著弟兄們趕過來，倭寇那邊必然會人心大亂。屆時，咱們趁機衝下山區，給倭寇來個中心開花。」

「對，給倭寇來個中心開花。」

「提督，屆時，咱們追著倭寇，一路追進王京！」

「中心開花，中心開花……」

剛剛被祖承訓支開去拿馬肉的弟兄們，拖著疲憊的身軀返回，聽到李如松霸氣十足的話，紛紛扯開嗓子響應。

李如松站起身，笑著向大夥揮動手臂。然後活動了一下四肢，氣定神閒地開始巡視自家軍陣。大部分弟兄都吃過了馬肉，抱著兵器，東一群，西一夥紮堆兒閒扯。見自家提督走了過來，趕緊起身行禮。

「歇著，繼續歇著，大夥不用客氣！」李如松瞬間也變成了一個粗坯，用遼東人常說的方言，大聲跟弟兄們打招呼，「攢足了力氣，才好繼續殺倭寇。今天從早晨起，咱們已經接連打退了倭寇六次。每次都將他們殺得抱頭鼠竄。照這樣打下去，估計不等楊總兵帶著大隊人馬趕到，倭寇就全都嚇破了膽子！」

「提督威武！」

「大明威武！」

原本已經開始下降的士氣，瞬間就被重新鼓舞了起來。弟兄們揮動著兵器，吶喊跳躍，精神抖擻。

也不怪他們容易被「哄」，單單看敵我雙方交換比，李如松這話說得其實非常有道理。從早晨到現在，倭寇每一次進攻失敗，至少都會丟下兩、三百具屍體。而大明這邊，每次戰死的弟兄卻都是幾十人，還不到倭寇的五分之一。

只是，大夥誰都沒想到，或者不願意去想，山下的倭寇數量，究竟是自己這邊的多少倍。

「歇著，大夥繼續歇著，不必起來，不必起來。」李如松的眼睛忽然變得濕潤，努力吸了幾下鼻子，才避免了被弟兄們注意到自己在流淚。

這些年來，弟兄們陪著他打敗作亂的女直人，擊潰犯邊的蒙古人，殺散呼嘯來去的馬賊，剿滅占山為王的強盜，一直所向披靡，從沒遭遇過今天這樣的困境。

弟兄們一直相信，他李如松是個無敵戰將，願意將性命交到他手上，願意殺向他的旌旗所指，哪怕前方的敵軍再多，都絕不旋踵。弟兄們推著他，一次次斬將奪旗，將他從一個世襲的錦衣衛指揮使虛職，一路推上了參將，副將、總兵、提督。一路推著他，碾壓沿途的所有對手，直到官居一品。

而他，又給了弟兄們什麼回報？除了少數幾個能夠升官發財之外，大多數，平素只是混個養家糊口而已。他一次次在心中偷偷發誓，等打完了眼前這仗，立刻帶著大夥返回遼東修整，給大夥分銀子分地，讓大夥有充足的時間去娶老婆生娃兒。而眼前過後，又是眼前，每次修整都沒超過兩個月，他就又不得不帶著他們重返沙場。

如果像以前的戰鬥一樣，他能帶著大多數弟兄們，凱旋而歸還好。偏偏這次，因為急於求成，他親手將所有弟兄，送入了絕境。

所以，昨夜聽聞弟兄們與大股倭寇遭遇，他不得不快馬加鞭趕過來。今天被倭寇團團包圍，他也不得不留下，與弟兄們同生共死。這是他欠弟兄們的，也是他心中早就默默跟弟兄們約好了的。

他不是聽不懂祖承訓的話，也不是不相信李如柏的提醒，而是，他沒有離開的資格。

將乃三軍之膽，如果他這個時候選擇借著祖承訓等人的掩護策馬突圍，用不了多久，弟兄們的士氣就會徹底崩潰。

而一支士氣崩潰的軍隊，人數多少已經毫無意義，更不可能堅持到他重新帶著步卒殺回來。他離開後，弟兄們很快就會變成待宰羔羊，被倭寇分割開來，繳械，捆綁，然後屠戮一空。

「繼續歇著，不要起來，大夥都不必客氣。」狠狠咬了下牙，壓下心中的悲痛和絕望。李如松繼續邁動雙腿，大步而行。每走過一處，都笑著跟弟兄們打招呼，彷彿正在檢點兵馬，時刻準備帶領大夥殺下山去，給倭寇最後一擊。

「提督威武！」

「大明威武！」

「殺倭寇，殺倭寇！」

「中心開花，中心開花！」

吶喊聲，宛若山崩海嘯，在荒野上反覆激盪。

儘管人數不到倭寇的十分之一，儘管援軍能否到來未必可知。但是，弟兄們卻堅信，李提督可以再一次帶領大夥創造奇蹟。正如他以前曾經做過的那樣，帶著大夥擊敗任何敵軍，無論敵軍來自西北還是東洋。

「嗚嗚嗚，嗚嗚嗚，嗚嗚嗚嗚…………」海螺聲自山腳處響起，低沉而又冰冷。不能容忍被困的明軍士氣這麼快恢復，倭寇頭目宇喜多秀家果斷下令停止了修整，再度開始組織進攻。

「嗚嗚，嗚嗚嗚，嗚嗚嗚，嗚嗚嗚……」海螺聲連綿不斷，一面面不同顏色和圖案旗幟，在山腳下起起落落。

倭寇在戰前認旗，位於山坡上的李如松居高臨下，可以清楚地看清楚對手的所有動作。類似的認旗儀式，明軍在大戰之前也經常舉行。通常用來向所有人重申參戰部隊的番號和各部隊在戰鬥中所處的位置。只是因為明軍編制統一，軍令只出自主帥一人，所以認旗禮相對簡單，耗時也比較短。而倭寇因為參戰部隊來自於不同的諸侯，軍令和編制也五花八門，所以認旗禮複雜且耗時漫長。

「大哥，李寧在山後，發現了一處斷崖，可以用木筐將人和馬一起放下去……」李如柏仍不死心，再次湊上前，做最後的努力。

「你去點三百弟兄，等會兒倭寇攻上來時，藏在我身後。待看到倭寇開始敗退，立刻尾隨著殺下去，直奔西側山腳。」李如松沒有回答他的話，而至直接開始調兵遣將。

「大哥……」李如柏愣了愣，隨即知道木已成舟，只能咬著牙拱手，「末將遵命！」

「祖承訓，你也帶三百弟兄，自己麾下的戰兵如果不夠，就找別人湊！」李如松頭也不回，背對著悄悄湊到自己身後的祖承訓下令，「等會兒跟子貞一樣，不要急著出戰。等倭寇出現頹勢，殺出去擋住山坡東側倭寇。不准他給西側的倭寇提供任何支援。」

「遵命！」祖承訓無可奈何地向李如柏聳了聳肩膀，也大叫著上前接令。

「張世爵，方時輝，你們兩個一會兒先跟我一起阻擊敵軍，待敵軍退卻時，立刻做出向西側突圍姿態。但切忌不可衝得太急，隨時注意聽我的號角聲。」笑著朝祖承訓點了點頭，李如松用手掌代替令旗，向另外兩名將領，發出了第三道命令。

「得令！」張世爵，方時輝兩個大聲答應著去做準備，李如松目送他們離開，然後扭頭向正忙著舉行認旗禮的倭寇隊伍看了一眼，再度輕輕舉起了手掌。「查大受、李寧、李有升……」

被點到名字的將領紛紛上前接受調遣，不多時，就各自做好了相應準備。趁著倭寇還沒攻到近前，李如松從親兵手中接過一把木盾和一把剛剛撿回來的倭刀，用盾牌支撐著身體，繼續居高臨下觀察敵軍的部署。

經歷這麼長時間的接觸，他大致已經能分清楚那些花裡胡哨的認旗，都隸屬於哪一位日本諸侯。而從認旗出現的位置和起落的頻率上，也能大致判斷出，今天倭寇參戰隊伍的基本結構。

今天的倭寇，大致由前軍和後軍組成。前軍主帥很顯然就是小早川隆景，李如松先前就已經看到，此人的番旗插在了前軍的正中央。

緊鄰著小早川氏番旗的，還有粟屋、井上、立花、毛利、築紫、吉川等大名的認旗。作為小早川隆景的固有或者臨時的部屬，粟屋景雄，井上景貞、立花宗茂、毛利吉成、築紫廣門和吉川廣家等人帶著麾下爪牙，與小早川景隆的嫡系一道，共同組成了倭寇的前軍。

與前軍稍稍拉開了二十步距離，則是倭寇的第三番隊，主將為黑田長政。該部倭寇站的稀稀落落，應旗聲也委靡不振。很顯然，第三番隊在平壤之戰傷筋動骨，今日出現在這裡，完全是用來湊數。

緊跟在黑田長政部之後，則是倭寇的後軍。隊伍正中央的番旗既不屬於小西行長，也不屬於加藤清正。這兩個原本最受豐臣秀吉器重的將領，一個因為沒能守住平壤，一個因為主動放棄咸鏡道，雙雙失去了其他將領的信任，沒有資格再對別人發號施令。取代他們的，則是豐臣秀吉麾下五大家老之一，宇喜多秀家。

在宇喜多氏番旗的左右兩側，則分別是石田、秋月、島津、增田、大谷、加藤、前野、長增我部等認旗，每面認旗下，都有三千到五千倭寇，遠遠望過去，人頭湧動，就像一團團覓食的蝗蟲。

「該死！」李如松低聲罵了一句，用倭刀輕輕敲打盾牌表面。

如果他沒記錯的話，按照錦衣衛那邊分享的密報，小早川景隆是倭寇的第六番主帥，宇喜多秀家是倭寇的第七番隊主帥，長增我部元親是第五番隊主帥，秋月和島津，則來自第四番隊，主帥為島津義弘。再加上夾在前軍和後軍之間的黑田長政，倭寇侵朝的八個番隊，今天至少有四到五個番隊，全部或者部分參與了戰鬥，其中還沒算上小西行長和加藤清正。

「嘭，嘭嘭，嘭嘭嘭……」一陣兵器敲擊盾面的聲響，迅速打斷了李如松的思緒。是身邊的弟兄們誤以為他剛才的動作是要向倭寇示威，所以爭相模仿。雖然只有兩千多人，可在氣勢上，卻絲毫不比弱於山下那數萬強盜。

既然弟兄們絲毫沒有因為數量還不到倭寇的十分之一而心生畏懼，作為主帥，李如松更沒資格畏懼。猛地吸了一口氣，他迅速將所有雜念趕出腦海，再度揮動倭刀，重重敲打木盾，「嘭、嘭，嘭嘭、嘭嘭嘭……」

「嘭、嘭，嘭嘭、嘭嘭嘭……」刀擊盾牌聲宛若戰鼓，瞬間蓋住了所有海螺聲，震得腳下的大地微微顫抖，震得天空中的彤雲迅速消散。

一道久違的陽光，從西南方的雲縫裡射了出來，瞬間為群山鍍上一層金黃。山坡上的大明勇士，全都披上了金盔金甲，手中的兵器，也隨著擊打盾牌的動作，向外反射出一道道金光。遠遠看去，就像一群天神降落於凡塵，要掃平世間所有妖魔鬼怪，重整山河。

「嗚嗚嗚，嗚嗚嗚，嗚嗚嗚嗚…………」倭寇不甘心氣勢被明軍壓住，果斷發起了進攻。伴著低沉冰冷的海螺聲，倭寇的前軍第一陣開始向前推進。緊跟在他們身後的，則是明軍的手下敗將，立花宗茂、高橋統增兄弟，和小早川秀包。

漸漸收窄的山坡，限制了倭寇隊伍的展開。很快，倭寇前軍第一陣就被壓成了梯形，而第二陣為了不干擾第一陣的行動，也不得不放慢腳步，給梯形龐大的尾部騰出足夠容納空間。

「嘭！」以一串整齊的巨響做收尾，明軍忽然停止了敲擊。所有盾牆緩緩前推，迎著蜂擁而至的倭寇，就像礁石主動迎上了海浪。

習慣了對面先固守陣地，再尋找機會發起反攻的倭寇，被明軍戰術的改變，嚇了一大跳，攻勢瞬間停滯。但是，短短幾個彈指之後，淒厲的海螺聲，就在他們身後響起，「嗚嗚嗚，嗚嗚嗚，嗚嗚嗚…………」，將殺氣直接灌入所有第一陣倭寇的心底。

率先後退者斬首！在出發之前，前軍主將小早川隆景特意將上次退得最快的十幾名武士當眾砍了腦袋，以此警告所有人，在接下來的戰鬥中，帶頭逃跑是什麼下場。雖然第一陣的武士、足輕和徒步者，加起來有六千餘眾，小早川隆景不可能把他們全部殺光，可最先後退的那幾個，卻肯定在劫難逃！

「不要怕，明軍又在故弄玄虛！」發現身邊的倭寇腳步放緩，第一陣右隊大將井上景貞果斷扯開嗓子，高聲給所有人打氣兒，「上次他們就是這樣幹的，小早川侍從秀包如果不上當，此刻明軍已經被全殲！」

「不要怕，咱們有六千人，全都是生力軍。明軍那邊，從早晨已經打到了現在。」第一陣左隊大將粟屋景雄也揮舞著倭刀，不停地大呼小叫。

他們二人身邊的親信紛紛扯開嗓子重複，同樣的話語灌輸給周圍所有倭寇。第一陣原本已經放慢的推進速度，再度開始變快。左右兩隊的所有倭寇們一邊跑，一邊張開嘴巴，將心裡的恐慌而仇恨，全部化作了鬼哭狼嚎，「啊，啊啊啊啊，呀呀呀呀——」

對面的明軍一聲不吭，只管舉著鋼刀和長矛繼續沿山坡下推。彷彿他們才是進攻一方，彷彿倭寇的數量不是自己這邊的十倍，而是自己這邊的十分之一！

雙方之間的距離，很快就推進到了一百二十步。彼此都能清楚地看到白色的水汽，隨著呼吸在各自的口鼻前升騰。第一陣的倭寇隊伍被壓縮得更窄，但前排參戰者的數量，依舊是明軍的五倍以上。為了讓進攻顯得更有氣勢，同時也是為了壯膽兒，武士、足輕和徒步者們，繼續扯開嗓子鬼哭狼嚎，聲音一浪接著一浪，在群山之間不停地迴盪。「啊，啊啊啊啊，呀呀呀呀——」

「啊，啊啊啊啊，呀呀呀呀——」

「啊，啊啊啊啊，呀呀呀呀——」

「啊，啊啊啊啊，呀呀呀呀——」

對面的明軍依舊不發出任何叫喊聲，一個個雙唇緊閉，怒目圓睜。彷彿要把所有力氣，都留在兩臂之上。他們甚至不願意浪費任何力氣，去觀察敵軍的動靜。只管邁著堅定的腳步，跟在自家主帥的身後，向前，向前，繼續向前。

距離轉眼被拉近到了七十步。倭寇中的弓箭足輕和徒步者們，猛地將竹弓拉滿，仰面鬆開弓弦。數以千計的羽箭騰空而起，剎那間，就讓明軍的頭頂為之一暗。

衝在第一排的大明將士，迅速舉盾。第二排的將士，則果斷低頭，同時將手中長矛豎起來，快速搖晃。第三排的大明將士，頭部重複第二排的動作，手中舉起的卻不是長矛，而是一排銳利的投槍！

羽箭落下，大部分都被盾牌做阻擋。一少部分繞過了盾牌，卻被擺動的長矛所碰中，搖擺著不知去向。只有不到十分之一的羽箭，成功落向了明軍頭頂，然而，無論精鐵打造的寬沿頭盔，還是浸過桐油的護身皮甲，都能成功抵消掉羽箭上最後殘存的一點力道。明軍的隊伍未見任何散亂，下推的速度，也沒有放緩分毫。

「射，繼續射，靠近了射！我不信，他們從頭到腳都包著鐵皮！」看到羽箭攻擊失敗，粟屋景雄再度扯開嗓子大喊，唯恐麾下的眾倭寇因為害怕，而放棄了對明軍的遠距離射殺。

不用他提醒，倭寇隊伍中的弓箭足輕和徒步者們，也知道自己能發揮作用的機會，就在兩軍未正式發生接觸之前。所以，一個個再度將竹弓拉滿，將羽箭射上天空。

明軍依舊用同樣的方法應對，依靠盾牌、長矛、寬沿鐵盔和皮甲，抵消掉了大部分羽箭的作用。但是，由於敵我雙方之間的距離已經被拉近到了六十步，隊伍中仍然有人不幸受傷。

鮮血逆著箭桿噴射而出，令受傷者無法再跟上周圍袍澤的腳步。他們彎下腰，用兵器支撐柱身體，臉色因為痛苦和失血，迅速變得蒼白。然而，他們卻努力不肯發出任何聲音。唯恐自己的呻吟聲，會擾亂袍澤們的心神，將所有人帶入萬劫不復。

雙方之間的距離拉近到了五十步，第三排羽箭再度落下。這次，明軍隊伍中因為受傷而停止前進者更多，一些位置甚至出現了空檔。

「啊，啊啊啊啊，呀呀呀呀——」

「啊，啊啊啊啊，呀呀呀呀——」

倭寇的叫嚷聲，因為興奮或者緊張而變了調。在他們對面，明軍依舊不發出任何聲音，彷彿全體都變成了石頭所做，只管順著山坡，繼續向下，向下，向下。

「嗖嗖嗖……」第四排羽箭騰空而起，同時，雙方之間的距離拉近到了三十步遠。這一回，對明軍的打擊更為沉重，除了第一排持盾者還能保持基本完整之外，其他兩排隊伍，都變得斷斷續續。然而，他們還是沒有發出任何聲音，只管繼續按照固定的速度向下，向下，向下。直到雙方之間的距離只剩下二十步，對面的弓箭足輕和徒步者，第四次將手中的竹弓拉滿。

「殺！」李如松猛然開口，厲聲斷喝！

「殺！」身前身後，上百聲齊聲以應。

宛若兩聲霹靂，震得天空中烏雲四散，震得山頭的樹木來回搖晃。弓箭足輕和徒步者們的心神剎那失守，羽箭脫離弓箭，遠一簇，近一簇，根本無法控制具體覆蓋區域。而明軍那邊，第三排將士手中的投槍，也緊跟著騰空而起。

借著山勢和人向前衝的慣性，投槍的威力和速度，都成倍增加。幾乎在眨眼之間，就掠過了十八步的距離，齊齊射進了倭寇隊伍，血光飛濺。

倭寇第一陣左右兩隊相接處，被撕開了一道足足兩丈寬的缺口。凡是被投槍射中者，無論身披重甲的武士，還是只有布衣護體的雜兵，結果都一模一樣。

銳利的槍鋒，將鐵甲，竹甲，皮甲、布衣，都直接捅穿，同時捅穿的，還有武士、足輕和徒步者的身體。將他們釘在血泊中，掙扎不得，只能用嘴巴發出絕望的哀嚎。個別倒楣蛋，甚至同時被兩支以上投槍命中，連哀嚎都來不及發出，就鮮血流盡，一命嗚呼！

「殺！」根本不給倭寇填補缺口的機會，大明將士，再度齊齊發出一聲怒喝。跟隨自家主將李如松一道，邁動雙腿，將速度瞬間提到極限。整個隊伍，宛若一塊巨大的岩石，從倭寇第一陣中央位置砸了進去，砸出一道猩紅色的血浪。

倭寇原本還算齊整的第一陣，在巨大的壓力下，迅速土崩瓦解。前面幾排倭寇紛紛向左右兩側閃避，任粟屋景雄與井上景貞二人如何努力，都無法止住他們潰退的腳步。而如巨石一般砸下來的明軍，速度卻絲毫不肯放慢，竟然繼續向前砸去，將中央和後方數排倭寇，也砸得血肉橫飛！

「頂住，給我頂住，正面頂住了，然後包圍他們！」足輕大將粟屋忠正氣急敗壞，親自帶領本部兵馬，衝向了李如松的帥旗。他沒指望自己能僥倖討取對方主帥的首級，但是，憑著經驗，卻堅信一旦主帥遇險，其他明軍將領，肯定會不顧一切前來相救。屆時，明軍的進攻節奏肯定會被打亂，自己只要撤得足夠及時，就性命無憂。

這個設想很完美，卻不幸高估了他自己的本領。看到有人衝向主帥，游擊將軍李有升帶領四名親兵，毫不猶豫衝出佇列。在高速跑動中，他們同時揮動手中鋼刀，直奔粟屋忠正頭頂。

「呀呀呀——」粟屋忠正習慣性地利用尖叫給自己助威，身體斜著竄出三尺遠，隨即揮動倭刀向側面橫掃。這是倭刀中著名的回身斬，最是出人不意。憑藉這招，粟屋忠正至少已經成功砍死了四位和自己名氣差不多的敵方武士，用他們的屍體，鋪成了自己的上升階梯。

然而，這一次，他的刀卻掃了空。從不喜歡玩花招的李有升，對粟屋忠正的花招視而不見。停步，擰身，鋼刀上撩，整個動作一氣呵成。「噹啷！」一聲，將粟屋忠正的兵器磕得倒飛而起。緊跟著又是一記力劈華山，將此人的身體劈成了血淋淋的兩半。

「粟屋大將死了！」

「粟屋大將陣亡了……」

跟過來的武士和足輕們愣了愣，尖叫著後退。李有升卻不肯放他們從容離去，帶著四名親信，尾隨掩殺，如同四隻猛虎，在驅趕一群綿羊！

「迂迴，迂迴過去！跟我來！攻擊他們側後方！」眼睜睜地看著心腹愛將的認旗被明軍砍倒，粟屋景雄氣得兩眼冒火。咬著牙揮動兵器，調整部署，準備利用兵力優勢，放棄正面，從明軍側翼和身後力挽狂瀾。

「迂迴，迂迴過去！跟我來！攻擊他們側後方！」井上景貞跟他心有靈犀，也果斷決定不跟李如松硬碰硬，而是從側面和後方先將其包圍，然後再群螞噬象。

二人齊心協力，隊伍迅速向中央合攏。眼看著就要大功告成，就在此時，山坡上固守的另外兩隊明軍，忽然同時發難。以迅雷不及掩耳之勢衝了下來，一支迎面擋住了井上貞景，另外一支，直撲粟屋景雄的將旗。

「壞了，又是圈套！」粟屋景雄激靈靈打了個哆嗦，立刻停住腳步。還沒等他想好該如何調整戰術，對面的那三百多位大明勇士，已經攻破了他麾下兵馬的前部。隨即像快刀切豆腐般，繼續朝前推進，眨眼間，已經距離他不足兩丈。

「救命——」粟屋景雄沒膽子跟對方交手，轉過身體，落荒而逃。他身邊的親信見狀，也紛紛拔腿逃命，整個隊伍如同積雪遇到了烈日，迅速分崩離析。

「弟兄們，跟我來——」見粟屋景雄的隊伍崩潰，張世爵、方時輝兩人，立刻帶領麾下弟兄，向戰場西側衝去，沿途凡是遇到躲避不及的倭寇，皆一刀砍成兩段。

原本對李如松實施的迂迴包抄計畫，徹底失敗。倭寇前軍第一陣左隊被明軍給趕了羊，沿著山坡西側倉皇逃命。而倭寇前軍第一陣右隊，也被遠少於自己的明軍，逼得節節敗退，根本騰不出手來，給予左隊任何支援。

「頂上去，頂上去！」位於前軍第二陣的立花宗茂、高橋統增兄弟和小早川秀包，同時做出決定，各自帶領麾下弟兄，去阻擋明軍的腳步。

他們首先遭遇的，是自家潰兵。被殺破了膽子的第一陣左右兩隊倭寇。後者尖叫著從山坡直衝而下，見到有人擋路，不由分說揮刀砍去，彷彿自家第二陣才是敵人，而身後追過來的，全是友軍。

倉促趕上前的立花宗茂、高橋統增兄弟和小早川秀包，哪裡想到友軍會「主動」充當敵軍先鋒？連調整戰術都來不及，就眼睜睜地看著各自麾下的爪牙，被砍得七零八落。而跟在第一陣潰兵身後的李如松，卻故意調整了進攻速度，堅決不肯追得太急，讓潰兵失去逃命希望。只管繼續逼迫他們為自己開路，逼迫他們，去跟前軍第二陣的倭寇自相殘殺！

倭寇前軍第二陣的群賊，先前就已經在明軍手中吃過大虧，士氣原本就不旺盛。發現自己所要援救的友軍，非但不肯領情，反而向自己揮刀，頓時士氣一瀉千里。果斷紛紛轉身，也加入了逃命隊伍，誰也不肯停下來自討苦吃。

「八嘎——」看到第一陣居然如此迅速就被明軍擊敗，第二陣也緊跟著分崩離析。而大批明軍，已經撲向了山坡西側，試圖從那裡撕開一道缺口，潰圍而走，倭寇前軍主帥小早川隆景被氣得怒火萬丈。先破口大罵了一句，隨即，親自帶著隊伍向前壓上，準備力挽狂瀾。

「來得好！」正在追亡逐北的李如松猛地停住了腳步，從親兵手裡搶過一支號角，奮力吹響。

「嗚嗚嗚，嗚嗚嗚，嗚嗚嗚———」龍吟般的號角聲，瞬間傳遍整個山坡。正在追殺粟屋景隆的李如柏，與其他幾位正在「試圖」突圍的明軍將領，聽到角聲之後，齊齊轉身。帶著身後的弟兄們，從不同位置和方向，殺奔小早川隆景的番旗。

「殺！」丟下號角，李如松再度帶隊沿著山坡直衝而下。

一個粟屋景雄，根本不值得他浪費這麼多精力。

他先前的所有謀劃，目標的都是倭寇的前軍主帥小早川隆景！

倭寇的前軍和後軍的銜接隊伍，是其第三番隊，主將名叫黑田長政。這支番隊在平壤就被明軍擊潰過一回，士氣低迷，人員不過半數，根本沒有可能及時衝上來為小早川隆景提供支援。相反，因為他們所處位置關係，卻會阻擋倭寇的後軍向前接應。

而戰場上的勝負關鍵，往往就在一瞬之間。

只要趁著倭寇後軍被黑田番隊絆住的機會，砍下小早川景隆的腦袋，或者將整個前軍衝垮。兩個時辰之內，倭寇就不可能再組織起下一場進攻。

而早春時節的白晝，雖然已經開始變長。一個半時辰之後，黑夜卻會如期降臨。沒有任何一支隊伍能在黑夜向山頂發起強攻，明軍人數再少，也能堅守到天明。

明天一早，楊元即便是爬，也該爬到了。八千步卒與山坡上的弟兄們裡應外合，迎戰六萬倭軍。誰笑到最後，未必可知！

[illegible]

[illegible]

第二十一章 勝負

「上に上がる（頂上去），ばか（笨蛋），おくびょう（膽小鬼）！」焦躁的咆哮聲，從對面不遠處傳來，讓李如松眉頭迅速皺緊。

抬眼望去，他看到立花氏的認旗之下，有一名身穿重甲倭軍將領，揮舞著一把倭刀逆潰兵而上，沿途不停地將倉皇逃命的武士和足輕剁翻在地。在此人身後，還跟著三十幾名身穿皮甲的倭寇，也不停地揮舞鋼刀，大肆屠戮，堅決不肯放一名潰兵從自己身邊通過。

潰兵們被殺得膽寒，不得不選擇繞路。而狹窄的地形，又限制了他們的活動範圍，令他們當中很多人不得不停住腳步。潰退的人流中部，立刻出現了一個巨大的疙瘩。並且這個疙瘩還越聚越大，隱隱已經開始減緩潰兵整體的逃命速度。

「有識，你去給我斬了他！」顧不上分辨那面認旗之下，是不是立花統虎本人。李如松鋼刀斜指，果斷命令。

「遵命！」游擊將軍高策高有識答應一聲，帶領十餘名親信衝出本陣，加速從潰退的倭寇當中殺開一條血路，直奔立花氏統虎的本隊認旗。

認旗下的倭將立刻顧不上再殺人立威，帶著身邊的親信呼喝迎戰。雙方的隊伍相對加速，碰撞，然後同時四分五裂。

倭寇人數雖然多，卻沒在碰撞中占到任何便宜。整個隊伍從中央向內凹進了一大塊，缺口處，斷肢碎肉落了滿地。

因為只帶了十幾名親信出陣，高策這邊，攻勢也無法繼續維持。只能揮舞著兵器朝四周亂砍，以免陷入倭寇的包圍之中，進退兩難。

「殺しました！」立花氏的認旗下，倭將安東常久喜出望外。向後退了幾步，從身後抽出一把重金購置的鐵炮，悄悄地瞄向游擊將軍高策的胸口。

周圍敵我雙方激戰正酣，人影不斷晃動，嚴重干擾了他的視線。但是，他卻非常耐心地尋找機會，不斷調整「炮口」，每一次調整，都比上次把握更大。

終於，一名武士被高策揮刀劈翻，安東常久眼前再無阻擋。他毫無猶豫地扣動扳機，銜口處燃燒的火繩快速下落，直奔引藥池……

「砰！」鐵炮聲響如霹靂，原本指向高策的槍口，卻忽然抬了起來，徑直地指向了天空。

「啊——」安東常久丟下鐵炮，雙手捂住胸口處的一根投矛，身體像喝醉了酒般跌跌撞撞，跌跌撞撞，終於，無力地栽倒。

「安東善右衛門——」

「安東旗本——」

「安東旗本被討取了！」

「安東……」

周圍的武士和足輕們大聲尖叫，士氣一落千丈。根本沒膽子去看那支投矛究竟從何而來，掉轉頭，加入潰兵隊伍，落荒而逃。

「多謝李大哥！」在閻王爺面前兜了一圈兒的高策側轉頭，朝著正衝過來幫忙的游擊將軍李有聲道謝。隨即，三步並做兩步衝到立花家的認旗下，一刀將旗杆斬為兩段。

「立花侍從的認旗倒了！」

「立花侍從被討取了！」

親眼看到立花統虎的認旗倒地，潰兵們心中愈發恐慌，尖叫著邁動一雙雙小短腿兒，使出吃奶的力氣加速奔逃。唯恐跑得太慢，步了立花統虎的後塵。

「八嘎！我沒有死，胡說！」正在努力試圖扭轉頹勢的立花統虎氣得七竅生煙，跳著腳大聲糾正。在倭寇當中，他六尺五寸的身高已經不算太矮，身上的甲冑也足夠醒目，但是，早已成為驚弓之鳥的潰兵們，哪裡肯顧得上觀察周圍實際情況？一個個只管繼續低著頭逃命，凡是遇到阻擋，要麼奮力推開，要麼揮刀砍翻於地。「豎旗，豎備用旗！」立花宗茂注十四的弟弟高橋統增急中生智，啞著嗓子在旁邊提議。

注十四：立花宗茂早年名叫立花統虎，所以大多數情況下，都稱為統虎。他本姓高橋，高橋統增是他親弟弟。這裡是古代漢尺，一尺大概是二十三公分。

這個提議，不可謂不及時。立花宗茂聞聽，立刻委任身邊的家臣小串成重擔任新的旗本，將立花家的認旗再度高高地套上了旗杆。

他原本以為，這樣可以凝聚人心，鼓舞士氣，進而安撫住潰兵，讓後者能夠停住腳步，與自己並肩作戰。誰料想，認旗剛剛豎起來，耳畔就聽到了一陣山崩地裂般的喊殺聲。慌忙抬頭細看，只見先前佯裝向西突圍的李如柏帶領三百大明勇士，像瘋虎般咆哮著朝自己撲了過來。沿途凡是有倭國武士和足輕試圖擋路，全都被他們直接撲倒在地，砍成肉醬。

「擋住，擋住他們！」立花宗茂嚇得亡魂大冒，顧不得責怪自家弟弟亂出主意，扯開嗓子大聲吩咐。

家臣青木直定不敢耽擱，帶領六百多名武士和足輕，硬著頭皮迎戰。才跟明軍剛剛發生接觸，隊伍的前三分之一處，就像鐵錘下的玻璃一般破碎。緊跟著，「裂紋」沿著隊伍向縱深擴散，擴散，眨眼間，整個隊伍分崩離析。

青木直定身上，挨了至少四刀，殘缺不全的屍體順著山坡滾出老遠。其麾下的武士和足輕，死得死，逃得逃，再也沒人上前阻擋明軍腳步。

「擋住，擋住他們！千葉君，木下君，長石左衛門！」在血淋淋的現實面前，立花宗茂瞬間就認清了形勢，一邊大聲呼喊家臣上前迎戰，一邊雙腿交替。果斷後退。再看其弟高橋統增，也不願意跟殺瘋了的明軍拚個玉石俱焚，竟然帶著身邊親信，以更快速度揚長而去。

被點了將的幾位家臣，不得不硬著頭皮上前迎戰，隨即，先後被明軍碾成了肉泥。忠心耿耿的小串成重，沒有接到立花宗茂的撤退命令，不願忍辱偷生。將手中認旗朝地上一戳，咬著牙舉起倭刀，朝著迎面殺過來的李如柏大聲咆哮，「死戰，死戰，我要與你一決生死——」

李如柏才沒功夫搭理這種小人物，邁開大步從他身邊不遠處直衝而過。跟在李如柏身側隊伍中的幾名弟兄同時揮刀，先亂刀將小串成重放翻在地，再亂刀砍碎了立花家的第二面認旗。

「立花侍從被討取了！」

「高橋統增也戰死了！」

「敗了，敗了……」

再一次看到立花家的認旗倒下，潰退中的倭寇們更是亡魂大冒。像羊群一般順著山坡，瘋狂逃竄，任誰前來阻擋，也阻擋不住。

「成了！」看到倭寇前軍的第一陣和第二陣已經徹底被趕了羊，而倭寇的後軍果然像自己預料那樣，沒法及時為前軍提供任何支援。李如松的心情不覺一鬆，目光越過一片黑壓壓的倭寇頭顱，直接看向小早川隆景的番旗。

六十步，再有六十步，他就能殺到小早川隆景的番旗之下。而他的二弟李如柏，心腹愛將張世爵，方時輝，查大受，距離那面番旗更近。只要大夥齊心協力，將那面番旗砍倒，無論能否陣斬小早川隆景，今天下午的作戰目標就已經全部達到。

然而，就在此時，小早川隆景的番旗之下，竟冒出了數縷青煙。緊跟著，爆豆子般的鳥銃聲，迅速響徹整個山坡。

正在倉皇後退的倭寇潰兵們，就像被冰雹打了的莊稼般，齊刷刷倒下了一整排。然而小早川景隆的番旗下，又有數百支「鐵炮」瞄準了其他潰兵，再度噴出噴煙冒火，「砰砰砰，砰砰砰，砰砰砰……」

「壞了，要糟！」當第一輪鳥銃聲傳入耳朵，李如松的心臟就迅速抽緊。

他成功判斷了倭寇前軍第一陣和第二陣的戰鬥力，判斷了倭寇黑田番隊的反應，判斷了明軍從發起反擊至殺到倭寇前軍主將小早川隆景面前的時間，甚至成功打出了一波倒卷珠簾。然而，他卻萬萬沒有想到，小早川隆景如此兇殘，居然直接安排鳥銃手對著潰退中的倭寇開火！

由於至少還隔著三十多步距離，並且中間還有大量的倭寇潰兵做肉盾，並沒有大明將士被鳥銃所傷。然而，隨著第二輪齊射聲響起，所有正在倉皇撤退的倭寇，都被嚇得愣在了原地。沒有任何倭寇敢繼續衝擊小早川隆景的本陣，也沒有任何倭寇敢轉身迎戰明軍。他們像待宰的豬羊一般互相推搡著，擁擠著，哭喊著，在明軍和自家鐵炮手之間擠成一堵又寬又厚的肉牆，任追過來的大明將士如何揮刀砍殺，都無法再將這面肉牆再朝前推動分毫。

「砰砰砰，砰砰砰，砰砰……」第三輪鳥銃射擊聲響起，依舊是打在倭寇自己人身上，將剛剛形成的「肉牆」，打得變薄了整整一層。

肉牆下，屍橫遍地，血流成河。而倭寇前軍主將小早川隆景卻對自己人傷亡視而不見，果斷扯開嗓子，吩咐剛剛裝填完畢的第一排鐵炮手，上前準備開始第四輪射擊。

不光是明軍那邊，有將士在戰鬥中快速成長，倭寇這邊，很多大名和武士也不再像先前那樣坐井觀天。他們早就在戰鬥中發現，明軍遠比他們以往接觸過的任何對手都要強悍。他們毫不猶豫地就做出了決定，取明軍之長，補自己之短。

倭國鑄造技術遠不如大明發達，短時間內，不可能像明軍那樣裝備大量的火炮。但是，明軍在以往戰鬥中採取的一些優秀戰術，學習起來卻比裝備火炮簡單。特別是鳥銃三輪疊擊戰術，對於麾下本身就擁有大量鐵炮足輕的小早川隆景來說，就是一層窗紙，只要肯花費時間和精力去揣摩，捅破它毫無難度。

更何況，大明從來不喜歡藏私。各種兵書戰策賣得滿大街都是，包括戚繼光總結與倭寇作戰經驗而寫成的《紀效新書》，對倭國各位大名來說也是唾手可得。而那些瘋狂追逐高額紅利的大明東南沿海走私商人，更是對倭國貴族有求必應。

「砰砰砰，砰砰砰，砰砰……」第四輪齊射，很快就響起。打完了鉛彈的鐵炮足輕端著鐵炮，迅速後退。剛剛裝填完畢的第二排鐵炮足輕向前推進，與退下來的同夥交叉換位，然後迅速下蹲，用肩膀頂住鐵炮的木柄，將「炮身」端成一條直線。

「肉牆」以肉眼可見的速度，又薄了一層，被嚇呆的倭寇潰兵們，忽然就恢復了清醒，一簇接一簇，尖叫著轉身。

他們身後的明軍雖然兇猛，人數卻少，不可能在極短的時間內，將他們全部殺死。而他們面前的自己人，卻可能憑藉上千桿鐵炮的輪番射擊，將他們迅速屠戮一空。

「吹角，通知所有人，後隊變前軍，梯次後撤！」不待倭寇的潰兵反撲到近前，李如松就果斷決定放棄。

明軍先前的優勢，完全建立在速度上。只要攻擊速度不放緩，就能推著倭寇的潰兵去衝擊倭寇前軍的本陣。而一旦明軍無法再繼續向前推進，人數方面的劣勢就會立刻顯現出來。大夥如果不及時撤回山坡上狹窄處，很容易就會落入倭寇的團團包圍之中，然後被倭寇用絕對優勢的兵力，生生將體力耗盡。

「嗚嗚嗚，嗚嗚嗚，嗚嗚嗚……」高亢的畫角聲響徹天地，迅速將主帥的意志，傳入所有將領的耳朵。

作為隊伍後陣將的佟鶴年果斷轉身，帶領周圍的弟兄掉頭回殺。左右兩翼，祖承訓和查大受也雙雙回頭，帶領各自僅剩的嫡系驅趕臨近的倭寇殘兵，保證全軍回撤的通道。而位於中央的李如松本人，卻沒有立刻帶領本陣後退，而是一邊調遣將士，為過於突前的李如柏、高有時等將領提供接應，一邊將退到自己身邊的弟兄們，組成了一個修長的雙頭錐形。

「三才陣？」依舊跟李如松隔著有五、六十步遠的小早川隆景愣了愣，雙眼中瞬間冒出兩道凶光。

戚少保的《紀效新書》，一直被他反覆拜讀揣摩。裡邊關於大小三才陣的介紹，他也早就倒背如流。知道這兩種陣型進可攻，退可守，在戰場上極為實用。當然，也知道這兩種陣型的最大缺陷，並且早就琢磨出一套未經驗證的破解之策。

「德壽丸，快將鐵炮足輕壓上去，壓上去，用鐵炮轟碎明軍的大陣！」曾經被李如松殺得夾著尾巴逃命的小早川秀包忽然湊到番旗下，瞪著一雙通紅的眼睛大聲請求。

他是小早川隆景的幼弟，向來受自家哥哥寵信。然而，此時此刻，他的建議，卻只換回了小早川隆景的一頓痛罵，「笨蛋，先前你跟李如松交戰時，又不是沒投入過鐵炮足輕。能轟穿擋在最周邊那些盾牌嗎？一旦鐵炮足輕也遭到反擊而潰退下來，我拿什麼阻止他們？」

「是，哥哥教訓的是。我錯了，我知道錯了！」小早川秀包被罵了一個狗血噴頭，卻無法不躬身認錯。

明軍三才陣的最周邊，豎著整整一層盾牌。雖然那些盾牌是用樹枝粗製濫造，表面連樹皮都沒有剝乾淨，但無論對付鐵炮，還是竹弓，效果都出奇的好。

而明軍向來不會光挨打不還手，軍陣內部，肯定會隱藏著一定數量的投矛兵或者弓箭兵。只要他們瞅準機會發起反擊，絕對能給鐵炮足輕造成重大傷亡，甚至將後者直接殺得掉頭逃命。

「他們的人，實在太少了。李如松剛才，也過於托大！」作為一個合格的兄長，小早川隆景指出了自家幼弟的錯誤，隨即就給出了正確答案，「三才陣可攻可守，威力巨大。但想要長時間維持陣型，卻極其消耗參戰者的精力和體力。我軍不必急著攻破他們的三才陣，只需要不惜代價從兩側迂迴過去，阻擋他們退回山頂就行了。即便擋不住，只要能拖緩他們的腳步，也可以穩操勝券。」

「明白！我這就帶人從側面迂迴攻擊他身後！」小早川秀包恍然大悟，大叫一聲，轉身就要親自領兵發起衝鋒。雙腳才開始挪動，小早川隆景的話卻又從他背後傳了過來，「且慢，你發起攻擊之前，先派人去通知粟屋四郎兵衛和立花侍從統虎，告訴他們，務必竭盡全力。只有今日砍下李如松首級，我軍才能保住漢城。如果今日以二十餘倍兵力，仍舊被李如松走脫，我等日後非但難以在朝鮮立足，回到日本，也休想再保住眼下的職位和封土。」

「是！」小早川秀包愣了愣，額頭上冷汗滾滾。

正所謂自家人明白自家事，小早川秀包知道，其兄小早川隆景的話，絕非危言聳聽。

此戰倭軍出動的總兵力，實際上遠不止李如松判斷的六萬，而是高達八萬三千。而被困在碧蹄館的明軍，卻最多不超過四千。以八萬三千圍攻四千，攻了兩天都沒能拿下，已經足夠打擊領軍將領的威望和武士、足輕們的士氣。如果再讓李如松成功堅持到援兵趕至，潰圍而去，此戰之後，除非經過長時間修整，否則倭軍上下都會失去跟成建制明軍一戰的勇氣，不管對方人數是一個局還是一個營。

更可怕的是，萬一倭軍被趕出朝鮮，關白豐臣秀吉的威望，必將一落千丈。那些先前被豐臣秀吉強行壓服的大名，肯定會趁機起兵，再次對他發起挑戰。屆時，他們這些人當中，越是受豐臣秀吉器重者，所面臨的情況就越危險。

「傳令給石田治部少府三成，要他也帶著麾下的武士和足輕壓上去，不要再帶徒步者。徒步者的作用還不如潰兵。」

「傳令給佐助侍從義宣……」

「傳令……」

來不及目送自家弟弟的身影去遠，小早川隆景將一道道命令像流水般傳了下去，調動前軍除了自己的旗本隊之外所有兵馬，一道驅趕潰兵掉頭反撲。

已經被李如松再一次擊敗的潰兵們，正如潮水般快步後撤。迎面卻又遇到了一排排血淋淋的倭刀。被迎頭砍翻了數十個之後，不得不第二次掉頭撲向明軍。

而明軍倉促擺出來的三才陣，卻如同海畔的礁石般。轉眼間，就將撲上來的倭寇隊伍給撞了個粉碎。然後按照低沉的盾牌敲擊聲，緩緩退向出發點。速度雖然慢，卻從不出現任何停滯。

「牧野三郎兵衛，伊藤六左衛門，金森右兵衛，里見丹泉守，你們四個，給我纏住對面這支明軍。其他人，跟我繞過去，繞到明軍身後。」

「遵命！」被他點到名字的四位家臣，也知道此戰著實輸不起。答應一聲，各自帶領數百名武士和足輕出陣，直撲守在明軍本陣右翼的祖承訓。

此時此刻，祖承訓麾下的戰兵只剩下了兩百五十餘人，雖然個個悍不畏死，可擋不住衝上來的倭寇實在太多，一時間，竟被對手死死纏住，無暇再分神他顧。

而小早川秀包要的就是這種效果，帶領麾下其餘武士和足輕，從家臣牧野三郎兵衛等人身後直衝而過。不參與對祖承訓部的圍攻，只管以最快速度向李如松的本陣後方迂迴。

「該死！」明軍的後陣將佟鶴年原本已經帶領麾下弟兄們退出了一段距離，發現祖承訓已經不能阻擋倭寇通過，只好又掉頭殺了下來。

「道をあける！（讓路）」欺負佟鶴年身邊兵少，剛剛繞過祖承訓防線的小早川氏家臣仙石安房吶喊著衝上前，試圖強行衝散明軍的阻截。其身後武士和足輕們，也各自揮舞著倭刀和長矛，嘴裡發出一串串鬼哭狼嚎，「とつげき！」

「去死！」佟鶴年雖然看起來只有二十出頭，卻早已身經百戰。見衝過來的倭寇頭仙石安房位置過於突前，立刻毫不猶豫地端起手中長槍，搶先一步，直刺此人胸口。

「呀呀呀——」仙石安房大叫著側身，躲開槍鋒，跨步斜向揮刀，試圖斬斷佟鶴年的手臂。跨出去的左腳還沒等落地，眼前忽然一花。明明已經被他躲開的槍鋒，居然又橫著抽了過來。

「啪！」再想躲避，已經來不及。精鋼打造的槍頭重重地抽在了仙石安房下巴處，將此人的半邊臉抽得飛了出去，血流滿地。

「呵——呵，呵，呵……」喉管被槍鋒抽斷的仙石安房忽然丟下倭刀，在原地轉起了圈子，呼吸聲時斷時續。跟在佟鶴年身邊的親兵毫不猶豫地舉刀，將其砍翻在地，然後又是一刀，砍掉了此人的頭顱。

「呀——」目睹自家將領一招被陣斬，原本還打算仗著人多欺負人少的武士和足輕們，吶喊聲立刻變了調。紛紛放緩速度，左顧右盼。

佟鶴年哪裡肯給他們等待支援的機會，一抖長槍，帶領弟兄們列陣殺上。很快，就將這批率先迂迴過來的倭寇，殺得節節敗退。連帶著將小早川秀包也給堵在了半山腰，讓後者短時間內，無法給李如松造成任何干擾。

「殺倭寇，殺倭寇！」發現自己這邊的缺口被堵死，祖承訓心頭的壓力大減。立刻揮舞著兵器，率部對倭寇發起了反攻。

小早川氏的家臣牧野三郎兵衛咆哮著上前發起挑戰，被他一招砍翻在地。另一名小早川氏的家臣帶隊從他的側翼發起攻擊，被他先用虛招騙到近前，然後帶領親兵亂刃分屍。金森右兵衛和里見丹泉守兩人看到祖承訓如此兇猛，嚇得兩腿發軟，果斷將身體縮進自家隊伍深處，只驅策麾下武士和足輕不斷上前補位，堅決不再試圖斬將奪旗。

「殺倭寇，殺倭寇！」祖承訓大叫著帶領弟兄們，不斷向周圍的倭寇發起反擊。但是，在金森右兵衛和里見丹泉守兩名家臣的組織下，倭寇被砍翻了一排又一排，卻始終沒有崩潰。而趁著祖承訓及其麾下弟兄被死死纏住的機會，明軍曾經的手下敗將，築紫廣門、吉川廣家，也帶著四千多倭寇，從這一側相繼繞路而過。與小早川秀包一道，圍攻佟鶴年和明軍的後陣。

佟鶴年麾下只有幾百弟兄，能擋住小早川秀包的本陣，已經是奇蹟。再遭到築紫廣門和吉川廣家等倭寇的聯手圍攻，立刻開始應對不暇。

而明軍的左翼，查大受那邊，也是險象迭生。非但立花統虎，高橋統增兄弟倆，重新整頓殘兵又上前跟他糾纏，先前落荒而逃的粟屋景雄，也看到便宜，趁著他忙於阻擋立花統虎和高橋統增兄弟聯手進攻的機會，快速迂迴過左翼，繞向了明軍本陣之後。

這下，明軍本陣所面臨的壓力，陡然增加了數倍。李如松非但要應對小早川隆景從正面發起的一輪輪攻擊，同時還得分心兼顧大夥的身側和身後。好在李如柏、方時輝、王問、高策和李有升等將，此刻都已經撤回了本陣。所以大夥分頭帶兵去阻擋一面兒，倒也能維持大三才陣不被倭寇衝破。

然而，隨著迂迴到側翼和身後的倭寇越來越多，三才陣的回撤速度，變得越來越慢。總計加起來才不過六、七百步的距離，忽然間就變得比北京還遙遠。大明將士揮動著盾牌和兵器呼喝酣戰，將撲上來的倭寇像拍螞蚱般一層層拍死。卻始終無法擺脫倭寇的包圍，甚至連繼續挪動腳步，都變得無比艱難。

「殺李如松，不要放走了他！」先前亂做一團的第三番隊，終於在黑田長政的指揮下趕了過來。雖然因為地形的限制，無法投入戰鬥，卻使出吃奶的力氣，為前軍吶喊助威。

「嗚嗚嗚，嗚嗚嗚，嗚嗚嗚……」沒有第三番隊擋路，倭寇的後軍，也在宇喜多秀家的指揮下，大舉前壓。知道地形狹窄，不利於兵馬展開，老謀深算的宇喜多秀家果斷作出決定，命令石田三成、增田長盛、大谷吉繼、加藤光泰、前野長康等倭將，各自只帶領麾下最精銳武士上前偷襲。不求能迅速撕碎李如松布下的大三才陣，只求能給陣中的明軍製造殺傷。

這個戰術極為惡毒，非但令明軍的傷亡急劇增加，並且嚴重干擾了大三才陣的正常運轉。很快，明軍的正面，兩翼和背後，就都有空檔露了出來。

「殺李如松——」被明軍擊敗了不止一回的井上景貞看見便宜，帶領著三十多名武士，忽然向明軍的帥旗下發起了偷襲。

「殺倭寇！」一直在全神戒備的李有升，豈肯讓倭寇得逞？毫不猶豫地上帶領親兵上前補位，用撿來的倭刀死死擋住井上景貞等人的去路。

他身高八尺五寸，才六尺高的井上景貞跟他比起來，就像一隻猢猻。雙方剛一接觸，勝負就立刻分明。後者連續兩次被擊得倒退著跌倒，全憑身邊武士死命保護，才得以苟延殘喘。

不敢再賭第三次也會如此幸運，井上景貞轉過身，撒腿兒就跑。經驗豐富的李有升正愁無法幫助主帥擺脫倭寇的糾纏，果斷邁開大步追了上去，準備與身邊的親兵們一道，再給倭寇來一個倒卷珠簾！

「砰——」一聲沉悶的槍響，忽然傳入了所有親兵的耳朵。

故意沒有將井上景貞殺死，只是逼著此人倉皇逃命的李有升愣了愣，胸口冒出一股血，圓睜著雙眼栽倒。

「砰，砰，砰，砰……」鳥銃聲，此起彼伏。一直在努力尋找機會的小早川隆景，再一次將麾下鐵炮手全都派了出來。不像常規那樣對明軍齊射，而是由鐵炮手們自行尋找目標，展開偷襲！

「有升！」李如松的身體也晃了晃，淚落如雨。然而，卻無法對李有升和剛剛出陣的十幾名親兵做出任何救援，眼睜睜地看著他們，被倭寇的鐵炮手射倒，然後被李有升的手下敗將井上景貞帶領倭寇砍成肉泥。

「砰——，砰——」鳥銃聲，時斷時續。如同冰雹般，砸向明軍的大三才陣。

儘管大三才陣的周邊，有盾牌保護，但是在如此密集且毫無規律偷襲下，依舊不停地有弟兄中彈倒地。而發現明軍大陣已經岌岌可危，周圍的倭寇士氣高漲，瘋狂喊叫著，發起一波波攻擊，如同海浪撲向一隻孤舟！

「全軍壓上，殺李如松者，封一大城，賞糧十萬石！」見到時機已經徹底成熟，小早川隆景獰笑著發起總攻命令。

「全軍壓上，殺李如松者，封一大城，賞糧十萬石！」

「全軍壓上，殺李如松者，封一大城，賞糧十萬石！」

周圍的親信們，用盡全身力氣，將賞格一遍遍重複。

「殺李如松——」

「殺李如松——」

「殺李如松啊——」

眾倭聞聽，立刻像見了血的瘋狗般，瘋狂撲上。唯恐落於同夥之後，無法分到一片血肉！

「殺李如松！」一群瘋狗般的武士當中，小野成幸的身影，顯得格外清晰。

南京燒糧失敗，截殺祖承訓失敗，搶奪大明太祖賜給初代李氏朝鮮國王的金印失敗，讓他幾乎成了武士之恥。每天都受到別人的嘲笑，連同自家身邊親信，都對他陽奉陰違。

如果今日能用明軍主帥之血洗刷恥辱，非但會令所有曾經瞧不起他的人自己打自己嘴巴，也能讓他從一介游勢頭目，變成一城之守，進而帶著整個家族雞犬升天。

他已經輸無可輸！

他必須搏一次！

輸了，不過是丟掉一條命。

而贏了，就平步青雲！

懷著跟小野成幸相似目的的武士，不止他一個。在倭寇們的瘋狂攻擊下，李如松身邊的親兵越來越少，大三才陣也越來越淡薄。

「殺李如松！」用肩膀撞開身邊的同夥，小野成幸終於搶到了一個距離李如松最近，最有利位置。

李如松身邊已經沒有了親兵，李如松本人已經筋疲力竭，明軍的帥旗搖搖欲墜，明軍的大三才陣已經被撕成了幾大塊，彼此不能相顧。

「殺——」小野成幸集中全身力氣，高高地舉起了倭刀。

「當——」一支投槍，卻凌空而至，將他的美夢射了個粉碎。

左手捂住被投槍洞穿的右側肩膀，他愣愣的扭頭，恰看見一個熟悉的面孔，騎著高頭大馬，從側面衝了過來。手中大鐵劍左右翻飛，所過之處，竟無一合之敵。

「又是他！」所有勇氣，瞬間從小野成幸身上溜走。顧不上請屬下幫忙拔掉肩膀上的投槍，他轉過身，落荒而逃。

才逃出三五步，「嗖——」，又一支羽箭飛來，直接貫穿了他的脖頸！

第二十二章　危機

「呵，呵，呵呵，呵，呵，呵，呵呵呵呵……」小野成幸單手捂住脖頸，拚命呼吸，卻無法讓空氣再吸入自己的胸腔。

血，很快就堵住了他的氣管兒。身體，也不再受他的控制。然而，他的身體卻無法立刻栽倒，被肩窩處的投矛斜撐著，抽搐成了一隻蝦米。然後以投矛與地面的接觸點為圓心，不停地旋轉，旋轉，旋轉……

彌留之際，他再次看到了自己的老對手李彤。

後者的面孔，依舊像當初在南京時那般稚嫩。但是，後者的身手，卻比在南京跟他初次交鋒那會兒，提高了數倍。

後者跟身邊弟兄們的配合嫻熟程度，也比跟他初次交手那時，提高了數倍。後者一邊揮舞著把巨大的鐵劍四下砍殺，一邊還沒忘記觀察周圍對手的情況，總能找到一個薄弱點，帶著身邊弟兄進入，眨眼間，就已經進到了李如松的帥旗之下，將所有對明軍主帥李如松的直接威脅，都隔離在外。

後者成長太快了，短短半年時間，就從一個公子哥，成長為一名合格的將領。而倭國這邊，同樣年輕的武士，卻根本找不到任何機會出頭。

忽然間，小野成幸很後悔。

然而，一切都為時已晚。黑暗和寒冷，迅速將他的靈魂吞沒。背靠著投矛，縮蜷著的身體，終於停住了轉動，在晚風的吹動下，白煙繚繞。

「你帶著鳥銃手留下保護大帥，其他人，跟我來！」根本沒有注意到，自己先前發出那支投矛射中的是老對手小野成幸，更沒功夫去想，殺死倭將的功勞該算在李如梅頭上還是該記給自己。策馬在大三才陣與倭寇之間直接衝出了一條通道的李彤，扭頭對劉繼業吩咐了一句，隨即撥轉坐騎，鐵劍直指距離自己最近的一面認旗。

「放心！」劉繼業毫不猶豫地跳下戰馬，單手從懷中掏出一支銅哨，奮力吹響，「吱——」

數十名剛剛策馬衝過來的選鋒營弟兄，果斷地翻身而下。每個人手中的鋼鞭都奮力往地上一插，立刻就變成一個倒立的十字支架。隨即，每個人從馬鞍後拉出鳥銃，行雲流水般架在鋼鞭上，黑洞洞的銃口一致朝著倭寇方向，隨時準備噴吐出死亡之焰。

正對銃口位置的倭寇，本能地向後躲閃，誰也不願意成為別人的肉盾。明軍正面所承受壓力瞬間歸零，尚未倒下的弟兄們迅速向李如松的帥旗靠攏，轉眼間，一個縮小版的三才陣，又再次成形。

「鐵炮，鐵炮手，上前轟垮他們！」眼看著馬上就要到手的不世之功，忽然化作泡影。小早川隆景氣急敗壞，揮舞著倭刀，吩咐周圍旗本隊的鐵炮手們與明軍展開對轟。

眾鐵炮手先前奉他的命令自行尋找目標擊殺大明將士，站的位置極為分散，一時半會兒，哪裡可能集中得起來？而就在此時，與李彤出現的同一方位，又一隊大明騎兵策馬殺至。帶隊的游擊將軍張維善輕輕一撥馬頭，衝向倭國兵將，手中鋼鞭帶起一團寒風。

「砰！」一名躲閃不及的武士，被砸得倒飛而起，紅紅白白四下飛濺。而張維善手中的鋼鞭竟然餘勢未衰，借著戰馬的速度繼續向前砸去，接連又將兩名足輕砸得筋斷骨折。

在強大的衝擊力作用下，倭寇的隊伍四分五裂。跟在張維善身後的張樹、顧君恩等人，也揮舞著兵器長驅直入。兩百餘騎兵在狂奔中分成三隊，就像三把巨大的犁鏵，在倭寇的隊伍內犁開三條又寬又長的血色溝壟。

「乒，乒，乒……」終於有倭寇鐵炮手對騎兵展開了偷襲，然而原本就缺乏準頭的鐵炮在不結陣齊射的情況下，對上快速移動的騎兵，效果微乎其微。

「殺鳥銃手，不給他們裝填機會！」剛剛解決掉一名倭國將領的李彤，猛地扭過頭，朝著身邊的弟兄們大聲提醒。

「殺鳥銃手，不給裝填機會！」

「殺鳥銃手，不給他們放第二銃的機會！」

「殺……」

李盛、張重生等人扯開嗓子，將命令傳播開去。很快，眾騎兵就改變了戰術，不急於砍殺倭寇中的武士，看到手持鳥銃的足輕，則列為第一擊殺目標。

先前自行尋找目標的戰術給鐵炮足輕帶來了多大好處，如今他們就得付出多大的代價。鳥銃在遠距離上準頭欠佳和裝填緩慢的弱點，在發了狂的騎兵面前，暴露得淋漓盡致。轉眼間，就有超過一百名倭寇鐵炮足輕被砍翻，剩下的不敢留在原地等死，拖著兵器，掉頭鑽向了同夥身後。

那些倭寇同夥，也不願意面對高速縱橫的騎兵，一個個尖叫著倉皇閃避。而李彤和張維善兩個，卻不趁機追殺。給三才陣正面衝出一段緩衝地帶之後，立刻雙雙策馬轉身，分別帶隊撲向了左右兩翼。

左右兩翼，查大受和祖承訓兩個及二人所部兄弟，原本被倭寇以優勢兵力纏得死死，既無法阻擋敵軍向三才陣背後迂迴，又無法為三才陣提供任何支援。一個個，雙眼中全是絕望。忽然間，看到有自己的騎兵殺到，雖然逆著山勢，速度無法太快，卻如火光般，將他們心頭的火光重新點燃。

「殺——」祖承訓大吼一聲，揮動半截長矛向面前的武士砸去，將對方倭刀砸得火星亂濺。趁著對方被砸得步履虛浮的機會，他猛地向前跨步，帶著精銅護板的肩膀化作一支鐵杵，重重地撞上另外一名武士的胸口。

被撞中的武士嘴裡噴出一口血，踉蹌栽倒。借著對方身體的反衝之力，祖承訓停步，旋身，手中半截長矛化作一條毒蛇，猛地點向了第一名對手的脖頸。

「當！」那名武士身手也算敏捷，在電光石火間豎起倭刀，死死擋住了點向自己的槍鋒。然而，祖承訓的殺招卻根本不在半截長槍上，猛地抬起左腳，來了一記撩陰腿，將此人踢得仰面朝天栽倒，雙手抱著會陰處來回翻滾。

周圍的其餘武士和足輕，齊齊覺得襠部發緊。而祖承訓卻腳步不停，揮舞著斷槍奔向下一名武士，一邊朝著對方亂刺，一邊高聲叫喊：「殺，李小哥又來救咱們了。大夥千萬別讓他看了笑話！」

「殺——」早已筋疲力竭的弟兄們，紅著臉振作起精神，跟在他身後左衝右突。將倭寇用重兵組建的囚籠，撞得搖搖欲墜。

「嗚嗚，嗚嗚，嗚嗚——！」武將的認旗下，有人吹響海螺，調整部署。試圖調集起更多的人手，阻擋祖承訓突破重圍。

率部衝到近前的李彤見狀，毫不猶豫將大鐵劍交在左手，右手迅速從背後扯起一支投槍，循著聲音的來源處，奮力猛擲。

「呼——」投槍掠過十五步距離，調頭扎在小早川氏的家臣金森右兵衛腳旁，帶起了一串紅色軟泥。金森右兵衛死裡逃生，嚇得臉色慘白，不敢繼續留在原地當靶子，撒腿就跑。

他不跑，目標還不明顯。一跑，立刻讓李盛和張重生等人，全都知道了該優先攻擊哪一處。

「呼——」「呼——」「呼——」十幾桿投矛，同時凌空而至，轉眼間，就將剛剛邁開雙腿的金森右兵衛，釘成了一面篩子！

「嗡——」像蒼蠅般，金森右兵衛身邊的倭寇一哄而散。誰也沒膽子留在原地，成為下一輪投槍的靶子。

擋在祖承訓面前的阻礙，迅速變得單薄。前鋒營將士見狀，雖然不知道被幹掉的倭寇將領姓什名誰，士氣卻又陡然提高了一大截。大家夥兒咆哮著揮舞兵器，向敵軍發起了新一輪反攻。轉眼間，就將倭寇的陣列撕開了一條缺口。

「殺——」李彤帶領身後的選鋒營騎兵，從外向內，衝向缺口處。手中大鐵劍揮舞如飛，每次必拍一名倭寇倒地。

跟在他身後的弟兄們從鴨綠江一直打到碧蹄館，早就知道倭寇是什麼斤兩。也紛紛使出看家本領，用鐵鐧、狼牙棒、鋼鞭朝倭寇頭上招呼。打得後者連連後退，叫苦不迭。

「擋住他們，擋住他們——」眼睜睜地看著李彤所率領的騎兵，馬上就要跟祖承訓所率領的步兵彙聚在一處，小早川氏的家臣里見忠政大急，紅著眼揮舞倭刀，逼迫麾下的武士用身體去填補缺口。

在他的嚴厲逼迫下，十幾名武士的足輕，結伴從側面衝向了李彤。準備憑藉人數優勢，阻擋對方的腳步。然而，還沒等他們靠近李彤的坐騎，千總李盛已經加速迎上，手中長槍一擺一掃，如同巨蟒般，將衝在最前方的武士砸翻在地，大口大口地吐血。

倭寇臨時組成的小陣從中央處一分為二，武士和足輕們失去配合，各自為戰。因為戰馬速度放緩的緣故，李盛沒有直接衝過，而是舞動長槍，繼續追著另外一名武士猛砸。臨近三名足輕看到機會，一擁而上，揮刀直奔他的兩條大腿。

「砰！」李彤毫不猶豫揮動大鐵劍，替李盛解決了來自左側的威脅。張重生手持鐵矛，將另外兩名足輕齊齊攔下，不准他們再向李盛靠近半步。得到支援的李盛，將槍纓舞成了一團牡丹。晃得對手兩眼發花，脖頸處空門大露。

迅速將槍桿前推，牡丹花的「花蕊」化作一道閃電，刺入武士的梗嗓。還沒等他尋找好下一個目標，李彤已經從他身邊越過，手中大鐵劍再度發出巨響，將一名武士的頭盔連同頭盔下的腦袋直接拍了個稀爛。

「殺倭寇！」跟過來的大明勇士揮舞兵器，將剩餘幾名武士和足輕淹沒。從頭到尾，沒給他們任何還手之機。周圍原本就心懷忐忑的其餘倭寇，見到自家同夥兒連個「泡兒」都沒冒起來，就全都變成了肉泥。愈發嚇得脊背發涼，一個個叫喊得甭提多大聲，卻誰都不肯繼續上前阻擋騎兵的去路。

「殺倭寇！」祖承訓揮舞著半截長槍，將面前的缺口不斷擴大。他麾下的弟兄們蜂擁而出，與急衝過來的選鋒營騎兵，迅速彙聚在了一處。沒時間跟祖承訓寒暄，李彤朝著對方點了下頭，緊跟著，就策馬衝向了下一面倭寇的認旗。

「擋住他，擋住他，快快地攔住他！」認旗下，小早川氏的家臣里見忠政欲哭無淚，一邊快速將身體往手下人身後藏，一邊啞著嗓子命令武士和足輕去跟李彤拚命。

然而，親眼看到李彤用大號鐵劍，像拍黃瓜般將攔路者挨個拍得稀爛，眾武士和足輕誰還有膽子主動上前找死？紛紛尖叫著左躲右閃，反倒令里見忠政的身影，暴露得愈發清晰。

聽見來自身後的馬蹄聲越來越近，里見忠政徹底絕望。咬著牙轉過身體，舉刀擺出一個迎戰的姿勢。「在下小早川氏家臣……」李彤已經能聽得懂幾句日語，卻不屑與對方通報名姓。見此人居然敢正面阻擋戰馬，不由得將胳膊上的力氣提高到了最大。手中鐵劍在馬頭前颳起一陣寒風，「噹啷」一聲，將倭刀砸成了數段。緊跟著，又借著慣性繼續下落，將里見忠政的身體拍矮了半截！

周圍的倭寇四散奔逃，誰也沒勇氣去搶奪里見忠政的屍體，更鼓不起勇氣替此人報仇。所有對明軍右翼的威脅，迅速消失。祖承訓朝著李彤的背影抱了一下拳，彎腰從地上撿了一把倭刀在手，帶領麾下弟兄迅速向主陣靠攏。

選鋒營的騎兵們，也放棄了追殺周圍的殘寇。策馬跟在李彤身後，去解決大軍後陣的威脅。因為山坡越來越陡峭，他們胯下坐騎的速度不斷減慢。但憑藉戰馬的高度與彼此之間的默契配合，依舊可以穩穩占據上風。

「砰！」遠處忽然傳來一聲槍響，緊跟著，有股熱風貼著李彤的頭盔邊緣急掠而過。「被鳥銃瞄上了！」心中警訊陡起，他將身體迅速向另外一側下墜，單腿同時緊緊勾住了馬鞍。

「砰砰，砰砰，砰砰……」又是數聲鳥銃轟響，更多的鉛彈貼著他的大腿掠過，在他身後濺起兩團紅霧。

跟在他身後的兩名親兵不幸中彈，慘叫著栽下了坐騎。其餘的弟兄以為主帥也已經蒙難，頓時全都紅了眼睛。策動坐騎迎著鳥銃射擊方向衝了過去，將沿途倭寇殺了個血流成河。

「沒事兒，我沒事兒！」李彤將身體貼在戰馬身側，向著李盛和張重生二人示意。隨即，任由坐騎帶著自己，跟在了前衝的隊伍之後。四十餘步外，偷襲「得手」的小早川秀包，見選鋒營的騎兵不顧一切向自己衝來，非但不閃不避，反倒帶著最後幾名家臣獰笑著上前迎戰。

「投矛準備！」因為戰馬的速度已經與人徒步不相上下，李彤光用耳朵，就能從容地判斷出偷襲者的動向。確定後者沒有逃走，而是選擇了迎戰，他果斷向大夥下達了命令！

「啊——」弟兄們習慣性地選擇了服從，隨即，扭過頭，一個個喜出望外。向大夥兒眨了下眼睛，李彤猛地從戰馬身側起身，順勢將最後一根投矛，高高地舉過了頭頂。

「呀——」被二十步外忽然重新出現的李彤，嚇了一大跳。小早川秀包本能地橫著跳出了半丈遠。這個動作，在關鍵時刻救了他的命。李彤擲出的投矛落在了他原先站立處，濺起一串火星。緊跟著，二十多桿投矛也相繼飛至，將躲避不及的兩名家臣，扎成了血淋淋的肉串兒！

「殺倭寇！」一擊得手，李彤立刻跳下坐騎，雙手揮舞著大鐵劍，徒步衝向幾名正努力裝填彈藥的鐵炮足輕，一劍一個，將他們全都送回了老家。

「殺倭寇！」知道此刻戰馬的速度，已經不如徒步，李盛、張重生等人，也紛紛跳下坐騎，撲向距離自己最近的鐵炮足輕，趕在後者完成裝填之前，將他們挨個放翻。

「殺倭寇！」張維善帶領另外兩百多名弟兄，從戰場左翼衝至。與李彤聯手，向小早川秀包發起進攻。

跟在小早川秀包身邊的所有家臣，都傷亡殆盡。他本人沒有膽子繼續硬扛，在親信的簇擁下，果斷脫離戰場。

明軍主陣的後方，也被重新打通。李如松指揮著縮小了七成的三才陣，再度緩緩後退。正前方，劉繼業身邊的鳥銃手，也越聚越多。大夥輪番展開齊射，逼迫倭寇與三才陣保持距離，同時也輪番追隨主陣的腳步，緩緩退向山頂。

「明！」山頂上，繡著太陽和月亮的大明旗幟，依舊迎風飛舞，火焰般，燒痛小早川隆景和宇喜多秀家的眼睛。

「吹海螺，讓前軍向兩側退避。給後軍讓開道路！讓石田治部少輔、增田右衛門和大谷左衛門撤下來。」倭寇後軍主帥宇喜多秀家的眼睛，迅速變成了暗紅色，緊咬牙關，再度調兵遣將。

「嗚嗚，嗚嗚，嗚嗚嗚——」凄厲的海螺聲響起，將主帥的意思傳遍整個戰場。早已無力再戰的石田三成、增田長盛和大谷吉繼等人如蒙大赦，帶領身邊所剩無幾的武士，快速撤向山腳。

「吹海螺，通知黑田甲斐守，不要再保存實力，帶著第三番隊去接替立花侍從。立花番組已經沒幾個人了！」

「通知長增我部侍從，如果他再不迂迴到位，就不用迂迴了。」

「京極侍從，後軍旗本隊的鐵炮眾就交給你。你帶領他們從正面壓上去，集中火力，消滅明軍陣前的那隊鐵炮手！」

「山崎左馬助，你帶領後備隊跟上，待鐵炮眾攻擊得手……」

「嗚嗚嗚，嗚嗚嗚，嗚嗚嗚嗚————」

伴著一連串海螺聲，倭寇後軍主帥宇喜多秀家，將更多的命令傳了下去。讓後軍取代前軍，準備向正在梯次後撤的大明勇士，發起新一輪進攻。

聽到號角聲的立花統虎、高橋統增兄弟倆，全都鬆了一口氣。懷著感激的心情，將自家隊伍拉向戰場邊緣。

在今天的戰鬥中，立花家的旗本武士安東常久和小串成重先後被明軍討取了首級，其他武士和足輕也傷亡慘重。如果繼續消耗下去，恐怕今後日本諸侯中，就再也找不到立花氏的番旗。

「該死，第三番隊哪裡還有力氣出戰！」與立花統虎的心情完全相反，第三番隊主將黑田長政，聽到海螺聲後卻氣急敗壞。

一萬五千的第三番隊，在平壤戰役結束之後，順利逃到漢城的只有六千不到。此刻能出現在戰場邊緣，替友軍吶喊助威，已經是他盡了最大的努力。如果按照宇喜多秀家的安排，接替立花番組去重新對明軍左翼發起攻擊，恐怕沒等明軍左翼被擊穿，第三番隊自己就得分崩離析。

「所有人，給我整隊，準備攻擊明軍右翼。注意，不得推進太快，以免被旗本隊的鐵炮手誤傷！」第六番隊主將的長增我部元親，也不認為宇喜多秀家命令正確。所以，乾脆決定繼續觀望，待確保後軍的旗本鐵炮眾能打穿明軍的正面防線之後，再衝上去坐享其成。

唯獨後軍旗本大將京極高次，因為先前一直沒得到表現機會，此刻依舊信心十足。聽到海螺聲和傳令兵的口信之後，立即高舉認旗，帶領一千八百名鐵炮手大步前壓。

這支鐵炮眾，乃是豐臣秀吉的起家班底，在豐臣氏與其他諸侯的衝突之中，有著近乎完美的戰績。所以，不光裝備精良，體力充沛，士氣和信心，也遠超其他同夥。在京極高次的帶領下，眾鐵炮足輕們排成三百列，六排橫陣，穩步向前移動。高昂的鬥志和從容不迫的表現，令所有奉命讓路後撤的倭寇，都自慚形穢。

「所有人，停止後退，停止射擊，檢查鳥銃，裝填彈丸和火藥！」距離宇喜多秀家帥旗一百餘步之外，正對著倭寇後軍鐵炮眾位置，劉繼業的眉頭迅速皺緊，右臂猛地舉過了頭頂。

早已不是剛剛來到朝鮮的那個愣頭青，如今的他，對各種火器的掌握程度，超過了選鋒營內的所有同僚。甚至包括他的師父，被李彤重金從浙軍那邊挖來的鳥銃把總吳昇。所以，沒等倭寇的鐵炮眾靠近到有效射程之內，就迅速感覺到了危險。

眾鳥銃兵都是跟著他一起成長起來的新銳，對這個跟自己一樣年輕的千總，非常擁戴。雖然隱約也感覺到了形勢不妙，卻毫不猶豫地選擇了服從命令。一排接一排，停止了繼續梯次後撤，站在原地，迅速重新結陣備戰。

經歷了長途跋涉之後，此刻陸續趕到劉繼業身邊的鳥銃手，只有三百出頭。但三百人齊心迎戰的姿態，依舊給對面的倭寇造成了極大的壓力。正在後撤中的武士和足輕們，拚命加快腳步，避免成為鳥銃的靶子。正在奉命向前推進的眾倭寇，也紛紛遲疑著放慢了腳步。

「嗚嗚，嗚嗚，嗚嗚嗚嗚——」宇喜多秀家大怒，命令身邊親信將海螺吹得驚天動地，催促麾下倭寇加快速度。

「嗚嗚嗚，嗚嗚嗚，嗚嗚嗚——」一聲龍吟般的號角，忽然在明軍的三才陣中響起，瞬間將海螺聲給壓了下去。李如松的二弟李如柏，帶領一百餘名盾牌手迅速脫離主陣，大步流星繞到了劉繼業身前，豎盾，蹲身，給鳥銃兵們添加了一道自我保護的屏障。

整個三才陣停止後撤，剛剛獲得機會喘息的大明勇士，寧可留下了與鳥銃手們同生共死，也不願意用袍澤的性命，換取自己的一線生機。

「上馬，整隊，在左右兩翼，組楔形陣！」剛剛驅散了三才陣後方倭寇的李彤，扭頭向山下看了看，再度高高地舉起了大鐵劍。

一次又一次勝利，讓選鋒營的弟兄們，對自家主將早已形成了依賴。根本不做任何遲疑，就紛紛轉身奔上各自的坐騎，飛身上馬，然後迅速向彼此靠攏。前後不過才短短幾個呼吸時間，兩支完全由騎兵組成的楔形攻擊陣列，就已經基本完成。一左一右，如同兩隻蛟龍，分列在了三才陣的兩側，居高臨下！

「嗯——」將明軍的所有動作都看在了眼裡，宇喜多秀家欣賞地點頭。

怪不得小西行長和黑田長政帶著那麼多人，都沒能守住平壤。怪不得加藤清正，聽聞平壤失守後，一箭未放，就丟棄了整個咸鏡道。如此訓練有素，又悍不畏死的明軍，的確非尋常兵馬所能抵擋。

不過，這支明軍的傳奇故事，今天就要截止了。雖然他們剛才的表現非常出色，雖然剛才趕來的那千餘援兵，差一點兒就扭轉了戰局。但是，明軍的人數依舊太少了，而自己這邊，全部兵馬都已經展開到位。

「吹海螺，要求黑田甲斐守，率部從左翼率先展開攻擊，干擾明軍鐵炮眾的注意力。」猛地舉起倭刀，宇喜多秀家下達了總攻命令。「通知京極侍從……」

「嗚嗚嗚，嗚嗚嗚，嗚嗚嗚……」海螺聲淒厲單調，刺得人耳朵隱隱發疼。

京極高次所統率的旗本鐵炮眾，加速向前推進，很快，與明軍鳥銃手之間的距離，就拉近到了七十步內。「砰，砰，砰……」雙方隊伍中，都開始響起了零星的射擊聲。粗大的彈丸呼嘯往來，在人群中打出一團團紅霧。

是魔神銃，又名重型鐵炮。明軍和倭寇雙方，都有少量裝備。雖然不足以決定戰鬥的勝負，用來殺人立威，打擊對手士氣，卻再好不過。

由於有盾牌保護，明軍受到的傷害，遠不如倭寇這邊嚴重。但是，憑藉數量的絕對領先，倭寇聲勢，卻顯得格外浩大。火藥燃燒後形成的煙霧，很快隔斷了雙方的視線。射擊聲戛然而止，倭寇們趁著煙霧的掩護繼續前推，將雙方之間的距離，轉眼間又縮短到六十步以內。

六十步遠，普通鳥銃雖然無法保證準頭，如果展開齊射的話，也足以給對方造成一定數量的傷亡。但是，明軍和倭寇卻都非常有默契地沒有開火，而是放任彼此之間的距離被繼續拉近，拉近，拉近……

「呼———」寒風呼嘯，捲起一團團煙霧，縈繞在半空中，久久不散！

[illegible]

[illegible]

第二十三章 狂瀾

「砰——」五十步到六十步之間，不知道是哪個鐵炮足輕因為過於緊張，手指扣動了扳機。

「砰砰砰砰砰砰……」射擊聲頓時響如爆豆，位於第一排的所有鐵炮足輕都陸續開火，將鉛彈如冰雹般砸向對面。一半兒左右因為過高或者過低，偏離目標。另外一半兒則打在大明勇士豎起的盾牆上，打得盾牌表面騰起一團團綠色的煙霧。

「砰砰砰砰砰……」明軍的中鳥銃手立刻還以顏色，也有一半以上彈丸射失，另外一小半兒則砸在了正準備轉身後退的前排倭寇身上，將他們砸得血流滿地。

受傷的倭寇擋在血泊中翻滾哀嚎，死去的倭寇倒得橫七豎八。但因為數量遠超過了對面的明軍，前排倭寇，依舊有七成以上，成功完成了穿插後撤。第二排倭寇快速補位，對準明軍進行又一輪攢射，「砰砰砰砰砰砰……」

一面盾牌因為中彈過多碎裂，緊跟著，兩面，三面，七，八面。盾牆被彈丸打出了數個缺口，更多的彈丸從缺口處打進去，將失去保護的大明勇士，一個接一個打倒。

「砰砰砰砰砰……」完成了交叉換位的第二排明軍鳥銃手，頂著彈雨朝倭寇開火。一百多枚鉛彈齊齊飛出，命中率得到了成倍提高。剛剛結束射擊的第二批倭寇鐵炮手們，被當場打翻了四十餘換位的節奏立刻出現了停滯。

「讓開，讓開，快退下去裝填彈藥！」帶隊的鐵炮大將上杉景秀大聲咆哮，用木棍敲打著鐵炮足輕們的腦袋，催促他們趕緊回撤。

第三排上去補位的鐵炮足輕，與忘記了回撤的第二排鐵炮足輕互相推搡，在隊伍擠出了一個又一個疙瘩。然而，仍然有一百六、七十人，成功穿插到位，平端鐵炮，向對面射出了滾燙的鉛彈。

明軍的傷亡陡然增大，但是，第二排和第三排的鳥銃手，卻依舊採用同樣節奏的互換位置。隨即，一百多桿鳥銃在支架上架穩，銃口出噴射出團團白煙，「砰砰，砰砰砰，砰砰砰……」

倭寇付出了成倍的代價，位於第四排的鐵炮手，卻依舊沒有失去勇氣。紛紛大叫著快步向前，推開那些驚慌失措的同伴，踩過血泊中的屍體，將一百三十多桿鐵炮端平，瞄準對面明軍扣動扳機。

大明鳥銃手是嚴格的三段疊擊陣型，先前已經與倭寇展開過一次對射的第一批鳥銃手，端著裝填完畢的鳥銃重新回到最前方，再度向對面發起反擊。鉛彈在半空中飛來飛去，敵我雙方都血流成河。

「砰砰砰，砰砰砰……」

「砰砰砰，砰砰砰……」

倭寇的第五排鐵炮足輕上前開火，明軍的第二排鳥銃手再度還以顏色。射擊聲伴著慘叫聲，在陣地上連綿不斷。令所有人的頭皮都陣陣發麻，心臟如同敲鼓般跳個不停。

第六排倭寇上前，對上第三排大明鳥銃手，鉛彈來去，血肉橫飛。然後，又是第一排倭寇上前輪換，與人數已經少了三分之一的第一排大明鳥銃手展開新一輪對射。

「砰砰，砰砰砰，砰砰砰……」

「砰砰，砰砰砰，砰砰砰……」

論準頭和火力節奏，大明鳥銃手的表現，遠高於倭寇鐵炮眾。但是，論總兵力和每輪對射之後剩餘下來的總人數，倭寇鐵炮眾又遠高於大明鳥銃手。雙方的優勢互相抵消，一時間，居然誰也無法占據上風。只殺得戰場上白煙滾滾，血霧升騰。

「砰砰，砰砰砰，砰砰砰……」

「砰砰，砰砰砰，砰砰砰……」

雙方隊伍中，不斷有人中彈倒地。雙方隊伍內部，不斷完成一次又一次換位穿插。仗打到最後，已經完全成了雙方鳥銃手的意志力比拚。哪一方先失去繼續開火的勇氣，哪一方就會兵敗如山倒。

「山崎左馬助，帶領後備隊上前，用弓箭給鐵炮眾助戰！」宇喜多秀家不敢賭，自己麾下的旗本鐵炮眾，一定會摧毀明軍鳥銃手的戰鬥意志。趁著雙方尚未分出勝負之前，搶先投入了新的籌碼。

這就是他必勝的信心所在，即便鐵炮眾未能壓垮對方，他還有足夠的後備力量可以使用。而明軍那邊，除了陣前的這兩百餘鐵炮手和陣左陣右那四百多騎兵之外，已經拿不出更多的人馬。

「遵命！」山崎家盛信心十足，高聲答應著，帶領後備隊前壓。行進中，隊伍中的弓箭足輕將竹弓高高地舉起，將羽箭搭上弓弦。

只要兩輪，甚至一輪箭雨覆蓋，他們就能徹底鎖定勝局。對面的大明鳥銃手傷亡慘重，早已瀕臨崩潰的邊緣，完全憑著意志力在苦苦支撐。任何突然出現的打擊，都足以成為壓垮駱駝的最後一根稻草。

彷彿發現了危險的臨近，幾面所剩無幾的盾牌後，選鋒營試千總劉繼業忽然又露出了半個腦袋。目光如閃電般迅速掃視對面，隨即，奮力將右手的火把，按向了自家身側。

做出同樣動作的，還有吳昇、劉青和王朋。下一個瞬間，四人面前的所有的盾牌，都迅速撤向兩側，露出四個黑漆漆的炮口。

「轟！」「轟！」「轟！」「轟！」四聲巨響，震得地動山搖。

上千顆彈丸，從黑漆漆的炮口噴出，掠過五十餘步的距離，重重地打在正準備扣動扳機的倭寇鐵炮眾身上，剎那間，就將他們的隊伍，削掉了整整一排。

「啊——」同樣已經瀕臨崩潰邊緣的鐵炮眾，受不了如此沉重的打擊。尖叫著向後退卻，六排橫陣，瞬間宛若雪崩。非但沒有人敢於再堅持跟明軍對射，並且將剛剛湊到近前準備進行偷襲的倭寇弓箭足輕們，也撞了個人仰馬翻。

「虎蹲炮，該死，他們居然藏了四門虎蹲炮！」見識廣博的小早川隆景，迅速從武器的大小和形制上，認出了它的名稱。

是虎蹲炮，戚家軍用來對付倭寇和韃子常用的虎蹲炮。從炮首到炮尾只有兩尺長，全重只有三十六斤，成年男子用肩膀可以輕鬆扛著走，放在馬背上也不會拖累行軍速度。

這東西，專門用來釋放霰彈，一次可射出六百多枚彈丸，殺傷面積極大。但射程卻只有一兩百步，裝填起來也極為複雜。自從佛郎機炮出現後，就被明軍棄如敝履，只有朝鮮軍中偶爾還能看見。誰也沒想到，今天，此物居然被劉繼業悄悄地搬到了碧蹄館戰場。

「不要慌，殺上去，山崎左馬助，帶著你的人殺上去，用弓箭覆蓋射擊！那東西叫虎蹲炮，裝填起來極不容易！」同樣見識廣博的，還有宇喜多秀家，知道虎蹲炮的作用只來及發揮一次，紅著眼睛，厲聲咆哮。

「不要慌，殺上去，山崎左馬助，帶著你的人殺上去，用弓箭覆蓋射擊！不要慌，那東西不容易裝填！」

「不要慌，殺上去，山崎左馬助，帶著你的人殺上去，用弓箭覆蓋射擊！不要慌，那東西……」

宇喜多秀家身邊，親信們扯開嗓子，將命令一遍遍重複。催促山崎家盛加快速度，上前鎖定勝局。然而，山崎家盛聽到命令之後，非但沒有立刻率部前衝。竟像瘋了般，帶著身邊的武士和足輕原地結陣，任由遠處的明軍炮手，在鳥銃手的掩護下，將虎蹲炮豎了起來，從容清理炮膛。

「山崎家盛，八嘎，馬上帶領——」宇喜多秀家急得額頭冒汗，啞著嗓子大喊大叫。沒等他把一句完整的命令說完，自家軍陣前方，已經響起了陣陣慘叫。

匆忙抬頭，他將目光投向了對面。只見對面明軍的三才陣左右，兩支騎兵忽然順著山坡直衝而下。就像兩把鋼刀，迎頭劈入正在倉皇後退的鐵炮眾隊伍和原地結陣的山崎番組，轉眼間，就硬生生砍出了兩條血河！

「長增我部元親，黑田長政！」直到此時，宇喜多秀家才忽然意識到，自己還有兩支生力軍，本應出現在大明騎兵的必經之路上，直氣得兩眼冒火，叫喊聲宛若鬼哭。「給他們兩個傳令，給黑田長政和長增我部元親傳令，要求他們必須……」

「砰砰，砰砰，砰砰砰……」又是一串鳥銃射擊聲，從側翼傳來，將他的叫喊聲徹底憋回了嗓子眼兒裡。

黑田長政的第三番隊身後，忽然出現了數不清的明軍。陸續跳下馬背，或者平端鳥銃，或者高舉鋼刀，朝著第三番隊展開攻擊。而黑田長政麾下的倭寇們，如同老鼠見到了貓，根本沒勇氣迎戰，一個個撒開雙腿，落荒而逃。

「楊」一面鮮紅色的將旗，被剛剛策馬趕到的楊元，親手舉上了半空。

副總兵楊元來了，比李如松預計的時間提前了一整夜，帶著八千步卒，騎著不知道從哪弄來的戰馬，突破倭寇的重重阻截，成功趕到了戰場。

宇喜多秀家親自組織坐鎮，聯合了至少四個番隊倭寇布置下的天羅地網，被捅出了一個巨大的窟窿。參戰的所有倭寇都知道圍殺李如松的計畫，徹底功虧一簣，紛紛踉蹌後退，誰也不願意再繼續做毫無意義的犧牲。

「大少爺，楊總兵來了，楊總兵到了！」三才陣中，喜出望外的祖承訓淚流滿面，丟下盾牌，張開雙手就給李如松來了一個熊抱。

這是他習慣的慶賀方式，李如松和他都在少年時，每次獲得勝利，都會如此不顧身份地跟他互相擁抱。然而，這一次，李如松的胳膊，卻沒有重複習慣的動作，身體也軟軟的，提不起絲毫力道。

「大哥——」一股不祥的感覺，瞬間籠罩了祖承訓的心臟，倉皇低頭，他看見，李如松嘴角，忽然冒出一股黑色的血漿，臉色蒼白如灰。

「大哥，你傷在哪了？大哥——」祖承訓嚇得連站都無法站穩了，用顫抖的雙臂抱緊李如松，連聲詢問。

「傳我的命令，趕走倭寇後，不要追殺，立刻收兵返回開城！」李如松忽然睜開了雙眼，狠狠瞪著他，低聲打斷：「立刻對外封鎖消息，無論如何，不能讓朝鮮人和倭寇知道！」

說罷，頭一歪，昏迷不醒！

「大哥——」望著在自己懷裡氣息奄奄的李如松，祖承訓淚如雨下。

作為主帥，李如松完全可以帶著大隊人馬慢慢前進，沒必要非得親自趕到第一線，與被倭寇咬住的弟兄們同生共死。

作為主帥，李如松也完全可以只派親兵給弟兄們下一道手令，要求大夥各自帶領隊伍，全力回撤，至於撤得回去撤不回去，是領軍大將的本事問題，責任一點都不用他來背。

作為主帥，李如松甚至還可以將被倭寇咬住的這四千多弟兄當做棄子，不聞不問。正所謂慈不掌兵，大明文貴武賤，士卒的性命更是輕如鴻毛。即便這四千弟兄全死在倭寇手裡，也不會影響到東征大局，更不足以影響到他李如松的威名。

然而，李如松卻趕過來了，丟下行動緩慢的大部隊，只帶著十幾名親兵趕了過來。明知道會有被倭寇殺死的危險，明知道只要自己一到，所有責任就會都由自己一個人來扛。

「哭什麼哭？把大哥抱到馬背上去，扶著他坐穩了，別讓對面發現。」李如梅忽然策馬趕至，將坐騎丟給祖承訓，隨即雙手從親兵手裡接過帥旗，奮力揮舞，「吹角，傳令給各部將士，集中力量，進攻倭寇主將本陣！」

「啊——」親兵百總李永貴愣了愣，旋即，將號角舉到嘴邊，含著淚吹響。

「嗚嗚嗚，嗚嗚嗚，嗚嗚嗚——」高亢的號角聲，響徹天地。三才陣終於四分五裂，不是因為無法承受倭寇的進攻，而是主動向倭寇發起了反擊。

佟鶴年、查大受、李寧、高策等遼東將領，各自帶領麾下僅剩的弟兄，咆哮著脫離本陣，殺向對面的倭寇，彷彿一頭頭被激怒的猛虎。

「嗚嗚嗚，嗚嗚嗚，嗚嗚嗚——」帶領援兵趕至的楊元不知道李如松已經昏迷，還以為自家主帥被倭寇刺激得失去了理智，準備跟後者拚個兩敗俱傷。稍作遲疑之後，也咬著牙讓親兵吹響了號角，將死戰的意志，快速傳遍全軍。

「殺倭寇—」已經不需要再為鳥銃手提供保護，李如柏左手舉起殘缺不全的木盾，右手舉起砍成鋸子的鋼刀，扯開嗓子大聲咆哮。

「殺倭寇！」四周圍，刀盾手們紅著眼睛回應。隨即一個個順著山坡快速前撲，沿途遇到倭寇阻擋，無論對方是鐵了心迎戰，還只是躲避不及，皆亂刃分屍。

「殺倭寇！」張維善帶著騎兵剛剛與敵軍脫離接觸，看到弟兄們像瘋了般從山坡上衝了下來，果斷撥轉坐騎，再度撲向山崎家盛的認旗。

「殺倭寇——」李彤扭頭向李如松的帥旗處看了一眼，卻因為距離遙遠，看不見是誰在指揮。隨即把心一橫，高高地舉起了大鐵劍，帶著弟兄們繼續朝倭寇隊伍深處突進。

因為是順著山坡，戰馬很容易就提起速度，騎兵的衝擊力也成倍增加。正對著騎兵進攻方向的倭寇抵擋不住，紛紛主動躲避。轉眼間，兩支騎兵就一左一右，再度將倭寇的隊伍，切出了兩條深深的豁口。

「攔住他們，攔住他們，他們只有幾百騎！」唯恐任由騎兵繼續衝殺下去，威脅到宇喜多秀家的性命。倭營後軍第四陣主將小出光泰硬著頭皮，率領武士上前封堵缺口。

他個頭很高，在平均身高只有五尺半的倭寇當中，顯得尤為鶴立雞群。正在率部前突的李彤，很快就注意到了他，揮劍接連拍飛兩名武士，直接策馬殺到了他面前。

「攔住他們！」小出光泰大聲喊叫，閃身讓出正面，雙手揮刀掃向李彤的大腿。一整套動作，宛若行雲流水。

「當！」李彤奮力揮劍橫掃，用劍刃將刀身砸歪。緊跟著，身體斜擰，翻手又來了一記乾脆俐落的回撩。沉重的大鐵劍，借著戰馬的速度和人的臂力，帶起一團寒風，「砰！」地一聲，砸中了小出光泰的肩膀，將後者砸得腳步踉蹌，一頭栽向李盛的槍鋒。

「噗！」跟在李彤側後方的李盛，毫不猶豫地挺槍，給送上門來的小出光泰，來了一個透心涼。隨即，右手奮力壓住槍纂，左手作為支點上提，將屍體挑起來，狠狠摔向了對面倭寇的頭頂。

「啊——」追隨小出廣盛前來阻擋李彤的武士們，尖叫著閃避，彼此之前再也無法相顧。趁著這個機會，李彤戰馬稍稍提速，直衝而入。手中大鐵劍左劈右剁，將距離自己最近的武士和足輕們，全都剁成了滾地葫蘆。

「殺倭寇！」曾經的朝鮮將領張重生，大叫著緊緊跟上。手中長槍不停地刺出，每一刺，都奪走一名倭寇的性命。

「殺倭寇，殺倭寇！」其餘騎兵沿著李彤撕開的通道，咆哮而進。將通道撕得越來越寬，將位於通道內側的倭寇，殺得血肉翻滾。

又一名倭國將領，帶著數十名武士前來拚命。隔著老遠，就將短斧和飛鏢，一股腦砸向了李彤。後者不得不集中起精神，揮劍磕擋，前衝的速度，不知不覺間放慢。

「呀呀呀——」那名倭將要的就是這種效果，嘴裡發出一串得意的嚎叫，趁機衝到李彤身側，騰空縱起，倭刀直奔戰馬的脖頸。

「啪！」李彤揮動鐵劍，將此人在半空中，連人帶兵器一併拍飛。緊跟著，側轉身形，腰部和手臂同時發力，用大鐵劍將另外一名距離自己最近的武士，齊著肩膀砍成了兩段。

鮮血狂噴而起，擋住他的視線，一名足輕看準機會，用長矛直戳他的腰眼兒。李彤左臂下落，用包著護鐵的小臂砸歪長矛，反手又是一劍，將足輕的腦袋拍進了胸腔裡。

李盛和張重生雙雙揮舞著長槍跟上，將另外幾名武士和足輕擋在了安全距離之外。眼前忽然變空，李彤趁機喘了幾口粗氣，然後扭頭張望，恰看見一名身穿金色甲冑的倭將，在自己左前方十五六步遠的位置大呼小叫。

「殺倭寇！」他策動坐騎，準備追過去，給對方致命一擊。沿途又砍翻了三名倭寇，堪堪來到目標附近，還沒等手臂重新蓄力，耳畔忽然傳來了一聲清脆的射擊聲，「砰！」

金甲倭將胸口處飆出一股黑血，踉蹌著栽倒。周圍的武士和足輕誰都顧不上搶奪此人的屍體，尖叫著一哄而散。

「姐夫，慢一點，不要擋我的炮口！」劉繼業的聲音緊跟著傳了過來，提醒李彤放緩速度。後者遲疑著拉緊戰馬韁繩，迅速扭頭，恰看見幾名炮手，抬著裝填好的虎蹲炮衝到了近前。

「砰，砰，砰……」劉繼業帶著幾十名鳥銃手，替自家炮手清理威脅。讓虎蹲炮得到機會，迅速安放就位。鐵爪做成的支撐被炮手用大錘敲入地面，深入盈尺。炮身傾斜，炮口微微抬起，所指之處，倭寇們尖叫著四下閃避，只恨爹娘給自己生的腿太短。

「轟——」虎蹲炮發威，在不到三十步的距離上，將六百餘枚彈丸，呈扇面兒形砸向對面的倭寇。剎那間，砸得對面哀鴻遍野。

「再來，再來！姐夫，安排人手幫我保護大炮，這東西比魔神銃還好使。」劉繼業一招得手，興奮得忘乎所以。揮舞手臂要求李彤和騎兵們放棄對倭寇的進攻，集中兵力為他創造開炮之機。

「胡鬧！」李彤瞪了他一眼，用力搖頭。正準備將已經速度變慢的弟兄們重新集結成陣，向倭寇發起第三次衝擊。卻愕然發現，附近的倭寇全都調轉身形，加速向遠方撤去，宛若退潮時的海水。注十五

注十五：碧蹄館之戰：交戰雙方事後都宣稱自己獲勝。近年韓國史學家為了顯示朝鮮兵馬曾經發揮過作用，也支持日方留下的說法。但明軍這邊，遊擊以上的武將，只戰死了李有升一個。倭軍那邊，卻折損了小野成幸、十時連久、小串成重、安東常久等有名有姓的武將二十餘位。小早川秀包的八位家臣，也盡數殞命。《宣祖實錄》上記載，明軍出兵不足五千，死傷不到兩千。倭方則宣稱擊殺明軍兩萬餘。但明軍撤往開城修整之後，很快又兵臨漢城。而倭方大勝之後，卻放棄了漢城，主力繼續南撤至尚州。相當於不戰而放棄了半個京畿道和整個忠清道。

第四卷

[illegible]

第二十四章　壯士

「嗚嗚，嗚嗚嗚，嗚嗚嗚嗚——」距離開城西門十里，畫角吹寒，一座巍峨的軍營宛若虎踞。

幾隊當值的兵卒，在營門附近來來去去。頭盔和兵器不停地反射著正午的陽光，令人望而生畏。大營深處的中軍帳附近，也不停有將領低著頭快步進出，很顯然，裡邊的主帥正在調兵遣將。

「經略，朝鮮國領議政柳成龍、問安使尹根壽求見！」兵部員外郎劉黃裳掀開厚厚的帳簾兒，快步走入中軍帳，朝著帥案後的宋應昌拱手行禮。

「讓他們明天再來，老夫今日公務繁忙，實在抽不出時間見他們。」宋應昌好整以暇地在面前的棋盤上放了一顆白子，抬起頭，淡然吩咐。

執黑棋者，乃是新任贊畫馮仲纓。作為一介書生，他可沒膽子像宋應昌那樣在劉黃裳面前托大。手裡握著顆黑子，禮貌地站了起來，向後者輕輕拱手。「見過劉員外，宋經略剛剛給皇上寫完了奏摺，還沒來得及休息……」

「來得及休息，老夫也不會見那個什麼柳成龍！」宋應昌輕輕掃了他一眼，冷笑著打斷，「他這當口兒來拜見老夫，不過是想探聽清楚，老夫的軍營裡，如今到底還有多少兵馬。老夫就讓他使勁猜，看他有沒有膽子猜測，老夫這裡其實是一座空營。」

「這……」兵部員外郎劉黃裳愣了愣，慚愧立刻湧了滿臉，「多謝經略指點，下官差點就上了那姓柳的當。這老匹夫，沒本事對付倭寇，把心思卻用在了對付咱們身上。」

「他若是肚子裡沒點兒壞水兒，怎麼可能坐得穩朝鮮大相的位置？」宋應昌又笑了笑，輕輕搖頭，「從申福、鄭喜根到尹斗壽，哪一個不是心如蛇蠍？姓柳的終日與他們為伍，還能被各方推崇，肯定要比那些人還奸詐數倍！所以，玄子你被他騙了，一點都不用覺得冤枉。換了老夫，如果不提前打起十二分精神，也是一樣。」

這番話，既挑明了柳成龍不易應付，又給了兵部員外郎劉黃裳足夠的臺階下。後者聽了，臉上的慚愧迅速轉成了謙遜。再次躬身下去，向宋應昌施禮，「多謝經略，下官知道該如何回應他了。下官這就出去跟他說，您正在與眾將謀劃如何奪取漢城，讓他明天再來。」

說罷，扭頭看了一眼做將領打扮，不停地從前門進，從後門出的七、八個親兵，又快速補充：「馬上就天黑了，經略最好再派人在營內點一些火堆出來。否則，數萬大軍，卻不埋鍋造飯，的確容易令人起疑。」

「已經讓人分頭去點了，多謝玄子提醒。」宋應昌笑了笑，叫著劉黃裳的表字說道。「你速去速回，子光的棋術太差，老夫勝之不武！」

「經略……」馮仲纓立刻羞得面紅耳赤，訕訕地向宋應昌拱手。「在下並非棋術太差，而是沒有經略這份定力而已。」

「經略稍候，劉某去去就來！」見宋應昌到這種時候了，居然還有心思嫌棄馮仲纓是個臭棋簍子，劉黃裳心神大定，笑著答應一聲，轉身快步而去。

「子光勿怪！」目送劉黃裳的身影消失在門外，宋應昌笑著向馮仲纓賠罪，「老夫並非真的嫌棄你的棋術，而是必須得給劉員外找點而事情做。他初來乍到，還沒有完全瞭解朝鮮國那邊的情況，很容易就會受騙上當。」

「在下不敢！」聽出來宋應昌話語裡的親疏遠近，贊畫馮仲纓臉上的羞愧之色，立刻消失得乾乾淨淨，「在下棋術，的確不如經略遠甚。從早晨接連跟經略手談到現在，也的確筋疲力竭。不如先去外邊轉轉，免得朝鮮人從昨天到現在，在營門口那裡看到的全是熟悉面孔。」

「嗯，你跟劉員外換個位置。然後讓正門那邊巡邏的弟兄們退到中軍這邊，再偷偷轉去後門。再讓後門巡邏的弟兄，轉去正門。叮囑大夥，誰都不要跟朝鮮人說話，說得越多，越容易被對方瞧出破綻。」

「遵命！」贊畫馮仲纓欽佩地躬身，然後一邊收拾棋子，一邊等待劉黃裳的歸來。才將棋子收拾到一半兒，中軍帳的帳簾，就再度被人掀開。兵部員外郎劉黃裳的身影急衝而入，「經略，那，那姓柳的果然陰險。聽您說今天沒空兒見他，竟然，竟然……」

「慢慢說，沒必要著急。」聽他累得上氣不接下氣兒，宋應昌端起一盞沒動過的茶水遞過去，鎮定地吩咐。從始至終，都未表現出半點兒緊張。

劉黃裳接過茶盞，一飲而盡。然後調整了幾下呼吸，繼續低聲彙報：「他竟然要下官跟經略傳話，說要彈劾李游擊欺壓朝鮮將士，無故奪走戰馬八千七百多匹。還要，還要下官替他問經略，朝鮮乃是大明的藩屬，一直視大明如父。為父者替兒女撐腰，是不是有借機謀奪兒女家產的道理？」

「他倒是會說話。」宋應昌聞聽，再度撇嘴冷笑，「玄子你是如何回答他的？這點兒嘴皮子功夫，想必難不住你。」

「前面那句話，下官知道李游擊的確做得狠了些，所以沒有直接回應。」劉黃裳深吸了一口氣，驕傲地挺胸，「但是第二句，下官就直接頂了回去，告訴他，朝鮮能光復半壁江山，全賴大明將士拚命血戰。做父親的不會窺探子女的家業，可當兒子的卻連一頓飽飯都不捨得給父親派來的人吃，治他個忤逆之罪，也不為過。」

「善，就該這麼說。」宋應昌聞聽，欣慰地撫掌。「至於前面那句，左右，幫老夫取紙筆來。」

「是！」一名親兵大聲答應著，雙手捧來宣紙和毛筆。宋應昌提起筆，在墨池中沾了沾，當著滿臉迷惑的馮仲纓和劉黃裳，一邊寫，一邊笑著解釋，「李游擊頂多借了朝鮮各路官兵九千匹駑馬，老夫給他湊個整，算做一萬。按每匹駑馬五兩銀子計，折銀五萬兩，他如果想要，儘管派人去遼東那邊找掌管糧草輜重的大明官員支取。那邊見了老夫的欠條，絕不會賴了他的。」

「經略高明！」馮仲纓和劉黃裳兩個恍然大悟，欽佩地拱手。

因為蒙古各部都被李如松打得俯首稱臣，遼東女直各部，也都盡歸大明統治，所以，眼下即便是三歲口的駿馬，在大明也賣不上什麼高價。而朝鮮軍隊中，馬匹品質又參差不齊，折算成五兩一匹，實際上，已經讓柳成龍占了很大便宜。

當然，如果柳成龍今天前來的目的，並非真的想討還戰馬，則需另說。宋應昌有的是辦法跟此人周旋下去，讓他無法探聽出明軍的底細。

當即，馮仲纓就按照先前的約定，接了「欠條」，起身準備出門去給柳成龍答覆。誰料，雙腳還沒等走到中軍帳門口，卻又被宋應昌叫了回來，「且慢，子光先容老夫再斟酌一下。算路程，了凡如今應該已經到平壤了吧？如果快馬加鞭的話，李如梓大約還需要多久才能趕過來跟老夫會合？」

後兩句話，都是在贊畫的職責範圍之內。因此，馮仲纓略加估計，就迅速給出了答案：「袁贊畫昨天上午巳時出發，還帶著足夠的馬匹沿途更換，不出意外的話，最遲今天上午巳時左右，就能進入平壤。而李如梓如果不等袁贊畫交接防務，接到經略派人送去的手令就出發，他帶著弟兄走得慢些，先頭的騎兵，大概後天一早也能趕到開城。」

「還要等到後天一早啊！」宋應昌嘆了口氣，臉上隱約出現了幾分擔憂，「老夫這空營計，恐怕騙不了姓柳的那麼久。一旦到明天這個時候，碧蹄館那邊還沒消息……」

馮仲纓的心臟打了個突，趕緊低聲打斷：「不會，經略只管放心，李游擊年紀雖輕，卻是個沉穩可靠的。即便一時跟倭寇分不出勝負，也會派人送信回來。」

「一定不會，楊總兵那邊有了八、九千匹戰馬代步，這會兒怎麼趕也已經趕過去了！」軍中向來講究口彩，劉黃裳也儘量撿對明軍有利的一面說。

然而，說歸說，二人心情，卻瞬間變得無比沉重。

倭寇出動了據說至少四個番隊，六萬大軍，而李如松身邊，卻只有四千騎兵。萬一沒等李彤和楊元兩個帶著援軍殺到，四千弟兄已經被倭寇吞沒……

那後果，令人不敢去想，卻又無法忍著不去想。

李如松乃是大明最善戰的宿將，北方庭柱。有他在，蒙古各部，就不敢蠢蠢欲動。而萬一李如松戰死或者被倭寇所俘，非但東征宣告徹底失敗，受到鼓舞的蒙古各部，肯定也會趁火打劫，讓長城內外，烽煙遍地。

正擔心得火燒火燎間，二人耳畔，卻又傳來了當值親兵百總宋亮的聲音：「報，經略。朝鮮人在營門口鼓噪，說大明天兵與朝鮮官兵同氣連枝。經略既然決定攻打漢城，他們願意率部充當前驅。」

「該殺！」真是越擔心什麼，越會出現什麼。宋應昌被氣得臉色鐵青，從身旁架子上取下大明皇帝賜給自己的尚方寶劍，咬著牙就往中軍帳外走，「來人，跟老夫出去，接他們進來。這把劍，老夫從沒用過，再不用，還真的被人當做擺設了。」

「經略三思！」見宋應昌被氣得準備殺人滅口，兵部員外郎劉黃裳和贊畫馮仲纓，趕緊快步攔在了他面前，「國之利器，不可輕以示人。先由我們兩個去應付他，如果我們兩個應付不了，您再亮出尚方寶劍，也不為遲。」

「他既然敢一再緊逼，必然是有恃無恐。你們兩個，應付他不下。」宋應昌搖搖頭，臉上的表情好生凝重，「李提督被困碧蹄館的消息，如今肯定已經被他們知曉。只是擔心老夫這邊兵強馬壯，他們才不敢立刻棄了開城逃走。如果老夫今天不殺幾個人，他們肯定會猜測，老夫手頭兵馬不足，所以不敢像李游擊那樣，騎在他們頭上為所欲為。與其讓他們的膽子越來越大，不如現在就防患於未然。」

「報！」話音未落，又有一名負責在營地周邊充當斥候的親兵，扶著一名信使打扮的勇士急衝而入。後者顧不上給宋應昌施禮，雙手高高舉起一個竹筒，「大捷，我軍大捷！倭寇埋伏失敗，倉皇撤離，我軍追殺十里，斬首無算。」

「李提督平安否？」宋應昌喜上眉梢，卻強行裝作一副鎮定的模樣，大聲詢問。

「李提督平安，我軍除了游擊李有升不慎中彈殉國，其餘將領，全都平安！」信使想都不想，回答得極為大聲。

「李游擊呢，他可平安？」宋應昌心中的石頭，徹底落了地。猶豫了一下，繼續笑著追問。

「他手刃倭寇將佐數人，自己毫髮無傷！」信使絲毫不奇怪，宋應昌為何放著那麼多副將，參將不去關心，唯獨關心一個小小的游擊？雙手舉著竹筒，飛快地給出了答案。

「老夫就知道，李提督吉人自有天佑。」宋應昌笑著點了點頭，接過竹筒，閒庭信步般走回了帥案之後，「來人，帶著這位兄弟下去休息。待李提督歸來，老夫定然重重有賞。子光，你拿著老夫借條，去回覆柳成龍。然後敞開營門，請他前來面見老夫。玄子，且坐過來跟老夫手談一局。老夫，老夫……」

不小心被帥案腿兒絆了一下，他撲在帥案上，然後雙手支撐，大笑著起身，「老夫也學一回那謝安石，等會兒柳成龍進來，告訴他，今日無啥大事，唯小兒輩破賊而已！」

會談的氣氛，親切而友好。

朝方領議政柳成龍和問安使尹根壽，從始至終都沒有再提戰馬之事，並且當著所有人的面兒，交還了宋應昌給打的欠條。鄭重表示，自己此番前來，絕非為了告狀，而是代表朝鮮國王李昖，前來勞軍。朝鮮國即將為大明天兵，提供生豬百口、活羊五百隻、糧食一千二百石，以表朝鮮君臣百姓的感激之心。

對於宋應昌營中具體情況，朝方官員和隨從也果斷選擇了目不斜視。只是熱情地邀請宋應昌儘早帶著麾下兵馬進入城內駐紮。朝方願意騰出開城內的官衙和臨近官衙周圍的所有民房，供大軍安歇。以免因為春天野外風大，影響了宋經略和天朝兵將養精蓄銳。

見朝鮮官員態度如此「上道」，宋應昌也沒興趣再幫他們回憶某人剛才通過劉黃裳之口所傳達給自己的原話。先是客氣地對朝鮮國王的慰問表示了感謝，然後又與在場眾人一道，譴責了倭寇入侵以來，在朝鮮各地所犯下的種種暴行。最後，才鄭重表示，作為天朝上國，大明絕不會坐視朝鮮被倭國吞併。作為天朝上國的備倭經略，自己也絕不會任由倭寇在朝鮮南方各道繼續洗劫燒殺。只要朝方今後能保證為明軍提供準確的敵情和充足的糧草補給，自己一定會與李如松一道，儘快拿下漢城，劍指釜山。

當然了，如果朝方不能徵集或者購買到足夠的糧食，大明兵馬，也絕不會將已經光復的朝鮮國土，再任由倭寇奪走。但軍心和士氣，肯定會受到一些影響，對漢城的進攻部署，肯定也需要臨時再做一番調整。

畢竟，即便是大明皇帝命令將士們在本國的土地上剿匪，也不會讓他們餓著肚子開拔。而大明將士自從渡過鴨綠江以來，所有人吃的糧食和馬吃的草料，還都依靠從九龍城那邊長途運送。凡是稍微通曉一些兵事的人，無論是文官和武將，都應該知道一個基本常識。運輸距離越遠，糧草損耗越大。若是大明將士只是在義州和寧邊附近與倭寇作戰，由九龍城運糧，也勉強說得通。如今明軍已經殺過了臨津江，再不遠千里從遼東運糧到前線，就實在有些強人所難了。

聞聽此言，朝方官員個個臉色大變。已經多次出使過大明的尹根壽，甚至當場就跪了下去，祈求宋應昌念在朝鮮過去事大明如父的份上，體諒朝鮮國承擔不了如此多的糧食。但是，這回，宋應昌卻毫不猶豫地表示了拒絕，坦誠地告柳成龍和尹根壽兩個，大明已經做得仁至義盡。先前自己這個備倭經略，之所以沒堅持要求朝鮮負擔軍需，是因為憐憫朝鮮國王和臣民，根本沒有寸土立足。而如今，明軍已經將朝鮮八道之地，給光復了一大半兒。自己這個大明的備倭經略，斷然沒有再拿大明百姓上繳的糧食，再白白糟蹋於運輸途中的道理。

不過，念在朝鮮國王李昖和一眾臣民的境遇實在可憐，宋應昌也主動給他們指了一條明路。大明江南各地皆是產糧區，白米在產地價格低廉。而自己最近一直聽聞，朝鮮水師戰鬥力強悍，連戰連捷，打得倭寇不敢出港。由朝鮮水師護送朝鮮商船，去大明的江南購買糧食，非但沿途損耗遠小於陸上運送，並且來回所耗費的時間，也遠少於從鴨綠江畔運糧到臨津江。

「經略，經略容稟。非，非我朝鮮吝嗇。我，我朝鮮國庫，被倭寇洗劫一空，真的拿不出錢來啊！」不愧是做了大相的人，柳成龍能屈能伸。果斷也跪倒在地，懇請宋應昌高抬貴手，「至於，至於水師連戰連捷，那，那多是鼓舞士氣之語，實在當不得真。如果水師真的能像傳言那樣，打得倭寇不敢出港。那倭寇跟其本國的聯繫早就斷了，怎麼，怎麼可能源源不斷地再運送兵馬來我朝鮮？」

「上差開恩！」其餘隨行官員，知道宋應昌是在借機敲打大夥，以洩先前被逼迫的憤怒。趕緊也都跪倒於地，苦苦哀求。

「荒唐，此乃國事，豈能跟私人恩義混為一談？」宋應昌不屑地笑了笑，手指輕輕敲打棋盤，「老夫今日大包大攬，將爾等的非分之請全都答應下來。回頭大明百姓質問老夫究竟做的哪國經略，爾等叫老夫如何回應？太祖有云，爾俸爾祿，民脂民膏。宋某吃的是大明百姓的供養，豈有慷大明百姓之慨，成全爾等的道理？」

一番話，問得理直氣壯，登時就讓柳成龍等人無言以對。一個個，在心中不停地問候當初提議大夥前來刺探明軍虛實的那個傢伙之祖宗十八代。

如果當時大夥兒對李如松碧蹄館被倭寇包圍的消息，不聞不問。即便沒有出兵前去相救，現在宋應昌想必也不會拿糧食供給為由頭，來拒絕繼續替朝鮮收復國土。而既然當初大夥誤以為李如松在劫難逃，準備趁機拋開明軍，獨力應付即將面臨的危機。現在李如松平安無事的消息傳回來了，就別怪宋應昌睚眥必報。

日光透窗而入，照在所有人的臉上，忽明忽暗。

「有關糧草供應之事，老夫就言盡於此了。」見柳成龍等人久久都沒勇氣說話，只是跪在地上不肯起身，宋應昌搖了搖頭，順手從棋盒裡取出幾粒棋子，開始打譜自娛，「爾等回去之後，彙報給貴國國王也好，再去北京向皇上求告也罷，都可自辯。但是，還有一件事，爾等卻必須在十天之內，給老夫一個回覆。否則，下次再向爾等討教的，恐怕就不是老夫了！」

「經略請講，討教二字，絕不敢當！」柳成龍被宋應昌的話嚇了一大跳，趕緊抬起頭來，鄭重承諾，「下官當知無不言言無不盡！」

「好！」宋應昌將目光從棋譜上挪開，朝著柳成龍嘉許地點頭，「領議政請起來說話。宋某雖然來自天朝上國，也沒有讓你下跪的道理。」

「這……，下官遵命。」柳成龍知道關於糧草供應的事情，今天絕對無法讓宋應昌鬆口，猶豫著站起身，拱手肅立，等候詢問。

「也不是命令你，而是老夫必須替我大明將士問個明白。」宋應昌看了他一眼，棋子在手指縫中不停翻動，「第一次祖總兵率部渡江救援貴方，貴方為他提供消息說，平壤只有千餘倭寇，害得他貿然攻城，結果遭到了倭寇重兵埋伏，差一點就全軍覆沒。這次，貴方又為李提督提供消息，說漢城倭寇自相殘殺，害得李提督在碧蹄館遭遇倭寇重兵包圍，多虧將士們用命，才堪堪擊敗了倭寇，不至於喪師辱國。老夫就不明白了，為何貴方提供的消息，總是跟實際情況完全相反？為何每次貴方提供了錯誤的軍情，倭寇都能提前布下了重兵埋伏？貴方的斥候，莫不是倭寇假扮的？還是貴方將帥之中，有人在與倭寇暗通款曲？」

「啪！」手指重重地將棋子落下，殘局瞬間生死逆轉。

「豈有此理，豈有此理，他，枉他還是天朝的二品大員！」一直到離開了軍營，問安使尹根壽依舊沒有適應宋應昌突然認真起來的模樣，縮著脖子在早春的寒風中抱怨連連。

印象中，大明乃是天朝上國，大明朝的官員也都是正直君子。對朝鮮向來都是有求必應，不要任何回報。即便是朝鮮國每次主動朝貢，大明也必然會賜還貢物價值的五到十倍。君臣上下，從沒有一個人像宋應昌這般，居然「不顧身份」地提出了朝鮮應該負責天兵的糧餉。並且還把兩次遭遇埋伏的責任，都推到了朝鮮這邊，甚至懷疑朝鮮的文臣和武將之中，有人私下裡跟倭寇狼狽為奸。

「過分，姓宋的做得的確過分。先前縱容下屬堵我朝鮮兵營勒索戰馬也就罷了，如今，竟然變本加厲，干涉，干涉起我朝將佐的任命來。」不適應新情況的，不止是問安使尹根壽一個，左贊臣金斗政，也是義憤填膺。

「回去之後，咱們一定要將今日之辱，通報給同僚周知。然後一起上書給大明禮部，討要說法！」

「我朝鮮乃是為了不肯借道給豐臣秀吉，讓他直接去攻打大明，才遭受了倭寇的洗劫。大明君臣不念我朝鮮的赤膽忠心倒也罷了，居然，居然連區區四萬餘兵馬的糧餉，也，也讓我朝鮮自己出，實在有失天朝風範。」

「過分，實在過分！」

「就是，就是……」

其餘陪同柳成龍一道前來找宋應昌「問罪」的官吏們，也個個怨聲載道。彷彿受了天大的委屈般，恨不得立刻找人來幹掉宋應昌，替自己伸張正義。

「好了，都省點兒力氣吧！」朝鮮領議政柳成龍臉色鐵青，忽然從馬背上回過頭，朝著所有同伴厲聲呵斥，「真的想罵，就去宋應昌的軍營門口罵。這裡，他聽不見。」

「呃……」眾人被噎得翻白眼兒，隨即，一個個，氣喘如牛。

「怎麼，不敢嗎？不敢，就別在背後逞口舌之利！」柳成龍的心情，也煩躁得厲害。狠狠瞪了眾人一眼，繼續大聲數落：「在這裡罵，除了給咱們自己添堵之外，沒任何用場。至於上書給大明禮部，爾等覺得，大明禮部會因為爾等寫一本聯名摺子，就會去為難自己的右都御史嗎？」

「這……？」眾人紅著臉，無言以對。

「你們用心想想，如今是朝鮮有求於大明，而不是大明有求於朝鮮。」狠狠瞪了眾人幾眼，朝鮮領議政柳成龍有些恨鐵不成鋼。「姓宋的今天的作為雖然跋扈，但有一句話，卻說得沒錯。他是大明的備倭經略，吃的大明百姓供養，斷沒有事事都替朝鮮著想的道理。」

聞聽此言，一眾朝鮮官員們臉上更臊得厲害。半晌，才有人怯怯地問道：「那，那怎麼辦？咱們現在哪裡有多餘的糧食，提供給天兵？更，更何況，他，他剛才還把私通倭寇的帽子，砸在了咱們朝鮮將領頭上，咱們總不能為了哄著他開心，就，就冤枉了自己人。」

「對，他不能無憑無據，就胡亂給咱們栽贓！」

「可不是麼，他，他……」

尹斗壽、金斗政等人，再度梗起了脖子，七個不服八個不忿。

「你們敢保證，他是無憑無據，胡亂攀誣？」柳成龍眉頭緊皺，目光忽然冷得像兩把鋼刀。

尹斗壽和金斗政等人臉色大變，瞬間全都縮起了脖子，低頭看地，誰也不敢跟他的目光相接。

作為朝鮮國數得著的重臣，他們可對自家內部的齷齪事情，一清二楚。當初祖承訓領兵去替朝鮮收復平壤，五路朝鮮官兵途中跑了四路，剩下那一路則臨陣倒戈，幫著倭寇夾擊明軍。而這次，配合查大受一起南下的朝鮮防禦使高彥伯，倒是沒有臨陣脫逃或者倒戈。可李如松被倭寇包圍在碧蹄館之時，開城裡的其他數萬朝鮮大軍，卻果斷選擇了見死不救。

此外，明軍兩次遇險，有關倭寇的虛假情報，也全都是朝鮮斥候提供。而明軍兩次遇險，朝鮮方面的主帥，還恰恰都是李蕡。

如果說，以上種種都是巧合，那在李如松率部光復平壤之戰中，朝鮮兵馬的表現，跟這兩次大相徑庭，又該如何解釋？那一次，與另外兩次的最大差別，就在朝軍主帥上，不是李蕡，而是被朝鮮國王所不喜的兵馬使李鎰。

「軍糧和軍餉，回去之後，柳某會向幾大世家勸輸。皮之不存毛將焉附？這個道理他們應該能懂。」懶得跟身邊這群徒長了一張嘴巴，胸中卻沒半點見識的傢伙再多廢話，領議政柳成龍斟酌了一下，咬著牙做出決定，「無論如何，十天之內，得給天兵湊出可支應一個月的軍糧來。」

話音剛落，反對聲轟然而起：「慎重，領議政，千萬慎重！各大世家雖然豪富，可先前被倭寇多次敲詐勒索，家產早就見了底兒。您若是把他們逼得太狠，他們，他們肯定，肯定會，肯定會對您群起而攻之。」

「是啊，領議政。他們，他們家裡早就沒餘糧了！」

「領議政，世家乃是朝廷廊柱，如果把他們逼得太狠，朝堂必有一番動盪。」

「慎重，慎重，朝鮮國可是禁不起……」

說一千，道一萬，總歸都是同樣的意思。那就是，寧可得罪大明將士和宋應昌這個備倭經略，也不能得罪朝鮮各大世家。得罪了前者，頂多是明軍放慢南下速度。而得罪了後者，非但柳成龍本人有可能身敗名裂，朝鮮國王李昖的位置，都有可能坐不安穩。

「老夫就魯莽一回，他們又能如何？」柳成龍也是被逼得走投無路了，乾脆豁出了一切，「敢明著去投奔倭寇？還是敢指使各自心腹帶著官兵謀反？那樣更好，老夫就直接請宋經略出馬，帶著天兵去抄他們的家。看看能不能抄出足夠的糧餉來。」

這個威脅，不可謂不狠，登時，就讓那些幫著幾大世家說話的官員們，個個面如土色。造反也好，勾結倭寇也罷，這兩招都只對朝鮮國王李昖有效。遇到大明備倭經略宋應昌，等同於插標賣首。後者正愁找不到藉口清除朝鮮國王麾下那些與倭寇暗通款曲者，這回，正好有人送上門來。

可眾官員怕歸怕，心裡卻絲毫不看好柳成龍的「蠻幹」能夠成功。幾大世家沒膽子去挑釁大明備倭經略宋應昌，卻有的是辦法讓柳成龍做不成朝鮮國的領議政。而只要扳倒了柳成龍，或者將此人架空，勸輸這個麻煩，就無疾而終。

「老夫不會拖累你們，無論是向世家勸輸，還是彈劾李蕡無能誤國，都由老夫親自挑頭。」彷彿能猜到尹斗壽、金斗政等人的想法，柳成龍深深吸了口氣，大聲承諾。「老夫只求爾等，別扯老夫後腿就好。」

唯恐眾人心中繼續念著各大世家的私恩，又深深吸了口氣，他繼續高聲補充：「知道天朝為何是天朝，而我朝鮮，卻只能仰人鼻息嗎？就是因為，每到關鍵時刻，天朝總能有壯士站出來，豁出一切去力挽狂瀾。」

「譬如當日堵軍營索要馬匹，爾等當日那兩個天朝少年游擊不知道即便他們成功救出李如松，過後也少不得被言官群起而攻之，甚至有可能功不能抵過？譬如今日宋應昌，爾等當他不知道萬一李如松兵敗，而我朝鮮這邊又有人又臨陣倒戈，他肯定會在劫難逃？當他不知道，逼著我朝鮮出糧草軍餉，剷除內奸，非但給他本人帶不來任何好處，還有可能讓他因此落下貪婪跋扈的罵名？可他們，年輕的一腔熱血，年老的也能做到不計個人得失！此等壯士，我朝鮮若是有三、五個，怎至於三千里江山盡燃狼煙？此等壯士，我朝鮮若是能有三、五個，怎至於國王逃難，君臣如喪家犬一般跪在地上向別人搖尾乞憐？諸君，爾等都有家有業，柳某不敢拉著爾等一起冒險。但是，三千里山河，總得養得出一個肯為他豁出性命的壯士！如果一時找不到，老夫願為天下之先。」

說罷，在馬背上向眾人行了羅圈揖。然後轉過身，疾馳而去，任寒風吹硬滿是汗水的脊背。

第二十五章　逆風

「今天且於此處過一夜，明天返回開城。」坡州，明軍的臨時營地，渾身被白布裹得像粽子般的李如松，依舊腰桿挺拔的筆直。

空氣中瀰漫著濃郁的草藥味道，同樣傷口處裹著白布，甚至白布下還隱隱滲出血跡的大明將佐們，一個個紅著眼睛，輕輕點頭，誰也沒有堅持繼續向漢城發起進攻。

以區區四千兵馬迎戰數萬倭寇，堅持三天兩夜沒讓對手全殲明軍的如意算盤得逞，並且在援兵抵達之後，立刻發起反攻嚇走對手，已經是大夥所能做到的極限。眼下，明軍可謂傷患滿營，再不趁著倭寇沒發現自己的真實情況之前主動北撤，接下來恐怕就要全部陣亡在腳下這鳥都不拉屎的地方。

「抵達開城之後，再修整一夜，老夫決定，將開城交給朝鮮人，帶著弟兄們一起回平壤。」見周圍沒有任何人反對，李如松猶豫了一下，繼續緩緩補充。

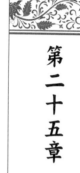

在場將領當中，依舊誰都不出言反對，只是有一部分人難過地低下了頭，輕聲嘆息。

從朝鮮官軍的一貫表現上看，將開城交給他們，等同於直接交給了倭寇。那樣的話，用不了幾天，倭寇就會重新推進到鳳山，與平壤城內的明軍遙遙相望。敵我雙方的勢力範圍，就又回到了半個月之前平壤之戰的時候，甚至連那會兒都有所不如。從平壤到開城，沿途弟兄們所灑下的血水，等於全都白流！

「軍中存糧，不足三日！」知道大夥心有不甘，副總兵楊元主動開口，替李如松做出說明。「原本留在後面替我軍押送糧草的朝鮮都元帥金命元，在我軍更換了馬匹，直趨碧蹄館時，逃回了坡州。所有糧草，據說都落入了倭寇的遊勢之手。」

「放屁，這廝在放狗屁！」

「倭寇的遊勢，最大一支也不可能超過五百人，他身邊當時可是帶著上萬朝軍。」

「肯定是他把糧食貪污了。」

「咱們在前方替朝鮮征戰，朝鮮人望風而逃也罷，居然還貪污咱們的軍糧。不打了，這仗老子不打了。提督，咱們乾脆把平壤也棄了，直接退回遼東。以後朝鮮愛是誰的就是誰的，與大明無關！」

「不打了。提督！朝鮮人跟倭寇穿的是一條腿兒褲子……」

叫罵聲，轟然而起。所有在場將領，全都紅了眼睛，怒不可遏。

明軍之所以在碧蹄館被倭寇團團包圍，最大的原因就是朝鮮兵馬使李蕡，再度向大夥提供了虛假情報。而聽聞明軍遇險，附近的幾支朝鮮兵馬，非但沒有前來相救，反而相繼下令撤退，以保全實力。全然忘記了，明軍究竟是為了誰在作戰？誰才是應該是對抗倭寇的主力，誰是客軍？

如今，再加上當時正跟在明軍後方的金命元弄丟了所有人的口糧，如果有誰還願意繼續替朝鮮國征戰，大夥一定會圍住他摸一摸，他的腦袋是否在發燒！
「弟兄們稍安！」
一片嘈雜聲浪之中，李如松手臂輕輕壓了壓，整個人宛若一支定海神針，「朝軍靠不住，這點老夫早就知曉。但是，老夫今日決定退往平壤，只是為了整頓兵馬，以圖將來給戰死於碧蹄館的弟兄們復仇，從沒打算過就此認輸。所以，關於返回遼東，任由朝鮮自生自滅的話，大夥休要再提！」
「末將……遵命！」
「願聽提督調遣！」
「全憑提督做主！」
在場眾將咬著牙，相繼點頭。
朝鮮國不值得大夥幫，但弟兄們的仇，卻不能不報。碧蹄館之戰，表面上是明軍逼得倭寇先行撤離戰場，最終在氣勢上壓倒了對手。事實上，從戰略角度，此戰卻是一場不折不扣的敗仗。特別對於遼東將門來說，陣亡的那一千六七百弟兄，基本上都是來自遼東。也是目前遼東軍中最精銳的部分。如果不讓倭寇血債血償，非但在場的將佐們威望會遭受巨大打擊，百年之後，大夥兒也沒臉去見陣亡者的英魂。
「諸位下去之後，還請替老夫安撫各自麾下的弟兄們，穩定軍心。」朝著所有人抱了下拳，李如松笑著吩咐，「告訴弟兄們，咱們遼東軍，只要軍心不散，就永遠是天下第一強軍。今天在誰手上吃的虧，明天就讓他加倍償還回來。拜託了！」

「提督，不要這麼說，我等必竭盡全力！」
「提督，咱們沒輸，只是贏得不夠漂亮而已！」
「提督儘管放寬心，弟兄們都知道，該如何去做！」
從沒見李如松如此客氣過，眾將很不適應。紛紛紅著眼睛表態，然後相繼下去安撫軍心，鼓舞士氣。
目送著最後一名將領的身影消失於門外，李如松強撐著的精氣神兒，終於鬆懈。身體一晃，軟軟地倒了下去。
「大哥——」好在李如梅早就察覺出自家哥哥情況不對，衝到近前，用肩膀牢牢架住了李如松的腋窩，「來人，快，快叫郎中！」
「站住，別胡鬧！」李如松掙扎著將身體重新站穩，低聲對正在往外衝的親兵呵斥，「全都給我回來，亂了軍心，我拿爾等是問！」
「提督……」眾親兵不敢抗命，哽咽著停住了腳步，「我等，我等悄悄，悄悄地去。您，您不用擔心。我等不會驚動任何人。」
「不許去，打開箱子，給我找根人參出來！」李如松瞪了眾人一眼，喘息聲宛若風箱。
碧蹄館之戰，讓他不僅僅是身體多處受傷。精神上，也遭受了前所未有的重創。
作為一軍主帥，他不是沒吃過敗仗。但以往每次戰敗，都是因為對手過於強大，或者天時，地利盡在對手一側。而碧蹄館之戰，在他看來，主要原因卻是自己的疏忽輕敵。等同於自己親手葬送了明軍過江以來的大好局面，也等於自己親手把一千六百多名精銳，給送到惡鬼的嘴巴裡。

感覺到肩膀上那具身體的虛弱，李如梅心如刀割，一邊扛著自家哥哥往帥案後走，一邊紅著眼睛安慰：「大哥，你已經盡力了。你完全可以不趕過去的。朝鮮人跟倭寇暗通款曲……」

堅決不肯諉過於人，李如松立刻停住腳步，大聲打斷：「胡說，朝鮮人不可靠，咱們又不是事先不知道。這一仗，終究還是輸在我大意輕敵上，不能推給朝鮮人。推了，朝廷，朝廷那邊，也沒有人會信。」

後半句話，可謂一語道盡了大明朝武將的辛酸，讓李如梅眼淚，不受控制就淌了滿臉。大明朝的文官們，可是不會體諒李如松到底是為何才被倭寇團團包圍。大明朝的文官們，也不會去挑朝鮮國王和官員的刺，只會把軟刀子，全都對準自己人。

朝鮮國是大明的藩屬，大明文官無論怎麼攻擊他們，都收穫不了太多的成就感。而把東征軍主帥李如松拉下馬，卻可以成為某個文官一輩子的榮耀。正如，正如他們當年活活害死了戚繼光。

正悲憤得不自已之際，忽然間，中軍帳門被人從外邊用力推開。緊跟著，祖承訓的聲音伴著寒風呼嘯聲，一併傳了進來。

「提督，大少爺。朝鮮人那邊，朝鮮人那邊的幾個主事的，在營門外鬧著要見您。他們不肯撤回開城，他們，他們要聯手向您請命。要求弟兄們留在坡州，替朝鮮阻擋倭寇北上。」

「讓他們滾！」

顧不上給祖承訓留面子，李如梅破口大罵，「大明不欠他們，大哥和弟兄們也不欠他們！想守坡州，他們自己守就是，甭指望再哄著咱們去跟倭寇拚命。」

「且慢！」話音剛落，李如松的身體，已經又挺了個筆直。一把推開自家五弟，強忍著劇痛和暈眩，低聲吩咐，「偉績，你去請他們進來。就說，就說老夫在中軍帳恭候他們！」

「大哥——」李如梅再度架起李如松的手臂，同時氣憤地跺腳，「你，你看你都病成啥樣子了？那些朝鮮狗官又不是咱們的活祖宗，憑什麼要求咱們為他出生入死？」

「他們不是來請求大軍駐守坡州的，他們是衝著我來的！」

李如松輕輕掙脫他的攙扶，抬起手，用力揉臉，以求讓自己的臉色看起來不那麼蒼白，「這種時候，我越是不露面兒，越會助漲倭寇的氣焰。去，你幫我拿一副山紋鎧來，然後，然後在中軍帳前，擺出皇上賜給我的全套儀仗。」

「大哥，大哥你是說，朝鮮官員，朝鮮官員是替倭寇打探消息來了？」李如梅心思縝密，剎那間就猜到了一個可怕的事實。那些朝鮮官員裡頭，肯定不止一個人在跟倭寇私通。他們前來求見自家哥哥，根本不是為了求明軍不要退兵。而是替倭寇刺探，刺探李如松受傷的消息是否屬實。」

「我操他姥姥的！」祖承訓雖然反應比李如梅慢了整整一拍兒，卻也很快就發現了朝鮮官員所玩的貓膩，大罵一聲，右手按住刀柄，轉身就往外面衝。

「偉績注十六，站住，不要衝動！」李如松的話，從身後追了上來。聲音不高，卻讓祖承訓老老實實停住了腳步。

注十六：祖承訓，字偉績，號雙泉。李如松官職比他高，所以叫他偉績，雙泉都可。

「他們，不過一群野狗爾。你殺了他們，也藏不住秘密，反倒讓倭寇更加確信我受傷嚴重。」

「誰，誰把消息傳出去的，我，我殺了他！千萬別讓我找到他，否則，我，我一定將此人千刀萬剮。」祖承訓氣得七竅生煙，卻在短時間內，找不到更好的辦法去解決問題。

「上萬兵馬，人多眼雜，走漏我受傷的風聲，半點兒都不奇怪。」李如松看了他一眼，冷靜地搖頭，「但我究竟傷到什麼程度，外人卻不清楚。所以，咱們今天乾脆就把朝鮮人請到中軍帳裡來，讓他們看個夠。然後借他們的眼睛和嘴巴，去愚弄倭寇。」

「大哥！」祖承訓跺了跺腳，用力點頭，「我聽你的。你也保重身體，不要強撐。大不了，我今天將他們全都殺了滅口！」

「如果能殺，我早殺了。趕緊去吧，別讓客人們等急了！」李如松又笑了笑，繼續搖頭。

他這個大明朝的禦倭提督，手提尚方寶劍，斬得了倭寇，斬得了大明自己的逃兵庸將，卻斬不「動」任何一個朝鮮官吏。哪怕手中掌握著對方通倭的真憑實據，也只能先將證據呈交給大明朝廷，然後再由大明官員將證據下傳給朝鮮國王。至於朝鮮國王怎麼處置內奸，他也只有看著的份，沒有任何置喙的資格。

「奶奶的，別讓老子找到機會。」祖承訓跺了跺腳，轉身出去執行命令。趁著朝鮮官員沒有抵達的這段間隙，李如松趕緊在自家五弟李如梅的幫助下，更換衣服，遮掩繃帶，強行振作精神。

然而，衣服鎧甲容易更換，慘白的臉色也可以通過化妝彌補，中軍帳內的草藥味道，一時半會兒，卻消散不去。哪怕是命人打開門窗通風，也無濟於事。

「如果被朝鮮官員中的倭寇眼線，聞到這草藥味道，可就麻煩了！」眼看著牆角處的西洋自鳴鐘指標快速移動，李如松心中不由得湧上一股憂慮。正猶豫著是否先換個地方，再接待「客人」之際，中軍帳外，已經又傳來了祖承訓那特有的大嗓門：「提督，提督，不用那麼麻煩了。朝鮮狗官滾蛋了，全都滾蛋了！」

「滾蛋了，怎麼可能？」沒等李如松開口發問，李如梅已經搶先一步迎到了中軍帳門口兒，「偉績兒，你沒看錯吧。那些朝鮮狗官兒，還沒見到大哥，怎麼可能肯主動滾蛋？」

「他們倒是想不滾，可也得吃得住打啊！」祖承訓一邊快步往裡走，一邊大笑著揮舞拳頭，「解恨，真解恨！這麼簡單的辦法，他奶奶的，我當初怎麼就沒想到？笨，笨死了，我真是笨死了！」

「到底是什麼辦法？又是誰出的手！」李如梅聽得滿頭霧水，跟上來，不耐煩地催促。

「當然是那三個天不怕地不怕的野小子，特別是那個劉繼業，噢，對了，還有他那個未過門的媳婦。那大耳刮子搧的，過癮，真的過癮！」祖承訓依舊沉浸在大仇得報的興奮之中，將拳頭變成手掌，對著空氣猛搧。

「那三個天不怕地不怕的野小子？」李如松不著痕跡地向前挪了半步，恰恰擋在了祖承訓的面前，「偉績，說明白點兒。可是李游擊、張游擊和劉千總？他們三個，平素都是很穩重的人，怎麼，怎麼會跟朝鮮官員起了衝突？」

「到底是大哥，說話就是不一樣。對，不是打，是衝突，衝突！」祖承訓這才意識到自己回來的目的，將手掌收回來，代替以高高挑起的大拇指，「我剛才不是奉了您的命令，去迎接那幾個朝鮮官員嗎？一路上氣得要死要活，卻想不出辦法來收拾他們。結果趕到了軍營門口一看，那邊已經打成了一鍋粥。李子丹、張守義和劉繼業他們三個，和一個不知道從哪來的女將，正把幾個朝鮮狗官全都給踩在了地上，老拳頭加大嘴巴伺候。旁邊還有一個戴著面紗的小娘子，據說是李子丹的媳婦，在家丁的簇擁下觀敵掠陣。」

「我問你，是怎麼起的衝突。不是問你，哪個女人是誰的媳婦？」李如松又是生氣，又是好奇，瞪圓了眼睛大聲提醒。

「是，是，據說是，是因為朝鮮官員，對李子丹和劉繼業二人的未婚媳婦兒，嘴巴上不乾不淨！」祖承訓雖然外表粗豪，官場經驗卻極為豐富。想了想，立刻決定先給朝鮮官員扣上個色狼的帽子再說。

「我去的時候，朝鮮官員和隨從，已經全都躺地上了。沒看到衝突，衝突的起因。但是，李寧當時正陪著那群朝鮮狗官，全程都在場。我聽，我聽他說，好像是有朝鮮官員見有兩個女人騎著馬，帶著家丁找到了軍營門口兒，不知道是李子丹和劉繼業兩個的媳婦，就沒管住自己的嘴巴。正好劉繼業的媳婦還是個練過武的，就打了起來。結果，結果一群大老爺們，不敢跟一個女人單挑，非要派親兵上前群毆，湊巧，湊巧李子丹和劉繼業出來接他們各自的媳婦，然後，然後朝鮮人就全自己摔倒了，摔得頭破血流。」

「湊巧，也湊得忒巧了一點兒！」李如松翻了翻眼皮，哭笑不得地搖頭。

朝鮮官員貪婪好色，並且習慣魚肉百姓，這兩點全天下無人不知。可朝鮮官員再混帳，也只敢把對自家百姓窩裡橫，怎麼可能有膽子欺負到大明在職武將未婚妻的頭上？並且，軍營中向來不准女眷進入，作為東征軍中少有的讀書人，李彤、張維善和劉繼業三個，想必對規矩早就知道得一清二楚。怎麼可能准許各自的未婚妻千里尋夫？

「是，是湊巧了點兒！」祖承訓咧了下大嘴，揣著明白裝糊塗，「不過，那兩個女子千里迢迢過來尋夫，肯定不是假的。當初，當初他們救我那次，李子丹的媳婦就帶著家丁和他小舅子劉繼業尋到了朝鮮。俗話說，不是一類人，不進一家門。這回把劉繼業的媳婦也帶過來了，倒也不足為奇。」

「胡說！」雖然跟李彤、張維善和劉繼業兄弟三個接觸次數有限，李如松對兄弟三個的瞭解，卻遠比祖承訓深。瞪了後者一眼，繼續低聲反駁，「劉繼業眼下雖然只是個千總，官職不如李彤和張維善。可他卻是誠意伯的嫡系後人，一旦行了冠禮，就能回家承襲爵位。這種含著金印出生的，所訂下的親事，也肯定門當戶對，要麼是在職官員的嫡出女兒，要麼也是勳貴的嫡支。怎麼可能，怎麼可能不顧風險，跑到朝鮮來萬里尋夫？除非，除非她家裡頭……」

「大哥，這個劉繼業的未過門兒媳婦，我好像聽老六提起過！」話音未落，李如梅已經迫不及待地打斷，「兩人好像是私定終身，劉家的長輩根本沒答應。既不是什麼官員的女兒，也不是什麼勳貴之後。家裡頭好像是走海的，自幼沒了父母，所以長成了個女大王。一身拳腳功夫了得，七、八個成年男子都近不了身。」

「女大王？」李如松越聽越覺得離奇，不知不覺間，就把眉頭皺得緊緊。

不像自家六弟李如梓，對外邊的俗世懵懵懂懂。走海這兩字，在李如松耳朵裡，可不是打魚這麼簡單。山東和遼東沿海地域，特別是獅子口那邊，所謂走海人家，通常做的都是跟朝鮮、倭國的走私勾當。這種人在大明地頭上，還不敢惹事兒，只管運貨販貨。一旦到了海面上，是當商人，還是當海盜，很難再分得清。

「對，就是個女大王。這樣就說得通了！」李如梅一邊笑，一邊不停地搖頭，「前一個碰巧應該沒錯，那女大王出身寒微，從頭到腳都沒有絲毫富貴氣，而李子丹的未婚妻，又不是個喜歡露臉兒的。朝鮮官員看到了她們，肯定分不清是大明官眷，還是自家百姓。嘴巴一時犯賤，也不奇怪。」

「然後那個李子丹，就乾脆來個將錯就錯。」李如松緊繃著的神經，迅速鬆懈，抬起手，慢慢地揉自家太陽穴，「他倒是個機靈的，猜出朝鮮官員來意不善。借著給媳婦出氣的機會，將對方打個半死。這樣，老夫倒是省得再裝了，可，可他們三個……」

頓了頓，他忍不住長吁短嘆：「唉，這三個混小子啊，拿性命換回來的天大功勞，咋就不知道珍惜呢！一頓拳頭耳光，就全送出去了。讓老夫將來，將來如何才能還得了他們的人情？」

李如梅咧了下嘴，沉默不語。

這一撥人情，欠得的確有點兒大。

主帥和袍澤被困，冒死相救，在中原，無論什麼時代都是一件兒奇功。再加上斬殺數名敵將和臨陣奮勇爭先，即便不做任何操作，只是如實上報到兵部，李彤、張維善和劉繼業三個，官職都足以上升一到兩級。

然而，先前三個少年為了弟兄們能及時趕到碧蹄館，率部堵住朝鮮人的軍營「強征」戰馬，禍闖得已經不算小。今天又當眾痛毆朝鮮官員，錯上加錯。兩相折算，功過能否相抵，就很難說了。弄不好，經過朝堂某些「正人君子」的一番上下其手，三個少年的官職還會不升反降。

「啥人情不人情的，我看他們三個，都不是那種喜歡計較的討厭鬼。」與李如松、李如梅兄弟倆不同，祖承訓在內心深處，早就把李彤、張維善和劉繼業三個當成了自己人，想都不想，大咧咧地在旁邊插嘴。「況且他們三個能有今天，還不是拜大少爺您當初的看顧？只要您還在軍中一天，將來他們的高升機會就有的是，不差這一回半回。」

「又胡說，東征軍又不是我家的？」在自己人面前，李如松也沒那麼多忌諱，翻了翻眼皮，有氣無力地反駁。「更不可能，我想照顧誰就照顧誰。特別是游擊往上，幾乎每一級，都得拿實打實的功勞換。他們錯過這一次，下次不知道還要等到什麼時候。」

「當初怪我了，老六帶他們來遼東之時，我其實並不怎麼看好他們。」李如梅又咧了下嘴，聲音裡帶著如假包換的後悔。

這是一句大實話。其兄李如松位高權重，每年求到家中走門路的後生晚輩不知凡幾。如果挨個都給予照顧，恐怕把遼東軍中各級的官職全拿出來，都不夠用。所以除了鐵桿嫡系的請托之外，對其他通常都選擇敷衍了事。而敷衍的辦法又分為數種，扔到某個不高不低的位置上，任其自生自滅，便是其中之一。

所以，當初李彤、張維善和劉繼業三個，興匆匆地來到遼東投軍，卻被迎頭潑了一盆冷水。連李如松本人的面兒都沒見到，就被丟進了選鋒營左部。原本李如梓在路上描述的美好前程全大打折扣不算，三人麾下的弟兄，也是如假包換的濫竽充數。其中能稱得上「兵」者，連兩成都不到。剩餘八成以上，都只能算是民壯。

通常其他前來投軍的紈絝子弟遇到這種情況，或者當場心灰意冷，一走了之。或者勉強熬上十天半個月，然後知難而退。誰也沒想到，三個在江南那種脂粉之地長大的勳貴子弟，居然全都堅持了下來。更沒想到，三個勳貴子弟，迅速就在軍中站穩了腳跟，並且以此為契機，各展英姿。

這其中，有三人身後的家族和身邊家丁為助力，有三人的貢生身份為倚仗，還有其他許多陰差陽錯，機緣巧合，卻唯獨沒遼東李家多少事情。以三人的國子監貢生身份，即便沒有李如梓的提拔，投奔到東征軍內任何一名參將麾下，試千總都是起步。更何況，三人後來，還進入了遼東巡撫郝傑的法眼。

退一步說，李家即便當初對三人有過那麼一點兒提攜之恩，在李彤和張維善捨命救下祖承訓那一刻，也已經還清了。要知道，祖承訓和他父親祖仁，可都出身於遼東李氏的家丁。屬於鐵桿嫡系中的鐵桿嫡系，地位和價值，都遠超過李如松的幾個庶出兄弟。並且數量也總計沒超過五個，無論損失哪個，對遼東李氏[注十七]來說都是傷筋動骨。原本在李如松的計畫中，還準備替三人攬下「強征」友軍戰馬之責，上報說自己在派親信求援之時，曾經口頭給李彤下過一道命令，准許他為了援軍及時趕到，徵集開城之內的所有坐騎。如此，三人的舉動，就成了奉命行事，朝廷中那些不清楚自己領了哪國俸祿的傢伙，無論如何都無法借題發揮。

而現在，光是替三人攬責，肯定行不通了。當眾痛毆藩屬之國官員這件事，李如松這個禦倭提督，都輕易不敢去做，卻被三人做了個痛快。一旦被朝鮮使節咬住不放，上告到北京。接下來，肯定有無窮無盡的彈劾在等著三人。除非三人能讓各自背後的家族全力出手，否則，肯定招架不住。

「怎地，他們打那些腳踏兩隻船的朝鮮仔，還打錯了？」見李如松和李如梅兄弟倆，臉色都越

注十七：李氏從李成梁開始，就坐鎮遼東。早就形成了一個非常龐大的將門集團。祖家是其中一支。著名的漢奸吳三桂，也出身於這個集團，甚至包括後金的努爾哈赤。

來越凝重，祖承訓非常鬱悶地跺腳，「我怎麼就覺得打得好，打得痛快呢？大少爺，要不然這樣，你把這事兒，算在我頭上。是我氣憤不過，故意唆使他們三個打的。這樣，他們三個就能成了從犯，我才是主謀。朝鮮人和朝廷那邊有啥不滿，儘管都對著我。反正我這條命都是他們三個救的，拿官職相還也是應該。朝廷中那些王八蛋，總不能為了給藩國人出氣，就要求皇上砍了我的腦袋。」

「胡說，你以為你是誰！你來做主謀，就能將他們三個都摘出去？」李如松又翻了白眼兒，不屑地數落。「且不說他們三個早就木秀於林，你仔細想想，他們三個自打到朝鮮以來，不知不覺間，都得罪了誰？這些人，哪個在朝堂上沒有三、兩個鐵桿兒。人家以前沒報復他們，是因為實在抓不到太好的把柄，這回，把柄已經送上門了，怎麼可能輕易放過。」

「那，那怎麼辦？我剛才說，他們三個高升的機會，不差這一回，也是您覺得不妥當。」祖承訓越聽越煩躁，再度用力跺腳。「而您這兒，除了記下這份人情，一時半會兒，又想不出更好的主意來。」

「這個人情太大，光記在心裡不妥當！」李如松又看了他一眼，嘆息著搖頭，「咱們李家，也不能開這種白白讓別人救命，卻裝作啥都沒發生的先例。否則，以後誰還肯死心塌地跟著咱們？老五，你去後帳箱子裡，親自去把剩下的那幾張空白告身給我拿過來。趁著我這禦倭提督還管點兒用，先把他們捨命救援袍澤的奇功給酬了。」

「大哥，參將，參將前頭，可是沒一個『試』字！」李如梅被自家兄長的決定嚇了一跳，趕緊低聲提醒。

大明朝為了鼓勵將士們英勇作戰，同時也為了獎勵領軍主帥的忠誠，通常在出征之前，都會下發若干空白告身到主將手裡。而主帥為了鼓舞士氣，也會根據麾下弟兄們的表現，在某次戰鬥後，直接將功勞最大的幾人的名字，填到空白告身裡，然後再上報朝廷。

這些空白告身，被朝廷接到之後，通常只是走個過程，很少，甚至從來不會給予駁回。只是告身數量有限，並且級別越高越為稀缺。到了參將這級，總數也就三、五張，主帥輕易不會使用。至於副將，遼東軍二十年來，還沒提前發出去任何一份。

「李子丹按照平壤之戰前的功勞，就應該是加銜參將了，只是朝廷批覆得太慢而已。即便光算截殺倭寇潰兵的功勞，將加銜改為實授，也不算破格。被他救了性命的將士們，更不會覺得為兄偏心。」聽出李如梅話語中的勸阻之意，李如松疲倦地笑了笑，輕聲解釋，「而張守義屢立大功，再不給予一個單獨的營頭，也是屈才。為兄保他一個加銜參將[注十八]，再讓他出去單獨領一營兵馬，也是為了鼓勵弟兄們以他為楷模。至於劉繼業，年齡比他們兩個小，資歷也略有不如，暫且只能做個游擊。也不用加銜了，直接給了告身就是！」

「這……，也好。」

李如梅迅速明白了自己哥哥的良苦用心，猶豫著點頭。

李彤、張維善和劉繼業堵著朝鮮軍營強徵戰馬之舉，不僅僅是救了李如松的性命，也給宋應昌解決了一個大麻煩。所以，將三人的名字在空白告身上填好之後，備倭經略宋應昌那邊肯定不會做任何阻撓。如此，三人的升遷之事，稍微操作一下，就肯定會在朝鮮官員的告狀信之前，抵達北京。

注十八：加銜參將，有參將頭銜和俸祿，實權卻還是遊擊。屬於明代軍中的慣例。

只要三人的升遷，成為事實。接下來再評議功勞和過錯，就是在升遷之後的基礎之上。三人就相當於平白多了一次機會，無論第二次的評議結果如何，都不會比現在難看。遼東李氏，也不會虧欠三人太多。

大明長歌・卷四・小重山　完

AC00090

大明長歌・卷四・小重山

作者—酒徒
編輯—黃煜智
校對—魏秋綢
行銷企劃—吳儒芳
封面設計—莊謹銘
內頁排版—辰皓國際出版製作有限公司

總編輯—胡金倫
董事長—趙政岷
出版者—時報文化出版企業股份有限公司
108019台北市和平西路三段二四〇號七樓
發行專線—（〇二）二三〇六六八四二
讀者服務專線—〇八〇〇二三一七〇五
（〇二）二三〇四七一〇三
讀者服務傳真—（〇二）二三〇四六八五八
郵撥—一九三四四七二四時報文化出版公司
信箱—一〇八九九台北華江橋郵局第九九信箱
時報悅讀網—http://www.readingtimes.com.tw
思潮線臉書—https://www.facebook.com/trendage
法律顧問—理律法律事務所　陳長文律師、李念祖律師
印刷—勁達印刷有限公司
初版一刷—二〇二一年十月一日
定價—新台幣三八〇元
（缺頁或破損的書，請寄回更換）

時報文化出版公司成立於一九七五年，
並於一九九九年股票上櫃公開發行，於二〇〇八年脫離中時集團非屬旺中，
以「尊重智慧與創意的文化事業」為信念。

大明長歌・卷四，小重山／酒徒作 .-- 初版 .-- 臺北市：時報文化出版企業股份有限公司，2021.10
384面；14.8×21公分
ISBN 978-957-13-8546-4（平裝）
857.7　　109022232

ISBN 978-957-13-8546-4
Printed in Taiwan